RICHARD YATES

理查德·耶茨作品

R E V O L U T I O N A R Y

R O A D

革命之路

[美] 理查德·耶茨 著
侯小翊 译

上海译文出版社

图字：09-2013-539 号

图书在版编目（CIP）数据

革命之路 / (美) 理查德·耶茨 (Richard Yates) 著 ; 侯小翊译. -- 上海 : 上海译文出版社, 2025. 5. (理查德·耶茨作品). -- ISBN 978-7-5327-9604-5
Ⅰ. I712. 45
中国国家版本馆 CIP 数据核字第 20258Y64Z8 号

革命之路
［美］理查德·耶茨 / 著　侯小翊 / 译
总策划 / 冯涛　责任编辑 / 曾静　装帧设计 / 张志全工作室

上海译文出版社有限公司出版、发行
网址：www.yiwen.com.cn
201101　上海市闵行区号景路 159 弄 B 座
苏州市越洋印刷有限公司印刷

开本 889 × 1194　1/32　印张 12　插页 6　字数 205,000
2025 年 5 月第 1 版　2025 年 5 月第 1 次印刷
印数：0,001—8,000 册

ISBN 978-7-5327-9604-5
定价：88.00 元

维生，他时断时续地干过教师、代笔写手，经常烂醉如泥。1968年他又结了一次婚，到1974年也离了。之后的耶茨，每天生活在波士顿的一个狭小房间里，屋里只有一张简陋的写字桌，一台打字机，一个装满酒的冰箱，还有满地被踩死的蟑螂。1992年，他因为肺气肿并发症，黯然去世。

今天我们格外关注这样一位专力写孤独的作家，因为他是一位先知型的智者，他在上个世纪的50年代，以凌厉之眼，看出了美国社会普遍生活中的一个巨大问题：中产阶级生存方式的固化，以及市民社会精神深处千篇一律的空虚。少数探索者，尤其是青年虽然想奋力摆脱平庸，但灰暗的社会环境总是不动声色地瓦解那些不一样的"活法"，让逆行者日益孤立，甚至毁灭。《革命之路》中有这样一段对纽约白领阶层的描写：

> 那些男人多么的渺小，多么整齐划一，而且严肃得多么可笑。他们都留着夹杂着灰发的小平头，身上穿着带扣尖领，脚步匆忙。他们源源不绝地涌现在车站里，在大街上，直到一小时后他们才会停下来。到时，等候着他们的办公大楼会把他们一个个吞噬进去，包裹起来。如果站在其中一幢大楼，隔着城市纵横的峡谷看向另一幢大楼，就会感觉像是在观察一个巨大无声的昆虫饲养所，那里面有成百上千的穿着白色衬衫的小人，要么在翻弄着文件，要么皱着眉头拿着电话听筒，在春天千年如一日地流动着的白云底下，上演着一场场愚蠢至极的演出。

这种场景，我们在文化分析里边把它称为“工蚁社会”，到处忙忙碌碌，受控于权力和资本，应当鲜活的人生，却变成他人设计的程序中的一个小小的数码。

耶茨的这种观察和当时美国主流社会的自我感觉完全不同，1945 年美国获得第二次世界大战的胜利，取代英国，登上了西方世界的领袖地位，整个国家充满着自信和乐观。当时的美国经济欣欣向荣，消费浪潮席卷每一个家庭，大量的新发明涌向生活：洗衣烘干一体机、真空吸尘器、按键式电话、立体声调频收音机、电热毯、电动地板打蜡机、电动卷笔刀、电动开罐器……当时的美国制造了世界上一半的商品，将近 60% 美国家庭的工资收入进入中产阶级水平，达到 5657 美元。如此繁荣景象，使美国人对自己的政治制度、自由市场经济坚信不疑，社会弥漫着保守主义的文化气质。在当时的美国大学里，如果一个年轻人说要当时代的改革家，往往遭到无情的嘲笑，因为大家实在看不出来社会还有什么需要改变的余地。在歌舞升平的陶醉中，消费社会的扩散力重新塑造了美国人的生活追求，人们的视觉与味觉都在狂欢，艺术也廉价地迎合着这种轻快的精神需求。当时出现了一种极其表面化的“数字油画”，发明者是汽车城市底特律的帕尔墨绘画公司。这种绘画的制作方式十分“科学”：在一块油画布上精心画出细密的小格子，编上号。每个编号对应一种颜色，画匠甚至顾客自己将色彩填入正确的格子，最后就能“创作”出一幅经典名画。这样的“作品”自然没有什么原创的力量，散发着浓浓的工业流水线气息。

唯有那些对生命保持着清新的感受，对人生价值满怀着疑问的少数人，才能警觉地看出这种保守主义、消费主义洪流的巨大隐患。1950 年代，美国文学艺术界出现了几部堪称经典的警世之作，为我们反思历史提供了文化通道。1951 年，小说家塞林格出版了他最著名的作品《麦田里的守望者》。小说的主人公霍尔顿只有 16 岁，是纽约一所著名高中的学生。他知道“人生的确是场大家按照规则进行比赛的球赛”，但是他无意参与这样的竞争，不愿意像大多数人那样考名校、挣大钱、买豪宅、开靓车，不愿意像其他男孩那样将头发烫成“鸭屁”。于是他不断挂科，被开除，被迫流浪纽约。他并不沮丧，他在探索，他拒绝了那种没有思想的可悲状态：“他们甚至在还没有真正开始寻找之前，就已经停止寻找。”令人惊讶的是，这本书一出版，就成为热门，中学校园到处都是穿风衣、倒戴红色猎人帽的“霍尔顿服”，一本反叛性的书，就这样被消解成为轻松的流行，点缀着孩子们格式化的生活。

另一个美国社会的敏锐观察者为瑞士摄影家罗伯特·弗兰克。1955 到 1956 年，33 岁的弗兰克得到古根海姆基金会的资助，驾驶一辆破旧的二手车周游美国，拍摄了两万多张照片。他选出其中的 83 张，1958 年结集为《美国人》出版。在这个“人间天堂”，弗兰克拍出了另一个美国，颓然、感伤、冷漠、焦虑、孤独、不安、疏离……《美国人》出版后，很多人感到愕然，甚至有人抨击弗兰克“以一种充满恶意的眼光拍摄了美国”。直到 1959 年后，美国社会深藏的各种危机全面爆发，民权运动、嬉皮士运动、女权运动、反战运动——惊天动地的一次次狂潮，全面印证了弗兰克的预感，人们才意识到他是一个多么深刻的时代观察者和预警人！

与其他警醒的文艺家有所不同，耶茨这部1961年出版的《革命之路》更加注重青年人的精神演变，聚焦在更加具有先锋性的生存问题上：年轻人如何认识自我的价值？年轻人的爱情如何获得真实的内核？年轻人如何与自己的时代保持思考性的距离？这些问题在任何社会阶段都是极其重大的生命疑问，但在耶茨所处的1950年代，这些问题空前地尖锐化了。为什么尖锐化？因为经济发展太迅速，生存空间被物质的丰裕填满，很多人过得心满意足，完全丧失了反思性。只有冷静观察生活的作家，才会为之痛苦，为之焦虑，才会转动一个角度去观察现实生活中的那些麻木。这样的作家当然不会受到当时的人们的重视，他们的作品受到冷落，那也是必然的。这样的例子比比皆是。1851年，美国作家梅尔维尔出版了长篇小说《白鲸》，第一次以广阔的海洋为背景，揭示人类如何屠杀那些美丽的鲸鱼，导致船毁人亡的可悲结果。这本小说出版以后，只卖出去5本，几乎没人注意。直到1900年之后，大工业在美国造成了很多生态灾难，人们才意识到，人类不可遏制的欲望，会遭到自然多么残酷的报复。梅尔维尔的这本《白鲸》忽然被重新发现，受到广泛的赞扬，位列文学的传世经典。耶茨的《革命之路》几乎重复了梅尔维尔的传奇，美国文学界因此把耶茨称为“焦虑时代的伟大作家”。

耶茨的焦虑最集中的体现，是他的长篇小说《革命之路》。理解了这本小说，也就从本质上理解了耶茨全部小说的核心价值。

《革命之路》的两位主人公，弗兰克和爱波，相遇在一个酒吧聚会上。这场邂逅，让两个不知道自己“到底对什么最感兴趣”的年轻男女怦然心动了。简短的对话呈现出他们在人生选择上的不确定性，他们都喜欢这种不确定，热爱其中的自由感。在那个同质化泛滥的时代，这是稀少的，这种稀少像摄影工作室里的显影液，将两个不同于他人的青春男女叠合到了一起，他们在彼此身上看到了自己，看到了浪漫与激情。弗兰克看到了一个“第一流女人”，爱波发现了“最有意思”的男人，世界刹那有了光，爱情的降临，只需要几秒钟。

这两个青年男女不仅是瞬间爱上，生活深处，也有他们各自的痛点。

弗兰克已经去世的父亲是“一个有点谢顶，眉毛很浓密的男人。他的嘴只有一个形状，不是表现狂躁，就是表现愤怒”。父亲的职业生涯从来没有舒畅过，他本来是纽约诺克斯公司纽瓦克分公司的经理助理，“侥幸逃过了大萧条时期大规模的裁员和失业”，还差点儿成为诺克斯公司总经理的助手，但最终还是没能竞争到这个高级管理位置。“父亲直到生命的尽头也没能理解为什么会失败。从开始到最后的沉沦，父亲始终没能理解这次的失败和接下去一连串的打击到底是怎么回事。”弗兰克坚决拒绝走父亲的那一条道路，他要创造全新的自我。1944 年他高中毕业，在 18 岁的黄金年龄毅然报名参军，开赴第二次世界大战欧洲战场。他的这段军旅生涯并不长，甚至没怎么打仗，经历过一次长长的行军，突然听到德国法西斯投降了，弗兰克随即回国。尽管没有真正出生入死地拼杀过，退伍军人的身份仍然给了他无比的荣耀，回到美国以后，他依靠政府对退伍军人的特殊照顾，进入哥伦比亚大学学习，意气风发。“他头上骄傲地戴着‘退伍老兵’和‘知识分子’的光环，勇敢地接受着这些称号，就像他以同样的勇气穿着那件故意做旧的斜纹软呢夹克和褪了色的卡其布长裤”。名不副实的虚荣笼罩着他，让他在生命最需要踏踏实实磨炼的年龄段漂浮起来。他和退伍同学的身边“总是有数不清的女孩围着打转，并且愿意跟着他们来公寓”。他享受到了“生命中第一次被人敬仰的感觉”，他喝着啤酒眉飞色舞地高谈阔论，身边常常是“一片轻声的赞同”，说他“只需要时间和自由去找到自己”。这让弗兰克“从来没有怀疑过自己拥有与众不同的天赋和前景”，庆幸自己“没有特定的志趣。正因为没有什么特定的目标，他也就避免了特定的限制，整个世界和生活本身，都能成为他选择的领域”。

弗兰克的这种状态其实是一种严重的精神架空，他的所有荣耀都不是自己打造的，而是时代的天空掉下来的馅饼。美国是个极为崇尚个人价值的国家，整个社会对退伍军人有着特别的尊敬。弗兰克在战场上一枪未放，就获得了这些属于战场的荣耀和待遇，使他在潜意识中有了一面畸形的镜子，将自己放上了不凡的云端。他决心不走寻常路，努力模仿各种高大上的“男子汉形象”，打造自己的人设：他不辞辛苦，以“非常性感”的姿态走路，“不自然地把一只肩膀抬高一两寸，挺直脖子”；每次在暗处点燃香烟的时候，“他会小心地保持一种形象：皱着眉头，就像一个饱经风霜的硬汉子，啪一下掀开打火机，用手护住火，火光闪烁照耀出一个男人昙花一现但却无比强烈的图像（很多年前他经常在黑暗的卫生间里对着镜子这样练习）”。弗兰克的这种表演性套路，看上去有些滑稽，但细细体会，并不可笑。处于社会中下层的青年，心理世界往往是双重的：仰望天空，有一层又一层比自己高的社会等级，感觉到压抑和不公。俯瞰大地，又不甘心于沉寂在不平等的宿命中，内心燃烧着拔剑而起的奋斗欲望。有这样的心劲儿，并不是坏事儿，问题在于：弗兰克的追求太空洞了，缺乏真实的社会价值，他每天生活在光环中，沉醉在美幻的自我想象中。对弗兰克这样的男人来说，需要众人的赞美，更需要得到“第一流的女人”的爱，通过美人的臣服，向世人证明自己的男性魅力。直到与爱波相遇，他满目惊艳，惊为天人。然而他并不知道，爱波的成长历程，布满“阴暗的故事”。

她的父母曾经“有一场浪漫的婚恋，在大西洋上让船长主持婚礼，然后又在孩子不满一周岁的时候草草离婚”。她出生后，直接被妈妈“送到了玛丽姨妈家”。爱波 20 岁的时候，父亲“在波士顿的一家旅店里开枪自杀了，过了几年她母亲也在西海岸一家戒除酗酒恶习的疗养院里去世”。爱波的生命从未被温暖地关爱过，她在不同的姨妈家之间被送来送去，淡漠的感情，使她几乎把姨妈们“忘得差不多了”。年幼时父母偶尔来看她，是她

“唯一开心的事情”。在极度的情感匮乏中，爱波像抓住救命稻草一样，将父母看成“我真正爱的人”。她在父母去世之后，珍惜地保存着为数不多的纪念物：“她在不同年龄时期拍的照片，在草地上，要么跟父亲一起，要么跟母亲一起。一张她母亲的小小的肖像；一个镶着皮革相框的发黄照片，她父母的合影。两人身材高挑，衣着优雅，站在一棵棕榈树下，旁边写着‘1925年，戛纳’；她母亲的结婚戒指；一枚古董胸针藏着一束外婆的头发；还有一匹小小的白色塑料马，只有一个表坠大小，估计价值只有两到三美分，爱波还是收藏了很多年。”这让人有些伤感，她极力渲染对父母的爱，给自己画了大大的情感美图，为的是让自己在这个破碎的世界上有一份念想。这念想表面上是爱父母，内核中是竭力证明父母对自己有无限的爱。

如果因为爱波的漂泊往事，就将她划入卑微的弱者，那可大错特错。这绝不是她自己的定位，她上过大学的戏剧专业，艺术的王国，是她自我拯救的天梯。坎坷的生活给了她悲伤，她要用艺术的自由来否定现实。所以，她根本不理会那些非常现实的男人，更厌恶在现实中春风得意的男人，而当她一看到弗兰克，顿时看到了一个自我放逐在社会主流边缘的流浪者。她爱他对现实的拒绝性，她期待与他一起创造与别人不一样的独特生活。婚后她对弗兰克说的一番话明晃晃地展现了她的愿望：

> 我对“现实”的评价很奇怪很低。……一个有头脑的男人年复一年像狗似的做着一份他根本无法忍受的工作，每天

回到一所他无法忍受的房子里，生活在这块他无法忍受的郊区。而且家里等着他的妻子同样不能忍受这些东西，不能忍受跟一群担惊受怕的小——哦，弗兰克，其实你不需要我来告诉你，我们所处的这个环境到底有多糟。我说的很多东西其实只是重复你的话。就在昨天晚上坎贝尔夫妇在这里的时候，你记得你说过郊区的人总不去正视现实，就像一切与己无关吗？你还说每个人都把孩子浸泡在泛滥虚伪的情感中来抚养长大。

爱波对弗兰克这样说，是想唤起他的同感，但她并不会想到，弗兰克完全承担不起她的热望，他不能体会爱波心中的沉重感，只能竭尽全力做出爱波喜爱的样子："每天早上他一定比她醒得更早，从床上跳起来，这样她只能看见他精神奕奕的样子，而不是刚睡醒时脸部肿胀、表情迷茫的模样。他会在烛光中咬紧牙关，这样他看上去就会显得坚毅而有魄力。只是长时间的表演让他大牙酸疼。有时候，他会憎恨自己使用这样的伎俩来达到目的，甚至隐隐地把爱波也迁怒在内，因为她竟然会这么轻易被这些虚伪的表演打动。这都是些什么幼稚玩意儿啊？"

一个徒有其表的光环小伙儿，一个追逐别样生活的梦想女孩儿，就这样望着虚空相遇了，他们毫不犹豫地结了婚，丝毫没有感到双方其实在心灵深层并没有走到相同的世界。他们住进一幢郊区独立房屋，他们想在这幢"革命山庄"的房屋里，开始他们"个性化"的生存。但他们忽略了自己身处的大环境：住家不远，是星罗棋布的相同住宅，无数中产阶级正在这里享受着“美好的生活”。美国作家威廉·曼彻斯特的《光荣与梦想：1932—1972年美国叙事史》中写道：

> 1958年前的十年里，定居区建成的1300万套新住宅中，大约有1100万（85%）建在城市外。农场和中心城市的难民聚集在乡镇，这些地方，在战胜日本那天尚不存在。尤其值得注意的是，城市丧失了活力。在过去，它曾是雄心勃勃的年轻人向往的地方，现在，这些人已不断流入城市周边社区、弯曲的超级街区、复式花园洋房、红砖迷宫和修剪整齐的草坪。那里居住着新一代人，“摇摆世代”和他们的甥侄辈，在这些新开发区盛行着新的生活方式。……在郊区，一种完全不同类型的群体正逐渐占上风：“他向的美国人”。他们的动力来自他们渴望不断被人喜欢。托克维尔在一百多年前就发现了支撑这个论点的证据，他指出，虽然美国人自豪地谈论他们的个人主义，但美国人特殊的才能，也是他们最大的潜在弱点的根源，就在于他们彼此合作的作风。他预言，如果美国失去了这种动力，便会通过牺牲所有其他美德而加强社会性的美德，并创造一种多数人的专政。

《光荣与梦想》中描绘的，是美国大规模中产化在居住社区方面的新景观。1956年，美国白领阶层（中产阶级和服务行业的人）的数量历史性地超过了蓝领工人（制造业的工人），收入的提高使大量建设出售郊区独立住宅区成为新现实。从历史来看，中产化是现代经济发展的必然，占据社会大多数的稳定的中产阶级，是发达国家的普遍存在。有庞大的中产阶级，才有向心力强大的共同价值观，才有对未来的普遍共识。但中产阶级又是一个庸碌的庞大群体，彼此处处可见的相似性，往往淹没一个人的独立意志。如同《光荣与梦想》中所说："在新开发的区域，似乎每个人都受雇于庞大又漂浮不定的合作机构。'摇摆世代'已经成为技术员的一代，成为可互相调换的部件。这些人都知道这一点，而大多时候也喜欢这一点。可以肯定的是，他们经常将生活比作乏味的折磨，但他们的绝望是佯装的绝望。如果他们觉得他们被囚禁，那他们的监狱也是史上最舒适的监狱，这一点他们自己也会明明白白。"

在这一大片"最舒适的监狱"中，时时刻刻被包围在"佯装的绝望"里，爱波和弗兰克能不能保持他们的"个性"？他们能不能走出一条"革命之路"？两根貌似"会思想的芦苇"，会不会旺盛地飘散自己洁白的芦花，给人人相似的中产阶级生活带来些许变化？这正是耶茨要深入探找的核心问题。

弗兰克和爱波在革命山庄住下，他们打算七年之后生两个孩子，在这之前他们要自由地生活，寻找自己的道路，做一生最喜欢的事情。然而还没有等他们想个明白，爱波发现自己怀孕了。意想不到的怀孕，顿时把两个人的关系变得混乱不堪。弗兰克想要这个孩子，而爱波却意见相反。他们的争吵"持续了整个晚上。两个人怒吼，扭打，摔椅子，从屋里闹到屋外到楼下到大街上”。争吵过后的第二天，爱波扑到弗兰克的怀里哭起来，告诉他“我知道你说的是对的。对不起，真的对不起。我爱你，我会给他取名叫弗兰克，然后送他去上大学，以及做一切该做的事。我答应你，我答应你”。弗兰克“搂着怀里那个驯服顺从的女人，吻着她：‘哦，亲爱的，我亲爱的宝贝。’”但他心里却在想：“这不是最糟糕的事情吗？我并不比她更想要一个孩子。”

这一幕显得有些滑稽，引起的后续更是一发不可收拾：一个女儿出生后，他们又生了个男孩，弗兰克沮丧地感觉，“从那一刻开始，他的生活就由一连串他不想要做的事情组成”。他为了养家糊口，不得不找职业介绍所里的老同学，告诉他“我现在需要一份工作，挣到足够的钱来混过接下来的这一两年”。极具讽刺意味的是，老同学最终给他介绍的是弗兰克爸爸埋没一生的诺克斯公司。弗兰克别无选择，只能接受。“他慵懒地对付掉每天的工作，用猫一般的姿态在公司里踱步。”而爱波过得与其他中产阶级少妇毫无二致，每天带孩子做饭，那些“独特生活”的愿望，似乎不见踪影。

当一个人在永无休止的重复中度过每一天，他在生命深处会一点一点地腐朽，阴暗的腐朽会催生出很多色彩不明的霉菌。植物需要光合作用，生活需要吐故纳新，人生的境界不进则退，人若不成长，必然萎缩。弗兰克工作快满一年的时候，深深感受到他的个人理想和诺克斯公司那些“机器人”的理想之间的荒谬反差：“在诺克斯这种公司最大的优点在于，每天早上九点你可以切断你脑子的电源，让它停止一整天，而没有人会看出脑子转不转动有什么区别。”无聊之中，他开始勾引公司的前台小姐莫琳，兴致盎然又鬼鬼祟祟地开始了第一次幽会，然后轻松地回了家。他万万没有料到，妻子和孩子都在等待他，今天是他的生日！迎接他进门的爱波“递给他一个装满了威士忌和冰块的老式玻璃杯，然后消失在黑暗的客厅里。现在他已经听见客厅传来孩子徒劳地抑制着的嬉笑声，以及擦亮火柴的声音”。听着家人的祝福歌声，他感动而羞愧，这个生日，也是他的堕落日啊！

弗兰克更没有想到，爱波在他 30 岁生日的这一天，为他安排了一个“重生”的计划：去巴黎。她的决定是“今年秋天全家移居欧洲，在那边开始新生活”。到了巴黎，弗兰克“什么样的工作都不用去找”，“你可以去做七年前就该去做的事情了。去找你自己。你可以去看书，去学习，去散步，去思考。你会有很多时间。这是你生命中第一次有时间去弄清楚你到底真正想做什么。而且你有时间和自由去做这件事”。弗兰克大吃一惊，起初感觉是天方夜谭，但细细回味，忽然萌发出英雄归来的自豪感。这不正是一种不同于他人的生活吗？两口子一番长谈，欣然决定辞去工作卖掉房子，奔向巴黎。

这仿佛是个浪漫的重生故事，但他们都忽略了一个关键的问题：在纽约无法精彩的人生，难道到了巴黎就会焕然一新？人不变，外部空间一变，生命就不一样了吗？世界上很多人都把自己的美好前景定位在“远方”，似乎地平线的尽头才有无限的诗意，是解放自己的不二法门。这是一大误区，是人性的软弱和逃避。没有领悟生命真谛的人，走到哪里都是茫然的，顿悟来自长期的磨炼，而不依赖空间的转换。

更为错乱的是，爱波“去巴黎”的计划是自己默默筹划的，她想再造一个弗兰克，像上帝一样让他重返生命的伊甸园。她对弗兰克充满了幻想，要通过“再生”一个弗兰克，实现自己的人生梦想。她鼓励弗兰克：“像你一样优秀的男人并不多，……每个人都知道，只要你有那么一次机会找到你自己，那么这世上就没有什么你做不到的事情，没有你担任不了的角色。当然了，这都不是重点，你无需非同寻常，但你也应该去寻找自己。你明白吗?”她激励弗兰克：“现在是你的本质被桎梏起来了，是你，真正的你，被一再地否认，否认和否认。”弗兰克梦幻般地问她：“那么我的本质是什么呢?”爱波“轻柔地拉着他的手，划过臀部，然后停留在她平坦的腹部，并再次把它们按紧”，轻轻地说：“你难道不知道吗？你难道不知道吗？你就是这个世界上最宝贵最美好的事物，你是一个真正的男人！”

爱波设计的这个人生的“再造工程”，让弗兰克迸发出幻觉中的自我陶醉，第二天他踌躇满志地向朋友们叙说自己去巴黎的远大计划，而且如他所愿获得了大家的惊羡。岂料事情突然发生了一个大转折：弗兰克为诺克斯公司撰写的宣传册受到高层的高度赞扬，他不经意间变成了公司颇有价值的员工。大主管波洛克亲自找他，称赞“这份东西可真是了不起啊。托莱多的与会者都很喜欢”。波洛克最重要的一句话是：“弗兰克，你是我最需要的那个人！”

弗兰克终于熬出头了，远远超出了他的父亲在诺克斯公司的成绩。他干劲十足，撰写公司产品的宣传册时，“成了一个充满能量的魔鬼”。现实对他的肯定，一下子让他豪情勃发，心里决定不去巴黎了。但他还不敢直接告诉爱波，他要用曲折迂回的语言，“启发”爱波自己放弃去巴黎的想法。正在这时，爱波发现自己又一次怀孕，而弗兰克大喜过望，这不正好是一个不去巴黎的理由吗？他委婉地劝告爱波，这时候去巴黎，是件太冒险的事儿，而且她的执著，实际上是一种“情感失调”。爱波一眼就看出他的虚假，明白这个看上去和别人不一样的人其实是个俗货。她万念俱灰，陷于崩溃。完全没有欲望和弗兰克争论，一切都变得无意义了。在冷静的绝望中，爱波与她的暗恋者有一番对话：

> 微弱的光亮只能隐约显现她脸部的轮廓，但不足以让他看清她的表情，或者分辨出她到底有没有表情。
>
> 她说：“不是那么回事。坦白说，问题在于，我其实并不知道你是谁。”
>
> 一阵沉默。“不要跟我打谜语。”他低声说。
>
> “我没有。我真的不知道你是谁。”
>
> 他看不到她的脸，但他至少可以触碰它。于是他像盲人一样伸出手去，让自己的指尖从她的鬓角滑落到脸颊上。
>
> “而且即使我知道，”她说，“恐怕也不会有什么帮助，因为你懂吗，我也不知道自己是谁。”

这段话读起来痛彻心扉，这就是耶茨要写的现代生存：人和人之间“并不知道你是谁”，甚至“也不知道自己是谁”。在这里，孤独如巨大的黑洞冉冉升起，彻底而寒凉，每个人都是自己的陌生人，却还要去追爱、去融合一体，去生儿育女。

爱波和弗兰克的“革命之路”走到了尽头，她决定冒着生命危险，自己流产腹中的胎儿。她尝试着给弗兰克写一段留言：“你所谓的‘爱’，其实是自欺欺人的幻觉。你懦弱地蜷缩在这个幻觉之中。其实你跟我一样清楚，我们之间什么都没有，除了相互的蔑视和不信任，以及最丑恶的，从对方的弱点当中寻找满足。这就是为什么。这就是为什么你说我没有能力去爱的时候我会大笑不止。这就是为什么我再也不能忍受你碰我一下，这就是为什么我再也不相信你想的东西，更甭论你说的东西。”

后来她走上楼，为自己流产，痛苦中死于大出血。

爱波死后，弗兰克虽然也忙碌地投入新建公司的事务，但他已经失去了灵魂，了无生趣。在往日邻居的眼里，他是一个“走着，说着，笑着的，却没有生命的男人。听到他一开口说话，以及握着他干瘪无力的手，他就知道弗兰克的生命能量已经枯竭了”。这时候他真正感受到爱波对他来说是唯一的。我们不能说他没有获得过爱情，爱情最真实的感觉，是失去了那个人，就失去了世界——可惜他明白得太晚，一切都消失了。

更可叹的是爱波，她有戏剧性的人生幻想，努力想写出自己和弗兰克的生命剧本。她叹息甚至蔑视弗兰克被资本力量带着走，以生命的代价告别了他。这很悲情，但悲情中又有些盲目。她太沉浸在艺术的想象中，而没有看到，弗兰克在计算机公司搞的销售新模式，未尝不是信息社会的早期开拓，他的创意，也是对社会向新科技时代变革的有力推动。爱波把自己、把爱情沉浸在颇具古典浪漫主义的意境里，以“去巴黎”对抗平庸的中产化生活，这种追寻很有舞台感，但也无形中为自己构造了一个晶莹的信息茧房，隔离了与弗兰克在价值创造方面的互联。《革命之路》就是这样写出了一种痛彻心扉的孤独：爱波与弗兰克互相看不见彼此的价值，最终阴阳两隔，让人伤叹。

耶茨的小说总是如一双穿越日常表象的眼睛，带领读者发现风和日暖如何瞬间化为荒凉。阅读耶茨的小说，最大的警悟恐怕也正在于此：人生最重要的，不是相遇，而是用全部的生命，去深切理解这份相遇。爱情看上去烈焰熊熊，细细看只是微弱之火，脆弱而易逝。如何以纯粹的心意相互打开，让爱如牵牛花的藤蔓，在岁月中相依成长，这才是现代社会最难的事情。是爱永恒，还是孤独永恒？这是人类社会最基本的追问。

梁永安

2024 年 3 月

献给希拉

唉！当激情既温顺而又疯狂！

——约翰·济慈

第一部

第一章

最后一次带妆彩排结束了。桂冠社的演员无所事事地站在舞台上，安静、无助。在空荡荡的大礼堂中，他们的身影在舞台脚灯的照耀下黯淡了下来。当他们的导演——一个个子不高、表情严肃的男人，从空无一人的座位上站起来走上舞台，来到他们中间时，人们甚至不敢呼吸。他费劲地从舞台一侧拖来一把活动梯，爬了一半，转身，清了清嗓子说："你们是一群有才华的演员，与你们合作是再美妙不过的事情。"

"我们从事的可不是什么简单的工作，"他环视舞台，眼镜反射出淡淡的光，"我们之前遇到过很多的困难。坦白地说，有时候我甚至告诉自己不能去要求那么多。可是现在，听着——我这么说可能有点滥情，但是今晚发生的这一切太了不起了。静静坐在下面的时候，我突然在内心深处意识到，你们每一个人都第一次把自己的心真正投入了进来。"他张开一只手掌，把它放到胸前衬衣口袋的位置，像是在告诉他的演员们心脏是一个多么简单多么实在的东西。接着他把这只手握成了一个拳头，缓缓挥动，一声不吭，长长的戏剧性的停顿后，他闭上了一只眼睛，润湿的下唇弯曲成一个混合着胜利和骄傲的调皮表情，“明天晚上把你们刚才的表现再展示一次，”他鼓励着大家，“我们要让所有的人开开眼。”

他们或许该因为终于可以松口气了而热泪盈眶，但没有。他们轻轻地颤抖着，欢呼雀跃，开怀大笑。他们忘情地相互握手甚至亲吻对方，其中有个家伙干脆跑到外面买来了一箱子啤酒。所有人围在舞台上的钢琴边纵情歌唱，直到大家一致认同，是时候停歇下来回家好好睡觉。

“明天见！”大家兴奋得像孩子一样大声呼应着。他们在月光下开车回家，他们想应该摇下车窗让外面的空气流进车里，卷带着有益健康的花蕾和泥土的气息。剧社里好多人终于第一次承认，春天来了。

这是一九五五年，西康涅狄格州的一处地方。三个蓬勃发展的小镇最近由一条名为十二号的高速公路连接起来，喧闹的大道很是宽敞。桂冠剧社是这里的一个业余表演团体。不过他们对待自己的表演非常严肃，而且也投入了不少钱。他们的成员是从三个小镇里比较年轻的成年人当中精心选拔出来的，即将进行的这次演出是他们的处女作。在过去的这个冬天里，剧团成员们时常聚在一起，坐在彼此家中的客厅里，热烈地讨论易卜生、萧伯纳和奥尼尔。然后在一次表决中，大部分有点常识的成员选择了《化石森林》作为他们处女秀的剧目。接着便是初步的选角，每一周，所有人都发现自己越来越投入到这场表演中来。私底下大伙或许都觉得他们的导演是个滑稽的小个子。事实上，在某些方面，他确实是这样的——他几乎无所不能，可就是说话方式认真不起来。一番滔滔不绝之后，他总是喜欢轻轻地摇摇头，这时他脸上的肉也会跟着晃动起来。不过无论如何，剧社成员都喜欢并且尊敬他，对他所说的绝大部分东西深信不疑。他曾经告诉社员们："任何一个剧作都需要演员去投入他全部的天赋和热情。"还有一次他说："记住，我们不是简单的在这里演一场戏，我们是在建立一个社区剧院，这是一件非常重要的事情。"

但问题是，从一开始社员们就害怕自己在投入了这么多以后，结果会一事无成，让别人把自己当傻子一样看笑话。他们因为害怕承认而愈发恐惧。开始的时候他们的排演都是安排在周六，印象中好像都是在二月或三月里那种云淡风轻的下午。天空是白色的，树木是黑色的，皱巴巴的雪块中间露出光秃秃的黄褐色土地和小山丘，显得脆弱无助。当那些演员从自家的厨房里走出来，犹豫了一下才扣上大衣或戴上手套时，他们会看见这片萧索的风景里似乎只有几座饱经风霜的老房子。矗立在这样的环境里，演员们的房子显得不够厚重，还格格不入，好像是把一大堆光鲜的新玩具愚蠢地放错了地方，被遗忘在室外过夜而遭雨淋。大家开的车子看上去也跟整体环境不搭调，显得太过宽敞，而且闪耀的都是那种糖果、雪糕似的色泽，仿佛一点飞溅的烂泥就能把它们刺痛，令它们畏缩。这些车怀着歉意在一条条破烂的小路上爬行，然后从各个方向登上路面平整的十二号公路。一到了这里以后，这些车子才像是来到了一个真正属于它们的环境。亮色的塑料、厚玻璃板和不锈钢汇成一长条诱人的招牌谷："国王蛋筒”、“汽油”、“梭普拉麻零售店”、“吃吧”。不过他们终究还是要一辆接一辆地从大路上下来，沿着通往本地高中的蜿蜒乡村小路前行，最后不得不停在高中大礼堂外面那块宁静的停车场上。

“你好！”剧社成员们腼腆地相互打着招呼。

就在这样此起彼伏的“你好”声中，大家略显得有些不情愿地走到礼堂里面。

他们拖着笨重的橡胶套鞋在舞台上来回踱步，掏出面巾纸擦拭着鼻子，并且皱着眉头看着凌乱的剧本。最后，他们用宽恕的笑来彼此宽慰，一遍又一遍地相互说：他们有的是时间。然而他们没有时间了。他们全都心中雪亮，越来越频繁的排练只有把情况弄得更糟。导演早该宣称：“这部戏真的开始有模有样了，我们正在实现梦想。”现在许多日子过去了，节目似乎还是停留在最初的那个状态，完全没有成形的迹象，甚至变成了压在每一个参与者心头的一块巨石。剧社成员们可以从彼此的眼神当中，从每次道别时略带歉意的点头和微笑中，读出一个相同的意思：失败将不可避免。每次排练结束，大家总是逃离似的急匆匆地开车离开，他们只想快点回家，回去或许还要面对等着他们的那些陈腔滥调的、不那么直接的挫败。

然后到了今晚，距离正式演出仅仅二十四小时，大家才终于找到了一些感觉。这是今年第一个暖和的傍晚，尽管他们仍不习惯化装和戏服，多少有点头晕目眩，但是此刻他们已经忘却了恐惧。他们让戏剧的律动像海浪一样卷着自己，然后击碎。或许这个说法真的滥情（滥情又怎么样了呢?），但他们是真正地把心投入到了这表演中来。还能要求更多吗？

第二天晚上，观众开着鲜亮的汽车，鱼贯进入场地。他们也很郑重地看待这次演出。跟剧组成员一样，这次的观众大多步入中年没多久。他们悉心打扮，纽约很多服装店把这种衣着风格称为“乡村休闲”。谁都看得出来，这些人比起大多数人来说，在教育程度、工作以及健康方面都要优越一些。而且也很显然他们都把今晚当成了一个很重要的夜晚。他们当然都知道《化石森林》算不上非常知名的剧目，排队进场就座时他们毫不避讳地重申着这一点。不过无论如何，这出三十年代的戏剧所表达的基本观点，即便到了现在还是合时宜的。(“甚至更切合现在的时世，”一位男士反复跟妻子说，他妻子则咬着嘴唇点头表示认同；“仔细想想，确实如此。”）当然，今晚最有看头的并不是这出戏本身，大家更为关注的是将要演出的剧团，大家欣赏的是成立这样一个剧团的勇敢的想法。这是一个健康的充满希望的信息：一个很好的社区剧社就诞生在这里，在他们中间。正是这种感觉把他们吸引来，坐满了演出大厅里差不多一半的座位。当大厅里的灯光渐渐黯淡，每个人都安静了下来，屏住呼吸，甚至于感觉到了紧张，心里则期待着愉悦的来临。

舞台的幕布升起，台上布景的后墙还在抖动，因为幕后人员刚匆匆地离开现场。后台还传出了摩擦和碰撞的响动，淹没了演员的头几句对白。这些小小的慌乱说明，歇斯底里的紧张情绪正在演员之间攀升。然而舞台上的表现却像是在预示着精彩演出的来临。演员们似乎在动人地告诉观众：再耐心等一会儿，好戏还没有开始呢。我们只不过是还有点点紧张，不过很快就会好了，请担待一下。很快抱歉已是多余，因为观众在观看女主角嘉布丽尔的表演了。

她的名字叫爱波·惠勒。刚一亮相，礼堂就低声回荡着“真是太讨人喜欢”的赞叹。很快人群中开始有人一边用手肘轻触身边的人，一边低声赞美着：“她确实**很不错**。”有些观众自豪而又庄重地点着头，他们恰巧知道她在不到十年之前曾经就读于纽约一所顶尖的戏剧学校。她今年已经二十九岁，灰金色头发，身材高挑。她那贵族式的美没有因为蹩脚的灯光而有所折损。她所扮演的角色似乎正是为她量身定制的。虽然生养了两个孩子使她的臀部和大腿稍嫌丰满，但她的举止恰如其分地表现出一个少女的羞涩与优雅。如果有人瞟了一眼坐在观众席最后一排的弗兰克·惠勒——一个圆脸、看上去挺聪慧的年轻男人——正在咬着拳头，他们会说，他更像她的追求者，而不是丈夫。

“有的时候我能感觉到好像自己浑身上下都在散发着光芒，”她轻声说着台词，“而这时我只想到外面去做一些完全疯狂的不可想象的事情。”

在后台，演员们挤在一起，聆听着台词，发现自己忽然爱上了她。或至少，他们正准备爱上她。尽管在排练的时候她偶尔表现出盛气凌人的样子，他们多少有些怨恨，但现在她突然成了他们唯一的希望和寄托。

演出当天早上，他们的男主角染上了肠胃炎。他抵达礼堂的时候还在发着高烧，他坚持自己能挺着完成演出，但是在开演之前五分钟，他开始在化妆间呕吐。此时导演别无选择，只好安排人把他送回家里，然后自己硬着头皮接替了他的角色。这一系列的变故发生得如此猝不及防，以至于没有人有时间想到应该向观众说明替换了演员。有些小配角甚至在开演之前都不知道出现了这个状况，直到他们听见站在舞台灯光下说着那些熟悉台词的人是导演，而不是原来的男主演。导演此刻正在竭力调动着自己最好的表演状态，他的每一句台词都带着那种半专业的腔调收尾，但他完全不符合男主人公阿兰·斯奎尔的形象。他体形矮胖，而且有些歇顶。站在舞台上他根本看不太清周围的人和布景，因为他不肯戴眼镜上场。从上场的那一刻开始，他就在配角当中引发了一阵混乱，使得他们相互干扰，忘记了自己应该站在哪里。当他说着自己在第一幕当中非常重要的一段台词，表达自己对碌碌无为的感慨时，“是啊，有头脑却没有目标；发出的不是声音而是噪响；空有个躯壳却没有实质……”他舞动着的胳膊打翻了一杯水，弄湿了桌子。他试图用咯咯一笑去掩饰自己的窘迫，并且忙不迭地说了一段即兴发挥的台词：“看到了吧，看到我有多么没用了吧。来，让我帮你把它擦干。”但是剩下的台词终究被毁了。就因为这个小的事故，过去几周大家竭力在心里压制着的恐慌和失败感像病毒一样突然爆发，从最先那位没法控制直呕吐的男演员一直蔓延到其他人身上。只有一个例外：爱波·惠勒。

“你不希望得到我的爱吗？”她说。

“希望，嘉布丽尔，”导演说，汗水闪着光，“我当然希望得到你的爱。”

“那么你觉得我有吸引力吗？”

在桌子底下导演的腿紧张地抖动。“那还不足以表达你的美好，还有更合适的字眼。”

“那为什么我们不能至少尝试着去开始呢？”

然而她孤立无援。她的台词显然在一句句地变得虚弱无力。第一幕戏还没有结束，所有参演者，包括台下的观众，都看出来她已经失去了控制，而且很快所有人都为她难堪。她一会儿变得矫揉造作，一会儿紧张得手足无措。她总是把肩抬得很高很正，透过厚厚的妆，观众们还是可以清楚地看到她的脸颈间难堪和羞辱正在升温。

接下来谢普·坎贝尔蹦蹦跳跳地出场了。这位魁梧结实的红发年轻工程师在剧中扮演的是匪徒杜克·曼提。其实从排练开始整个剧社就对谢普很不放心，只是他和妻子米莉在背景道具和宣传工作上出了很多力，而且他们热情友善，以至于没人狠得下心提议替换掉他。现在大家的宽容，以及坎贝尔自己心中的紧张愧疚，导致他一上台就忘了一句非常重要的台词，而且他在说其他几句的时候，语速太快吐词含糊，坐在第六排以后的观众根本没法听清。他的举止根本就不像一个凶悍的亡命之徒，一头齐短发，袖子卷得高高的，看上去倒是更像一个亲切友善的杂货店伙计。

在中场休息时间，观众们都从演出厅里稀稀拉拉地走出来，要么在抽烟，要么局促地结伴在校园走廊里走动，检视着学校的布告栏，一边在修身长裤或是优雅的棉质裙装上轻轻擦拭着润湿的手掌。他们其实都不想接着看第二幕和最后一幕的演出，但他们还是回到礼堂里。

剧社成员们也一样。现在他们唯一的想法和脸上的汗珠一样显而易见，就是让这个烂摊子赶快结束。仿佛过去了好几个小时，在这场残酷的耐力测试中，爱波·惠勒的表演和其他人一样糟，如果不是更糟的话。最后到结尾的高潮部分，本来舞台指令要求死亡的辛酸被幕后的枪响和杜克的汤姆冲锋枪响打断，但是谢普对开枪时机把握得太随意，而后台的枪响效果又实在是太大，以致情人之间的对话完全淹没在一片混乱的噪声和烟雾之中。舞台幕布终于落下，这实在是仁慈之举。

观众们的掌声虽不响亮，却认真地持续了一段时间，其间还响起了两次要求演员谢幕的欢呼声。其中一次是在演员们正向舞台两侧走去的时候，他们手忙脚乱地回头并且相互碰撞；另外一次是三位主角暴露在人前，就如一幅显现人类孤绝的静止画面：导演眨着近视的眼睛，谢普·坎贝尔当晚第一次露出应有的暴怒神情，爱波·惠勒则在僵硬地微笑。

然后，所有的灯都亮了起来，演出厅里谁也不知道该摆什么表情或说什么。尽管依稀听到房产经纪海伦·吉文斯夫人不断重复着“很不错”，大部分人都默默无语、拘谨严肃。大家一边起身向通道走去，一边把手伸向香烟盒。这时一位能干的高中生跳上了舞台，运动鞋和舞台摩擦出尖锐的声响。他是今晚被雇来负责灯光的。他向高处看不见的搭档指挥操作，在脚灯的光晕当中，他小心地把脸上大部分亮亮的青春痘遮掩起来，同时转过身背对着台下，骄傲地展示着他身上的全套电工装备——电工刀，钳子，还有一圈圈的电线。这些工具装在一个油亮的专业皮套里，低低地系在工作服的屁兜上。很快舞台上的一排灯光熄灭了，男孩也灰溜溜地退场了，幕布变成了一块黯淡的绿色丝绒，颜色已经褪去，布满灰尘。现在大厅里已经没有什么东西可看，所有观众都挤着朝过道和大门移动脚步。他们圆睁双眼，行色匆匆，一对挨着一对地走出去。平静有序地逃离这个地方似乎成为生命的强烈需求。仿佛他们必须逃离隆隆作响的粉色废气波浪，逃离停车场上嘎吱嘎吱的碎石；在那个散布着千万颗星星的一直上升的黑色夜空下，他们才能重新活过来。

第二章

弗兰克·H. 惠勒在人流当中逆向而行。他缓慢地从过道走向后台，一边侧身避让对面的人群，一边表示歉意。他希望自己看上去是有尊严的。他嘴里不停咕哝着“借过……借过……”，还不时向擦身而过的几个相熟面孔点头微笑。他的一只手插在口袋里，一整场表演他都在吮吸和啮咬指节，现在他要把手指擦干，不让别人察觉。

他是个整洁壮实的年轻人，还差几天才满三十岁。他留着一头修剪得很整齐的黑色头发，长相俊美，但不是那种非常惹眼的类型。广告摄影师会让他扮演那一类很有眼光的顾客：懂得挑选做工精致但是价格又不昂贵的商品的人。(相应的广告词可能是：干吗不少花点呢?）尽管轮廓没什么特性，但他的脸孔却不寻常地变化多端。每当他瞬间转换表情，你就会看到另一种全然不同的个性特质。当他微笑时，他看起来通情达理，很清楚一次业余表演的失败没什么大不了，而且他也很聪慧友善，肯定知道用适当的话来宽慰后台的妻子。但是在笑容和笑容之间，当他费力地在人群中挤出一条通道的时候，你会看见他眼神困惑迷乱，好像他才是那个需要宽慰的人。

他对今晚曾有过美好的幻想。当他整个下午在城里困守在那份被他描述成“你能想象到的最无趣的工作”时，这样的幻想鼓舞着他：他早早地赶回家，先逗逗孩子，把乐呵呵的小家伙们荡在半空玩闹，然后灌下一杯鸡尾酒，他们比往常更早地吃晚餐，他与妻子愉快地聊天。他会开车送她到演出现场，他的手轻抚着妻子温热结实的大腿。她会说：“要是我不那么**紧张**就好了，弗兰克!”他会专注、自豪地看完演出，然后在落幕的时刻起身加入到观众们雷鸣般的掌声和欢呼声当中。他会在后台欢腾的人群中挤过去，脸泛红潮，衣服有点凌乱。他会得到妻子第一个激动的吻，她会流着泪说：“真的演得很好吗，亲爱的？真的吗？”然后谢普和米莉会带着崇敬之情陪同他们去喝一杯，他们兴奋地谈着今晚的成功，在桌子下他和妻子两手相握。他万万没有想到最终出现在眼前的会是这样沉重的现实，令人惊恐不安。他从未料到今晚他的妻子将以一个光芒四射的形象出现，那是一个他已经好久没有看到过的充满吸引力的形象，她的每一个眼神和动作都会让他喉咙充满渴望。(“你不想得到我的爱吗？”）然而接着，就在他的眼前，她变得尴尬、痛苦。虽然他每天都努力去抹掉这个形象，但是他了解她就像他了解自己一样痛苦而透彻。她面容憔悴，红色的眼睛闪动着幽怨，谢幕时挤出虚伪的笑，一点儿都不迷人，就像他酸痛的脚，逐渐发潮的内裤，以及身上的酸臭味。

他在后台门口停了下来，抽出微红的手检验一下，有点希望它能变成一摊血肉模糊的肉酱。接着他把外套拉拉直，才进门上楼走进一间布满尘土的屋子。灯泡直直地照射着，留下深深的阴影。剧社的演员就在这里，脸上的妆容泛着光，跟前来探望的面色蜡黄的亲友三三两两聚在屋里交谈，声音中那份紧张还没有散去。弗兰克并没有找到爱波。

“不，我是说真的，”人群里响起一个声音，“你到底是能听见我说话，还是根本听不到？”接着另一个人接上话头：“嗯，管他呢，反正至少玩得挺开心。”导演站在零零落落的几个纽约朋友当中，用力吸着手中的香烟，同时不停地摇头。谢普·坎贝尔汗水淋漓，手里还拿着道具冲锋枪。但他显然已经恢复了本色。他站在幕绳的旁边，一手搂着娇小而邋遢的妻子。他们向众人展示着，他们已经决定把今晚的一切付诸一笑。

“弗兰克？”米莉·坎贝尔一边招手一边踮着脚，两手拢在嘴边朝弗兰克叫喊。实际上这里的人群没那么密集，声音也没那么嘈杂。“弗兰克，我们一会儿跟你和爱波见个面好吗？一起喝点东西？”

“好的！”弗兰克回应着，“等我们几分钟。”他看见谢普举起道具枪行了个滑稽的礼，连忙会意地冲谢普点头眨眼。

在房间拐角处弗兰克看到一个匪徒配角正和一位体形丰满的女演员说话。就是这位小姐在第一幕的表演中造成了三十秒的中断，因为她弄错了登场时间。看得出来她刚刚哭过，但是现在却在搞笑地敲击着自己的太阳穴，她说：“我的天啊！我那时真恨不得杀了我自己！”匪徒配角一边颤抖地擦拭着嘴角的污迹一边说：“我是说不管怎样，至少我们玩得很开心，你明白我的意思吧？在这档子事里，这才是最重要的。”

“抱歉借过一下。”弗兰克从这两个人当中挤了过去，走到了他妻子和其他几位女演员共用的化装间门口。他轻敲了房门，等待，直到认为自己听到她说“进来吧”，才小心地推开门，朝里面瞥眼看。

房间里只有她一个人。她端坐在镜子前面，正在卸去脸上的妆容。她的眼睛还是红红的，而且不停地眨着，但她还是朝他送出了一个多少有些像刚才在台上谢幕时那样的微笑，然后才把脸重新转向镜子。“嗨，”她说，“你准备走了吗？”

弗兰克关上门，走向妻子。他的嘴角尽量向上扬起，希望这样看起来充满爱意、幽默和同情。他心里盘算着要弯下腰亲吻妻子，并且跟她说：“听着，你演得真是太出色了。”但他注意到妻子的肩部几乎让人无法察觉地躲闪了一下，表明她现在不希望被触碰。一时间他不知道该怎么处置自己的手。先前准备好了的那句“你演得真是太出色了”看来不是该说的话。这句话太自以为是了，或至少是天真的、过于感性的，以及太严肃了些。

于是他临时改口：“呃，看来演出没有想象的那么成功，是吧？”他轻快地拈起香烟放在唇间，然后用芝宝打火机把它点燃。

“嗯，我想是吧，”她说，“我马上就好。”

“没关系的，你慢慢来，不用着急。”

他把双手插回口袋里，低下头来看着自己的双脚，活动了一下有些酸胀的脚趾。“你演得真是太出色了”，他是不是更应该说这句话？现在看来，说什么都比自己出口的那句强点。不过，他不得不考虑过会儿该说些什么更好的话；现在他唯一可以做的，就是站在那里，想想回家途中要跟坎贝尔夫妇一起去喝的双份波本威士忌。他看着镜子里的自己，下意识地绷紧了下巴，并且把脸侧过去一些，让自己的面部轮廓显得更瘦削更威严。从童年时期开始他就喜欢对着镜子摆出这张脸，但是还没哪张相片能捕捉到这个神韵……他忽然回过神来，发现爱波的眼睛就在镜子里端详着他。她不自在地凝视了一会儿弗兰克的眼睛，然后放低视线去看他大衣中间的纽扣。

“听我说，”她开口了，“你能帮我一个忙吗？是这样的……”她好像要用尽整个背部肌肉的微弱力量，声音才能不颤抖，“我知道米莉和谢普想要我们一起去喝点东西，你能不能跟他们说，我们不去？因为保姆的问题，或者用别的借口也行。”

他走开几步，然后僵直地站着，耸着肩膀向前，就像一位庭审律师正在思考几个伦理学小要点。“嗯，问题是我已经说了我们会去的。我刚刚在外面遇见他们，我答应了。”

“哦，那你可不可以再出去一次，然后告诉他们你弄错了。我想这不会太难吧。”

“我们能不能不这样。我认为，一起去喝点东西可能会很有意思的，仅此而已。而且如果我们反悔的话会显得很失礼，你不觉得吗？”

“你不愿意去跟他们说。”她闭上了眼睛。“那好吧，我自己去，多谢你了。”镜子里的素脸只涂着面霜，泛着光，看上去像已经四十岁了，而且憔悴，好像已准备好忍受病痛的折磨。

“等等，”他说，“拜托你放松点。我不是那个意思。我是说，他们会觉得这样非常傲慢，就是这样。他们肯定会这么觉得的，我无法阻止他们这样想。”

“那好吧，如果你想的话，就跟他们一起去，把车钥匙留给我。”

“天哪，你能不能别跟我说什么车钥匙。为什么你总是要这样……”

“弗兰克，”她依然没有睁开眼睛。“我不会跟他们出去的。我感觉不太舒服，而且我……”

“好吧，”他无奈地表示退让，伸出紧绷的双手，微微抖动着，仿佛仔细地跟人比画一条小鱼有多么长。“好好好，对不起，是我不好。我去告诉他们，我会马上回来，对不起。”

脚下的地板仿佛在向前航行，他走向舞台两侧时就好像走在轮船的甲板上。舞台上还有一些人。其中一个拿着袖珍闪光照相机拍照（“别动，就这样。”）。那个丰满的女孩又哭丧着脸，扮演嘉布丽尔父亲的那位演员正在安慰她：就当做吸取经验吧。

“你们俩准备好了吗？”谢普·坎贝尔问。

“呃，”弗兰克回答道，“真不好意思，我们去不了。爱波答应保姆我们今天会早点回家的，你们看，我们真的……”

坎贝尔夫妇沉着脸，显得又失望又受伤。米莉轻轻咬了咬下嘴唇，又慢慢松开。“嗯，我想爱波肯定是对今晚的事情感到别扭，是吧？可怜的孩子。”

“不不，她没事，”弗兰克说，“真的，不是因为那个。她没事。其实就是我们答应了保姆，你明白的。”在长达两年的友谊中，这还是弗兰克第一次向他们撒这种谎。大家支支吾吾地微笑互道晚安时，眼睛都看着地面；这些掩饰于事无补。

他回到化装间的时候，她已经准备好一张和蔼可亲的脸去面对出去的路上可能遇到的剧社成员。但最后他们都设法回避了。她带着他从一扇侧门离开。月光照在大理石地上，明一块，暗一块，他们走过五十码的走廊，走廊上空荡荡的，能听到回声，他俩一路上都不说话，不触碰对方。

学校的味道在黑暗中弥漫。里面有关于铅笔、苹果和厚糨糊的回忆，弗兰克的眼中涌起了一阵甜蜜的怀旧痛感。他回到了十四岁，在宾夕法尼亚州的切斯特，啊不，在新泽西的伊格伍德。那时候他把课余的时间都用来计划坐火车去西海岸。他在铁路图上策划了好几条备选的路线。他还在心里试演着怎么应对流浪汉成群的场面（尽量以文明礼貌的方式解决问题，当然必要时也会抡起拳头）。他在军需用品店看好了衣物和装备，包括李维斯的夹克和裤子，带肩章的军装款卡其布衬衣，还有鞋头和鞋跟镶上钢片的高筒靴子。一顶他爸爸的老呢帽，只要在防汗带里塞点报纸就能戴合适，这会把整套装束中缺乏的那丝诚实可靠补上。他可以把所有需要的其他东西放进童子军背包里面，并小心细致地用胶带把童子军徽章遮住。弗兰克最满意的是，这个计划是绝对保密的——直到那天，他一时冲动之下在学校走廊上邀请卡雷布斯同去。这个胖男孩是弗兰克那一年最亲近的朋友。卡雷布斯听完这个计划，惊呆了。过了一会儿他才迸出一句：“你是说坐**载货**火车吗？”他大声笑了出来，“天哪，惠勒，你真是太好笑了。你以为你爬到一辆货车上能走多远啊？你这小子从哪儿冒出来的怪主意啊？从电影里还是什么地方？告诉你吧，惠勒，你知道为什么大家都说你是个傻帽吗？因为你就是个傻帽！”

走在过去的气味里，弗兰克看着爱波走在他身边，侧脸苍白，他任凭自己愈发浓烈的愁绪，裹挟着爱波自己童年的忧伤，一同将她包围。他不太常去想这些，因为她对这些苦难的叙述总是干脆简明，一点伤春悲秋的感怀余地都没有。（“我一直都知道没有人关心我，而且我一直让别人知道，其实我对他们的漠视心知肚明。”）但是学校的气味还是让弗兰克不由自主地想起她曾说过的一次特殊经历，某天上午她坐在黑麦乡村小学课堂上，忽然月经来潮量又特别大。“一开始的时候我就呆呆坐在那里，”她向他描述当时的情况，“后来我知道那是很愚蠢的，很快我就发现做什么都太迟了。”他想象着她肯定猛地从座位上站起来跑出教室，身上穿的白色亚麻裙子上有一块枫叶大小的红色污迹，教室里三十个男女同学望着她的背影，一个个目瞪口呆。她肯定跑过了如噩梦般沉寂的走廊，经过一间间教室。教室传来窃窃私语，书散落到了地上，她捡起，再跑，在地上留下一串整洁的间距相当的血滴。她如何跑到了医务室门口，但是又不敢走进去，只好转进另一条走廊跑到一个火灾紧急出口，在那里她把毛衣脱下，绕在腰部和臀部上。这时她听到，或许是以为，有人从她背后朝她走来。于是她冲了出去，经过阳光普照的草坪，打算走回家。她尽量让自己别走得那么快，而且高高地抬着头，这样即使有人从经过的一百扇窗户里碰巧探出头来，也只能以为她正在执行学校正常的差使，并且很正常地把毛衣系在腰间。

弗兰克回想着她所描述的场景，突然发现两人现在正好走到了一个火灾紧急出口。他想现在她的表情肯定跟当时没什么区别，而且现在他们正走在离黑麦小学没几英里远的另一个学校操场上，她走路的样子肯定也和当时差不多。

他本希望她在车里会坐得靠近一点——他想开车的时候搂着她的肩膀——但是她把自己缩得小小的，紧靠着副驾驶那一侧的车门，脸朝车窗凝视着外面路上晃过的光与影。他每次转动方向盘和换挡的时候只能圆睁着眼，紧绷着嘴。最后，他舔了舔嘴唇，终于想好了要说什么。

“你知道吗？在整个剧里面，只有你才像这么回事。我不是说笑的，爱波，真的。”

“嗯，”她淡淡地回答，“谢谢你。”

“只不过我们一开始就不该让你卷到这件混账事情里去，确实不该。”他一边说话一边用空着的手解开了衣领上的扣子，一来是让脖子凉快一下，二来是想从丝绸领带和牛津衬衫的复杂质感里寻求安全感。“现在我真想去揍那个家伙，那家伙叫什么来着，那个导演。”

“这不是他的过错。”

“嗯，那就是他们所有人的错。天知道他们这么无能。问题就是我们一开始就应该发现。**我**应该早就想到，这样也行啊。如果不是我和坎贝尔夫妇劝你加入的话，你就不会卷进去了。你还记得我们刚刚听说这件事的时候吗，你说他们可能就是一群白痴。当时我真应该听你的。”

“好了。我们现在能不能不说这个？”

“当然可以。”他边说边试图去轻拍她的大腿，然而她坐得太远了。“我只是不希望你因为这个而不高兴，仅此而已。”

他以熟练优雅的动作驶离了颠簸的辅路，开上了宽敞干净的十二号公路，这时他觉得自己的态度也总算正常了。一缕清风从车窗外吹了进来，拨动了他的头发，也冷却了他的头脑，到了这一刻，他才能准确地反省这次剧社的失败。根本就没有必要为这样的事耿耿于怀。有智慧的懂得思考的人完全知道如何从容应对，就像他们懂得忍耐那些更荒谬的事情：在市里做那些无聊至极的工作，生活在无趣的郊区。你可能会迫于经济形势屈就在这样的环境里，但最重要的是不能被它腐蚀。最重要的，永远是，记住你是谁。

现在，就像每次努力地记住自己是谁的时候一样，弗兰克的思绪又回到了战争结束之后的前几年，回到了纽约贝休恩大街上的那个破烂街区。原先这个村庄温和的西部一角如今已散落为沉寂的码头库房，每天傍晚时分，风里都带着盐的味道，夜晚河道传来汽笛声，给人一种起帆远航的遐想。在弗兰克二十岁出头的时候，他头上骄傲地戴着“退伍老兵”和“知识分子”的光环。他勇敢地接受这些称号，就像他以同样的勇气穿着那件故意做旧的斜纹软呢夹克和褪了色的卡其布长裤。他和另外两人合租一间一居室公寓，共同分担二十七美元的房租，并协定每人轮流使用一周。那两个人都是他在哥伦比亚大学的同班同学，一个曾经是战斗机飞行员，另外一个则是退役海军。他们比弗兰克年长一些，而且在老百姓的世界里更加如鱼得水。他们身边好像总是有数不清的女孩围着打转，并且愿意跟着他们来公寓。不过弗兰克没花多长时间就赶上他们了，他自己既害羞又惊讶。那个时候他以惊人的速度追赶着许多事情，自信心空前膨胀令他有些目眩神迷。从前的那个幻想着铁路旅行的孤单小鬼终究没有跳上货运火车，不过那些卡雷布斯们大概再也不能叫他傻帽了。他十八岁参了军，军队信任他并派遣他到德国参加最后一次春天进攻。就这样他到了欧洲，在那里又用一年的时间经历了一次困惑但兴奋的旅行。之后他自由了，从此以后生活越来越成功。他个性当中零零碎碎的片断——那些使他沉浸在幻想世界，与同学和士兵们格格不入的东西——忽然凝聚成一股魅力。他享受到了生命中第一次被人敬仰的感觉。他发现女孩们都愿意跟他上床。另一个几乎同等重要的发现是，那些男人，很懂如何吸引女孩子的男人，当真喜欢听他说话。他在学校的成绩很少中上，但在那些围绕在他身边有啤酒相伴的彻夜长谈中，他从来都出类拔萃。这样的高谈阔论经常在一片轻声的赞同里结束，同时参与的人总会轻点自己的太阳穴，说老弗兰克真有头脑。他们说，弗兰克只需要时间和自由去找到自己。他们预测着弗兰克能从事的各种事业，最后达成共识，就算不是在艺术领域，他也肯定适合那类“人文性质”的工作。无论如何，这些工作要求持续而坚定的奉献精神，而且会涉及他早年的欧洲经历以及他毕生对欧洲的爱。弗兰克不止一次说过，欧洲，是世界上唯一值得人们去生活的地方。至于弗兰克自己，不管是每次交谈结束之后在破晓时分走在大街上，还是在贝休恩大街的房间里躺着思考而身边又没有女人的时候，也从来没有怀疑过自己拥有与众不同的天赋和前景。不是所有名人传记里都记载过这种年轻时代的探索吗？那些对于他们的父辈及父辈生活道路的反叛。想到这里，弗兰克甚至庆幸自己没有特定的志趣。正因为没有什么特定的目标，他也就避免了特定的限制。当时，整个世界，生活本身，都能成为他选择的领域。

然而当大学生活沉闷地逝去，他开始被无数的小小的抑郁所困扰。毕业后几周情况更严重了。那个时候，另外两人已经很少用那个房间，于是他总是一个人待在那里。他偶尔打一些奇奇怪怪的零工挣口饭吃，脑子里则不停地想着事情。他最烦心的是，在接触过的女孩里还没有一个可以让他有一种纯粹的满足感。其中有一个面孔相当迷人，但是有着不可原谅的粗脚踝；另外一个非常有头脑，但是总有一种想要像母亲一样去照看他的欲望，真令他厌恶；总之这其中没有一个是第一流的女人。他从不质疑自己对第一流女人的定义，尽管他从来不曾接近过她们，连人家的手都碰不着。他记得自己上过的那几所中学里曾经出现过几个，但是她们不曾感知他的存在，只关注城外的大学男生；后来他又在军队里看过几个，通常只可远观，她们一闪而过：在舞曲的旋律中，透过遥远的军官俱乐部的金色窗口；之后虽然他在纽约也看过好几个，她们总是在上下出租车，身后跟着讨厌的男人。这些男人好像从来没有经历过青涩的少年时代。

为什么不把那些妄想抛掉？像他这样情绪极端的、让-保罗·萨特式的烟鬼，就不应该去寻找那类同样极端、让-保罗·萨特式的女烟鬼吗？不过这只是失败者的自我宽慰。一个晚上，在莫宁赛得山庄的派对中，刚刚吞下四大口威士忌的弗兰克选择做一个胜利者。“我想我没听清楚你的名字，”他穿过半间屋子的陌生人，走到这个秀发光亮、双腿修长的女孩身边。毫无疑问，她是“第一流女人”。“你是帕米拉吗？”

“不是，”她回答，“帕米拉在那边。我叫爱波。爱波·约翰逊。”

不到五分钟，他发现自己可以让爱波·约翰逊发笑。他不仅可以让她那双大灰眼睛紧紧盯住自己，还可以让她的瞳孔随着他的谈话上下游动，就好像自己面孔的形状和肤质有莫名引力。

“你是做什么的？”

“我是个码头装卸工人。”

“不，我是说真的。”

“我也是在说真的。”如果不是担心她可能知道老茧和水泡之间的区别的话，他会把手掌伸给她看。之前那个星期，在一个五大三粗的大学同学的引荐下，他每天早上都到码头上去搬运水果箱。他自己把这份劳动称为自愿的“健体塑身”。“不过从星期一开始我会有一份更好的工作，在一家自助餐厅当夜间收银员。”

“我指的不是那个，我的意思是你到底对什么真正感兴趣。”

“亲爱的……”他毕竟还年轻，面对刚刚认识不久的女人就如此大胆叫对方“亲爱的”还是会让他脸红。“亲爱的，如果我知道答案的话，我想我们谈不了半个小时就会把我俩给闷死。”

五分钟之后，两人步入舞池。弗兰克发觉爱波的腰部在他的手掌下轻柔滑动，如此贴合，就好像是专为他的抚摸而生。一周之后，几乎直到现在，在贝休恩大街上的公寓里，她美妙的裸体躺在他身边，天蒙蒙亮发着蓝光，她的手指从他的脸庞上滑过，从眉毛到下巴。她轻声呢喃道：“真的，弗兰克，我真这么觉得。你是我见过的最有意思的人。”

“这件事情不值得我们这样。”他说，思绪回到了现在。在公路上最后一英里的路程，他让车速表上蓝色指针的读数跳到了六十。估计到家之后，他们会一起喝点酒，或许她会哭一小会儿，而这可能对她有一些好处。然后他们就可以笑着去对待这件事情，把自己锁进卧室里面，脱光身上的衣服。在月光之中她耸立的小乳房会轻轻点动、摇摆，对着他。总之他认为没什么理由让他们不能像从前一样。

“我是说，生活在这些人中间已经够糟糕的了，这些人，这些该死的郊区小镇里的人——我不得不说包括坎贝尔一家——要生活在他们当中，而不被这些蠢蛋所伤害，真是够糟糕的，你说呢？”他把视线从路面上移开，就着驾驶室仪表盘上那点光，他惊讶地发现爱波正用双手掩盖着自己的脸。

“我说没错。够了，弗兰克。你能不能不说话？你快把我逼疯了。”

他赶快减慢车速，把车开向一片布满了砂石的路肩地带，熄了引擎和车灯。然后他滑到她座位那儿，想要用双臂搂住她。

“不要，弗兰克，请你不要这样。你就让我自己一个人待着，好吗？”

“宝贝儿，我只是想……”

“让我一个人待着，**一个人**！”

他坐回方向盘前，拧开了车灯，但双手却不想去发动引擎。他在座位上呆坐了整整一分钟，倾听着血液在耳鼓里跳动的声音。

“我也受到了打击，”他终于忍不住开口，“我们这他妈的在干吗。我的意思是，你现在真像个包法利夫人。有几点我必须跟你说清楚。第一，你们的表演最后弄得一团糟，不是我的错；第二，你没有成为演员，更不是我的错，你越早结束你这套肥皂剧，我们就会活得越好；第三，我不是那种愚蠢迟钝的郊区丈夫，而你从我们搬到这里的第一天就想把这角色分派给我，我他妈的才不会买你的账；第四……”

没等他把话说完，她已经开门下车，向前跑去。在车头灯的照耀下，她的体态轻灵而优雅，就是臀部有点宽。他爬出车朝她冲了过去，有那么一刹那，他以为她想自杀——在这种时候她什么都能做出来——不过她跑到前方三十码处黑漆漆的路边杂草丛就停了下来。旁边有一个发光的路牌写着“请勿跨越”。他追上她，在她身后不知所措地站着，用力地喘几口气，并且跟她保持距离。她没有哭，只是站在那里，背对着他。

“你他妈怎么了！”他说，“你他妈为什么这样啊？快回到车上去。”

“不。过一会儿我会上车的，你就让我站一会儿，可以吗？”

他的双臂举起，放下。后面有一辆车的声音和灯光向他们靠近，他把一只手插进口袋，装作正在进行一次轻松的交谈。车越过了他们，先是照亮了那块指示牌，然后是爱波紧绷的背影。后来车子从他们身边飞快驶过，尾灯在视野中消失了，轮胎擦过地面的声响渐不可闻，最后是一片寂静。他们右边是一片黑色的沼泽地，雨蛙的叫声此起彼落像唱着绝望的歌。在正前方两三百码开外，在披挂着月光的电话缆线之上，大地向上隆起勾勒出革命山庄的轮廓。在山顶上能看到革命山庄的温暖的落地窗。坎贝尔夫妇就住在其中的一栋房子里，他们很可能正在后面的路上行驶着，车灯正在向他们靠近。

“爱波？”

她没有回答。

“我们难道就不能坐在车里好好谈谈，而不是像现在这样在十二号公路上追逐吗？”

“我说得还不够清楚？”她说，“我不想跟你讨论这件事。”

“好好好，”他说，“看在上帝的分上，爱波。在这件事上我已经表现出了我能表现的最好的态度，但是我……”

“是啊，你真是太好了，”她说，“好得不能再好。”

“你等等——”他把插在口袋里的手抽了出来，站直了身体，但很快又把手插回口袋里，因为又有车来了。“听我说，就一分钟，”他试着咽一口唾沫但喉咙很干。“我不知道你现在想证明什么东西，”他说，“而且坦白说，我想你自己也不知道。不过有一点我很肯定：我绝对不应该承受这些。”

“你永远都那么肯定，不是吗，”她说，“关于你应该承受什么，不应该承受什么。”说完她经过他身侧走向车子。

“现在你给我站住！”他在草丛中踉踉跄跄地追着她。车子从两边驶过，不过他已经顾不得面子了。“你给我站住，他妈的！”

她大腿后侧靠着保险杠，双臂交叉着放在胸前，一副逆来顺受的样子。他在她的面前挥动手指。

“你给我听着。这一次我不会再让你扭曲我的意思。这是他妈的唯一一**次**我清楚自己没有做错。你知道你每次摆出这副模样的时候，给人什么感觉吗？”

“上帝啊，要是你今晚待在家里多好。”

“你知道你每次这样的时候，给人什么感觉吗？你很病态。我说真的。”

“那么你知道你给人什么感觉吗？”她的眼睛从头到脚审视着他，“你很恶心。”

争吵到了这一步两人都失控了。他们的胳膊和腿都在颤抖，脸也完全扭曲变形了，表达的只有愤怒和仇恨。两人更深更狠地挖掘着对方的弱点，不择手段地攻陷对方的堡垒，变换策略、声东击西、再次进攻。在停下来喘口气的间歇，两人就从过去的记忆里搜寻武器，互揭对方的老伤疤。如此循环反复。

“哦是啊，你从来没有愚弄过我，弗兰克，一次都没有。这都是因为你有高尚的道德底线是吧，还有你对我的‘爱’，你那些欲言又止的小——你以为我会忘记你打了我一巴掌，就因为我说我不会原谅你吗？是啊，我知道我是你的良心是你的胆气，还有你的——沙包。就因为你已经把我牢牢地困在陷阱里面，然后你……”

“**你**在陷阱里面！**你**在陷阱里面！**天啊**，你不要再逗我笑了。”

“是的，我，”她边说边把手握成一只利爪然后掐紧了自己的锁骨，“是我是我是我。你这个可怜的被自己蛊惑了的……看看你自己吧，看看你自己。”她仰起头，露出的牙齿在月光下闪着冷冷的白光，“看看你有什么地方像一个男人。”

他举起颤抖的拳头反手挥向她的头。她仰向保险杠避过这一下，但脸因为恐惧而丑陋地皱了起来。弗兰克没有追打下去，他踩着拳击手一般的步伐跳开了几步，用尽全身的力量击打车顶盖。他就这样打了四下，“砰——砰——砰——砰”，而她则在一旁看着。当一切结束时，周围几英里内只听得见雨蛙的清脆的鸣叫声。

“你太可恨了，爱波，”他低声说，“太可恨了。”

“好吧。请问我们现在可以回家了吗？”

两人分别上车坐定，都觉得口干舌燥，呼吸沉重，头脑昏沉，四肢颤抖，就像一对受了累的老年夫妇。他发动了引擎，然后小心地把车开上了路面，转向通往革命山庄的岔路，然后驶在逶迤的铺着柏油的革命路上。

两年前他们第一次来到革命山庄，也是走着同样的道路。当时他们坐的是地产经纪海伦·吉文斯太太的车，在车上总是友好地点头。他们之前在电话上交谈时，她显得很有礼貌，但说话谨小慎微。吉文斯太太跟很多城里人打过交道，发现他们总喜欢浪费她的时间，向她报出一些不可能成交的低价，但对他们俩却很有好感，就像她后来告诉她丈夫时那样：从两人踏出火车那一刻，她就知道他们是那种叫人放心的夫妻，即使他们付不起高价。“他们非常**讨人喜欢**。女的长相气质**都**很迷人，而且我觉得那男的肯定是在城里做什么了不得的工作。他对人态度很好，说话不是很多。真的，跟他们这样的人打交道很清爽。”一开始吉文斯太太就弄清了他们想要的房子有一点点特殊，一个改建过的小谷仓或车屋，或者一个废旧的小客栈，需要有一点魅力。她很讨厌不得不告诉他们，他们要求的这些东西早就没有了。但她还是劝他们不要灰心，她知道有一处他们可能会喜欢的地方。

“当然我知道这条路的位置有点别扭，”吉文斯太太一边开着车从十二号公路下来时，一边解释。她的目光在路面和弗兰克夫妇流露满意之色的专注面孔之间游移。“你们可能留意到了，这里主要是一些煤渣材料修建的房子和小卡车，住的人当中有很多是管道工人、木匠，还有别的一些土生土长的本地人。不过**慢慢地**，”说到这里她很严肃地把右手举在挡风玻璃前，指向前方，手上戴的金属手链在方向盘上碰撞出了几声脆响，“**慢慢地**。道路会一直延伸到一个很离谱的开发区，我们称为革命山庄。那里的房子大而无当，颜色让人作呕，而且房价也都贵得离谱。我不知道这是为什么。不过我现在要带你们去看的房子跟这些都没有关系。它是战后不久我们这里一家很不错的建筑公司修起来的，在这些难看的房子出现之前。房子不大，但是很讨人喜欢，周围的环境也很好。结构简单，线条干净不拖沓，草地整理得很好，对孩子们是再合适不过了。房子就在下一个拐弯处，你们看，这一带的路况也好了一些，对吧？现在你们就要看到它了——就在那里。看到那栋白色的小房子了吗？很讨人喜欢吧？你看它在小山坡上自得其乐的样子。”

“嗯，确实如此。”爱波回应着。那所房子的轮廓慢慢从细长的橡树丛中展露开来。房子不大，是木质结构的，高高伫立在混凝土地基上。房子中间有一个很大的窗，远远看去像一面巨大的黑色镜子。“嗯，我觉得这房子确实挺可爱的，你说呢，亲爱的？不过，当然，这里也有一个很大的落地窗。我想我们到哪儿都逃不掉落地窗啦。”

“我也这么觉得，”弗兰克跟着开口了，“但我想一扇落地窗不会破坏我们的个性的。”

“噢，那样的话就**太好**了，”吉文斯太太大笑，她的笑声将这对夫妇包围，像是构建了一个温暖谄媚的屏障。他们将车停在路边，下车看房。吉文斯太太靠得很近，就像给他们安全和信心似的，她陪着他们走在光光的地面上，边观察边议论。这所房子给了他们很多发挥的空间。沙发放这里，大桌放那边，藏书的柜子可以驱除落地窗的诅咒。尽管客厅的结构过分对称，但是只要家具摆放得有技巧，就不会显得土里土气。而且换一个角度来看，对称也有好处——所有的拐角都是标准的直角，所有的地板都铺设得平整结实，所有的门都安放得当，开关的时候都不会发生任何剐蹭。两人手握门把，享受它的轻巧质感时，已经开始把这里当成自己的家了。参观装修得无可挑剔的浴室时，他们想象泡在宽敞浴缸热水里的感觉，他们的孩子可以光脚在过道上跑，这里没有霉菌、碎屑、沙粒，或是蟑螂。这个房子有很多发挥的空间。他们生活中日积月累的混乱，就可以在这里被剔除出去。他们可以在这个房子里，在这些树中间慢慢休养生息。就算这需要点时间又如何？住在这样一所宽敞明亮、整洁宁静的房子里，还有什么能让人心神不定呢？

现在，行驶在黑暗中，房子离他们越来越近。厨房和车棚透出了令人愉快的灯光。他们的肩膀和下巴紧绷，摆出了一种粗暴的忍耐的神情。爱波走在前面，气冲冲地穿过厨房，在大冰箱前停下来稳住身体，弗兰克沮丧地跟在后面。她打开了墙上的开关，整个客厅随即亮了起来。在电灯亮起的一刻，似乎屋里的一切都在飘浮、摇晃，等到这种幻觉消失了，客厅还是有一种不安稳的感觉。沙发在这里，大桌子在那里，但似乎把它们互相调换也挺合适；满墙的书乖乖地与大落地窗争宠，但怎么看都像是公共图书馆；其他家具的摆设多少缓和了空间的拘谨和呆板，但也没赋予房子另一种味道。各处摆放的椅子、咖啡桌、落地灯和书桌看上去就像临时聚集在拍卖场上待价而沽。不足六个月前他们不太情愿地在这个角落里打造出了一个凹室来安放电视。（“为什么不？装电视不都为了孩子吗？而且，不要电视显示自己有多清高是很愚蠢的……”）现在这块地方的地毯磨旧了，坐垫上有凹痕，烟灰缸也是满的，整个客厅只这个角落还有点人的气息。

保姆伦奎斯特太太在沙发上睡着了，她躺在沙发脊下面看不见。听到声响，她从睡梦中惊醒然后坐了起来，出现在两人的视线当中。她迷糊着眼，一边拢了拢散落白发边的发夹，一边试着挤出一个微笑。两排假牙击打出短促的声响。

“妈妈！”孩子们的睡房那边传来清亮的声音，小家伙显然没睡着，那是詹妮弗，他们六岁大的女儿。“妈妈，今天的演出很棒吧？”

弗兰克送伦奎斯特太太回家时，两次拐错了方向。伦奎斯特太太撞上了车门和仪表板，在黑暗中脸上仍保持着微笑来掩饰她内心的恐慌。她以为弗兰克喝醉了。后来在一个人驾车回来的路上，弗兰克一手扶着方向盘，一手掩着嘴。他想回溯整个争吵的过程，但一点用也没有。他说不清楚自己到底还在愤怒还是有些悔悟，他到底是希望被原谅，还是希望有原谅对方的能力。由于大喊大叫，他的喉咙还有点干哑，手也因为击打车顶盖而疼痛。这一段他记得很清楚。其他的只想起谢幕时她耸起肩膀站在舞台上，脸上带着伪装出来的、软弱的笑。想到这里，弗兰克软了下来。他感到愧疚。啊，这一整夜的争闹！他必须紧紧地抓住方向盘，因为路灯在眼前迷糊、晃动。

房子暗沉沉的。他沿着山路开上来的时候，看到房子在天空和树丛之间混沌的暗影，只能联想到死亡。他进门以后很快穿过了厨房和客厅，蹑手蹑脚地从孩子的房间经过，然后进入卧室，轻轻地把房门关好。

“爱波，你听我说。”他一边轻声说话，一边把自己的外衣脱下，然后轻轻地坐在昏暗的床边，摆出了一个典型的忏悔的姿态。“请你听我说，我不会碰你的。我只想说，我——除了对不起以外，我实在没有什么可说的了。”

这是一次严重的争吵，可能会延续好几天。不过至少他们回到了这个安静的房间，就他们两个人待在自己的房间，而不是在高速公路上大声喊叫。至少整个事情已经进入了第二个阶段——激烈争吵之后的那一段静默。从以往的经验看，无论多么荒谬，最终还是会走向和解的。现在她不会不管不顾地要从他身边跑开，而他再也不会怒火中烧了。他们俩都太累了。他们刚结婚的时候，他觉得冷战比相互指责羞辱更难受。每次他都想，肯定不会有什么体面的办法来解脱困境。然而总有解决的办法——无论体面不体面，那就是他先道歉，然后等待，同时不要去想太多。现在这种局面对他来说如此熟悉，就像在穿一件不怎么合身但是很舒服的旧衣服。他可以轻松愉快地穿在身上，不去在意自己的意愿和面子。

“我不理解到底发生了什么，但是不管怎样，相信我，爱波，我——”他伸出手来，发现床的那边是空的。他刚才对着隆起的被子说话，下面不是爱波，而是一叠被单和一个枕头，她把床弄得一团糟。

“爱波？”

他惊惧地跑向浴室，没人，然后客厅。

“请你不要过来。”她说。她蜷缩在伦奎斯特太太睡过的客厅沙发上，身上盖着毛毯。

“听我说，就一分钟。我不会碰你的，我只是想说我很抱歉。”

“那真是太好了。现在你可以让我一个人待着吗？”

第三章

一声尖锐的金属器械的轰鸣把他从睡梦中惊醒。他先是试图躲开这噪声的打扰，把自己缩得更紧，想让自己重新回到刚才那个还没有结束的梦境当中去。然而那刺耳的噪声还是不依不饶地响起，直到他在阳光中睁开双眼。

现在已经是星期六上午十一点多了，他鼻子堵得很厉害，像是塞上了橡胶胶水，头也非常痛。春天的第一只苍蝇在沾着雾气的威士忌酒杯里爬着，杯子旁边竖着一个空酒瓶。看到这些，他想起昨晚发生了什么：他一个人坐在床上喝闷酒，直到凌晨四点，他用双手有节奏地搔着头皮，深信想要睡着是不可能的。想起了这些，弗兰克总算可以集中注意力去琢磨那个噪音。是从他自己那台生满了锈的割草机发出来的。他早就应该给那玩意儿上点油了。有人正在后院草地上割草，上个周末他还承诺爱波会把这个活儿干好。

他吃力地坐起来，顺手拿起浴袍，用口水湿润了下起皱的上颚。接着他走到窗户眯着眼看出去，原来是爱波在面无表情地推拉着那台破旧的机器。她身上穿了一件男式衬衫和一条非常宽大的裤子。两个孩子跟在她的身后跑着跳着，手里捧着刚刚割下来的草。

弗兰克来到浴室里，用足够的冷水、牙膏和面巾纸来使大脑恢复正常的状态。他鼻子慢慢畅通了，面部肌肉也开始受到控制。但他对他的手却无能为力。它们惨白而浮肿，好像骨头都被毫无痛感地移除了。他一握拳头，似乎都会让他哭嚎着跪倒在地。他盯着自己的双手，那断裂的指甲永远长不回原来的样子。看到这个惨状，他恨不得重重一拳打在面前的洗脸池上。他联想到了父亲的双手，同时想起了割草机、头疼和阳光来临之前他做的那个梦。那是很久以前一个沉静安宁的时刻，他的父母都在那里，他听见母亲说："哦，厄尔，不要把他叫醒，让他睡吧。"弗兰克竭力想要记起更多，但什么都没有了。那种温柔却几乎让他哭了出来，直到梦渐渐散去。

弗兰克的父母亲过世好几年了，弗兰克有时候会很苦恼自己不能记清他们的脸。如果没有照片的帮助，单凭记忆弗兰克只能想起来他父亲是一个有点歇顶，眉毛很浓密的男人。他的嘴只有一个形状，不是表现狂躁，就是表现愤怒。他的母亲戴着一副无边框眼镜，头发别着发兜，在嘴唇上小心翼翼地涂抹着口红。弗兰克记得，他们俩总是一副很疲惫的样子。他出生的时候他们已经人到中年，养育前两个儿子的辛劳已经让他们疲惫不堪。他一天天长大看着他们一天比一天疲惫，直到最后，太过疲惫了，他们相继安详地死去，在睡眠中，彼此只相隔六个月。只有父亲的手才跟"疲惫"扯不上关系。无论多长时间过去，无论弗兰克有多善忘，父亲的手一直深深地刻在他脑海里。

“掰开！”这是他最早的记忆之一。父亲让弗兰克掰开他捏紧的拳头，他年小力弱，双手使尽全力也无法掰开一个指头，拳头剧烈地颤抖，这时父亲的笑声便会在厨房里响起来。弗兰克嫉妒的不仅仅是父亲手上的力量，还有他双手的坚定和敏感——当它们握着一样东西的时候，有什么感觉你是知道的——以及当厄尔·惠勒用手去使用什么东西的时候，那种操控一切的气势。弗兰克对父亲的这些物品印象深刻：带嘎吱作响的猪皮把手的推销员公文包，做木工活的全部工具的把手，令人感到战栗的猎枪手柄及扳机。弗兰克五六岁大的时候对那个公文包产生了浓厚的兴趣。每天傍晚公文包就会放在前廊的暗影里，有时吃完晚饭弗兰克会装得像个小大人一样朝它晃过去，就好像那是自己的包。那个把手多么精巧平滑，手感多么不可思议的厚实啊。它那么重，但每天早上父亲提着的时候却那么轻巧。后来到了弗兰克十二三岁的时候，他已经熟悉了父亲那套木工工具，只不过关于那些东西的记忆都不那么愉快。“别动，孩子，别动。”每次听他摆弄那把电锯的时候，父亲就会喊，“你这样会把它弄坏的，你没发现你会把它弄坏吗？这东西可不是像你那样用的。”当弗兰克挥汗如雨地埋首于那些失败的木工活时，无论他手上拿的是凿子、手摇曲柄钻或什么难搞的工具，他的父亲就会抢过来仔细检查有没有损坏。接着就是父亲的一段教诲，告诉他怎么恰当地使用和保养这些工具，然后他会很优雅老练地演示一遍。（这个时候木屑总是像黄金那样粘在父亲的手臂上。）不过更多的时候，父亲被逼到即将爆发的极限，但他仍会像个男人一样坚忍地叹气，然后说："好吧，你还是赶紧上楼待着去吧。"通常这就是弗兰克在木工坊的结局。直到现在，当他闻到黄色锯屑的味道时，还会有羞辱感。那支猎枪，幸运的是，他从来没碰过。当他已经大到可以跟随父亲去打猎时，他们之间已经形成了长期的摩擦。老人打猎的次数也越来越少了，他绝对不会邀请孩子一起去打猎，而那时梦想着西部探险的弗兰克也一点都不稀罕。谁愿意蹲在坑里射杀一堆鸭子？谁要去掌握那些业余者的工具？最重要的是，谁要去当那些迟钝的推销员，每天煞有介事地拿着公文包跑来跑去，里面装的其实就是些无聊的商品目录；谁愿意跟那群叼着雪茄没什么头脑的高层主管谈什么机器？

但是，即便在当时和往后的日子，即便在独居贝休恩大街的叛逆岁月，当父亲已经衰退成一个狂躁易怒、看着《读者文摘》就会睡着的老笨蛋，他依然认为父亲的手有着某种独特美好的品质。当他父亲在病床上挣扎，已经萎缩、眼盲、只会咯咯笑的时候（"是谁？弗兰克？是弗兰克吗？"），他的手仍然传递着正面的信息。当它们在医院的床单上松弛地张开着，再也动不了的时候，看上去仍然比他儿子的手更强壮。

"说真的，我觉得精神病医生会在我身上找到很多乐趣的，"弗兰克喜欢这样戏谑，"我跟我父亲之间的那些事情已经足以写一本教科书，更不用说我母亲了。天哪，一群妄想症病人。"然而，即使像现在这样陷入了烦扰和孤立，他仍能找回自己对父母的诚挚的爱。他庆幸，无论以后的日子多么不好过，至少他曾有过这么一段平静的时刻，能容纳他愉悦的梦想。他带着不止一点点的道德优越感去猜想，这正是为什么他比爱波更能够控制自己的情绪。如果精神病医生和他相处愉快，那么天知道他们和爱波会怎样。

从爱波告诉他的那些阴暗的故事中看来，她的父母是完全不可理解的人，就像伊夫林·沃[1]小说里的那一类人物。这个世界上真的会存在那样的人吗？他好像只在二十年代的一些杂志中，《花花公子》啦，《时髦女郎》啦，看过这样的角色：不可思议的富有、粗心、残酷，他们可以有一场浪漫的婚恋，在大西洋上让船长主持婚礼，然后又在孩子不满一周岁的时候草草离婚。

“我想我妈妈在医院生下我以后，就直接送到了玛丽姨妈家，”爱波说，“除了玛丽姨妈，我不记得五岁之前还跟谁生活过，后来我又分别寄居在另外几个姨妈或者是我妈妈的朋友家里，直到最后我来到拉伊区的克莱尔姨妈家。”爱波的父亲一九三八年在波士顿的一家旅店里开枪自杀了，过了几年她母亲也在西海岸一家戒除酗酒恶习的疗养院里去世。

“我的上帝啊。”弗兰克第一次听到这件事的时候说。那是一个烦躁炎热的夏夜，在贝休恩公寓里。他摇着耷拉的头，不过心里并不确定，他到底是为了她的不幸而伤感，还是嫉妒她的经历比自己的更有戏剧性。他说，“我猜，你的姨妈对你就像你的亲生母亲一样，对吗？”

---

① Evelyn Waugh（1903—1966），英国著名作家，被誉为英国二十世纪最优秀的讽刺小说家，并被公认为二十世纪最杰出的文体家之一。

爱波耸耸肩，撇了撇嘴。后来弗兰克才确定，他不喜欢爱波这个表情，这种“硬朗”的姿态。“你指的是哪一个姨妈？我不太记得玛丽姨妈了，之后那几个也忘得差不多，至于后来的克莱尔，我一直很恨她。”

“噢，别这么说。你怎么能说‘一直很恨她’呢？我的意思是说，或许现在你会这么看，当你回想的时候，但是在过去那么多年当中，她应该还是给过你那些感觉吧，你知道的，像爱啊，安全感啊，还有别的什么。”

“没有。那时候我唯一开心的事情，就是我的父亲或是母亲偶尔回来探望我一次。他们才是我真正爱的人。”

“但是他们很少去看你啊。在当时那种关系下，你应该不会有特别强烈的把他们**视为**你父母的感觉，因为你甚至不了解他们。那你怎么爱他们呢？”

“我就是爱他们，就是那样。”她开始把那些散在床上展示给弗兰克看的纪念品，一件件地收回首饰盒。那里有她在不同年龄时期拍的照片，在草地上，要么跟父亲一起，要么跟母亲一起。一张她母亲的小小的肖像；一个镶着皮革相框的发黄照片，她父母的合影。两人身材高挑，衣着优雅，站在一棵棕榈树下，旁边写着“一九二五年，戛纳”；她母亲的结婚戒指；一枚古董胸针藏着一束外婆的头发；还有一匹小小的白色塑料马，只有一个表坠大小，估计价值只有两到三美分，爱波还是收藏了很多年，因为“是我父亲送给我的”。

“嗯，好吧，我同意，”弗兰克让步，“或许他们确实很浪漫吧，他们可能非常有魅力非常引人注目。但我说的不是那些，我现在说的是爱。”

“我说的也是爱。我确实爱他们。”爱波一边扣上首饰盒的锁，一边说，然后陷入长时间深深的沉默中，以至弗兰克认为这个话题已经结束了。他决定无论如何要中止这个话题，至少现在什么都别说了。这个夜晚太热，不适合争论。但爱波不那么想。她依然在思索，并且小心地组织用词，以便准确地表达自己的意思。她终于开始说话的时候，看上去就像照片里的小女孩。这让弗兰克为自己感到羞耻。“我爱他们的衣着，我爱他们说话的方式，我爱听他们跟我说关于他们的生活。”

除了把她搂在怀里，弗兰克没别的事可做了。他怜惜她得到的太少，心里默默作出一个庄重的承诺：不再蔑视这一切。虽然这个承诺没多久就被打破了。

餐桌上有牛奶和麦片渣滓，显然是孩子们吃早餐留下的。厨房的其他地方都经过精心的整理、清扫和擦拭，所有用品光亮如新。他盘算一喝完咖啡，就穿好衣服出去把割草机从爱波手里接过来，万一要用抢也在所不惜，尽可能让这个早晨回归到平常的样子。但是，当他还穿着睡袍胡子邋遢地跟电炉较劲时，吉文斯太太的车子爬上了他们家的车道。弗兰克的第一反应是躲开，但已经来不及了，她透过玻璃门看到了他。而这时候爱波已经从后院那边，隔着大草坪跟她挥挥手，然后逃避似的继续着她手里割草的活。他逃不掉了。他必须打开门，然后友好地表示欢迎——为什么这个女人总是要来打扰我们的生活？

“我就待一会儿。”她大声说，摇摇晃晃地走向他，手里抱着一个潮湿的硬纸盒子，里面装满了泥土和轻轻摇摆的植物幼苗。“我过来是给你们送这个的，一盒蝎子草。你们可以种在车道周围那些岩石多的地方。咦，你看来不太舒服。”

弗兰克一边用双手接过盒子，一边用一只脚抵住门方便她进来，身体扭成了一个很难看的姿势。当他对她微笑时，发现那张涂着厚厚粉底的脸靠得很近。她的妆像是很不耐烦地胡乱涂抹上去的。她五十多岁，清瘦，总是一刻都闲不住，她的宗教信条可以总结成简单的两个字：忙碌。很多时候即便她就静静站在那里，她的肩膀和挂在身上胡乱扣起的衣服总是充满动感。她不得不坐下来的时候，也通常会选择椅背挺直的椅子并很少靠在上面，很难想象她躺下来时会是什么样子，更难设想她睡着的面孔，因为我们无法把虚伪的微笑、社交式的干笑和滔滔不绝地说话从她的形象中抹去。

“我觉得这就是你们车道需要的东西，你说呢？”她说，“你以前种过这样的植物吗？如果你想在路面上覆盖点绿草什么的，它就是你最好的选择了，即使在酸性最强的土壤里都可以活的。”

“嗯，”弗兰克说，“那太好了，真是多谢您了，吉文斯太太。”两年前她就要求他们叫她海伦，可他的舌头就是发不出这两个音节。通常他选择不称呼她，然后用友善的点头和微笑来遮盖过去。长此以往，她似乎习以为常，也不称呼他了。现在她那双总是不会闲下来的小眼睛好像第一次留意到爱波一个女人在外面割草，而他则一个人穿着浴袍在厨房里闲晃。两人在不寻常的客套中相顾微笑。他让门在身后啪地关上，顺便调整了一下怀抱里的盒子，一串细沙撒落到他裸露着的脚踝上。

“那么，我们应该怎么弄它呢?”他问，“我是说，该怎么栽种，照顾它生长什么的。”

“嗯，其实根本不需要做什么。你只要在头几天稍微浇一点水就可以了，然后你就可以等着看它长得枝繁叶茂。其实它长出来很像欧洲常见的石莲花，唯一的区别就在于它开出的花是黄色的，而石莲花是粉色。”

“哦，石榴花[①],”他根本没听明白，只是装成在听的样子，“我知道了。”她喋喋不休地说了很多关于植物的事情，他则盯着她不停地点着头，心里盼着她赶紧走。他一直留心着外面割草机的声音。“嗯,”好不容易等到她住嘴了，弗兰克赶紧说，“这真是太好了，非常感谢。我去给你倒一杯咖啡?”

“不用了，谢谢。”吉文斯太太弹开了四五英尺，那架势像是他拿着一方脏兮兮的手帕还非要她拿着擦鼻子。然后，在那个她感到安全的位置上，她熟练地笑着，露出她所有的长长的牙齿。“告诉爱波，我们非常喜欢昨晚的演出——噢等一下，还是我自己去告诉她吧。”她仰着脖子眯着眼朝阳光里看去，直到测量出跟爱波说话要用多大的声音之后，她喊道:“爱波！爱波！我想告诉你我们都特别**喜欢**昨晚的演出。”她喊得非常大声，她那扭曲着的喊叫着的脸孔，活像是一个正在经受痛苦的女人。

---

① 石莲花英文为“houseleek”，弗兰克没听明白，以为是“houseleak”（房屋漏水）。翻译时作谐音处理。

很快割草机的声音停止了，远远传来爱波的声音："你说什么？"

"我说，我们**喜欢**，那个演出。"

直到她听到爱波含含糊糊地说"噢——谢谢海伦"后，吉文斯太太的表情才松弛了下来。她转过身，面向仍在笨手笨脚地抱着硬纸盒子的弗兰克。"你妻子可真是个有天分的女人，我很难用语言跟你描述我和霍华德有多喜欢她的表演。"

"嗯，谢谢。其实，我想大家普遍认为表演并不怎么好。我是说，大部分人好像是这么想的。"

"哦，不，表演挺有意思。我只是觉得，你的那位朋友，就是住在山上的那个——是叫克兰德先生吗？他演得比较差了一点。但是其他的……"

"他叫坎贝尔，是的。事实上，我觉得他没有比其他人差。当然，他的角色本来就不大好演。"弗兰克总觉得有必要在吉文斯太太面前为坎贝尔辩护，因为她总是不露痕迹地轻视着革命山庄这一带的人。

"我想你说得没错。我有点意外没在演出班子里看到克兰德**太太**——他们姓什么来着，哦对了，坎贝尔，是吧？不过当然，我想她应该是没有时间吧，需要照看那么多小孩。"

"她在后台帮忙，"弗兰克试着调整手上的盒子，让沙土不再掉落，或者别再落到其他地方。"事实是，她在这件事情上非常活跃。"

"嗯，我明白了，而且我能想象到。她是那么友善，那么愿意帮助别人。那好吧，那我……”她终于侧身迈向她的汽车。“那我就不打扰你了，”这时候，像往常那样，她又加了一句，“哦对了，我刚刚想起来还有件事要说的。”每次她这么说的时候，所谓的“还有件事”其实就是她到访的真正目的。现在她犹豫着，显然在考虑该不该把话说出来；然后她的表情说明，在这个气氛底下她决定先不说。不管是什么，总之还是等别的时机吧。“那好，我先走了。我很喜欢你在前院草地里修建的那条石头小路。”

“哦，谢谢，其实到现在为止我还没有修出多少呢。”

“嗯，我知道。”她安慰着他，“这可不是什么容易的活。”说完她用哼小曲一样的语调跟他说了再见，爬上她的车，然后慢慢开走了。

“妈妈，看爸爸手里拿的什么啊？”詹妮弗叫道，“是吉文斯太太送来给我们的。”

四岁大的迈克尔也跟着喊了起来：“是一盆花，是花吧，对吗？”

孩子们越过修剪过的草地奔向他，而爱波却缓慢沉重地拉动割草机，下唇微凸吹开遮挡着眼睛的几缕湿漉漉的头发，她似乎是在用自己的每一个神态和动作向弗兰克表明：她只想踏踏实实地做一个中产阶级家庭主妇，而她对丈夫所要求的爱不过就是他能够偶尔修剪一下草地，而不是一天到晚蒙头大睡。

“盒子漏了，爸爸，”詹妮弗说。

“我知道盒子漏了。你能安静一会儿吗。听着，”他转向爱波，不过眼睛并没有直视着她。“你能不能告诉我这玩意儿怎么处理？”

“我怎么知道？这是什么啊？”

“我不知道这他妈是什么。好像是欧洲石榴花还是什么东西。”

“欧洲什么？”

“哦不对，等我想想啊。好像是石榴花，只不过它的花是粉色的而不是黄色的。要不就是黄色而不是粉色。我还以为你什么都知道。”

“你怎么会这样想？”她走近去眯眼看，手指拨弄着其中一根很粗的茎条，“它是用来干吗的，她说了吗？”

他的脑子里一片空白。“哦等等，对了，它好像是叫蝎子草，要不，要不就是椰子草，嗯对，我很肯定就是叫椰子草，”他舔了舔嘴唇，换了一下抱盒子的姿势，“它很适合种在酸性大的土壤里面，这能给你点提示，让你想到该怎么处理么？”

孩子充满期待的眼睛一会儿看看父亲，一会儿看看母亲。詹妮弗开始有点焦虑了。

爱波把手伸进裤子后面的口袋。“这植物有什么好处？你竟然没问清楚？”

他臂弯里的植物微微抖动。“你能不能放松点。我一早起来连杯咖啡都没来得及喝，而且我——”

“噢很好。我该怎样摆弄这玩意儿？下次见到那个女人我该怎么说？”

“你想说什么狗屁东西就说什么吧，”弗兰克控制不住了。“或许你可以告诉她，以后他妈的少管闲事。”

“爸爸，不要**大喊大叫**。”詹妮弗穿着粘上了草的球鞋上蹦下跳，摇动着手，并哭了起来。

“我**没有**喊叫。”弗兰克竭力控制住语气，像是自己真的没有发怒一样。小丫头安静了下来，把拇指伸进了嘴里吸吮，看上去眼神涣散。这时迈克尔一手抓住裤子上的拉链，一边向后退了两步，带着不安的严肃神情。

爱波叹了口气，然后用手拨弄了一下头发。“好吧，那就先放在地窖里吧。我们至少可以把它扔到一边，眼不见为净。然后你最好穿上衣服，差不多是时候吃午饭了。”

弗兰克按她说的把盒子搬到了地窖里，狠狠扔在地上，砸出了一声沉沉的闷响。接着他把它踢到一个角落里，把大脚趾都踢疼了。

整个下午弗兰克都在修筑草地里的那条石头小路，身上穿的是以前的军装长裤和破旧的短衬衫。最初的打算是，在前门和车道之间垒出一条弯曲的小路，这样来访的客人不用总是通过厨房进入他家。上个星期他刚刚开始做的时候觉得应该很容易，但现在地面越来越倾斜，平整的石料已经不太合用，他必须造出台阶，从房子后面的树丛里翻找一些厚重的石块，然后迈着蹒跚的步伐搬到前院草地上来。每铺设一处台阶他都得在地面上挖出一个小坑，但是地里小石块非常多，花十分钟的时间只能挖出一只脚那样的深度。这个工程已经变成了一件吃力不讨好的工作，因为看不到进展还让人精疲力竭，心烦气躁。而且这个工作看来会延长至整个夏天。

不过尽管如此，挨过开工后那一小会儿的烦闷和晕眩之后，他开始喜欢这种肌肉牵动和汗流浃背的感觉，还有泥土的气息。至少这是一个男人干的事情。至少，当他在山坡上歇息的时候，他的房子在他的俯视下呈现出一个房子在美好春日里该有的样子，这个安全地置身于绿草之上的、白色的柔弱的港湾，栖息着一个男人的爱，一个男人的妻子和孩子。想到这些，他不禁低下头打量着自己的身躯，他看着自己绷紧的大腿，由于以往的军营训练而显得修长紧致，放在腿上的血管清晰可见的胳膊，还有低垂着的沾满了泥土的手——虽然没有父亲的手强壮有力，但同样有贡献；当他从布满白色毛毛虫的坑里挖出一块石头，让石头向前滚动惊动了一地的枯叶，虽然太阳穴生疼，但他心里充满了一种充实和满足的愉悦，因为他是个男人。他跟着石头来到了草地的边缘，然后弯下身来抱着它，一边喊着给自己鼓劲一边把它举起来，先到了腿的高度，接着是腰部，把它抱进自己纤弱的双臂之中，他面无表情，摇摇晃晃地走上了软软的草地，走出了房子周边的一圈白晕，走进前方草坪的阳光中，一直走到了还没有成形的石头小路，把石块放了下来，还差点跌坐在上面。

“爸爸，我们来帮忙，好吗？”詹妮弗说。两个孩子坐在了他身边的草地上。金黄色的太阳在他们金色的头发上形成两个完整的光圈，他们的T恤衫在阳光中闪耀出让人晕眩的洁白。

“噢，当然。”

“嗯，因为你喜欢我们陪着你，没错吧？”

“我当然喜欢，宝贝儿。不过现在你们可别靠得太近，不然会把泥土又踢到我刚挖出来的小坑里的。”说完他拿起长柄铲子继续深挖刚才已经开好了的浅坑，他很享受每次动作那种节奏感的声音，还有铲子撞击即将松动的石块边缘的力量。

“爸爸，”迈克尔问，“为什么铲子会有火星啊？”

“因为它撞到了岩石上面，钢铁撞击岩石的时候，就会有火星。”

“那你为什么不把岩石挖出来呢？”

“我就是要把岩石挖出来。你们别靠这么近，不然可能会受伤的。”

那块岩石终于离开了土坑。弗兰克把它抱起来搬到一边，然后跪下来用双手挖动土坑里棕褐色的碎石头，直到整个土坑的深度和形状看起来合意为止。接着他把石块放到里面并且稳固好，这样又一级台阶就算是完成了。这时一群小昆虫绕着他的脑袋飞，当它们在眼前闪过时带来一阵痒痒的眼花缭乱的感觉。

“爸爸，”詹妮弗说，“为什么妈妈睡在沙发上啊？”

“我也不知道，可能她就是想去那里睡吧。现在我要再搬一块石头过来，你们俩待在这里别乱跑。”

在穿过屋后小树林的路上，弗兰克越想越觉得，刚才他给出的答案是最诚实也最机智的了。她就是想去那里睡，这难道不是唯一的原因吗？她这辈子做任何事情都出于自私任性，没有什么更复杂的原因了，难道不是吗？

“当你和和气气的时候，我很爱你。”在结婚之前她曾经跟他这么说过，这让他很生气。

“看在上帝的分上，你不能这么**说话**。你不能只在一个人和气的时候爱他。你难道没有意识到，那就像是在说，你想从我这得到什么吗?”已经半夜了，两人站在第六大道上，隔着一只手臂的距离，他两手伸进她的马球装，牢牢地贴在她两边温暖的肋骨上，“你要么就爱我，要么不爱我，你必须做一个决定。”

噢，她确实做出了决定。在贝休恩大街爱的气息里，做这个决定不难。当时他们裸着身体骄傲地走在公寓的棉麻经线双面花毯上，阳光洒在简陋的家具上：一些简便的椅子、法国旅游海报和木箱叠成的书架。在这个公寓偷情能有那么多乐趣，有一半的原因是它让这段关系看起来像婚姻。直到两人从大会堂里登记结婚回来，从其他两人手里仪式性地收回钥匙时，这段婚姻有一半的乐趣是因为它看起来像偷情。在这样的氛围里，她做出了决定。为什么不呢？这不是她从任何关系里体验到的第一份爱吗？哪怕在现实层面，这一选择无疑也极具诱惑力：她不需要去在乎自己只是一个有那么一点点天赋和热情的戏剧学校毕业生，无需陷入沮丧现实的无限循环，这让她心安理得屈就在一份办公室兼职里（“我是在等我丈夫找到一份他真正想要的工作”），并保留大部分的精力来跟他议论书籍、电影，或者是别人性格中的缺点。她可以尝试不同的发型和不同款式的便宜衣服（“那双凉鞋你真的喜欢？不会乡土气太浓么?”），还有大把的时间沉浸在无尽的床笫之欢当中。然而，即便在那样的日子里，她总是摆出随时离开的架势。每次她觉得想走的时候，或者什么事情触犯了她，她就会说："弗兰克，你不要那么跟我**说话**，不然我马上就**走，说到做到**。"

很快两人之间就发生了一件不该发生的事。他们本来做好了长远的计划，打算要两个孩子成为一个四口之家，然而她第一次怀孕却比计划早了整整七年。如果在这事发生之前他足够了解她的话，他本来有可能猜到她会用什么样的态度来对待这件事。当时他们离开诊所搭乘着闷热的小镇公共汽车，弗兰克对此一无所知。她高昂着头，像是在表达震惊、不信任、愤怒，又或者是责备，可能是这几种情绪中的一种，也有可能是全部，还有可能什么都不是，就他了解的话。他紧紧靠在她身边，身上不停在冒汗，下巴僵硬，脸上还竭力展露出微笑。他不停思考着可以跟她说什么，但是心里很明白现在一切都弄糟了。听到意外怀孕的消息，就算你觉得惊慌多于惊喜，那也应该由两人共同去分担啊。你老婆不应该给你脸色看，你不应该想方设法去讨好她，说点笑话或抓紧她的手什么的，就像你害怕她会在这个非常时刻、当你们的生命第一次真正交融之时蒸发掉。这他妈的出了什么问题？

一个星期后，弗兰克回到家发现爱波在房间里踱步，双臂交叠放在胸前，眼睛像是在注视着遥远的地方，脸上的神情很明显在告诉他，她已经做好了决定并且不容许说废话。

"弗兰克，你听我说。在我说完之前请你不要打断我，听着就成。"她的声音带着一种古怪的僵硬，就像她已经排练了好几次，以便能一气呵成地把话说完。她说她在戏剧学院认识一个女孩，她根据自己的亲身经历知道了一种万无一失的流产办法。这办法很简单：等到合适的时间，第三个月结束的时候，找一支消毒过的橡胶吸液器，准备一些消毒过的水，然后很小心地……

他的胸口气得快要炸开。他知道让他怒火中烧的并不是打掉这个孩子的打算——这个打算，天知道，其实相当不坏——最刺伤他的是，她一个人秘密地实行一切，找到那个女孩和流产的办法，买好了橡胶吸液器，并且排演了这一番说辞。就好像他可能只是她计划里的一个障碍，一个必须要肃清的挡路石以便事情能达到最高的效率。这就是他不能忍受的事情，这就是为什么他的声音里充满了颤抖和暴怒：

“看在上帝的分上，你别傻了。你是想把自己弄死吗？你说的这些我不想听。”

她沉静地叹了口气。“那好吧，弗兰克。在这种情况下你没必要听我说什么。我告诉你只是因为，我本来以为你会帮助我。显然，我应该早就料到你的反应。”

“你给我听着！听着！如果你这么做……你敢这么做的话，我向上帝发誓我会……”

“哦，你会怎么样？你会离开我？这是什么意思，威胁，还是承诺？”

争吵持续了整个晚上。两个人怒吼，扭打，摔椅子，从屋里闹到屋外到楼下到大街上（“从我身边**滚开**！**滚开**！”）；两人闹到一片水边废品回收场高高的铁丝篱笆旁，直到那里的一个醉鬼盯着他们看，两人才悻悻然回家去。今天弗兰克靠在树上忍受着小虫子叮咬他的脖子时，他还能感受到那时的暴怒和难堪。最后解救了他，让他现在能再抬起石头，并让它咆哮滚动，自己跟在后面充满自尊地迈着坚定的脚步的是，第二天他赢了。争吵过后的第二天，她扑到他的怀里啜泣，告诉他她愿意接受他的看法。

“我知道，我知道，”她埋首在他的衬衫里轻声细语，“我知道你说的是对的。对不起，真的对不起。我爱你，我会给他取名叫弗兰克，然后送他去上大学，以及做一切该做的事。我答应你，我答应你。”

在弗兰克的生命中，还没有任何时候比那一刻更能证明他的男子气概，如果这需要证明的话。他搂着怀里那个驯服顺从的女人，告诉她：“哦，亲爱的，我亲爱的宝贝。”而她答应会为他生孩子。当弗兰克顶着太阳搬动石块，放进事先挖好的土坑，揉擦酸疼的双手，然后操起铲子继续工作时，孩子们的声音唧唧喳喳地在耳边响着，像小虫子那样慢慢地折磨着人。

而我根本**不想要**一个孩子，他边挖掘边想。这不是最糟糕的事情吗？我并不比她更想要一个孩子。是不是就从那一刻开始，他的生活就由一连串他不想要做的事情组成？他选择了一份无聊至极、毫无前途的工作，不过是为了证明自己跟任何一个有家的男人一样可以负起责任；搬进一间价格过高的高档公寓，是为了证明自己信奉有序和健康的生活；要了第二个孩子，证明第一个孩子不是个错误；在郊区买下一处房子，因为那是一般人生活轨迹里下一步应该采取的行动，而他则证明了自己也有能力这样去做。证明啊证明，这似乎就是他娶了现在这个妻子的全部理由。而她总是把他放在一个永远要为自己辩护的位置，她在他和和气气的时候才爱他，她只会凭着感觉去做自己想做的事。最糟糕的是，这个女人可以在任何一个时刻，不管是白天还是黑夜，会随时想到离开他。就是这么简单，这么不合情理。

“爸爸，你又在敲打岩石么？”

“这次不是，这次是树根。不过我觉得它位置很深，应该不碍我们什么事。现在你先稍微退远一点，我要把这块石头铺到里面去。”

弗兰克跪在草地上，把搬来的石块慢慢挪进挖好的坑里，但总是放不稳。它有些摇摇晃晃，而且比计划的位置高出了大约三英寸。

“太高了一点，爸爸。”

“我知道，宝贝儿。”他吃力地把石头重新撬出来，然后试着劈树根，把它砍断，他把铁锹当钝斧头用。当然效果不是那么好，树根像人身上的软骨那么顽固。

“宝贝儿，我说了你不要靠这么近。你又把我挖出来的泥土踢回洞里面了。”

“我是在帮你啊，爸爸。”

詹妮弗显得吃惊又委屈。弗兰克意识到她可能马上又要哭了，于是立刻把声音压得很低很温柔。“好吧，孩子们，你们干吗不去找别的事情做？你们有整个院子可以玩啊。快去吧，现在，我这边需要帮忙的时候再叫你们。”

孩子们没几分钟又回来了，而且还是坐在离弗兰克很近的地方，小声地说着话。此时弗兰克已经累得晕乎乎，汗水模糊了他的视线。他跨立在小坑上，把铁锹垂直举起，然后用尽全力铲向树根。他已经在树根上砸出了一个口，露出里面湿润的白肉，但它就是砍不断，不肯折，每一次铁锹弹起来并发出声响，都会引发两个孩子无所顾忌的笑。孩子清脆的笑声，如郁金香般稚嫩的肌肤以及在阳光下亮闪闪的脑袋，像蛋壳般脆弱，这跟挥动铁器砍伐树根的震颤感觉形成强烈的对比。就是这扭曲了他眼里的现实。有那么一个瞬间就在他举起了铁锹准备铲下去的时候，他觉得自己看到迈克尔穿着白色运动鞋的脚好像突然伸了过来，虽然他及时把铁锹甩到一边并马上意识到那是幻觉——但这**可能**会发生的，这才是重点。他的火气上来了，一把抓住小儿子的裤带把他拽了过来，然后用手掌大力打了他屁股两下，一边咆哮："说了给我**滚到一边**去，**滚到一边**去！"连自己都诧异这次为什么这样生气，下手似乎有点重，嗓门也有些大了。

迈克尔跳着扭着，用双手抓住屁股后面的裤子，他发觉自己想大哭一场的需求来得如此之快、如此之强烈，以至于他一开始的几声尖叫都没发出声来。他紧紧地闭上了眼睛，张大嘴巴，保持着这个表情想要大口喘息，然后终于吐出一声长长的带着痛苦和羞辱的大声呻吟。詹妮弗在一旁看着弟弟挨打，圆睁着眼，很快她自己的脸蛋也扭曲了，并且跟着弟弟一起哭叫了起来。

"我一遍又一遍地告诉你们，让你们走开，一遍又一遍，"弗兰克挥着手解释道，"我告诉你们靠得太近的话会出问题的，我说了吧？我说了吧？现在给我滚蛋，都给我滚蛋。"

他不用说孩子也会马上走开。两个孩子朝草地的另一边慢慢走去，边迈步边哭，还时不时回头看着他，眼里满是委屈和责备。若不是弗兰克强迫自己捡起铁锹重新开始砍挖那顽固的树根，他或许会在下一秒就追上去道歉，甚至跟着他们一起流泪。他一边干活，一边急不可耐地为自己的狂暴找理由。“妈的，我一遍又一遍地告诉他们离远一点。”他这样对自己说，并且宽容自己去篡改事实：“是啊，孩子把脚插了进来，如果不是我及时甩开铲子，说不定他连脚都没了……”

当他抬起头来的时候，他看到爱波已经从厨房门口走出来，站在房子的一边，两个孩子奔向她，然后把脸埋在她的裤子里。

第四章

然后是星期天。客厅里堆了不少内容枯燥乏味的周末报纸，弗兰克·惠勒和他的妻子一直没说话，沉默像是已经延续了一年。她独自去参加了《化石森林》的第二场和最后一场演出，然后再次睡在沙发上。

弗兰克坐在扶手椅里，翻阅着《纽约时报》的杂志版，希望自己能放松下来。孩子们在一个角落里安静地玩耍，爱波则在厨房里清洗餐具。他已经把杂志从头到尾翻过了不止一遍，放下又捡起，他总是不由自主地翻到那个鲜亮的全版时装照片。旁边的说明文字如是开头："一件讨喜的、充满女人味的、让穿着者走到哪里都心情畅快的连衣裙。"照片中的女孩是个身材高挑表情骄傲的年轻女孩，胸部比弗兰克认为的时装模特应有的还要坚挺，屁股也更翘。乍看她长得挺像他办公室里那个叫做莫琳·格鲁布的女孩。后来他断定，照片上的模特儿要漂亮得多，而且想必也更有头脑。不过他还是觉得两者之间是有一些共同点的。当他的眼睛流连于这个讨喜的充满女人味的女孩时，他开始沉浸在性幻想里。上一次公司开圣诞派对，他借着醉意把莫琳·格鲁布按在一个橱柜上，而其实他并不像他表现出来的那样醉。在那里，他狠狠地、久久地吻了她。

他对自己的所作所为感到不舒服，随手把杂志扔在地毯上，然后点燃了一根香烟，没有意识到另一根长长的香烟还躺在旁边的烟灰缸里。然后，或者只因为这是一个明媚的午后，孩子们很安静而他跟爱波的争吵也已经过去，他走进了厨房，爱波正弓身于一池肥皂泡前，他从后面抱住了她的双臂。

“听我说，”他在她耳边低语，“我不在乎这件事情到底谁对谁错，还有这他妈到底是怎么一回事情。我们能不能就这么算了，然后像两个正常人一样重新相处？”

“你是说就这样敷衍过去，直到下次再发生同样的事吗？假装一切都很好很舒服很平静？我恐怕不行。谢谢了。我已经厌倦这样的游戏。”

“你没发觉你这种态度对我有多不公平吗？你到底想要我怎么样？”

“现在，就两件事。一，我要你把手拿开；二，我要你说话小声点。”

“那么你能告诉我一件事吗？你能不能告诉我，你他妈到底想干什么？”

“当然可以。我想要把这些碟子洗干净。”

弗兰克回到客厅时，詹妮弗叫：“爸爸！”

“什么事？”

“你能不能给我们读几个漫画啊？”

小女儿提出这个请求时的羞涩，以及那充满信任的眼睛，让弗兰克差点哭了出来。“当然可以了，”他说，“来，我们三个一起坐下，然后我给你们读几个漫画。”

当他把漫画大声地读出来时，两个小孩分别把小脑袋贴在他身侧，小腿直直地伸在沙发软垫上，温暖着弗兰克的身体。他的语调情不自禁地蒙上了厚厚的感伤情绪。这两个孩子知道什么是原谅；他们愿意接受他无论他变好还是变坏；他们爱着他。为什么爱波就是不能意识到爱是多么简单和必要呢？为什么她总把所有事情复杂化？

这样的时光是美好的。唯一的麻烦是，这些漫画好像没完没了。翻过一页又一页，每一页都挤满了这些东西，弗兰克的任务永远完成不了。很快他发现自己的声音开始发紧，单调的语音透着急切，而且他的右膝开始酸麻发抖。

“爸爸，你刚才跳过了一幅漫画。”

“没有啊，宝贝儿，我没跳。那是一则广告嘛。你们不会想听的。”

“可是我想听。”

“我也想听。”

“可那不是漫画，只不过做成了漫画的样子。那其实是一则牙膏广告。”

“反正读给我们听嘛。”

他咬了咬牙，感觉牙根的神经都跟脑部的神经交缠到了一起，打了一个结。“好吧，”他说，“你们看，在第一幅图里面这位女士想要跟这位男士跳舞，但是男士不愿意去邀请她，然后在第二幅图里女士开始哭，她的朋友告诉她，那位男士不跟她跳舞或许是因为她嘴里的味道不太好闻，接着在下一幅图里女士跟牙医说话，对方告诉她……”

他觉得自己在无助地往下沉，沉进坐垫、报纸和孩子们的身躯当中，像一个正淹没在流沙里的男人。等到漫画终于读完，他费劲地站起身来，喘着气，在地毯中间站了好几分钟。他把紧握的拳头放进口袋里，以免他终于做出自己此刻真正想做的事情：抓起一把椅子，然后把它从落地窗里扔出去。

这他妈到底是什么狗屁生活啊？这种狗屁生活到底又能有什么意义和价值？

当夜晚来临的时候，弗兰克已经灌下了不少啤酒。他开始盼望坎贝尔夫妇的来访。通常他们的到访会让他不高兴（“为什么我们见不到别人？你难道还没有意识到，他们是我们唯一的朋友？”），然而今晚却有点指望。至少他们来了之后，爱波不得不拿出笑容，而且要陪他们说话。她得时不时向他微笑，还得叫他“亲爱的”。此外，必须承认的是，坎贝尔夫妻总能把弗兰克和爱波最好的一面引发出来。

“你们好！”他们互相招呼。

“你好！”“你好！”

这一个愉快的音节，随着渐重的暮色飘散开来，在惠勒家厨房的门上又弹出回音，这是每次聚会必然的前奏。然后是握手，仪式化的亲吻，以及疲劳却也愉悦的叹息——“啊”，“哦”——告诉别人他们在酷热沙子上跋涉了几英里才找到这片绿洲，或者他们痛苦地屏住了呼吸直到这一刻才释放出来。接下来四个人会一起坐到客厅里面，啜饮一口冰冻的饮料，脸一皱然后振作起来，为了一刻的互相仰慕，之后便各自选了个姿势瘫坐了下来。

米莉·坎贝尔依靠着柔软的沙发垫子，脱掉鞋子，把双脚舒适地蜷缩在臀部下面。她仰起的脸露出健康积极的笑——她可能不是世界上最美丽的女孩，但她可爱而敏捷，在身边会有很多乐趣。

米莉旁边坐着的是弗兰克。他仰靠在沙发上，腿跷得差不多跟头一样高。他的眼睛已经全神戒备要面对一番开场白，他的嘴唇就像含着一块苦兮兮的含片似的弯成一个弧度，准备要说一些机智的话。

谢普，体形健硕而稳重可靠，在这个小圈子里起着稳定的作用。他肥胖的双腿分得很开，结实的手指正在松开领带以便一会儿能爆发出笑声。

最后一个坐下来的是爱波。她随意而优雅地坐在躺椅上，头向后仰靠于帆布椅面，一边向天花板吐出悲伤的烟圈，颇具贵族气质。他们已经准备好，可以开始了。

大家发现——有点意外但也松了口气——关于剧社和演出的敏感话题可以很快就被抛开了。几句简短的对话，相互摇着头微笑了几下，就把这个话题打发掉。米莉坚持第二场表演比之前的那场要好很多，“我是说，至少所有的观众看来都更加欣赏第二场表演，你说呢，亲爱的?”谢普说自己很开心是因为这狗屁事情终于结束了。而爱波——大家都把焦虑的目光集中到她身上——则微微一笑让他们放宽了心。

“有一个好笑的说法：至少这表演让大家很开心。这不是很别扭吗，昨晚有好多人都在这么说，我听到这句话不下五十次。”爱波微笑着自嘲。

很快大家讨论的话题转到了孩子和疾病（坎贝尔夫妇的大儿子有点瘦弱，因此米莉怀疑他是不是得了什么血液方面的疾病，直到谢普说无论他得了什么病一点也没削弱他摔东西的手劲儿）。接下来大家谈到了孩子们去的小学，并且一致认为小学的工作做得不错，尤其考虑到它有一个如此保守的校委会。然后话题扯到了超市里过高的物价上。在这之后，当米莉说着羊排的长篇大论时，大家才意识到了一种明显紧张感在房间里弥漫。他们调整着坐姿，每次冷场的时候大家就以充分的社交礼仪把注意力集中在饮料上。他们回避彼此的目光，装作没有发现她们之间已经无话可谈这一令人担忧却无可争辩的事实。这种感觉在他们四个人当中还是头一次出现。

这种情形在两年以前，甚至一年以前，都不可能发生。就算没什么可聊，他们总还可以从国家的混乱局势中找到话题。“你们怎么看这个奥本海默和他的工作?”一个人会问，然后其他人就会以革命的热情来捍卫自己的立场。他们谈到麦卡锡参议员势力的恶性增长，认为他已经毒害了整个美国，两三杯酒下肚后，他们会想象自己身处于四面楚歌、日益式微的地下知识分子组织。还有人会拿出《观察者》或是《曼彻斯特卫报》的剪报读出来，剩下的人则会充满敬意地慢慢点头。弗兰克或许会满怀憧憬地讲到欧洲："天啊，我希望我们有机会可以一起到那里去。"而他每次这样说的时候，可能会立马得到大家的一致应和，想要走出国门："嗯，我们**都**去！"(有一次大家格外投入，讨论已经具体到船费，房屋租金，还有孩子们的学费，直到最后喝饱了提神咖啡的谢普泼了一瓢冷水，说他读到有关消息，在国外找工作不容易。)

即便是政治方面没什么可谈了，他们还可以聊聊那些不着边际的，但永远引人关注的话题，比如"社会融合"，比如"郊区"，比如"麦迪逊大街"，还有"今日美国社会"。"我的天啊，"谢普会开始说，"你们都知道我们隔壁住的那个人吧？叫唐纳德森的那个。那家伙没事的时候总在摆弄他那台电动割草机，句句不离商业领域里的勾心斗角和什么劝诱推销。还有，我有没有告诉你们，他是怎么吹嘘他那个烤肉架的？"接下来谢普会讲一则乡间轶事，反映生活在郊区里的人性格中极端的自以为是，最后大家一起笑得身体发虚。

"哦，不过我真的很难相信，"爱波强调，"他们真的会那么说话吗？"

弗兰克会接过她的话头："关键是，如果这种表现不是这么典型的话，情况就不会那么糟糕。不只是唐纳德森那家人这样，克雷默一家也是如此，还有别的不管叫什么名字的人都是如此，什么文盖斯一家，还有别的很多很多人。就是这群白痴每天跟我同坐一趟火车来来回回。这是一种传染病。他们根本不会思考，没有感受，也不去关心什么东西。每个人都不再感到兴奋，不再相信别的任何东西，除了他们那些什么狗屁平庸哲学。”

米莉·坎贝尔会愉悦地蠕动着身体。“哦，说得太对了。你说呢，亲爱的？”

然后所有人都会表示认同，这背后隐含着一个让他们暗暗高兴的信息：就他们自己，这四个人，在一个病入膏肓正在走向灭亡的文化里，依然痛苦地、真正地活着。正是出于这种抵抗，以及对这种寂寞感的回应，他们几个开始对桂冠剧社萌生了兴趣。消息是米莉带回来的：她碰到几个革命山庄另外一边的居民，正在组织一个戏剧团体。他们计划从纽约雇一个导演来指导他们排演一些严肃剧目，希望可以引起社区的关注。米莉想他们可能达不到太高的目标，不过或许会有一点意思。刚听到这事的时候，爱波的态度很轻蔑：“天啊，我可是很了解这些所谓的艺术团体。他们中间会有一个蓝头发佩戴着木头珠子的女人，她曾经见过艺术大师马可思·莱茵哈特一次。此外还会有两三个年轻的同性恋男人和七个肤色很差的女人。”但是不久之后地方报纸上出现了一则有品位的广告（“我们在找演员……”），然后弗兰克和爱波在一个本应该很无聊的派对上见到了这群人，并一致承认他们是“诚恳”的。圣诞节的时候他们和导演见了面，同时相信了谢普跟他们说过的话：这人很清楚自己在追求什么。在接下来的一个月里他们四个都参与了进来。即便是知道自己没有表演天赋而拒演任何角色的弗兰克，也帮忙写了一些宣传材料，并在公司影印了多份。而且也是弗兰克充满希望地从哲学层面和社会影响来探讨这个表演的诸多可能性。如果在这里可以建立一个真正严肃的、有水平的社区剧社，这不就等同向正确的方向迈进一步吗？他们或许无法启发唐纳德森们，但那有什么关系？这个活动至少让唐纳德森们停下来思考，让他们知道生活里并不只有火车、共和党和烤肉架子。而且，就算不成功，他们又会失去什么呢？

无论那东西是啥，他们现在都已经失去了。那些对郊区、对今日美国社会、对宗教的侃侃而谈，并不能轻易打发剧团失败所带来的怨气。当那些邻居曾经冒着汗坐在观众席上看他们的拙劣表演，他们还能拿那些邻居来开玩笑吗？那些唐纳德森、克雷默、文盖斯一干人等带着难得的开明心态来观看《化石森林》，但他们却失望了。

米莉在谈论着园艺，抱怨要在革命山庄栽培一块健康的草地很难。她眼神流露出紧张的情绪。在超过十分钟的时间，房间里只有她的声音，而且她不得不继续说下去。她深知这一点，她还很清楚，如果她停下来的话，寂静就会像水那样充满这个房间，把这里变成深不可测的宽敞的大湖。她会在里面挣扎然后溺毙的。

这个时候弗兰克站出来解救了她。“哦，对了，米莉。我想问你，你知道什么是椰子草吗？要不就是靴子草？反正是一种植物。”

“椰子草，”米莉复述着这个名字，装出一副在思考的样子，温柔的脸上闪过一丝感激的神色。“我一时想不起来，弗兰克。

不过我可以帮你查一下，我们家有一本这方面的书。”

“这没什么关系，”弗兰克说，“昨天吉文斯太太跑来给了我们一盒子这种破玩意儿——”

“吉文斯太太？”米莉叫了出来，带着忽然想起什么和松了一口气的亢奋。“我的上帝啊，我居然忘了告诉你们关于她的事情！我好像都还没有跟谢普说过呢，对吧，亲爱的？关于她儿子，真的是太奇妙了！”

她又开讲了。但这次独白是完全另一种状态：所有人都在听。她急切的声音，以及忙着探身向前把裙脚掖到皱巴巴的膝盖下面的动作，像是给他们作出一个承诺：这次她说的会是一个全新的有意思的话题。听众的专注让米莉很得意，她希望可以让最终的揭晓来得晚一些，所以尽量说得慢一点。她先问惠勒夫妇，知不知道吉文斯太太有一个儿子？

他们当然知道她有个儿子。于是米莉理智地点点头，允许他们打断她。他们搜刮着关于他的记忆：他是一个瘦削的水手。他们在吉文斯太太家吃晚饭的时候，他的照片就挂在她家的壁炉上方很显眼的位置朝着他们微笑。她告诉他们她儿子名字叫约翰，厌恶海军部队，在麻省理工就读，成绩相当突出，然后在西部某大学教授数学，干得也是相当出色。

米莉知道的情况跟吉文斯太太所述的不太一样：“他现在根本就没在教数学，人也不在西部。你们知道他在哪里吗？知道他过去两个月去了什么地方吗？其实就在格林纳克斯，**你们**都知道吧？”发现大家一脸茫然之后，她连忙补充道：“就是州立医院的精神病疗养院。”

大家几乎一起开口发表意见，并在香烟的浓雾里越靠越近。现在这种感觉跟以前每次聚会的时候差不多。这真是一件最糟糕最怪异最悲惨的事啦。米莉确定她说的都是事实吗？

哦是的，是的，她非常肯定，“而且，他不是自己去的格林纳克斯，而是被州警押送到那里的。”

这些消息来自某位马克里迪太太，帮吉文斯太太打扫屋子的临时工。她们昨天在购物中心碰上了才聊起这件事。马克里迪太太很难相信，这么长时间以来米莉居然没听说过。“她还以为大家都知道了呢。不管怎么样，约翰精神出现问题已经不是一天两天。听说为了把他送进加利福尼亚那家疗养院接受治疗，他父母差不多把手里的钱全花光了。他每次都要待在那里好几个月，然后出来一段时间——估计这段相对正常的时间他就在授课——然后又回到疗养院。之后他有相当长的一段时间看起来神志正常，直到他突然辞去工作并且不知去向。然后他忽然回来了，事前没有任何征兆，他闯进屋子把他的父母挟持起来，长达三天。”她不自在地轻笑，意识到“挟持父母”这个说法听上去太夸张了，都不像是真的。“是马克里迪太太这么跟我描述的。我估计他可能没有拿枪啊，刀子啊什么的，不过肯定把他父母吓了个半死。尤其是吉文斯先生年纪这么大，心脏又不好。他把他们锁在房子里，切断电话线，说如果他们不给他想要的东西，他就不会走。但要命的是，他根本不说他到底要些什么。有一次他说是他的出生证明，于是老两口赶紧把家里的文书证件翻了个底朝天，终于找到了这东西给了他，结果他接过来以后一把就撕成了碎片。剩下来的时间他就在屋子里踱步，不停地说话——我估计满嘴胡言乱语，然后见什么砸什么，家具，墙上的画，碗碗碟碟，一切东西。就在这期间马克里迪太太上门来干活，也被他关了起来，正是因为这样她才知道了这么多内情。我想她在那里被关了大约十个小时，后来找到机会从车库溜了出来。然后她给警察局打了电话，警察来了并且把他押送到格林纳克斯。”

“上帝啊，”爱波说，“竟然惊动了警察局，这太难堪了。”所有人严肃地摇摇头表示认同。

只有谢普对清洁女工表示怀疑：“不管怎么样，这些会不会只是道听途说——”但其他三个人显然相信了这个故事，并试图让他的想法看上去很糟。无论是否道听途说，但确实听起来像那么回事。

爱波指出，现在看来，难怪最近吉文斯太太频繁上他们家来，而且每次都没什么明确目的。“确实很可笑，我总觉得她来是为了跟我要什么东西，或者是想告诉我们什么，但就是说不出口。你有没有感觉到呢？”她把脸转向了弗兰克，不过没有与他对上眼，也没有加上一句“亲爱的”甚至于“弗兰克”，否则还可以给弗兰克一点重归于好的希望。他小声地回答道，他猜想自己也有这感觉。“天啊，那她真是太可怜了，”爱波说，“她肯定特别想跟我们说这事，要么就是想弄清楚我们到底知道多少。”

米莉轻松愉快地从女性的角度来分析这件事情，当一个女人知道自己的独生儿子精神出现问题，她会是怎样的心情呢？谢普挪动椅子凑到弗兰克身边，像是有意在避开两位女士，他想跟弗兰克从男人更关心的现实的角度来讨论这件事情。这到底是怎么一回事？州警到底有没有权力用强制手段把一个人关进疯人院里？从法律的角度来看，这未免太儿戏了吧？

弗兰克意识到如果让谈话按现在这个趋势发展下去，这个话题所带来的兴奋感很快就会消散。这个夜晚的聚会就会变质成为一段无趣的时光，用来充塞郊区沉闷的生活。弗兰克常常想象，那些唐纳德森、文盖斯和克雷默就是这样打发时间的：女人们会相互交流衣着打扮和烹饪心得，男人和男人则正襟危坐在一起谈论工作和汽车。弗兰克很怕下一分钟谢普就会问："弗兰克，工作怎么样？"他问的时候总是一脸真诚，就好像还没记住弗兰克说了成千上万遍的话：工作是他生活当中最无足轻重的东西，除了调侃讽刺，他根本提都不想去提。该是时间采取行动了。

他喝了一大口酒，上半身略略前倾，提高了音量让大家都知道他正要发表演讲。"你们发现了吗，"他问，"这正是最贴合这个地方、这个时期的典型得如此美丽的故事，"一个男人在家门口跟州警干起来了，大吵大闹、乱砸东西，而各家各户仍在黄昏中自顾为他们的草地洒水，沉醉在电视带来的无聊娱乐当中。一个女人疯疯癫癫的独子突然闯进家门，带着天知道的痛苦和罪恶感，而她依然还让自己忙于社区的那些琐事，忙着给邻居一个笑脸和一纸盒的园艺植物。

"我想说的就是一个意思：沉沦。"弗兰克宣告，"一个社会到底能沉沦到什么地步呢？我们这样看吧，这个国家可能就是这个世界上最疯狂最不可理喻的地方了，弗洛伊德那个老鬼再也找不到比美国人更忠实的信徒。你们不觉得吗？我们整个狗屁文化就是围绕它而设置的。这是一种新的宗教，全部人心智和精神上的安抚奶嘴。但即便如此，看看当真有人烧坏了脑子会发生什么事情吧。赶紧打电话给警察，在邻居发现以前，把他带走，把他关起来，眼不见为净。当发生问题需要解决之际，我们还停留在黑暗的中世纪，就好像所有人都心照不宣地达成了一个共识：大家都生活在自我欺骗当中吧。让现实见鬼去吧！我们只要那些可爱的弯弯的小路，那些被漆成了白色、粉色或是淡蓝色的可爱小屋。让我们成为好的消费者并高唱‘当我们同在一起’，我们要把孩子浸泡在泛滥虚伪的情感中来抚养长大——爸爸是一个优秀的男人，因为他挣钱养家；妈妈是一个优秀的女人，因为她这么多年一直跟随着爸爸不离不弃。而万一现实不小心露出了真面目，朝我们嘘声一片，我们就低头去忙手里的事情，假装什么都没有发生过。”

一般情况下，弗兰克这样的爆发都会得到所有人一致的赞许，至少米莉会惊叹：“嗯，你说得真是太对了。”然而这次没什么效果。三个人很有礼貌地倾听着，当他停下来的时候，他们露出了终于稍许解脱的表情，就像一群刚刚听完老师讲课的小学生。

弗兰克只好站起身来收拾杯子，然后躲进了厨房。他烦躁地开启、关闭冰柜，发出很大声响。厨房黑色的玻璃窗上生动地反映出他的脸：圆而虚弱。他憎恨地盯着自己的影像。这个时候他想起了一件让他震惊的事情，这一想法似乎是紧跟那张受惊的脸出现，而非先它一步，让他充满一股反讽的正义感。玻璃窗里的面孔再次像是在预言，而不是反映他的情绪，映像已经从沮丧无助的脸孔变成一个理智的带着苦涩的微笑。镜子里的脸朝着他点了点头。然后他让自己忙着整理饮料，并着急地回到客人中间。他想起的那件事，无论意味着什么，至少是个话题。

“我刚刚想到了一件事情。”他宣布。全部人抬起头来看着他。“明天是我的生日。”

“啊！”坎贝尔夫妇齐声祝贺了他，声音带着倦意。

“明天我就满三十岁了，你们能相信吗？”

“是呀，我信。”谢普不以为然，他已经三十二岁了。米莉比他还要年长，已经三十四岁了。不过她倒是没说什么，只是低下头去把腿上的烟灰掸干净。

“不，我的意思是，想到自己不再是二十几岁的人是挺好笑的事，”弗兰克重新在沙发上坐定。“这感觉像是一个时代已经结束了，你们能明白吧。我是不知道。”他快要喝醉了，他已经醉了。下一分钟他可能会说出更愚蠢的话来，并且一遍一遍地重复着。他了解自己。正因为他绝望地了解自己，所以说得更多了。

“生日啊生日，可笑的是每次你回头去看去想的时候，它们会混在一起。不过我对其中一次记得特别清楚：我二十岁的生日。”那是战争的最后一个星期，他开始给他们讲述那一天，或者是那一天的部分时间，他是怎么困守在机关枪和迫击炮的轰炸中。头脑中仅剩的一点清醒知道他为什么说这些：每次跟坎贝尔夫妇在一起出现无话可谈的情况时，关于军队生活的幽默调侃总是可以拿出来救场。谢普对这个话题最感兴趣；至于女人，或许会在不该笑的时候发笑，并且开玩笑地说她们不能理解男人的志趣和忠诚，但不可否认的是，每次她们在听这些故事的时候，脸上都闪烁着对这种独特经历的浪漫幻想。在弗兰克记忆中，军队的故事曾经营造出他们友情中最值得纪念的一个晚上。那一天已经凌晨三点了，他讲得兴起，和谢普一起唱起了军歌。在笑声和汗水和妻子们带着睡意的仰慕中，他们在咖啡桌上敲打出操兵的节奏，大声唱了出来：

哦——
喂，嘿，全能的上帝
知不知道我们是谁
哇，哈，告诉你吧
我们就是勇敢的步兵！

所以他再次调出自己的记忆，并小心地组织用词，适时地插入一些自我嘲弄的段子来让叙述更加精彩。这已经形成了多年以来他讲述从军事迹的风格。“于是我捅了捅趴在我身边的战友问道：‘喂，今天是几号？’”一直说到这句他才觉得不自在，但已经收不住了，只得硬着头皮把剩下的话说完：“这时候我才弄清楚这一天竟然是我的生日。”他刚想起，原来他已经跟坎贝尔夫妇讲过同样的故事，用差不多同样的语言。他还想起，这肯定是在一年前，他马上要过二十九岁生日时说的。

坎贝尔夫妇礼貌地笑了几声，然后谢普尽量不露痕迹地看看手表。最难受的是——这即使不是他这一生，至少也是这一星期最难受的时刻——爱波看着他的眼神。她从没试过这么怜悯、厌倦地看着他。

当他一个人睡在卧室里，这个眼神整晚困扰着他；当第二天早晨他喝着咖啡，然后爬上窄小的旧福特去赶火车，这个眼神在脑海里萦绕；当他乘着火车去上班，这个眼神依然阴魂不散。他是其中最年轻最健康的乘客之一，但他坐在那里就像经受着一场非常缓慢的、毫无痛苦的死亡。就在这一瞬间，他感觉自己已经步入中年。

第五章

诺克斯大楼的建筑者没有浪费一分钟来把它设计得比实际的二十层楼看起来更高大些，结果它显得比一般的二十层楼建筑矮小；他们也没有考虑让它美观一些，于是它果然相当丑陋。瘦高、平顶，窄窄的檐口被漆成了绿色，像个木桩似的突出来。它位于城市中心偏南边一片平庸得刚刚好的区域，本世纪初它竣工的时候，就注定要没入烟尘笼罩的数不清的建筑群中。在航拍的照片里，它们中间耸立着的便是纽约更加高大宏伟的建筑。

尽管平庸，诺克斯大楼还是有稳重的一面。它没有雄伟的感觉，但体积不小；它没什么气魄，但也不猥琐；这是踏踏实实地用来做生意的大楼。

"就在那里，弗兰克，"一九三五年一个夏日的清晨，厄尔·惠勒跟孩子说。"就在前面。那是公司的总部办公大楼。你最好抓紧我的手，这个十字路口有点乱……"

那是唯一一次弗兰克的父亲带着他去纽约。这次出行酝酿了几星期，在回忆中，弗兰克觉得这几星期是父亲为数不多能被形容为和善愉快的日子。他喜欢在饭桌上提起神秘的"奥特·菲尔茨”先生这几个字，还有诸如“纽约”和“总部办公室”等等，母亲总是跟着感叹：“哦，那真是太好了，厄尔。听你这么说我真是太高兴了。”后来弗兰克终于弄清楚了奥特·菲尔茨[①]跟桂格燕麦没什么关系，而是一个人的怪名字。这是一个扎眼的人，不只因为体形（父亲把他说成“总部办公室里个子最高的家伙”），还因为他的灵活机变。弗兰克并没有把这些信息放在心上，直到母亲宣布一个让他震惊的消息：奥特·菲尔茨先生听说厄尔·惠勒有一个十岁大的儿子之后，邀请他带着儿子一起去总部办公室。父子两人会成为菲尔茨先生正式午餐的客人（这是他第一次听母亲说“正式午餐”而不是“午餐”），随后菲尔茨先生会带他们去扬基体育场看一场球赛。得知消息后，弗兰克越来越迫切期望那一天的到来，这种急切实在难忍。直到出发的那个早上，这种情绪差点毁了一切：在去城里的火车上，他由于紧张和晕车把刚吃的早饭差不多全吐了。后来在出租车上他又感到不适，如果不是提前几个街区下车，他在出租车上又得吐一轮。还好在新鲜空气中步行了一段时间之后，他脑袋逐渐清醒，一切慢慢恢复正常。

“看那边，”过马路的时候厄尔说，“那是一间理发店，我们一会儿就去那里理发。还有那边是地铁站，你看他们把地铁站入口修在那栋楼里面。再看这边，这是一间陈列室，它的橱窗跟这栋楼一样宽，从这里开始延伸到楼的另一端。你看，这可比我们

① 原文为 Oat Fields，也指燕麦田。

家那边简陋老旧的陈列室大多了，是吧？你再看，这还只是我们公司产品当中很小的一部分。这是打字机，这个是加法器，计算器，还有一些不同种类的文件分档系统。那边角落里放的是新的账目登录机。接下来那个橱窗陈列的是穿孔卡片机，那个大的是制表机，旁边的那台小的是分类机。看他们演示那台穿孔卡片机才叫过瘾呢！工作人员会找来一大叠卡片，把它们叠好放进机器里，按下按钮，然后卡片会飞快地进到那里面。”

弗兰克的目光总是从机器移到自己在玻璃上的影像。他觉得今天穿的这套新西装让他显得格外有派头，衣服的外套和领带跟他父亲的几乎一模一样。而且他喜欢两人并肩站着的明亮的映像，男人和男孩，数不清的路人从他们身后经过。过了一会儿他后退了几步，抬头向上看，直到脖子抵住了后领。“哇！”他曾经想象过这里会是一幢摩天大楼。他之前的些许失望随着现在抬头仰望已经消失得无影无踪。一层一层的玻璃窗在向上延伸，每一层都比之前一层缩小和低矮了一些，直到越来越细的边缘像是连接在了一起。想象人从最高那一层掉下来！接着他看到高高在上的檐口，感觉它正在缓慢、平稳地朝天空移动。这座楼正塌向他们！——他还没开始紧张就意识到这是一个错觉。在移动的是天空而不是大楼。白色的云朵缓缓擦过楼顶的边缘，当他认识到这一事实后，一阵颤抖流过他身体：这个大楼多么有力量多么坚固啊。“哇！”他心底又是一声赞叹。

“可以走了么？”父亲说，“我们去理发店吧，先把自己弄体面了，然后才进去。一会儿我们坐电梯一直到顶层。”

弗兰克没有料想到，人行便道上的那段时间竟是这次旅行最愉快的时刻。那家理发店确实不错，大楼一层那飘着雪茄、雨伞和女性香水味的大理石大厅也很有气派，然而之后的体验就每况愈下了。电梯没有飞翔的感觉，而只有压抑和晕眩反胃。到了顶层的办公室之后，弗兰克只记得白茫茫一片的灯管和一个非常瘦削的女士。透过她的网眼式衬衣，可以看到不少带子，那显然与内衣相连。她叫他“小家伙”，还给他演示饮水机怎么操作：“注意看哦，小家伙。看我按下按钮之后冒上来的那个大泡泡——卟噜——是不是很好玩啊？来，你自己来试试。”弗兰克也无法忘记看到菲尔茨先生时立马产生的那种剧烈的不舒服的感觉。这即使不是他见过体形最庞大的人，至少也是最胖的一个。他眼镜镜片反射着办公室里的灯光，所以他说话的时候弗兰克根本看不到他的眼睛，而且他说话非常大声，好像根本听不到对方有什么回应。

“嗯，还真是个大小伙子啊！你叫什么名字啊？喜欢上学吗？嗯，真是太好了，你喜欢棒球吧？”

他最叫人讨厌的是湿湿的嘴巴，每次他嘴唇活动时，悬着的唾沫也跟着耀武扬威。这让弗兰克在吃午餐（或正式午餐）时倒尽胃口，尽管午餐选在一家大酒店的餐厅。奥特·菲尔茨先生咀嚼东西的时候从来不会把嘴闭上，而且还在他的水杯边缘留下了很多白色的食物残渣。有一次他把一块面包卷的硬壳浸进汤汁小碗，泡软之后迫不及待地塞进嘴里时，就这么让一块面包掉在西装马甲上留下很显眼的一块棕色污迹。

“你说得真是一点不错，奥特，”整个午餐过程厄尔不断地重复这句话，“在这件事情上我完全同意你的观点。”他把目光转向弗兰克的次数很少，就那寥寥几眼还带着点惊讶，像是在思忖为什么弗兰克会坐在那里。后来的比赛也让弗兰克非常失望：两个队都没有打出全垒打，而在弗兰克的粗浅理解中，全垒打是这项运动唯一值得关注的东西。比赛的最后一个小时太阳直直照进他的眼睛，让他感到头疼。他很想去卫生间但又不知道该怎么说。然后是去往宾夕法尼亚车站的地铁里那段阴郁的回忆，父亲因为弗兰克没有礼貌地跟菲尔茨先生说上一句“谢谢您，今天我非常开心”而严厉地指责他。当他们在列车上等待车门开启时，弗兰克借着冰冷的灯光偷偷打量父亲。父亲的脸上显出体力耗竭、道德挫败的样子。他看上去散漫、苍老、满目疮痍。接着，弗兰克放低视线，却发现父亲的裤腿在有节奏地轻微抖动，原来他把一只手放在口袋里套弄自己的生殖器。

这一幕场景自然成了弗兰克对那一天印象最为深刻的部分。而那天晚上，当他独自一人光着脚摇摇摆摆地来到倾斜的而又奇异般缩小了的卫生间，让他不断地反胃想吐的却是奥特·菲尔茨正在大嚼食物的嘴巴。

几年之后他才把事情的碎片拼凑起来，弄清楚其中的关系。父亲本来是诺克斯公司在纽瓦克一家分公司的经理助理，侥幸逃过了大萧条时期大规模的裁员和失业，后来不知怎么得到了总公司的赏识，让他成为奥特·菲尔茨助手的候选人之一。（至于奥特这个怪异的名字，弗兰克也慢慢理解了。奥特很有可能就是“奥迪斯”的简称。这是一个强制精简的世界，在一家有好多比尔、杰克、赫布斯和泰德的公司，像“厄尔”这样找不到简称的名字反而是个缺陷。）不过这个提升没有实现，因为公司高层最后得出的结论是，奥特可以在没有助手的情况下处理好他的工作。厄尔·惠勒在午餐或球赛时就已经知道或猜到这个结果。

无论父亲有没有接受现实，弗兰克知道父亲直到生命的尽头也没能理解为什么会失败。从开始到最后的沉沦，父亲始终没能理解这次的失败和接下去一连串的打击到底是怎么回事。后来的几年他总是被调来调去，直到战后很快就退休了（就在奥特·菲尔茨退休并去世不久后）。厄尔离职之前从原来的经理助理被调到宾夕法尼亚州哈里斯堡去做普通的推销员。在那些年里面，在日益增加的困惑中，他认识不到自己的身体已经大不如前，他的妻子在艰辛中迅速衰老，大儿子和二儿子对自己根本漠不关心，最后还有小儿子的叛逆、遗弃以至道德沦丧。

一个码头工人！一个自助餐厅收银员！这就是他的儿子。一个不懂得感恩，对他怀恨在心、满嘴脏话的不孝之子，每天和一群不知所谓的人在格林尼治村里面醉醺醺地晃来晃去。他是一个蔑视一切规矩的坏小子，从不顾念母亲，六个月甚至八个月不给家里写信。好不容易盼到了一封，上面却没有回邮地址，只有短短一行字：上周结婚了，有时间会带她回来。

厄尔幸运的是，当他的儿子在哥伦比亚大学附近的一家廉价酒吧跟朋友聊天时，他不在现场。那是一九四八年的一个中午，他的朋友叫萨姆，哲学系研究生，也是个慵懒的青年。他在学生职业介绍所里做兼职。

“出什么事情了，弗兰克？我还以为你已经回到欧洲去了呢。”

“开玩笑。爱波有了。”

“上帝啊。”

“听我说，我们可以从很多角度来看待我现在的处境，萨姆。我们不妨这样看吧。我现在需要一份工作，明白吗？是不是因为这个原因所以我的工作非要让我感觉糟糕呢？听着，我所想要的，就是挣到足够的钱来混过接下来的这一两年，直到我想清楚一些事情。同时我需要保有‘我自己’。所以我最想避免的是那种可能会被认为‘有意思’的工作，避免那种会触动我的东西。我想找一家规模庞大、历史久远的公司，已经闷头挣了好几百年的钱，会找八个人去做一份无聊的差使，因为他们没有人会真正在乎他们应该做的无聊工作。我希望自己可以走进那家公司告诉他们：嘿，你们可以在一天很多个小时里拥有我的身躯和我美好的大学生招牌笑容，我要的回报不过就是一笔像样的收入，除此之外我们井水不犯河水。萨姆，能明白我的意思吗？”

“我想我明白了，”这位哲学系学生说。“跟我一起回办公室。”在那儿，萨姆托了托鼻梁上的眼镜，翻出一叠卡片，然后开始写下一份看上去符合弗兰克要求的公司清单。其中包括一家大型的青铜黄铜生产商，一家大型公用设备公司，一家生产各种纸质包装袋的巨人企业等等。

当弗兰克看到诺克斯商业机械公司的名字也被加到清单上的时候，他还以为是萨姆弄错了。“喂，等等。我知道这肯定是你搞错了。”接着他跟萨姆简单地讲述了他父亲的职业生涯。这个学哲学的家伙还乐得笑出了声。

“你会发现情况已经改变了，弗兰克，”萨姆说，“他那可是大萧条时期，你别忘了。还有，他一直做外派的工作，而你会待在总部办公室。老实说这个地方正是你想要的。我知道里面有些家伙除了领支票之外连手指头都懒得动一动。如果我是你，我在面试的时候会提起父亲的名字，这样或许有点帮助。”

面试的那天，弗兰克独自走到诺克斯大楼的暗影下，第一次到访大楼的回忆又缠绕着他（“你最好抓紧我的手，这个十字路口有点乱……”）。于是他决定，在面试中完全不提起父亲或许会更好玩。后来他果然没说，并且当天就顺利得到了这份工作。办公地点在十五层那个名叫“销售促进部”的办公室。

“销售什么部？”爱波问，“促进？我不太明白。那么你的工作是什么？”

“谁他妈知道啊。他们给我解释了半个小时，可我还是没怎么听明白，我估计他们自己也不明白。不过你不觉得这太好玩了吗，我居然去了老诺克斯商业机械公司。等着看我把这件事告诉老头子吧，等我告诉他我甚至没提他的名字。”

于是这一切就开始了，以一种笑话的方式。其他人可能不觉得好笑，但他心里有一种隐秘的、尖刻的愉悦。他慵懒地对付掉每天的工作，用猫一般的姿态在公司里踱步。爱波说这种步姿“非常性感”以后，他最近几乎已经习惯了以这种方式走路，如果不能算作独具一格的话：缓慢，充满傲慢的男性气概，传达出对四周紧张感和匆匆忙忙的不屑一顾。对于弗兰克来说，这个笑话最精彩的部分要从每天下午五点开始。他会跟其他诺克斯人一样扣上外套，冲着其他人点头微笑，从电梯里出来的时候跟他们道一声晚安，接着搭乘城间巴士和市内巴士回到贝休恩大街。他要先走两段已经踩得有些倾斜还嘎嘎作响的阶梯，接着打开一扇被反复上漆变得像伞菌一样凹凸不平的白色的门，然后进入一个宽敞整洁的房间。里面有隐隐的香烟、蜡烛、陈皮和古龙香水的味道，还有一位衣衫凌乱但美丽的女孩在等着他。这间公寓一点都不像诺克斯人的家，这个女孩也一点不像诺克斯人的妻子。他也不像其他人一样先喝一杯鸡尾酒，而是直接跟等候着他的女孩做爱。有的时候他们在床上，有的时候在地板上。有的时候两人要一直纠缠到十点多才爬起来，然后走进安静的大街去吃饭。这时候诺克斯大楼已经在千里之外了。

工作快满一年的时候，弗兰克发现这种愉悦感逐渐褪去。开始让他失望的是，身边的人并不能发现其幽默之处。“哦，你是说你**父亲**曾经在这里工作？”每次弗兰克试图跟他们解释的时候，他们都会这么说。他们看着他的眼神，通常就像看其他那些孝顺、驯服、没有丝毫冒险精神的年轻人一样。不久以后（尤其是在第二年之后，当时他父母都相继过世），弗兰克就不再尝试解释这些了，转而去说工作上他觉得好笑讽刺的事情，比如他的个人理想和诺克斯公司那些机器人的理想之间的荒谬反差，公司希望他投入的精力和他实际投入之间的差距。“在诺克斯这种公司最大的优点在于，每天早上九点你可以切断你脑子的电源，让它停止一整天，而没有人会看出脑子转不转动有什么区别。”

又过了一些时候，尤其是搬到郊区之后，他开始习惯回避任何关于他工作的问题。每次别人问到他怎么谋生时，他都会回答他其实什么都没干，他的工作是人们可以想到的最无聊的工作。

在剧社演出结束之后的第一个周一上午，他还是用一贯的机械状态走进了诺克斯大楼。现在陈列窗里展示的是全新的产品。亮色广告宣传画里是一群身材苗条、打扮时尚的女人，一边微笑一边把手里的铅笔指向列举出来的产品优势——速度、精确度、操控性。宣传画的后面，在铺着厚地毯的宽敞陈列地板上是满满的样品。其中有些样品，尤其是那些较简单的机械，看上去很像二十年前点燃他父亲兴趣的旧机器，只不过那时候黑色的棱角分明的外观设计，已经为了适应如今新包装的球状“雕刻形式”而有所改动，现在外壳都是牡蛎肉的颜色。其中有一些机器处理公务的速度，快到超过了厄尔·惠勒当时的想象。现在就在这间展示厅里，就在最远端灯光最明亮的位置，一台带有“诺克斯 500 电子计算机”标志的机器已经摆放好了，随时准备展示电子的神秘。根据粘贴在它底部的标志说明，它可以“在三十分钟之内完成一个人用一台普通计算器花一辈子才能完成的任务”。

但是弗兰克一眼都不看就走进了大厅，心不在焉地伸出指头按电梯按钮，也没有注意到，六个电梯管理员中到底是哪个跟他打了招呼。(他极少注意到他们，除非碰到的是那两个体貌特征突出到他无法忽视他们存在的人。其中一个是个膝盖抖得很厉害的、非常年迈的人，另外一个是个体形庞大的男孩子，饱受某种腺体紊乱的病症折磨，导致屁股像女人那般高高翘起，但头上毛发像婴儿般稀疏柔软，一根胡子都没有。）走进电梯之后，他在这个礼貌的封闭空间中站到了靠后的位置，接着听到了电梯滑门合上，紧接着是安全门咣当一声关上，电梯开始上行时，他就淹没在同事嘈杂的谈话声当中了。其中有一个深沉、有节奏的听上去像是大平原地区口音的声音，内容都是关于路程啊旅途啊最好的住宿啊等等（“当然在往芝加哥去的时候我们碰到了有点恶劣的天气”），与之基本同步的另一个声音是唐突的、嗞嗞作响的城市口音（“……于是我说：什么，你在开玩笑么？然后他说：不，听我说，**我**没开玩笑……”）。除了这些声音之外，弗兰克还隐约听到了七八个男声女声，在头顶排气扇的嗡嗡作响中轻声互道早安。然后到了点头侧身避让的例行公事，那些要出去的人边小声说着“不好意思”边挤向前去，电梯门打开，关上，再打开，再关上。电梯缓缓上升，八层，十一层，十二层，十四层……

乍一看，诺克斯大楼最上面的那几层都是一模一样的。每层都是一个很开阔的大房间。天花板的荧光灯管直刺刺地往下照，整个房间被齐肩高的隔板隔成迷宫似的隔间和过道。间隔用的隔板从腰至肩膀的上半截是很厚的没有边框的平板玻璃，经过了起皱工艺呈现一种半透明的蓝白色。对于任何一个刚刚从电梯里走出来的人来说，整个房间给人的感觉就像是一个硕大的室内游泳池，远处近处都有很多游泳者在动来动去，有些人直直向前游，有些人在踩水，有些人正探出或潜入水面，大部分的人则淹没在水面以下——当他们沉没在他们的座位里，他们的脸分解成一片晃荡的模糊的粉红色。如果继续往房间里走，这个幻象会逐渐消散，因为这里面的空气非常干燥。弗兰克多次抱怨道：眼睛都他妈干得要掉出来。

尽管有很多的抱怨，他有时会带着罪恶感从极度不舒服的办公室里感受一点愉悦。多年来他常常调侃，如果有一天他离开了，他会怀念老诺克斯，当然，他的意思是说他会怀念这里的人。“他们确实是一群很不错的人，至少中间有些人是这样。”但是老实说，他无法否认自己对十五层办公室有着朴实的喜爱之情。这些年里他发现这层楼跟别的楼层只有细微的感观差别，它并没有比别的楼层更讨人喜欢，唯一的不同是这里是“他的”楼层。这里光亮刺眼、空气干燥，这里履行着日复一日单调的生活步骤。这里教会了他全新的方法去安排白天的时间——差不多是时候下去喝杯咖啡了，差不多是时候去吃午餐了，差不多是时候回家了——这三件事情是每个工作日当中相对愉快的部分，但是他发现自己已经习惯去依赖其他那些时间，那些要用来浪费的时间，就像一个残疾人已经习惯去依赖那些肯定会反复侵袭的疼痛。这已经成了他的一部分。

“早上好啊，弗兰克。”文斯·拉斯洛普在打招呼。

“早上好啊，弗兰克。”艾德·斯默在打招呼。

“早上好，惠勒先生。”这是格雷斯·曼库索的声音，她是市场调研部赫尔布·昂德伍德的下属。

他的脚知道要在那个标着“销售促进部”的过道拐过去，知道需要走多少步就可以经过前三个小隔间走进第四个隔间里。他相信即使睡着了他的脚也能自己走到目的地。

“您好！”莫琳·格鲁布说。她是这层楼的接待员，同时也是约根森夫人打印部的员工。她用一种表明是谄媚的、很有女人味的腔调来打招呼，当她侧身让他走过时，弗兰克有一种冲动要搂住她把她带到某个地方去（也许是邮件收发室，也许是货用电梯），在那里他可以坐下来，让她坐到自己的腿上，脱掉她身上的宝蓝色毛衣，然后把她的两个乳房轮流放进自己的嘴里。

弗兰克不是第一次有这样的冲动了；唯一不同的是，这一次就在他产生冲动的同时，他脑子里想的是：干吗不呢？

他的双脚把他带到了自己的工作间，门口的塑料名牌上写着：

J. R. 奥德威

F. H. 惠勒

他在门口停了下来，一只手搭在玻璃隔板上，转过来看着她。这时候她已经走到了过道的另外一头，她的屁股在法兰绒短裙的包裹下有节奏地摆动着，弗兰克盯着她一直到她沉没进隔板的水平线下，潜入她自己接待员的座位中。

“放松一点，慢慢来。”弗兰克在心里提醒着自己。这种事肯定得好好计划一番。他知道自己首先要做的是，走进办公间，跟奥德威问一声早安，然后脱下外衣坐下来。他这样做了。等他坐下来之后，他就看不到隔间外面其他人的动向。他在桌前侧身坐好，很自然地用右脚拉开一个很低的抽屉，然后把它的一边当成了脚凳（因为这个多年的习惯，抽屉的边缘早就被踩出了一些塌陷），他允许一缕喜悦慢慢钻进心里来：干吗不呢？过去几个月来她想尽办法给我暗示。在过道上擦身而过时波涛起伏，经常俯下身到他的桌面上递送文件夹，还有她对他的那种暧昧的、与众不同的笑，她可从来没对别人这么笑过。那次圣诞节派对，她难道不是在他的臂弯里颤抖吗，而且她还低声呢喃着："你真可爱。"到现在他还没忘记她嘴唇的感觉。

为什么不呢？不要在邮件收发室或者货用电梯里，她或许在什么地方会有套公寓？或许有合租的室友，但是说不定今天这个人会出去一整天呢？

这个时候杰克·奥德威突然不合时宜地跑来跟他说话。他心里很不情愿，但还是勉强抬起头来回了一句："你说什么？"换作是其他人来打扰，弗兰克可能不会在乎，他依然可以得体地点点头并且给出恰当的反应或是答复，与此同时他的心思还可以整个放在莫琳·格鲁布身上。唯独奥德威不一样。

"我说今天上午我很需要你的帮助，弗兰克林，"奥德威说，"这是个紧急情况，我是很认真的，伙计。"他貌似正在研究桌上那厚厚一叠打印的文件，一副专注的样子，只有懂得个中微妙的，才会看出他放在眼睛上看似遮挡灯光的手，其实是为了扶住他的头。他的眼睛是闭着的。他四十出头，体形瘦小匀称，头发灰白，面孔相当英俊，看上去很睿智，像浪漫爱情片里的男主人公。不过他很贪杯，差一点就可以被称为酒鬼。他自我解救的方式是不断地自嘲，他还是办公室里的煽情高手。大家都喜欢杰克·奥德威。今天他穿的是一套英国式剪裁的西装，这是他几年之前找一位旅居伦敦裁缝专门定做的，花了他整整半个月的薪水。这套西装上衣的袖口可以扣紧，长裤则必须要有背带才能穿，每次他穿这套衣服的时候，都会在胸部的口袋里放上一条考究的亚麻手帕，今天也不例外。不过他那双稚气、别扭地横陈在桌子底下又窄又长的脚，到底还是泄露了他地地道道美国人的可怜身份——因为他今天穿的是一双便宜的橘黄色平底船鞋，磨得很严重。之所以有那么大的反差，是因为奥德威宿醉之后唯一不能做的事情就是系好自己的鞋带。

“在接下来的——”他说话的声音有些嘶哑，而且不太平稳，“接下来的两到三个小时之内，你的任务是每次班迪过来的时候都给我信号提醒我，还有帮我应付约根森夫人，再有就是如果我开始呕吐的话，不要让其他人看到我。现在我的情况确实很糟。”

杰克·奥德威的故事在十五楼是一个小小的传奇。所有人都知道他怎么娶到了一个有钱人家的女儿，一直靠她继承的遗产生活。但是战争之前这笔钱化为乌有。从那之后他的职业生涯都是在诺克斯大楼里度过的，从一个玻璃隔间到另一个玻璃隔间，从事了很多不同的工作，而且几乎从来没有旷过工。即便是到了销售促进部，在这样一个除了作为经理的老班迪之外，根本就没人努力工作的地方，他还是保持了以前就建立起来的独一无二的好名声。除非是头天晚上的宿醉让他实在无法振作，一般他总会在办公室到处走动和说话，他所走过的每一个地方都会留下开心的笑声。有的时候连班迪都会忍俊不禁，就更别提约根森夫人经常会被他逗得大笑不止，直到最后流出眼泪来。

“听我说，”奥德威开始解释，“星期六那天，萨莉那几个挺疯狂的朋友从西海岸飞过来看她，大家都想好好聚聚。我们能带着他们到城里看看么？不错，我们当然可以。这些都是她最好的朋友了，再说了，他们身上都带着好东西呢。所以我们就开始了，先是在安德烈餐厅吃午餐。乖乖，我敢打赌你这辈子从来没有见过那么好的马提尼。也不能只喝一两杯意思意思啊，所以我就喝得完全没数了，兄弟。接下来——接下来——哦对了，我们什么都干不了了，只能坐在那里继续喝，直到鸡尾酒时间开始。然后就是鸡尾酒时间。”话说到这里他已经完全放弃了伪装出来的工作姿态，把假的文件推到一边，他向后仰靠在椅背上，伸出双手捧着自己的脑袋，同时随着自己说话的节奏不时向两侧摆头，不停地说话，不停地大笑。看着这个人失态的样子，弗兰克既反感，又同情。看来他每次酗酒，都是因为萨莉的疯狂朋友飞了过来，要么从西海岸，要么从巴哈马群岛，再不就是欧洲，反正每次都带来了美酒佳酿。而且每次他故事里的萨莉都是有趣的主角。一个前社交名媛，很时髦且没有孩子，还是一个精力十足的玩伴。至少这是奥德威希望给十五楼的聆听者留下的印象。弗兰克也曾构想过此类画面，而且还设想他们家的公寓可能会像诺埃尔·科沃德[①]剧作中的舞台布景。直到有一天他到奥德威家里

---

① Noel Coward（1898—1973），戏剧、文学、电影全才，创造了“名流”的概念，他的才华、时尚触觉以及精心修饰的外表，使他成为二十世纪二三十年代美国的风云人物。

去喝了几杯，才发现萨莉皮肤松弛，皱纹密布，已经是一个没有活力和开始衰老的女人了。她的嘴唇永远涂抹成完美的弓形，焦躁地悼念着她失去的青春。那天晚上她神情恍惚地摇摆在破旧的皮革和布满灰尘的玻璃和银器之间，喊叫着杰克的名字，每一声都充满怨恨，怨恨他让世界崩塌。有一次萨莉抬头仰视着油漆都快脱落的天花板，像是在呼唤上帝，请求他来惩罚奥德威。这个懦弱愚蠢的男人，她为他牺牲了自己的整个生活，但他却只知道为钱而斤斤计较，破坏了她的每一份友情，他把心思花在他那份沉闷无聊的白领工作上，并且把他那些沉闷的同事带到家里来。杰克抱着歉意坐在那里，时不时试图用小笑话缓解气氛，甚至于还叫了她“妈妈”。

“至于我们是怎么从艾德维尔德**回来**，”奥德威继续讲述，“我就不知道了。我能记住的最后一点完全清晰的东西是，凌晨三点的时候站在艾德维尔德的大厅里，拼命在想有没有人能告诉我们究竟为什么会到那里去。哦，不对，等一下。好像后来发生过关于什么汉堡店的事情——咦，也不对，那应该要早一些——”终于把故事讲完之后，他才把双手从头上拿开，做出试验的样子，然后皱了几下眉头，眨眨眼睛，像是在检查自己是不是恢复了正常。接着他宣布自己感觉好了一些。

“那太好了。”弗兰克把之前一直踩在抽屉上的脚放了下来，然后在桌子前面端正地坐好。现在他得思考。最好的方式就是在工作中思考。今天早上送来的那一批文件放在标着“进入”的篮子里，那下面放的是上周五送到的文件。于是他的第一个动作是把整叠文件翻了过来，从最下面的开始处理。每天他处理文件的时候（准确地说是他有心情去处理那个篮子的时候，因为有很多日子他根本就完全不去理会它），他首先会筛查出那些看都不看就可以扔到一边的。有一些他会直接扔掉，有一些他会在其中的空白部分标注上一句类似"这一条怎么样"的话，签上自己的名字缩写，然后送到班迪手上就这么迅速，或者就在上面写上"对这个了解情况吗"，然后送到旁边隔间的某个人手上，比如像艾德·斯默之类。不过这样敷衍处理还是有后续的麻烦，过几天这些文件有可能会原封不动地回到他手上，班迪在上面写上了"可以"，而送给斯默的那份则回复了"不知道"。所以更安全的做法是在文件上标上"归档"字样，然后交给约根森夫人和她手下的女士们，只要他快速扫了一眼内容之后确定并不是紧急重要的事情。如果确实有点重要，那么他要么标注"归档，一周之内处理"，或者把它放到一边，先看下面一份。这些被放到一边的文件会慢慢堆积起来，那么他会在完成了"进入"篮里所有文件后马上开始处理，有时候他处理"进入"篮文件做得不耐烦的时候，也会转而看看积压的文件。他会把文件按照重要程度大致排个序，然后用一叠叠厚度在六到八英寸之间的纸堆把文件分隔开。他的桌上总是堆着这样厚厚的纸堆，上面压着詹妮弗在幼儿园给他做的陶瓷纸压。现在他把今天要处理的文件摆在面前，其中有很多签上了班迪的"可以"，有不少上面有斯默的"不知道"，另外还有一些他已经用"归档，处理"的字样对付过三四次了。其中还有一些上面写着"弗兰克——看看这些"，这显然是别人送来的礼物，这些人在用他利用斯默的方式来利用他。他偶尔会把这叠文件中的某一张拿出来，放到桌子右边角上那一叠同样堆得很高的文件里面。这一叠压在一个铅质的诺克斯500电子计算机微缩模型下面的文件，是他觉得现在暂时无法处理的。其中最讨厌的文件，有时打字机打出的纸上会涂满了笔迹，然后被塞进文件夹，连同已经松掉还滑来滑去的夹子一同塞进右边最下面那个满满的抽屉里，那里面所有的文件都是被奥德威称为“真正的好东西”的类型。这个抽屉正好跟那个歇脚的抽屉相对着，已经在弗兰克的意识中占据了一个角落，总是让他心烦意乱。他羞于打开这个抽屉，就像里面潜伏着好几条活生生的毒蛇。

为什么不呢？就这样走上前去，邀请她一起吃个午饭会有多难吗？确实很难，这是问题所在。在十五层有一条不成文的规定，男性和女性如果不是在讨论工作，就不应该相互接近，唯一的例外就是圣诞节派对的时候。男士女士会分开吃午餐，就像他们必须要分开用厕所一样。只有傻子才会公开去挑战这个规则，所以弗兰克必须好好计划一下。

“进入”篮里的文件整理到一半的时候，一张瘦削的笑脸和一张饱满郑重的脸出现在玻璃隔板上方。原来是隔壁的文斯·拉斯洛普和艾德·斯默，这表示下去喝咖啡的时间到了。

“先生们，”文斯·拉斯洛普说，“该去跳舞了吧？”

他们半个小时以后回到了办公室。其间他们耐心地听完了艾德的抱怨，因为他总是搞不定草籽，照料不好自己在长岛罗斯林的房子外面的草地。喝了点咖啡的奥德威状态似乎好了一点，尽管看得出来这家伙真正想喝的还是酒。为了证明他已经好多了，他在工作间里走来走去，甚至还模仿班迪，一边学着他不停地摇头晃脑，一边吮吸着嘴角附近的一颗牙齿，发出类似亲吻的声音："嗯，不过我想我们的工作效率到底够不够高，这是最重要的一点（亲吻声）。因为如果我们真的想要高效的话，那么我们就必须把事情做到位，并且要更加，更加（亲吻声），更加**高效**……"

弗兰克已经是第二次或是第三次尝试看懂他面前那堆文件最上头的一张，好像是托莱多分公司的一位经理写来的信，整篇文字的句段非常晦涩，弄得就像是用外语写的一样。弗兰克闭上双眼，然后睁开，用双手揉了揉眼睛，接着再去看。这次他看懂了。

这位托莱多的经理沿用了诺克斯公司的传统，通篇文字都用"我们"自称："'我们'想弄清楚，之前'我们'写了一封信投诉SP-1109号文件里有很多严重的错误和误导性的字句（复印件已附上），公司已经采取了什么行动？"SP-1109是一份厚重的四色宣传册，印在涂布纸上，标题写着"诺克斯500让您的生产控制更精确"。一看到这弗兰克想起让他头疼的回忆。这东西是几个月之前一个没什么名气的广告文案做出来的，这之后诺克斯就不再聘用他了。后来这份宣传册印了上万份分发到各地的分公司销售处，上面标注了"详情请咨询总公司F. H. 惠勒"。弗兰克第一眼就发现这份宣传册一团糟：排版密密麻麻，毫无逻辑，违反阅读的原则，而且里面的插图跟文字没多大关系。但弗兰克还是把它分发出去，只是因为有一天班迪在过道上逮着了他，一边吸吮着牙齿发出亲吻的声音一边说："我们还没有把宣传册分发出去吗?"

从那一天开始，向 F. H. 惠勒咨询详情的信件就从全美各地流过来，持续而缓慢地羞辱着他。他隐约记得从托莱多寄来的函件里提到过相对紧急一些的情况，接下来的这段话提醒了他：

> 您可能还记得，我们打算向总部申请五千份该宣传册，以便我们可以在今年六月十日到十三日的全国生产主管协会年度大会上分发出去。然而正如我们提过的，我们认为这份宣传册非常低劣，无论是外观设计和内容都不能达到要求。
>
> 因此请尽快就我们上次函件中提出的请求给予回应：总部正在做出怎样的安排，以确保六月八日之前我们可以收到足数的修改完善的宣传册。

弗兰克赶紧瞟了一眼信函的左上角，确认这封信没有抄送到班迪的手上。他一下子轻松了不少。这次算是走运了，不过即便如此，这封信也还会是个棘手的东西，完全可以归到奥德威所说的那堆"真正的好东西"里面去。就算还有时间找人重新做这份宣传册（或许已经没有时间了），他还是要通过班迪才能去操作，而班迪肯定会质问他为什么没有在两个月之前就跟他汇报这件事。

他正准备把这份函件放到桌上的第二个文件堆上时，混乱的脑子里突然闪过了一个不错的主意。他一点也没有犹豫，立马离开隔间走向办公室前部，这时候他的心已经提到了嗓子眼。

她呆坐在接待处的办公桌旁，无所事事，而当她抬起头来的时候，弗兰克看到她眼里流露出的期盼和喜悦，甚至还有一种同谋的意味。于是他差点忘了自己过来是假装要做什么的了。

“莫琳，”他走近去扶住她的椅背，“如果你现在不是很忙的话，我想你能不能帮我到存档中心找一点东西。你看看这个。”他把宣传册摆到她的桌上，就像亲昵地透露某个秘密似的，她上半身前倾查看，乳房几乎碰到他指向宣传册的手指。

“这个是？”她不太明白。

“这个东西需要修改。就是说我必须查找出所有跟这东西相关的材料，从最早的一份开始。如果到标注了 SP-1109 的非常用文件里去查看，我们就可以找到当初我们送到广告公司去的所有文件。而你查看每份文件的时候你可以看到另外一个编码，指向其他的相关文件。就这样我们可以一步步回溯直到找回源头。快，我来帮你开一个头。”

“好的。”

在过道中，当他跟在她屁股后面时，心中那种接近胜利的喜悦开始在他胸口升腾。很快两个人就来到了迷宫般的存档中心，这里只有他们两个人。浸泡在她的香水味里，两个人开始紧张地翻找着文件。

“您刚才说一一〇几来着？”

“一一〇九。应该就在那边。”

这时他第一次放任自己去仔细观察她的面孔。她圆脸，宽鼻子，长得确实不很漂亮——现在他去承认这点也没什么关系。她化了很浓的妆，可能是为了掩盖不很好的肤色，正如她在眼角勾画的小黑尾巴，是为了让双眼显得更大，而且相互的间距更远。她精心整理的头发可能是她最大的缺陷——她小时候头发肯定像一堆乱糟糟的枯草，估计一淋雨就会原形毕露。好在她的嘴非常好看，完美的牙齿，丰润的嘴唇有着杏仁蛋白软糖的质感。弗兰克发现如果自己把目光集中在她的嘴上，让她脸部的其他部分模糊起来，然后退后一些把她整个的身形轮廓都放到这样一个模糊的影像当中，他可以让自己相信，现在站在他面前的就是全世界最有诱惑力的女人。

“就在这里，”她说，“你想找出所有跟这些编码相关的文件夹，对吧？”

“嗯，就是那些东西。可能会让你花上一点时间，我希望你没有早点去吃午饭的打算。”

“没有，我没什么特别的计划。”

“那太好了，我过一会儿再回来看看你进展如何。今天真是太谢谢你了，莫琳。”

“您太客气了。”

弗兰克回到自己的工作间坐了下来。这个安排不错。他可以等到这层楼里所有人都出去吃午饭，然后回到存档中心找她。现在剩下的最后一个问题，就是要编造一个理由跟同事们解释，为什么今天不像往常一样按时跟他们出去吃饭。如果可能的话，一个能让他跟莫琳待上一整个下午而不被怀疑的理由。

“去吃东西吗？”一个低沉的富有男人味的声音问。这次隔板上出现了三个人头。拉斯洛普和斯默，另一个就是刚才说话的男人。他像一座灰色的大山，眉毛浓厚，体形庞大，抓着个烟斗。隔着玻璃板还能看到他穿着非常不职业的格子衬衫，像是在反抗，还有那起毛的羊毛领带和黑白相间的外套。这个人叫西德·罗斯克，是十五层公认的文学青年，政治思想上最有见地。他自称“新闻老手”，负责公司内部报纸《诺克斯新闻》的编辑工作。“快点吧，大人物，”他说话总是充满热情，“快站起来。”

杰克·奥德威顺从地站了起来，然后停下来喃喃问道：“你准备好了吗，弗兰克？”而弗兰克向后一靠，低头看了一眼手表，装出一副时间紧迫的样子。

“估计我今天没法跟着大伙去了，”他说，“今天下午要到外面去见一些人，我大概会在那边顺便吃点东西。”

“看在上帝的分上，弗兰克。”奥德威开始朝他开火，脸上显出了不合情理的震惊和失望，一副你还是**该**跟我们一起去的样子。弗兰克过了一阵子才明白：奥德威需要他。如果有弗兰克在一边提供精神上的支持，奥德威就能煽动大家一起去那家被他称做“好地方”的小饭店。那是一家幽暗的德国餐厅，在那边他们照例能享用酒精度不高但足以慰藉奥德威的马提尼。而如果弗兰克不去，那么大家就只能听从罗斯克的安排，去奥德威称为“坏地方”的小餐馆。这家“华夫天堂”灯光明亮并且干净得太残忍，但是连一杯啤酒都买不到。里面弥漫着浓重的融化黄油和枫糖浆味道，甜腻得会让人吐在小纸巾上面。如果他们一起去了那里，他只能呆坐在椅子上忍受那股味道，等着这伙人把他带回来，然后趁机溜出去灌几杯，这样他才能挨过下午的工作时间。**求求你啦**！当他们领着他走开时，他那漫画般睁得滴溜圆的眼睛看着弗兰克：**求求你**别让他们这样对我。

可是弗兰克牢牢地坐在椅子上，两只拇指捏着文件的边缘。他等到这几个人稳稳妥妥地走进电梯，再继续等。十分钟过去了，二十分钟过去了，他还是觉得办公室过于拥挤。再过一会儿，他终于从椅子上半抬起身体，从隔板上方朝各个方向认真地扫视了一遍。

莫琳的头孤零零地浮动在存档中心的水面上。还有几个头挤在电梯边上，以及几个分散在远处的角落里。弗兰克觉得没有必要再等，办公室不可能比现在更空了。于是他扣好上衣，阔步走出工作间。

“这就可以了，莫琳。”他朝她逼近，从她手里接过一堆文件夹和文件。“我想这些就足够了。”

“啊，可是这些还只是相关材料的一半。难道你不是需要所有的东西吗？”

“这么跟你说吧，先不要管这个。我们去吃点东西？”

“好的，我很乐意。”

弗兰克赶紧奔向工作间，丢下那些文件，然后忙不迭跑进卫生间里整理仪容。不过当他站在电梯旁等着她从卫生间里出来的时候，心里开始发慌。现在电梯周围已经有些吃完午饭从外头回来的人，如果她动作不快一点，他们很有可能碰上奥德威和其他几个人。她在里面到底磨蹭什么啊？难道两条胳膊搂着其他三个女孩笑瘫了，就因为马上要跟惠勒先生共进午餐？

接着她突然走向他，身上穿着一件薄外套。恰好电梯门也打开了，管理员的声音从里面传了出来："下去的！"

当电梯带着二人向下滑，弗兰克站在她身后不远，保持着"稍息"似的僵硬站姿。诺克斯大楼附近这几个街区的餐馆里，肯定挤满了诺克斯的员工，所以他必须带她到远一点的地方去。通过大厅时，他拘谨地碰了碰她的胳膊肘，就好像碰的是她的胸部。"听我说，"他低声说道，"这附近看来没有什么太好的去处，你介不介意我们稍微走远一点？"

他们走到人行道上，在人群里挤挤碰碰，弗兰克仿佛一时之间不知道该做什么，他像个白痴似的站在那儿傻笑，直到一个字眼在脑海里闪现："出租车"。而且幸运的是，他刚招手一辆出租车就停了下来。他愉快地看着她微笑着弯下身子，并且很优雅地坐进出租车，以至完全不在乎此时他眼角余光看到的一幕：无疑是西德·罗斯克那庞大的身躯出现在人群里，拉斯洛普、斯默和奥德威保驾护航，从"坏地方"那个方向走过来。他不知道那几个人有没有看到自己，在那一刻，他认为一切都无所谓了。他关上车门，允许自己在车子启动前朝那边瞟上最后一眼。这时候他突然有一种想要大笑的冲动，奥德威傻乎乎地踩着那双橘黄色船鞋走在人丛中的样子，实在太滑稽了。

第六章

“我觉得看什么东西都模模糊糊的，”她说，“我是说，我的身体没有不舒服，不过我想我们该吃点东西了。”

莫琳和弗兰克坐在西十街一家垒着红砖墙的高级餐厅。莫琳一打开话匣子就停不下，已经半小时过去了，她滔滔不绝地诉说自己的身世和经历，几乎只用一口气就把自己前半生抖搂出来。弗兰克在中间只打岔了一次，因为他想起必须通知约根森夫人，请她安排另一个女孩下午接替莫琳在接待台的工作。他在电话里解释说：“我想向您借用莫琳，因为我需要她帮忙在视觉工具部整理一些东西，从目前的进展看来，我们可能要在这里耗上一整天。”诺克斯大楼里根本没有“视觉工具”这个部门或部门分支，不过弗兰克很有把握约根森夫人并不知道这一点，而且即使她想去问别人，她能找到的那几个人也不会了解情况。在电话里弗兰克措辞得体、反应灵巧，直到他从电话亭走回桌子时差点撞翻了一个法国面包的托盘，才发现自己喝得太多了。剩下来的时间他只好带着复杂的情绪控制喝酒的节奏，并继续倾听莫琳的自述。

在这番长长的自述中，弗兰克得到了一些信息：她今年二十二岁，老家在北部一个偏远地带，父亲在那里经营一家五金器材店。她不喜欢自己的名字。"'莫琳'还好，但是'格鲁布'听起来就很别扭，我想这是我那么着急结婚的其中一个原因。"她十八岁的时候结过一次婚，不过半年之后这段婚姻就草草结束。她对这段婚姻的评价是："简直太荒谬了。"此后一两年她沮丧得要命，除了去汽油公司上班，就是待在家里拖地。直到某天一个念头震动了她：原来她真正想要的就是来纽约然后开始"活着"。

这些话很对弗兰克的胃口。他愉快地发现莫琳羞涩地开始叫他"弗兰克"而不是"惠勒先生"，更高兴的是，莫琳果然与另一个女孩合租了一间公寓——一间就坐落在这一带的"可爱小房子"。但过了一段时间，弗兰克就必须不断地说服自己去继续享受这个约会。弗兰克认为，问题主要在于莫琳说得太多了。她话里有很多浮夸的地方，原本一些动人的东西，就这么掩埋在遣词用句的惺惺作态里。不久他就发现，她的空洞无聊应该归咎于她的室友，一个叫诺玛的女孩，莫琳对她崇拜至极。莫琳告诉弗兰克，诺玛比她年长，离过两次婚，在一家大杂志社工作并且认识"各式各样的名流"；莫琳说得越多，弗兰克就越来越厌恶地认清，她们之间是不平等的导师和追随者的关系，而且她们在这种女孩交往的典型方式中自得其乐。诺玛的教诲表现在莫琳过厚的妆容和过分修饰的发型上，以及她过度注意的仪态和喋喋不休的空话——把"疯狂"、"神奇"、"骇人听闻"这些字眼挂在嘴边，连谈到公寓管理都要夸张地睁圆了眼睛，可爱的小小的意大利杂货商、可爱的小小的华人洗衣工、这一片严肃但讨人喜欢的警察，一个个都好像有着说不完的故事，在她的叙述中，都成了有着固定形象的配角——关于曼哈顿单身女孩的好莱坞浪漫故事。

为了抵御莫琳的语言攻势，弗兰克只好不停地要酒，直到她弱弱地宣告“看什么东西都模模糊糊的”，他才有些愧疚，现在莫琳已经脱下诺玛的脸谱，变成一个诚实、无助，正在为派对礼服发愁的小孩。弗兰克把侍应生叫过来，像个尽职尽责的父亲那样给她点了最健康的食物；等到她终于吃上了东西，并抬起头表示自己感觉好多了，弗兰克知道该轮到他说话了。

他充分地利用了这个机会。句子从他口中倾泻而出，一段段话各自成章，像插上了翅膀，符合这一场合的故事，从他服兵役开始讲起，后来又过渡到充满格言警句的庄重篇章。

他先是用三言两语把诺克斯商业机器公司解剖得体无完肤，让莫琳大笑起来，然后充满信心地把冷嘲热讽延伸到广阔的社会层面。当他批判企业的绝对自由能铸造社会财富是个谎言时，才意识到经济话题可能让莫琳感到厌倦。于是他把她带进哲学的迷魂阵里，又适时地用一些俏皮话把她扔回俗世。

她对诗人迪伦·托马斯的死有什么看法？她是不是也认为，我们是现代社会里最没有活力、最惶恐不安的一代？他的表现无懈可击。他调动了自己做过的最精彩的演讲：那些让米莉·坎贝尔惊叹“噢，你说得真有道理，弗兰克！”的尖锐评论，以及更久远更深刻的、让爱波·约翰逊把他视为“这辈子见过最有意思的人”的机智谈吐。他甚至还提到了当码头工人的经历。他把这些叙述交织成一条主线，勾勒出一幅专为莫琳炮制的自画像：他是一个称职但梦想幻灭的年轻已婚男人，正悲伤而勇敢地与周围的环境抗战。

等到咖啡端上来的时候，弗兰克知道他的演讲起了很大的作用。他用只字片语就能操控她的表情，让她开心大笑，或愁眉不展，或严肃地点头称是，或陶醉在浪漫遐思里。只要他愿意他甚至可以不费吹灰之力让她落泪。当她目光短暂移开，低头看杯子或双眼湿润地扫视着房间，也只是为了让深受触动的情绪喘喘气；弗兰克曾有一刻甚至可以发誓他见到她已经盘算好当晚怎样跟诺玛形容自己了："噢，一个最有魅力的男人……"当弗兰克为莫琳披上外衣时，他感觉她的身体好像酥软了。他们并肩在阳光灿烂的街道上散步，莫琳一次次地把身体靠向他，他最后一丝疑惑都消散了。他已经成功地把她搞到手。

现在剩下的最后一个问题是他们该去哪里。他们正漫无目的地走向华盛顿广场的树阴，问题是，如果他们在公园里闲逛，不但会浪费宝贵的时间，而且可能会遇见熟人，比如说安妮·施耐德、苏珊·克罗斯这些爱波以前的朋友或邻居。天知道还有多少这类女人在公园里，一面抬头享受阳光或擦拭孩子嘴角的冰淇淋残迹，一面谈论着幼儿园、贵得离谱的房租以及迷人的日本电影，直到该给丈夫准备鸡尾酒了，她们才会收拾好玩具和全麦饼干溜达回家。她们一定会马上认出他来，"那**肯定**是弗兰克·惠勒，不过他**身边的**女人是谁呢？这不是太可笑了吗？"但是这个不安的念头刚萌起就被扑灭了，因为莫琳已经在人行道上停了下来。

“这就是我住的地方。你愿不愿意上去喝点什么？”

于是他就跟在她的屁股后面，走上了昏沉的、铺着地毯的楼道。房门在他身后关闭后，他得以观察这间弥漫着吸尘器、早餐熏肉和香水气味的房子。这个又高又安静的空间浸润在金黄色亮光中，阳光透过窗口竹制百叶窗的缝隙照射进来，投映出一条条水平的金色与棕色暗影。当她穿着丝袜的脚在他身边团团转，躬着身屈着膝清理烟灰缸和杂志，他觉得自己变得高大、强壮。“不好意思这屋子有点乱，不过你还是请坐吧？”等到她一只脚跪在沙发床上去抓打开百叶窗的杆子时，弗兰克走到了她身后抱住她的腰。这就足以征服她：莫琳低低地、甜腻地呻吟了一下就转过身来贴进他的怀抱里，同时把嘴送到他的唇边。他们一起滚在沙发床上，现在世界上唯一的障碍就是身上的衣服了。他们身体扭在一起，喘着气，急不可待地对付着各种纽扣、衣结、搭钩，直到最后一片遮体物滑落下来；然后在她肉体温暖的节奏中他强烈地感受到：**这**就是他想要的东西，**这**就是他想要的东西！他如此自我迷醉以至几乎没发现莫琳正低声呢喃着：“哦，太棒了，哦，哦，嗯……”

一切最终结束的时候，他们分别瘫倒在沙发床上，然后再把微微出汗的四肢交缠在一起。他这辈子从来没对人这么感激过。但这一刻他却不知道该说些什么。

他想要看一眼她的脸，或许可以从中找到提示，但是她紧紧地把头靠在他的胸膛，所以他只能看到她脑后黑色的乱发；她在等着他先开口。他稍微转了转头，发现自己正对着百叶窗卷上来后露出的几英寸开口，那是她倒入他怀中之前好不容易打开的。从那里他看见对面街上饱经风霜的屋顶，屋顶的烟囱和电视天线在天空蓝色背景上交织成的复杂的抽象画，还有更高更远处传来飞机微弱而又绵延的嗡鸣声。然后他把目光收回来，察视自己身处的这所房子。这里面的陈设都笼罩在金黄色的亮光里：毕加索的复制画、《本月最佳书籍俱乐部》选出来的图书、壁炉上的照片、躺椅……还有，还有的就是弗兰克马上想起了他的外套和衬衫正散落在躺椅边上，鞋子、裤子和内裤就在身边，伸手可得。他可以立刻穿上衣服然后在三十秒以内离开这个地方。

"我说，"他终于想好了怎么开口，"你今天早上出门的时候没有想到下午会发生这些事情吧？"

她继续沉默。周围寂静得他第一次听到隔壁房间一只闹钟在嘀嗒嘀嗒地走着。

"是的，"她过了一阵子才说，"没有，当然没有想到。"她快速地坐了起来，伸手抓起宝蓝色的毛衣遮挡住身体。接着她又感到犹疑，心想这个时候再没必要矜持地遮遮掩掩了，于是又让毛衣滑落下来。然而赤身裸体让莫琳很难堪——或许这才是最该矜持、最该维护自己尊严的时候呢；她又捡起毛衣覆盖在胸前，还叠起双臂紧紧地搂着它。她的头发杂乱无章地堆在头上，横七竖八地拧成了数百个小卷卷，向上炸开，毫无吸引力，童年时她的头发应该就是这个样子的。她用指尖轻抚几片头发，不是为了抚平，而只是一种隐秘的、几乎无意识的动作，就像弗兰克在十六岁时偶尔会抚摸脸上的青春痘，只为了确认这个可怕的东西还在脸上。她的脸和脖子毫无血色，不过两边的脸颊开始一块块的红了起来，就像刚被人扇了个耳光。她现在看上去非常柔弱，以至弗兰克认定自己能一眼看穿她在想什么：诺玛会怎么说？诺玛会惊诧于我那么容易就被人占有吗？不，不会的。诺玛会认为成人之间真正复杂的感情关系，是不能用“困难”或“容易”或谁被谁占有来诠释的，这样也太无聊了。她会这样说的。只是，如果这真是成熟的关系，她为什么连面对一件毛衣都不知所措？为什么在刚才可怕的沉寂中，她居然想不出什么话要跟这个男人说呢？

她抑制住自己的胡思乱想，用力抬起下巴就像要把额头上的一大绺光滑的头发甩到后面，然后露出一个标准的故作优雅的笑容，第一次直视他的眼睛。

“你有香烟吗，弗兰克？”

“当然有，给你。”谢天谢地，谈话终于得以顺畅进行。

“你发明的部门叫什么？”

“什么？”

“就是你告诉约根森夫人的那个。”

“哦，视觉工具部。其实不完全是编造的。以前是有过这么一个部门，我记得好像是在八层。反正你不用担心，她肯定不会发现的。”

“视觉工具部，听起来像真的一样。不好意思，我走开一会儿，弗兰克。”她轻快地穿过客厅，稍稍躬着身体就像这样会不那么裸露，走进了传出闹钟声响的房间。

等她出来的时候，身上已经穿了一件拖地睡裙，而且头发也精心整理得跟平时差不多了。走进客厅她看见弗兰克穿戴整齐，正彬彬有礼地看着壁炉上的照片，像一个刚刚进门尚未受邀坐下的客人。她告诉他卫生间的位置，趁他去卫生间的时候把沙发床收拾好，然后毫无头绪地在厨房里走动，直到弗兰克走了出来。

“我给你弄点什么喝的？”

“不用了，谢谢。其实，我想我该走了。现在已经有点晚了。”

“啊，你说得对。你错过那班火车了吗？”

“没关系的，我可以搭下一趟。”

“让你匆匆忙忙地赶路，真不好意思。”她似乎决定在把弗兰克送出门口之前，要表现得冷静而有尊严，并且保持着优雅的风度。但就在开门的那一刻，她瞥见沙发床附近有一件薄薄的白色物品，好像是胸罩还是吊袜腰带，可能是收拾残局时看漏了，任由它皱成一团躺在地毯上。她心神一乱，有股冲动想飞奔过去，捡起那件衣物塞进垫子底下，或者干脆把它撕成碎片。她内心挣扎了好一阵子，等到她回头去看弗兰克时，眼睛可怜兮兮地睁得又大又亮。

临别的一刻，无可避免的，弗兰克必须说点什么。他真心话只有一句：他从来没那么感激过一个人。但这样去跟她道谢，就像付钱给她似的，可能会起相反的效果。他还有另一个想法，他可以摆出一副又悲伤又软弱的样子，抓住她的肩膀说：“莫琳，你知道的，我们是不可能有将来的。”不过她可能会说：“噢，我知道。”然后把脸埋进他的外衣里，那么他就没有选择了，只好说：“我不想觉得自己是在占你便宜；如果你真的这么想，我只好，好吧，我——”这就是问题，他就不得不说：“我很对不起。”而他最不喜欢做的事情就是这个，在这个世界上他最不喜欢做的事情就是道歉。宙斯化身的天鹅有没有对勒达道歉？鹰有没有道歉？狮子有没有道歉？废话，当然没有。

于是他选择了另一个告别方式。他给了她一个老练、富有魅力而又微妙的笑，然后保持着这个表情，直到她慌张地回报了一个微笑。接着他俯身轻吻了她的嘴唇，说：“听着，你真是个很棒的女人。保重。”

他走下楼梯，走上街道，走啊走，这个街区还没走过一半，就忍不住撒腿跑了起来。他一路跑过第五大道，有一次他不得不侧过身来，这才不会撞倒一辆婴儿推车。后面一个女人大声叫道，“你有没有长眼睛，看看你往哪里撞！”不过他没有回头看，就像狮子，就像老鹰不会回头看一样。他觉得自己是个彻头彻尾的男人。

一个男人怎么能坐在火车尾部的吸烟车厢回家，细心地整理长裤膝盖上的褶皱，把晚报叠成一小条避免妨碍别的乘客？一个男人怎么能蔫巴巴地坐着按摩头部，让一群和善的失败者在身边大吵大闹玩着桥牌，忍受着烟草、口臭和报纸的气味，以及过热的暖气？

该死的，当然不能。一个真正的男人应该叉开双腿，跑到外面，直挺挺地站在铁造的通道上，在那里风会吹动他的领带，轰鸣声会震动他的耳鼓，他站在不停震动的铁地板上，深深地抽一口烟，再一口，直到香烟燃烧得只剩下细细的一条火线，弹弹烟灰才把烟屁股扔出去，像发射子弹那样射到飞驰的路面上。这时候，郊区小镇以七点钟的粉色和灰色晚霞为背景就会慢慢走进他的眼帘。到站的时候，一个男人会在火车还没完全停下就跳下铁梯子，着陆后一路小跑着，然后渐渐放慢脚步，轻松灵敏地走向自己的车子。

还没驶入家门口的车道，他就看见落地玻璃窗的帘子拉了起来。他的车拐上车道时，他看到爱波从厨房跑到了车库前等他。她穿着黑色的鸡尾酒裙和平底舞鞋，系着一条他从未见过的非常小的白色薄纱围裙。他还没来得及熄火，她已经打开了车门，双手抓着他的手臂并开始说话。她的手比莫琳·格鲁布的还要瘦弱和紧张，而且她更高，更老，用的是另一种香水。另外，她说话的语速比莫琳更快，声调更高：

“弗兰克，听我说。在你进来之前我必须跟你说几句话，非常非常重要的话。”

“说什么?”

“很多很多东西。首先第一条，今天我想了你一整天，我为发生的一切感到非常抱歉而且我很爱你。别的可以等一会儿再说。现在我们一起进屋吧。”

当爱波挽着他的胳膊，两人迈着迟缓的脚步一起走进厨房时，弗兰克在这短短的几秒钟感受到了异常复杂的情绪——哪怕他有一年的时间什么事都不做，也不可能把这种情绪解剖清楚。这就像在沙尘暴中前行，在海床上走路，在虚无缥缈的空气中漫游。更可笑的是，虽然他无法梳理迷乱的思绪，却可以分辨出，爱波和莫琳的声音尽管完全不同，她们的腔调却奇怪地有一种共同的东西：一种莫琳在谈及诺玛认识的名人和说到“视觉工具部”时的装腔作势；她们说话有一种表演的味道，一点虚假的热情，就像她们正在跟某个浪漫的角色谈情，而不是他，一个活生生的男人。

“亲爱的，你先在这里等一下，”她说，“就一小会儿，我会叫你的。”说完她转身离开，让他独自一人留在厨房里。烤牛肉的焦香味几乎让他的眼泪掉下来。她递给他一个装满了威士忌和冰块的老式玻璃杯，然后消失在黑暗的客厅里。现在他已经听见客厅传来孩子们徒劳地抑制着的嬉笑声，以及擦亮火柴的声音。

“好了，”她喊道，“现在进来吧。”

他们已经在桌子旁边坐好了。他先是看到他们的三张脸，然后才发现是什么东西让他们的脸笼罩在摇曳不定的黄色光亮中：一个蛋糕上插的蜡烛。然后缓慢的、尖锐的歌声响了起来：

“祝你生日快乐，祝你——”

詹妮弗的声音是三个人当中最响亮的，爱波是唯一一个唱到高音部分还找准调子的——“祝你生日快乐，亲爱的爸爸……”而迈克尔则尽着他最大的努力，他的笑容是最灿烂的。

第七章

“原谅你什么啊，爱波？”他们两人单独站在客厅的地毯上，这时候她犹豫地朝他走前一步。

“原谅我所有的事情，”她回答，“所有的事情，我这个周末对你做的事。我在那个糟糕的演出之后的种种表现。现在我有好多东西想要告诉你，我想到了一个最美妙的**计划**。听我说，弗兰克。”

可是他的脑子一片死寂，什么都听不进去。他觉得自己像一头怪兽。他狼吞虎咽地吃下晚餐，就像是一个快要饿死的人那样往嘴里猛塞了七大叉甜腻的巧克力蛋糕；在打开生日礼物时不断地重复着“真棒，真棒”——他刚刚就是这样形容莫琳·格鲁布的；他听完了孩子们的睡前祷告，然后蹑手蹑脚离开了他们的房间；现在他站在妻子面前，听着她祈求自己的原谅。在这一刻，他冷冷的眼睛发现，她已经没什么可看了：她太老，太高，而且太过热切。

他想要冲到房子外面，用某种激烈的方式为自己赎罪——挥拳砸向一棵树，狂奔好几英里，或是跳过石墙，直到自己精疲力竭跌倒在一片满是荆棘的泥潭里。但他没有这样去做，他只是紧闭双眼，伸出双臂把她搂在怀里，绝望地抱着她弄皱了她的围裙，挤压摩挲着她后背凹进去的肌肤以消解自己的痛苦。同时，他的嘴贴着她的脖子呻吟并呢喃着："哦，我的宝贝儿，哦，我可爱的小丫头。"

"不，先等等，听我说。你知道我今天一整天都在干什么吗？我在想念你。弗兰克，我想到了最最美妙的——不，等等，我真的爱你，不过请你听我说，就一分钟，我——"

唯一能不让她说话并从视野中消失的办法，就是去亲吻她的嘴。地板似乎开始往危险的角度倾斜，两人顺势向后踉踉跄跄地倒退了几步，这才坐倒在柔软的沙发里，没有重重地摔倒在咖啡桌上。

"亲爱的？"她在他耳边低语着，急促地喘着气。"我真的非常爱你。但是你不觉得我们应该，哦，别，别停下来，别停下来。别停。"

"应该怎样？"

"或许应该先回到卧室里面。如果这让你火大的话，还是算了。你要是想，我们可以就在这里，我爱你。"

"不，你说得没错。我们应该到卧室里去。"他强迫自己站起身来，然后伸手拉起她。"而且我最好先冲个澡。"

"不，不用的，求你不要。不要先去冲澡，我不让你去。"

"我真的得去，爱波。"

"为什么？"

“就是因为我真的得去。”他每迈前一步，都要用上全部的气力。

“我觉得你真是太坏了，”她紧紧握住他的胳膊。“太坏太坏了。弗兰克，你喜欢所有的礼物吗？那条领带怎么样？我去了差不多十四家店，结果哪一家都没有像样的领带。”

“这条领带真棒，是我所有领带里最好的一条。”

热水流过身体，莫琳·格鲁布就像第二层皮肤那样贴在他身上，必须用尽全力地擦拭，才能把她铲除掉。他认为他应该向爱波坦白。他应该清醒地抓住她的双手告诉她：“听我说，爱波，今天下午我——”

他关掉全部热水，让冷水从头顶流泻而下——他已经好多年没这样做过了。冷水带来的剧烈刺激让他舞动着身体，让他喘息，但他还是强迫自己留在下面默数到三十为止。这是他以前在军队里经常做的事情。现在他果然振作了起来。告诉她？为什么啊，他当然不能向她坦白。这样做他妈有什么意义呢？

“你看上去很干净，”她已经给自己换上最好看的那件白色睡袍，从衣橱那儿转着圈出来了。“你看上去很干净很平和，来，坐到我身边吧，我们先说一会儿话，好吗？看看我准备了什么。”

她在床头柜上摆放了一瓶白兰地和两个玻璃杯，不过过了好久他都没有给机会让她在杯子里倒上酒，也没有让她再多说什么。此后她只有一次离开他的怀抱，那是为了拉开她的蕾丝肩带，让睡裙顺着她的胸部滑落。他还没来得及抚摸，她的乳头早已硬得挺立了起来。

这已经是一天之内他第二次发现，爱的举动可以让他变得沉默无言。他一直盼着她能够把那些话留到明天。他知道不管她打算说什么，肯定都会带着那种戏剧台词一样的怪异腔调，而他现在根本没有做好准备去应付。他唯一想做的就是躺在这里，在黑暗之中微笑着，既困惑、又愧疚，同时还很快乐，然后沉入深深的睡意中。

“亲爱的？”她的声音像从很远的地方传来。“亲爱的，你不是马上就要睡觉吧？如果就这么睡了，那瓶白兰地就白白浪费了。另外，我真的有很多话想对你说，我甚至还没找到机会跟你提一提我的计划。”

一分钟之后他发现保持清醒也不是那么难。像现在这样坐在她身边，身上盖着柔软舒适的双层毯子，在月光下悠闲地啜饮白兰地，同时倾听着她高低起伏的声音，其实也很惬意。不管她说话像不像演戏，她充满爱意的声音还是很动听的。最后，带着一点不情愿，他开始专心地聆听她说的话。

她说，她之所以会有这样的想法，是因为这几天持续的伤感情绪，她对他一整天的思念，以及对他的爱恋。她的详尽计划是今年秋天全家“永久”移居欧洲，在那边开始新生活。他知道他们手头到底有多少钱吗，靠着他们的存款，还有把汽车和房子卖掉之后拿到的钱，再加上从现在到九月这段时间的积蓄，他们可以舒适地过上六个月。“根本用不了六个月那么长的时间，我们就能安顿，像现在那样自给自足，然后想过多久就过多久——这是最棒的一点。”

他清了清嗓子。“呃，宝贝儿，你想想看，首先我能找一个什么样的工作呢？”

“什么样的工作都不用去找。亲爱的，我知道如果你想要的话，你可以在世界上任何一个地方找到工作，不过这一点不是那么重要了。重要的是，你根本不需要找工作，因为我会去。你先不要笑，听我把话说完。你知道在海外政府机关做文书工作可以挣多少钱吗？在北约和非洲经委会办事处一类的地方。而且你知不知道那边的生活消费水平有多低啊，跟我们这里比起来？”她已经把一切都打听清楚了；她在一本杂志上读过相关的文章。凭着打字和速写技能，她可以挣到足够的钱养活一家，甚至还有余力雇请一位钟点工在她上班的时候照顾孩子。用她的话来说，这简直就是一个完美无缺的计划，她只是奇怪为什么自己此前从来没有想到过。不过，她不得不时时打断自己来制止他，而且用越来越少的耐心去提醒他不要发笑。

她不知道，他的笑并不发自内心。他不断地做出耸肩的动作，也并不像她以为的那样，是在用一种打趣的方式告诉她，这是个好玩的傻主意。其实他是在向她掩饰——或许也是在向自己掩饰，他对这个计划立马感到强烈的恐惧。

“我对这件事情是很认真的，弗兰克，”她说，“你以为我在跟你开玩笑吗？”

“不不，我知道你是认真的。不过我有几个问题。第一，你在外面忙得不可开交挣钱养家的时候，我到底应该干什么？”

她把身子往后挪了挪，在微弱的灯光中检视着他的脸，那架势像是在表达，她简直不敢相信折腾了半天他还没明白她的意思。“你还不明白吗？你还不明白我的整个打算？你可以去做七年前就该去做的事情了。去找你自己。你可以去看书，去学习，去散步，去思考。你会有**很多时间**。这是你生命中第一次有时间去弄清楚你到底真正想做什么。而且当你找到自己想做的事之后，你有时间和自由去做这件事。”

当他一边摇头一边笑出来时，他知道这番话是他最害怕听到的。他的脑子里很快地闪过一个令他不安的画面：她穿着巴黎风格的定做西装，从公司回到家里，优雅地脱掉蕾丝手套时，发现他慵懒地蜷缩在沾了鸡蛋渍的睡袍里面，躺在乱七八糟的床上挖鼻孔。

“听着，”他的手从她的肩上滑下来，然后探入胳膊底下轻抚着她的乳房。“首先我必须承认，你说的这些听上去都很美好。你的确对我很好——”

“这不是我对你好不好的问题！”她重重地喊出了这两个“好”字，像是在强调这是她最蔑视的字眼。同时她甩开那双放在自己胸部上的手，就好像她对它也充满了蔑视。“看在上帝的分上，弗兰克，我这么做并不是表示我对你‘好’！我并没有为你做什么伟大的牺牲，你难道不明白吗？”

“好吧好吧，你不是在表示对我好。你先不要生气。不过不管出于什么理由，我觉得你必须承认这件事情并不那么现实。我要说的就是这个意思。”

“我要是同意你的话，”她说，“那么只能说明我对‘现实’

的评价很奇怪很低。因为你知道吗，我恰恰觉得**这**才是不现实的，不现实的是，一个有头脑的男人年复一年像狗似的做着一份他根本无法忍受的工作，每天回到一所他无法忍受的房子里，生活在这块他无法忍受的郊区。而且家里等着他的妻子同样不能忍受这些东西，不能忍受跟一群担惊受怕的小——哦，弗兰克，其实你不需要我来告诉你，我们所处的这个环境到底有多糟。我说的很多东西其实只是**重复**你的话。就在昨天晚上坎贝尔夫妇在这里的时候，你记得你说过郊区的人总不去正视现实，就像一切与己无关吗？你还说每个人都把孩子浸泡在泛滥虚伪的情感中来抚养长大。你还说过——”

“我知道自己说过什么，只是我不知道你竟然在听。你那会儿看上去很厌烦的样子。”

“我**是**很厌烦。这也是我要说的：我从来没像昨晚那样厌烦、压抑、沮丧过。尤其当我们谈论着吉文斯太太的儿子，尤其是我们像逐臭之蝇那样把他津津有味地挂在嘴边。我记得我看着你，心里想着：天啊，有什么办法能让他住嘴吗?！因为你所说的每一句话都是建立在，我们比这一切高尚，我们是与众不同的。我当时只想说：其实我们并不比任何人优越，你看清楚，我们就是你所说的那种人！我们**就是**你所说的那种人！我当时对你有点——我不知道，或许是蔑视吧，因为你看不出这完全是一种谬见。后来今天早上你离开的时候，我看到你倒车到拐角时看了房子一眼，那眼神就像房子会咬你一口那样。你的表情这么凄凉，我开始哭，然后我觉得孤独得要死。我想：我们**怎么会**陷入这样的境地，如果这些都不是他的错，那么到底是谁的错。我们是怎样走进唐纳德森们、克雷默们和文盖斯们这个小小的梦境般的奇异世界里？哦对了，还有坎贝尔们，我今天还想清楚了一点，就是坎贝尔夫妇也在极大浪费我们的时间。然后，老实告诉你弗兰克，然后我站在厨房里就像突然得到什么启示一样，一个念头第一次出现在我脑海里：这一切都是我的错。这一直都是我的错，我甚至可以告诉你这个错是从什么时候开始的。你别打断我，听我说下去。”

他当然知道现在不是打断她的时候。她肯定整个上午都沉浸在痛苦的思绪中，在这个安静和干净得毫无生气的房子里走来走去，她肯定把手指放在腰上搓搓扭扭直至疼痛。随后的整个下午，她肯定带着无可抑制的激动穿梭在购物中心，在迷乱的“不能左转”路牌和愤怒的交警中间霸道地驾驭着方向盘，在各家商店忙进忙出就为了买生日礼物、烤牛肉、蛋糕和鸡尾酒围裙。她用了一整天的时间来推动这股气势汹汹、慷慨激昂的情绪，就为了这一刻的自贬。现在她终于把话说出来了，当然不希望受到哪怕是一丝一毫的干扰。

“所有的一切可以追溯到我们还在贝休恩大街的时候，”她说，“就是我刚刚怀上詹妮弗时，我告诉你我打算——你知道的，打算把她做掉。其实那个时候你跟我一样，也不想要小孩。你有什么理由想要她呢？但是当我跑到外面买了橡胶吸液器，我实际上是把整个包袱压在你的身上。这就像是对你说：好吧，如果你想要这个孩子那就**完全是你的责任**了，你就必须完全改变自己来供养我们。无论你想做一个怎样的人你都必须放弃，你只能做一个父亲。弗兰克，要是那个时候你不纵容我，要是你骂我臭女人并且对我置之不理的话，你马上就会发现其实我根本就是在虚张声势。我或许根本就不会去流产，首先我没那个勇气。但是你没有那么对我，你太善良，太年轻，而且感到害怕。你忍受下来了，于是一切就这么开始。这就是为什么我们卷进这样一个巨大的错觉当中。一个巨大的，丑恶的错觉——它告诉人们，每个人有了家庭之后都要脱离真正的生活而‘安定’下来。这就是郊区生活里最浪漫的谎言，而我只能让你屈从于它直到今天。我让你生活于这个谎言当中。我的上帝啊，后来我甚至沉溺下去，把自己塑造成一个肥皂剧里陈词滥调的角色，或许正是这一点，才让我明白事实究竟是怎么样的，我把自己想象成这么一个女孩：要不是太早结婚的话，她肯定会成为一个优秀的女演员。我想你是知道得很，我根本就不是当演员的料，而且也根本没有想要去当。你知道我去那个学院只是为了离开家，而我心里明白的，我心里一直明白这一点。后来在准备表演的三个月里，我就挂着这么一副高不可攀、既甜蜜又苦涩的神情四处走。你想想看，这恐怕已经是自我麻醉的极致。你现在知道这是一种多么不正常的状态了吧？我希望毁灭是双向的，我毁掉了你的生活之后还觉得不够，还想把这些可恶的事情都做到底，反过来让你觉得是你毁掉了我的生活，这样我就能以最终的受害者自居了。听上去太恐怖了，但这是真的，真的！”

每说一声“真的”，她就用握紧的小拳头敲打自己裸露的膝盖。“现在你知道我在求你原谅什么了吧？还有为什么我们应该尽快离开这里到欧洲去。这完全不是我对你好或者慷慨大方，我并没有在对你施加恩惠，我现在给你的不过就是你应得的东西，我倒是觉得非常抱歉，它来得这么迟。”

“好吧，我明白你的意思了，现在我能说话了吗？”

“可以。不过你确实明白了，对吧？我还可以多喝一点白兰地吗？一点点就好，恩，这就可以了，谢谢。”她喝了一点酒之后，把头发往后甩了一下，身体挪向后面靠着墙壁，因此离他远了一些，肩上的被子也向下滑落了一截。她把腿蜷在身体下面，整个人看上去完全放松而自信，她做好了聆听的准备，并且因为明确地表达了自己而感到快乐。她的身体散发出蓝白幽光，对他来说具有强大的力量。他知道自己如果注视着她，肯定没法集中精神思考，于是他强迫自己转头去看双脚之间被月光照亮的地面。他以极慢的动作点燃一根香烟，争取时间。他必须在纷乱的思绪中找到方向……每天下班回到巴黎的公寓里，她的高跟鞋会坚定地把地板敲得“笃笃”响，她的头发会向后梳成一个很干练的圆髻，她的面孔会流露出明显的疲惫，以至于她两眼之间会出现清晰可见的小竖纹，即使在她微笑的时候也是如此。而他自己呢……

“首先，”他终于开口说，“我想你对自己太苛刻了。没有哪件事情是那么黑白分明的。你没有强迫我去选择诺克斯这份工作。另外你可以换一个角度看，你说你知道自己不是当演员的料，因此不该觉得自己被抑制、被欺骗。那么让我们面对事实吧，同样的论断是不是也可以用在我身上？我的意思是说，谁能肯定我一定会成为了不起的人物呢？”

“我并不是很明白你的意思，”她的声音很平静，“我想如果你真的成为什么大人物的话，反而会让人觉得厌烦。不过如果你是在质疑，到底有谁会认为你是个不同寻常的人，谁会相信你拥有杰出的一流头脑，那么弗兰克，我可以告诉你，答案是所有人都这么认为。我第一次见到你的时候，就觉得你——”

“算了吧，我不过就是一个有点小聪明而且长着大嘴巴的家伙。我是在向每个人展示我的博学，其实我并没有那么多的才华，那些都是吹嘘和伪装。我其实——”

“你不是在吹嘘和伪装。你怎么能这样说你自己？弗兰克，难道情况已经糟到让你完全失去了自信？”

其实没有，他必须承认情况并没有坏到那个地步。而且，他害怕在她的声音之中发现一丝真正的动摇，他隐约担心自己真的成功说服了她，让她相信自己确实就是一个有点小聪明的家伙。这才是最令人痛苦的。

“好吧，”他决定让步，“好吧，先假设我曾经是个有出息的年轻人。但问题是在哥伦比亚大学像我这样的人太多了，这不表示——”

“像你一样优秀的并不多，”她坚定地说，“我永远都不会忘记那个人——他叫什么名字来着？就是那个你曾经非常崇拜的人。那个曾经的战斗机飞行员，所有女孩都围绕着他。对了，比尔·克罗夫特。我永远不会忘记他是怎么说你的。有一次他跟我说：‘如果我有这家伙一半的头脑，我就再也不用为自己担心了。’他这么说不是在恭维你，他真的这么想。每个人都知道，只要你有那么一次机会找到你自己，那么这世上就没有什么你做不到的事情，没有你担任不了的角色。当然了，这都不是重点，你无需非同寻常，但你也应该去寻找自己。你明白吗？”

“你能不能让我把话说完？首先——”说到这里弗兰克发现与其让自己说下去，他更需要安静下来。于是他用力吞下一口白兰地，让灼烧的感觉在口腔内的上部蔓延，然后顺着肩膀和脊椎温暖身体的每个角落。他严肃地盯着地板。

比尔·克罗夫特真的那么说过吗？

“你所说的每一句话都有一定的道理。”他再次开口，但是声音里已经透出一种像爱波说话似的戏剧性调调。他知道自己在这场争辩中已经输了。此刻他用的是英雄人物说话的那种语气，一种连比尔·克罗夫特都敬仰的人才会发出的声音，“或许我真的拥有一些可以感知的才华，如果我是个艺术家，或者是作家，又或者是——”

“弗兰克，你真的认为，只有艺术家和作家才有权利去过自己想要的生活？听我说，我不介意你五年什么都不做，我也不在意五年之后你告诉我，你想成为的不过是个砖匠，或者是机械工，或者是水手。你难道还不明白我的意思吗？我所说的一切跟可以感知的才华没有任何关系，现在是你的**本质**被桎梏起来了，是你，真正的你，被一再地否认，否认和否认。”

“那么我的本质是什么呢？”他今晚第一次直视她的眼睛。他放下了手中的酒杯，抓住她的腿，而她也伸出双手覆盖并按压着他的手。

“你难道不知道吗？”她轻柔地拉着他的手，划过臀部，然后停留在她平坦的腹部，并再次把它们按紧。“你难道不知道吗？你就是这个世界上最宝贵最美好的事物，你是一个真正的男人。”

他生命中经历过多次的挫败和低头认输，只有这一次看上去最像一场胜利。从来没有这么强烈的幸福感在他内心熊熊燃起；他从来没有过这么纯粹地从真实中体验过美；在时空中没有哪件事比娶了这位妻子让他成功得更彻底。他觉得过去的一切都可以任他抹去，未来也完全在他的掌控中。这幢房子的四面围墙，墙外广阔得令人窒息的荒野，这些市镇和树，都可以在他一念间化为乌有。现在他可以统治整个世界，因为他是一个真正的男人，因为身边有个美妙的生灵向他敞开并随他同行，既温柔又坚强，而她是个真正的女人。

当早起的鸟儿传来第一声清脆、迟疑的鸣叫，当茂密的树丛已经在晨雾中由灰转为橄榄绿，她的指尖从他的唇边缓缓划过。

“亲爱的？我们是打定主意了要去做，对吧？我们不会只是说说而已，对吧？”

他仰躺在床上，享受着自己胸膛有节奏的缓慢起伏。这个时候他觉得自己的胸膛如此宽厚有力，完全可以配上中世纪骑士佩戴的金属胸甲。这个世界上还有什么事情他做不到？还有什么旅程会让他退缩？还有什么美好的生活他不敢向她许诺？

“没错。”

“我这么问你是因为我希望可以马上开始准备。明天就开始。写信，处理护照等等。另外我觉得我们应该马上告诉詹妮弗和迈克尔，你说呢？他们会需要一点时间来适应，此外，我希望他们比其他任何人都先知道这个消息。你说呢？”

“嗯，我同意。”

“我是说除非你已经下定了决心，不然我不会告诉他们。”

“我已经打定了主意。”

“那就真是太好了。哦，亲爱的，快看看都什么时候了。外面都已经亮起来了，你睡不了多久，今天上班肯定会很累的。”

“不会的，我没事。我可以在火车上打个盹。还可以在办公室里睡一会儿，没关系的。”

“好的，我爱你。”

于是他们一起像孩子一样沉睡了过去。

第二部

第一章

接下来的一段时间充满了幸福的癫狂，在飘飘然的迷迷糊糊中，弗兰克·惠勒事后完全想不起自己在里面沉迷了多久。至少过了一两个星期或者更久以后，他的生活才逐渐回到原来的轨道上。他开始注意时间的流逝，并焦躁地发现有必要好好地度量和分配它们。从那个时候回头看，他完全记不起那段轻飘飘的时光持续了多久。在他的记忆中只有一个日子依然清晰，那就是他生日之后的那一天。

他果然在火车上睡着了，头部后仰在肮脏的绒毛座位上，《纽约时报》从大腿上滑落了下来。他在中央车站那个会发出回声的土黄色地窖里停留了很久，悠闲地喝了好几杯滚烫的咖啡，完全不管会不会迟到。他发现经过的那些男人那么渺小，那么整齐划一，而且严肃得那么可笑。他们都留着夹杂着灰发的小平头，身上穿着带扣夹领，脚步匆忙。他们源源不绝地涌现在车站里，在大街上，直到一小时后他们才会停下来。到时，等候着他们的办公大楼会把他们一个个吞噬进去，包裹起来。如果站在其中一幢大楼，隔着城市纵横的峡谷看向另一幢大楼，就会感觉像是在观察一个巨大无声的昆虫饲养所，那里面有成百上千的穿着白色衬衫的小人，要么在翻弄着文件，要么皱着眉头拿着电话听筒，在春天流动着的、事不关己的白云底下，上演着一场场充满激情的哑剧。

与此同时，弗兰克手里的咖啡非常香醇，他的纸巾也洁白无瑕、未被沾湿，就连为他递送咖啡的年老女服务员也那么礼貌热情，她显然非常享受自己的工作节奏（“好的，先生；谢谢您，先生；就要这些吗，先生？”），以至于弗兰克很想靠上去在她布满皱纹的脸上亲一口。抵达公司时，他已经进入一种由半清醒的疲惫状态所带来的愉悦感。所有的声音和视觉形象都变得含糊不清，同时每一件工作都变得容易了。

他还记得自己做事的原则：重要的事情放到前面处理。那么当电梯门在十五层打开，他最重要的事就是走到前台，用一个男人该有的态度去面对莫琳·格鲁布。她一个人坐在接待桌前，身上之所以穿着那套暗色套装，可能因为这是她衣柜里最庄重、最不花枝招展的一套。她看到他走过来的时候显得很慌乱。不过弗兰克给了她一个职业的微笑，既不鬼祟，也不自负——是那种开朗友好的微笑。弗兰克还没走到桌前，就发现他的笑容已经平复了莫琳的情绪。她会不会害怕他把她想成一个荡妇呢？他会不会到处宣扬他们的事情，把她当成一个笑话？现在弗兰克的笑容告诉她，她可以放心。另一方面，她会不会害怕他想把这段关系发展成一段浪漫恋情？他会不会为她搞得焦头烂额，还把她拉到角落里说一定要跟她在一起（“我一定要见到你……”）？现在他的笑容告诉她，这也不需要担心。就目前为止，只有这两种可能的结果或许会在困扰着她。

“你好，”他的态度相当友善。“昨天的事没给你带来什么麻烦吧？我是说在跟约根森夫人说明情况的时候。”

“没有，她什么都没问。”直视着他的眼睛让她感到不自在，于是她只好一直盯着他的领结。弗兰克从容自若地微笑着，站在那儿俯看着她，尽管周围人来人往，纷乱而匆忙的喧嚣声就在耳际响起，但其他人肯定以为他只是凑巧过来说两句话，要么是想打发时间，要么就是问她打印文件的事情。他们的表情和姿势绝不会引发这些人的好奇心。而当两人近距离相对时，弗兰克又很自信他看上去既诚恳又亲密。

“莫琳，”他说，“如果我们之间有什么需要说清楚的话，那么我建议今天下午我们找个地方坐下来谈谈。如果你想要问我或者告诉我点什么。你看呢？”

“没有什么，除了我——嗯，算了，没有。你是对的。”

“这不是对不对的问题。我不希望你觉得我——算了，不说这个。不过听我说，最重要的是不要觉得后悔，我没有，我希望你也没有。不过如果你有这种感觉的话，我希望你能告诉我。”

“没有，”她回答，“我没有后悔。”

“那样的话我很高兴。听着，你很棒，莫琳。如果有什么事情我可以——你明白我的意思吗，如果我可以为你做点什么，我希望你能告诉我。我知道这话听上去不太好，我想说的是，我希望我们可以是朋友。”

“嗯，我明白，”她说，“我也希望如此。”

弗兰克转身离开，缓慢、自信地走向他的工作隔间。如果他以前在贝休恩大街走路的姿势真的像爱波说的那么性感，那么他现在的步态就是那个走路方式更成熟的升级版本。一切竟然会如此轻而易举。就算他花了许多天去策划、排演，写了一张又一张的草稿，台词改了又改，也不会编造出比刚才更有尊严更让人满足的演讲了。他即兴演说的一番话就能达到这样的效果，这世界还有什么他做不到的事情？

“早上好啊，老爸。”他跟杰克·奥德威打招呼。

“弗兰克，我的儿子。看到你朝气勃勃的脸孔我真高兴啊。”

重要的事情放在前面处理；那么接下来的重要事情就是对付他那个“进入”文件篮了。不对，应该是昨天他扔在自己桌子中央的那一大叠文件，也就是莫琳从存档中心翻出来的那些东西。他要解决的是托莱多分公司提出的那些问题，还有那个乱七八糟的生产控制宣传册。他能让这些事情难住吗？当然不会。

他对着口授留言机的麦克风开始说话：“发给托莱多分公司的内部信件。”他一边说话，一边仰靠在自己的转椅上，同时习惯性地把一只脚踩在右下角的抽屉上。“致分公司经理 B. F. 查尔莫斯，题目：全国生产主管协会年度大会。另起一段。鉴于最近您寄送过来的两封信函和提出的问题，我们要通知您总部已经着手处理。句号。另起一段。”

他这么回复的时候，其实自己都不知道总部会怎样“着手处理”，甚至不知道会不会处理。不过就在他摆弄留言机时，灵感就出现了，接着他非常流畅地把一个个句子组织起来，只有当他自得地微笑时才停顿一下。托莱多分公司经理就像莫琳·格鲁布那么容易对付。

F. H. 惠勒，或者“我们”，完全同意这份宣传册确实不太合适。幸运的是，这个问题现在已经得到了解决，“我们”很有信心这个解决方式可以得到分公司经理的认可。正如分公司经理所知道的，这次年度大会的公司代表肯定会拿到数十份同质的宣传手册，其中大部分会被抛弃在会议厅的废纸篓里。所以现在的问题是“我们”应该为诺克斯设计一个全新的东西，一本会吸引与会代表的眼球，并把它放进口袋带回酒店房间的新宣传手册。这就是我们正在为这次会议量身定做的东西：语言简洁、直接，题目是“话说生产控制”。到时候分公司经理将会看到，这份宣传册依靠的不是花哨的形式，没有好看的艺术装饰，也不用广告术语来表现内容。它是干脆明朗的大页纸张，字体清晰，黑白色调，文字浅白易读。它将“给年度大会与会代表真正需要的东西，冒号，实用的资料和论据”。

接下来，弗兰克在留言机里放入第二卷带子，再次仰倒在椅子上，开始说：“以下文字用于排版印刷。标题：话说生产控制。省略号。分段。说得直白一些，逗号，生产控制其实就是根据不断变化的时间表，逗号，在正确的时间把正确的材料投入到正确的地点进行生产活动。句号。另起一段。这其实是非常简单的算术问题。句号。在所有应该考虑的因素都顾及到的情况下，逗号，任何人都可以用一张纸和一支铅笔来完成运算。句号。但如果交由诺克斯500电子计算机去做，它可以比人快上几千倍。句号。这就是为什么——”

“下去喝点咖啡吗，弗兰克？”

“我想还是算了吧。我得先把手里这东西做完。”

他真的按自己的设想把东西做完了，虽然花了整整一个上午。空着的一只手翻查着从档案中心搬出来的文件，从这里抽取一个句子，那里抄写一段文字，他对着留言机拼凑出一整篇文章，来讲述电子计算机在工业生产细节的调控上拥有哪些优势。他给自己重放了一遍，听起来文章非常权威。“一旦生产原材料的成本爆炸性增长，”他听到自己的声音说，“电子计算机的下一步将会检索更新后的零件存货目录——”没有人会发现他根本不清楚自己在说些什么。等到录音被打成了文字，他还要拿回来润润色，为了安全起见，或许他还可以找技术部门的人核对一遍，然后印出足够的数量送去托莱多。出于自我保护，他还打算给班迪送上一份，并附上一张便笺写着：“希望这个有用——托莱多要在生产商年度大会分派简单明了的宣传册。”运气好的话，他就脱身了。他可以把烦人的托莱多信函和宣传册从一大堆棘手得让他不愿去面对的文件中，安全地抽取出来，放到“送出”文件篮里并标上“存档”。

完成以后，他发现桌面上堆积的东西一下子少了很多。他大受鼓舞，于是午饭后他继续从那些不愿去面对的文件中找了两三个出来解决掉。其中一份棘手的信函质问为什么“我们”把一台已经报废了的加法机样品发送到芝加哥商业展，对此他找了一个无懈可击的借口跟对方搪塞了一番；他处理掉的第二个麻烦是一叠厚厚的信件，他已经搁置一旁好几周了，原以为很棘手的问题原来只需要他做一个简单的决定：对方询问的是，在明尼阿波利斯和圣保罗两地的制表仪销售人员之间进行的一场销售额比赛当中，奖品到底应该是 14.49 美元的合金领带夹还是 8.98 美元的合金翻领扣。当然是领带夹！于是这两份文件也放进了“送出”文件篮。

弗兰克成了一个充满能量的魔鬼。直到差不多快四点的时候，他迷糊地走向饮水机（“看我按下按钮之后冒上来的那个大泡泡——卟噜——是不是很好玩啊？”），才猛然省悟，这是因为昨天晚上爱波说他“年复一年像狗似的工作”引起了他的负罪感。他想告诉她，他在这里年复一年地做着的事情，无论是什么都绝对算不上“像狗似的工作”。但她没有给他机会。现在，他努力去清除桌面上堆积如山的文件，是为了补偿对她的误导。但是，这不都是废话吗？他这些年来一直在干什么有什么要紧？她怎样去想象他这些年来的工作，或者他怎么去想象她想象他这些年来的工作，又有什么要紧？这些根本就无所谓了，难道他想不通吗？当他从饮水机走回来，当他用温热的手去擦拭冰凉的嘴，他突然第一次意识到，不出几个月他就要永远离开这家公司了。这里所有的一切，包括灯光，玻璃隔板，噼噼啪啪作响的打字机，这些缓慢的、干燥的折磨将会永远从他生命中切除掉，就像脑子里的恶性肿瘤，终于摆脱了。

这一天他在办公室里做的最后一件事情，跟公事无关，而且也没有耗费多少能量，只是需要那么一点点勇气。他打开办公桌最下层的大抽屉，仔细地把里面所有的“好东西”都翻了出来——那一大叠东西有几本电话号码簿那样重——然后全部扔进了废纸篓。

接下来的一段时间——他不确定有多久，整个办公室就在他意识里消失了。他跟以前一样，看文件，跟班迪进行沟通汇报，和奥德威那几个人吃午饭，在走廊遇见莫琳·格鲁布时会很有尊严地微笑，甚至停下来聊上两句，表明他们确实是朋友。但事实是，白天对他来说只是夜晚和夜晚之间的休息和铺垫，再也没别的意义了。

直到日落时分从火车上跳下来然后钻进自己的汽车里去，弗兰克才真正清醒过来。然后他会跟爱波喝几杯以振作精神，孩子们则安静地坐在一旁看电视。接下来他会愉快地享受晚餐，两人热切地交谈就像结婚前一样。但这一天还没真正开始呢——孩子们都上床睡觉房门也紧紧关上之后，最好的时段才来临。这时他们会回到客厅，爱波通常迷人地蜷曲在沙发上面，弗兰克则背靠着书柜，他们喝着意大利黑咖啡，抽着香烟，然后展开他们的爱情关系。

弗兰克说话时会在房间里慢慢踱步，爱波的目光会紧紧地跟随着他，甚至头和肩膀都跟着转过来转过去。每当他觉得自己说出了一个很有见解的观点时，他就会转过来看着她，目光中充满了胜利者的得意。然后轮到她说话，他会一边踱步一边点头，等到她把话说完的时候，两个人就会再次兴奋地看着对方的眼睛。这些眼神交接有时会闪过一丝幽默：我知道我是在炫耀，其实你也是如此，这都没有什么，总之我爱你。

这又有什么关系呢？反正不管他们说的是什么，用什么方法在说，那些内容和语调都在表达同一个意思，那就是他们已重获新生，从此成为更好的人。爱波躺靠在沙发上，裙子从腰到脚踝优雅地铺展开，在柔和的灯光下，她修长的颈部洁白无瑕，脸孔也显得沉静自若，跟那个谢幕时呆滞难堪的女演员，那个汗流浃背地拖动着割草机的愤怒妻子，那个忍受着与坎贝尔夫妇虚假友谊之夜的麻木主妇，那个在他三十岁生日时感到羞愧并表现出令人羞愧的热情的女人，一点相似的地方都没有了。现在她的声音微弱，音量很低，就像当时出演《化石森林》第一幕时一样轻声细语。每次她仰头大笑，或者靠前去撣掉烟灰的时候，就表现出一种风情款款的古典美。谁都能想象她就是征服欧洲的女人。

弗兰克逐渐意识到，同样的变化也在他身上发生了。他发觉自己开始用一种全新的方式来说话，比平常更慢更深思熟虑，语调低沉了下来，但是整体变得更加流畅。他几乎不用结结巴巴地插入那些用来连接句子的口头语，比如“哦不对，我的意思是”，“我不知道”，“你知道的”，这些带着歉意的短句以往是贯穿在他的谈话中的，他也不再像以前一样不时低头或紧张地别过脸去，试图清晰地表达自己的观点。从落地窗的映像中，他必须承认自己在外观上没有爱波那么完满：他的脸有些浮肿，嘴显得太没有活力，身上的长裤熨帖得太好，衬衣也因太过正经而带着浓重的麦迪逊大道气息；不过在一些深夜，当他因为说得太多而喉咙发干、眼睛灼热的时候，当他弓着肩膀、调整下巴的位置并解开领带，让它像绳子一样悬挂在脖子上时，他从窗户里看见一个人物破茧而出，正勇敢地面对他的新生。

对于孩子们来说，这段时期也很奇妙。秋天移居法国到底意味着什么？为什么他们的母亲不断强调这会很好玩，就像生怕他们会怀疑一样？而且为什么她会觉得样样事情都很有趣呢？每天下午她都会抱抱他们，然后又兴奋又匆忙地问他们一些关于平安夜的问题，他们回答的时候，她又会变得眼神迷离，过了一会儿她会说："好吧，亲爱的，不过不要说**那么**多话了，行吗？你们得让妈妈歇一会儿。"

就连父亲回来也不能解除他们的疑惑。他会把他们抛到空中，让他们骑在肩膀上"坐飞机"满屋子跑，直到他们头晕眼花为止，但这通常要等到父亲在厨房里跟母亲打过招呼之后。孩子们奇怪的是，为什么爸爸跟妈妈打个招呼会需要这么长时间，而且在这段时间当中他完全意识不到他们的存在。然后在吃晚餐的时候，他们总是连插一句话的机会都找不到。迈克尔发现，他在座位上左摇右摆，说着那些孩子气的傻话，或者张开大嘴塞进一大勺土豆泥，父母也不管了。詹妮弗则在桌边坐得笔直，对弟弟的幼稚行为根本视而不见，反而对父母的交谈假装表现出强烈的兴趣，虽然到晚一点的时候，撑不到睡觉的时间，詹妮弗就会一边吮着拇指一边在父母的谈话声中悄悄睡去。

其中只有一样东西对他们来说是一种安慰。现在他们可以安心入睡，不用担心一个小时之后会被突然爆发的撞击声、粗声粗气的喘息、用力摔门的声音，或者是剧烈的争吵惊醒。这些东西看来已经成为过去。他们现在可以跟父母一起待在客厅里，听着父母温和轻柔的交谈，起起伏伏的语调会渐渐融进他们的睡梦中。如果他们过后醒来，翻一个身，并用脚趾挪动被子以便把凉的一块盖在自己身上，他们知道那些声音还会在那里。其中一个声音非常低沉，另外一个则温和悦耳。两个声音此起彼伏，像遥望远处青葱山脉般给人安稳贴心的慰藉。

“这整个国家已经被虚假的浪漫情怀**所腐蚀**，”有天晚上弗兰克一边说，一边从窗前笨重地转过身来，在地毯上走动。“这种情怀已经像疾病一样蔓延了很多年，在好几代人中间扩散，以至于今天你触碰的每一样东西都沾染了这种病菌。”

“说得太对了。”她激赏地说。

“说穿了，这不正是问题的症结吗？我是说它的危害已经超过了其他东西，包括唯利是图，精神价值的失落，对炸弹的恐惧，还有其他所有的一切。当然也许这种情绪正是这些危机带来的结果。也许正因为这些危机一起爆发出来的时候，我们没有一种真正的文化传统可以去容纳和转化，这必然会推动这样的情绪。不过不管它到底是什么造成的，**它**正在摧毁美国。难道不是这样吗？现在所有思想和感情都持续不断地稳步降格为容易消化的婴儿食品。盲目乐观、用微笑去面对一切、总有一条简单出路的浪漫情怀已经根植到每个人的生活观里。”

"没错，"她说，"说得一点不错。"

"有人发现了吗，所有男人都失去了男子气概。这就是正在发生的事情。那些所谓'调和'、'安全感'，还有'团结'这些唠唠叨叨的口号就反映了这个现实。天啊，你简直无处可逃。打开电视，那些虚假的情节蹩脚的笑料都建立在，爸爸是个大傻瓜而妈妈总是对他不离不弃；走出门，你会看见人们在院子前面插着个恶心的小牌子——在我们革命山庄就有，你注意过吗？"

"你是说写着'某某家'的那种牌子吧？表示这里住着姓'某某'的一家子人，比如'唐纳德森家'？"

"对！"他转过身来笑看着她，对她能够准确地解读自己的想法感到非常兴奋。"不管他的名字叫'唐纳德森'还是'约翰·J.唐纳德森'或天晓得什么名字，最后立在门外的总是'唐纳德森家'。你想象这相亲相爱的一家子人温馨地围坐在一起，像穿着睡衣的可爱小兔兔，我的老天爷，在烤棉花糖！我猜坎贝尔家还没有把标牌竖起来，不过给他们点时间吧。从他们转化的速度看来，他们很快就会这样做。"说到这里他从喉咙底下笑了出来。"我的上帝，我简直不敢想象我们曾经多么接近那种状态。"

"但是我们并没有那样，"她提醒他，"这才是最重要的。"

又一个深夜，弗兰克走近沙发，在咖啡桌的边缘坐了下来，看着她说："你知道这是什么感觉吗，爱波？我们可以这样在一起谈话，讨论移居欧洲的整个想法给我的感觉？"他有点紧张，说话的语调也提高了；在咖啡桌边上坐下来似乎是个极具原创性且美妙的举动。"就像把自己从塑料袋子里拯救出来。就像我们已经包裹在某种塑料袋子里很长的时间而毫不知情，然后突然逃了出来。这跟我在战争时期第一次上前线的感觉很像。我记得自己表现得非常拘谨非常害怕，因为这是当时很典型很‘时尚’的反应，人人都这样子。但是我不能真正把心投入进去。我当然觉得害怕，但那并不重要，我的真正感受跟害不害怕没有任何关系；最震撼我的，是生命的实感。我切切实实地感到了血气。我看到的一切比真实还要真实，战场上的积雪、路面和树，蔚蓝的天空纵横着飞机留下的蒸汽尾巴——所有的东西。头盔、大衣、步枪、士兵走路的姿态，我爱这一切，哪怕是我不喜欢的那些人。我记得自己非常注意身体的运作状况，甚至能感受到鼻子呼气吸气的声音。我记得我们经过一个几乎夷为平地的小城，到处都是断墙残垣，而我竟然觉得很美丽。妈的，我很可能跟所有人一样愚蠢一样恐惧，但是在内心深处我从未有过那么好的感觉。我一直想：现在看到的一切才真实。这些就是真实。”

“我也有过一次那样的感受，”她说。从她羞涩的嘴唇来看他知道接下来的话一定非常温柔贴心。

“什么时候？”他像还在上学的小男生一样腼腆地问了一句，不敢看着她的整个脸庞。

“第一次跟你做爱的时候。”

咖啡桌诡异地摇晃了几下，然后又稳了下来，桌面上的杯子簌簌作响。弗兰克已经从桌子的边缘挪到沙发的边缘，把爱波搂进怀里。而这个夜晚也在此刻戛然而止。

类似这样的美好夜晚过去了一个又一个，直到一段时间之后他开始意识到时间的流逝时，他们的谈话开始掺进了一点不和谐的声音。

有一次弗兰克打断爱波的话头，“听着，为什么我们总是不停地谈巴黎？欧洲各地不都有政府机关吗？为什么不是罗马？或者是威尼斯，抑或像希腊一类的地方？我是说我们应该让思维开阔一些。巴黎并不是唯一的去处。”

“巴黎当然不是唯一的选择。”她不耐烦地掸掉腿上的烟灰。“但它确实是最合理的起点，你不觉得吗？因为你懂得那里的语言，还有很多别的优势。”

如果那一刻他看向玻璃窗的映像，他会看到一个受惊的骗子。语言优势！难道他真的曾经让她误以为他会说法语？

“嗯，”他一边笑，一边从她身边走开，“我可不敢打包票。我懂的本来就不多，现在更是忘得可以了。我的意思是说，我从来就没有把这门语言掌握到可以说得很流利的程度，只是能够过得去。”

“这就够了。你肯定可以在很短的时间之内重新掌握它的。我们都会的。还有，至少你曾经去过那里，你知道整个城市的布局，还有各个居民区都是怎样的，这些非常重要。”

对于这一点，他默认了，毕竟她说的是事实。他知道那些明信片上的风景名胜坐落在什么地方，因为很久之前，好几次在这座城市他都有机会待上三天；他还知道怎样从这些地方去到当时的美国驻军地点或红十字俱乐部；他当然还知道怎样去巴黎的红灯区皮尔嘉广场，怎样挑选好一些的妓女，还有她们的房间里大概会是怎样的味道。这些他都知道，他还非常清楚巴黎最好的地方是从圣日耳曼德佩教堂附近延伸到东南（还是西南?）的多摩咖啡馆一带。真正懂得生活的人都在这里。不过最后一点知识更多来自他高中时代读到的《太阳照常升起》，而不是在现实生活中他闯荡这个区域的经历。这些经历大多都跟孤独的感觉和酸疼的脚联系在一起。他很喜欢这里建筑物的古典气息，夜晚来临时柔和的路灯在树上投下的淡绿灯影，还有每次他从咖啡馆经过的时候，长长的明亮的遮阳篷下坐满了交谈的人群，言语充满智慧。但是他也记得，这里的白葡萄酒会让他头疼；如果凑前去观察那些不停说话的人，会发现他们要不是那种让人紧张的长着胡子的男人，就是那种会在一秒钟之内把他打量个遍然后置之不理的女人。他觉得这个地方飘散着智慧而他永远无法企及。一种无法言说的优雅就在前面等着，而他只能继续走在没有尽头的蓝色街道上，直到筋疲力尽。那些懂得怎样生活的人从不对他开放生活的诱人秘密。后来他总是喝得烂醉，然后在前来把他接回军营的卡车上呕吐不止。

“我是……”当爱波说话的时候，他默念着仅剩的一点法语：“你是……你们是……我们是……他们是……①”

“等我们安顿下来之后会好起来的，”她说，“你不觉得吗？你没在听我说话。”

---

① 原文为法语。

“我当然在听。哦不，没有，对不起，我想我是没听。”他在咖啡桌上坐了下来，希望自己的笑容中含着一丝坦率，能让她别再生气。“我只是在想这一切都不容易——就这样带着孩子到一个陌生的国家。我们会碰到很多现在根本无法预想的困难。”

“嗯，我们当然会碰到困难，”她说，“而且一切都很不容易。但你能想起有什么事情值得我们去做，而又很容易的呢？”

“当然没有。你说得对。我想今晚我只是有点累了。你想不想喝点东西？”

“不，谢谢。”

他走进厨房给自己倒了一杯酒，这让他又开朗起来。于是这个晚上就平静地过去了，然后是下个晚上，下下个晚上，直到她告诉他，自己是怎样度过白天的，让他有点吃惊。

他以为白天的时候她也会跟自己一样，心不在焉而且很懒散。他想象她久久地泡在浴缸里，然后在卧室的镜子前耗很长时间，试穿不同的衣服，尝试不同的发型。她或许会被幻想中的小提琴声诱惑，梦游般在铺满阳光的房子里旋转着，跳着华尔兹，然后轻轻转回镜子前扭头对着自己的影像微笑。接着，赶在他回来之前，她会匆忙地收拾床铺打扫房间。弗兰克没有想到的是，这一天早餐之后她就独自开车去纽约，参加了一场面试，还填写了一张冗长的海外工作申请表格。她办好了护照的相关程序，找来了三份旅游手册和好几份航空公司及蒸汽船的航行时刻表，买了两个新旅行袋，一本法语词典，一本巴黎街道指南，一本给孩子们看的《小象巴巴尔》（法国家喻户晓的卡通书）和一本《更美的法文》（“给那些对法语有所了解的人”）。做完了这些她及时赶回家里，放走了保姆，然后开始准备晚餐和调马提尼鸡尾酒。

“你不觉得累吗？”

“不是很累。这些事情让我精力充沛。你知道我上一次在城里待上一天是什么时候的事了吗？午餐时间我本来打算溜到你的办公室给你个惊喜，但实在来不及了。我怎么觉得你说话口气有点不对，怎么了？”

“没什么。我只是觉得有些困惑。你一天之内竟然能干这么多事情，真了不起。”

“你在生气，”她说，“不是吗？不过我不怪你。”弗兰克沮丧地发现，她摆出的这副脸孔跟电视肥皂剧里善解人意、假笑的妻子出奇地像。“你觉得我什么都插一把手，把一切都包揽在自己身上，对吧？”

“我没有，”他抗辩，“没有。听我说，别傻了。我不生气。这没有什么关系的。”

“有关系的，我侵入了你的领域，就像那天我修剪草坪一样。我**知道**该让你来处理护照和咨询旅行社，但我正好就在办公地点附近，如果不顺便去一趟就有点傻了。不过我**很**抱歉。”

“天哪，别再说了。如果你再说下去我真的马上**就要**生气了。你能不能忘记这些事情？”

“那好吧。”

“这本书可能对我们没有太大用处，”他翻动着那本《更美的法文》，“我是说它有点深奥，我还没到那个程度。”

“哦，是吧，我想这就是那类自以为是的小书，我匆匆忙忙来不及想就买了。其实这也是件应该留给你做的事情。你处理这些比我擅长得多。”

接下来的那个夜晚，她带着自责的神色说，有些坏消息要告诉他。“其实也没那么坏，只是有点讨厌。首先是吉文斯太太今天打电话来，很正式地邀请我们明天晚上过去吃晚餐，我当然回绝了她，理由是我们找不到保姆过来带孩子。她看这次不行，又开始说服我下周过去。我想找借口回绝时，忽然想起我们必须尽早见到她，一起谈谈把房子转让出去的事。所以我请他们过来吃晚餐。”

“我的上帝啊。”

“不不，你先不要担心，他们不会来的。你知道她是什么样的人。她不停地说不希望给我们带来麻烦——天哪，这个女人该多让人痛苦啊——但我一直坚持我们有正事要跟她谈，我们就这样磨了有半个多小时，她终于答应明晚一个人来我们家。那会是在晚饭之后，而且只说正事，如果运气好的话，我们把房子卖出去的时候再见她一次，之后就再也不需要见到她了。”

“那好吧。”

“嗯，但是问题来了。我彻底忘了我们明晚约了要去坎贝尔家。所以我给米莉打了电话，继续用找不到保姆作为托词，但她显得，我不知道，很失望吧。你知道她的，有时候跟个孩子似的。所以我只好跟她说，我们就今晚过去吧。这就是我们周末的安排，今天晚上坎贝尔家，明天吉文斯太太。我真的很抱歉，弗兰克。”

“算了，没关系的。这就是你说的坏消息么？”

“你一点都不介意？”

他确实一点都不介意。当他洗漱和换衣服时，他还迫不及待地希望把法国计划告诉坎贝尔夫妇。这种事情只有在告诉别人之后才会变得真实。

“不过听我说，爱波，”他把衬衣掖进裤子里。“我们把消息告诉吉文斯太太的时候，没必要跟她说我们打算在欧洲**做**什么，对吧？我在她眼中已经够不可理喻的了。”

“当然不用告诉她。”爱波很惊讶有什么理由要告诉吉文斯太太卖房子以外的事情。“这关她什么事啊，而且我们也不必告诉坎贝尔夫妇。”

“不不不，”弗兰克连忙说，“我们应该告诉他们。”接着他险些脱口而出“我们是**朋友**嘛”，但及时把话收了回来。“我的意思是，**你**知道的，我们当然没有通知他们的义务，但说说也没什么吧？”

第二章

谢普·西尔斯·坎贝尔非常喜欢擦皮鞋。这个嗜好是他在军队服役时养成的。他是一个著名空降师的退役老兵，参加过三次战役。离开军队后，他只好把习惯转移到现在常穿的便装皮鞋上。尽管擦拭这种便鞋能带来的满足感远不及擦军靴，但是呛鼻的味道和充满活力的劳作总能让他联想起过去的军旅团队生活。擦皮鞋的时候他会哼起旧时大乐队的摇摆乐，模仿铜管乐器的声音——布达达叭，叭，叭——用嘶哑的嗓子唱着歌，间或眯眯眼外加骂骂咧咧，还时不时停下来，拿起脚边的啤酒瓶往嘴里灌上一口。他还会伸展一下腰背部的肌肉，伸手去挠一挠T恤衫已经发黄的腋窝部分，然后非常惬意地打一个嗝。

“弗兰克他们什么时候到啊，宝贝儿？”他问。他的妻子正在梳妆台边照着镜子。

“八点半到，亲爱的。”

“我的天啊，”他说，“如果我还想洗个澡的话，就得快点弄完了。”他眯着眼，把脚趾塞进右边的鞋子测试亮度够不够，然后弯下腰来，对着左边的那只挥动擦布。

此刻谢普·坎贝尔脸上这种朴素农民似的木讷表情，已经很少见了。他只把这种表情留给擦皮鞋和换轮胎。这种表情是某种力量硕果仅存的一种表现，而这种力量曾经完全占据他的内心。这么些年里，从男孩到男人，他一直希望成为迟钝和粗野的人，以便应对那些在现实里或在想象中嘲弄他的阴险男性。他的童年备受困扰，他试图抹掉长久以来生命中最令他羞愧的事实：他住在萨顿普莱斯附近的祖传褐石顶层公寓里，家里给他请了家庭教师来单独授课。只有在英国或法国保姆的微笑准许下，他才能和其他孩子一起玩。到他十一岁的时候，他那离了婚的富裕母亲还坚持让他在每个周日穿从波道夫·古德曼那儿买来的“可爱的”苏格兰呢绒格子裙。

“她简直就是想把我摆弄成一个该死的**娘娘腔**！”即使到了现在，他还会向为数不多能提起他母亲的朋友抱怨。但是在他更冷静、理智的时候，他发现自己早已经原谅了她。没有人的父母亲是完美的，而且不管她原本想让他以怎样的轨迹成长，她从来也没有这样的机会。从青少年初期开始，当他小孩子的体格渐渐长成魁梧身躯的时候，他就从她的掌握中永远地逃脱了出来。在那些成长的日子里，只要他母亲认为是“有教养”或者是“高尚”的东西，他都会从心底里憎恨；而那些母亲认为“粗俗下流”的东西却成为他内心的渴求。后来进入那所小小的昂贵的预科学校后，他更愿意做学生当中那种穿着邋遢、喜欢制造麻烦的坏小子，周围的人会害怕他，崇拜他，甚至误以为他家境较差而隐隐地同情他。后来因为行为不检点，他在高年级的时候被开除了，他选择直接进入曼哈顿一所高中，让他的母亲担心到了极点。那时候他还时时跟警察发生小冲突，直到十八岁生日来临时他大嚷大叫地加入了伞兵部队。他希望能证明自己的勇气，并且希望在士兵的阳刚世界里，他能获得这样的承认：他确实是一个地地道道的硬朗男人。

他的目的果然都实现了，而战争让他更确定无疑地走向自己为自己选好的方向。战争结束之后，他完全不顾母亲的泪水和哀求，拒绝了去普林斯顿大学或威廉姆斯学院这类好学校的安排，一个人悄悄地考进了中西部一所三流的理工大学。他常常很得意地向朋友解释："政府出的钱。"就像让家里供养他上好大学让他显得懦弱无能。在那里，他或是穿着皮夹克在课堂上打瞌睡，或是流连那些肮脏的小酒吧，跟大学里其他的"硬汉"聚集在一起，在啤酒的助兴之下嘲讽通识教育。他选择了毫无疑问具有男性气概的学科——机械工程，这也无疑是中产阶级的行当。在那里他还找到了现在的妻子，她是学校财务办公室的职员，体形娇小，温润柔和，对他充满了崇拜之情。他做了孩子的父亲，直到好几年之后生活才发生了较大的改变。

之后发生的事情——据他自己说"差点疯掉了"——是某天早上醒来之后，他发现自己被一家水力机械工厂雇用，生活在距离亚利桑那州菲尼克斯一百英里远的沙漠地区当中，房子是四百幢一模一样的建筑物当中的一所。那是一个被烈日炙烤着的小盒子，四周的墙上挂着从便宜商店买来的画，裱了框，画上是群山之景，而屋子里的书架上也几乎空无一物，除了五本发黄的工程手册。这个小盒子每晚都闹哄哄的，不是被电视的声响轰炸，就是被前来玩牌的邻居所惊扰。

谢普·西尔斯·坎贝尔必须承认，他在这群人中间感到了寂寞凄凉。这些年轻的男人有着迟钝的、过早地显示出成熟安稳的脸，那些女孩会因为那些低俗的厕所笑话而爆发出巨大的笑声（“嘿，哈里，给咱们讲讲那个闯进女厕所的家伙！”），或者当她们的丈夫在热烈地讨论着汽车时，她们会充满敬意抿着嘴安静地听（“那么，你买雪佛兰吧；在我看来，任何一款你都能拥有，这毋庸置疑”）。在他们当中，谢普迅速开始觉得自己是个伪装者，是个白痴。突然间他似乎发现，让自己成为另一种人虽然刺激，但他也把自己带到一种他根本不想要也无法忍受的生活道路上。为了反抗母亲，他永久背弃了自己的本性。

他的脑海中开始不断出现另外一个世界的影像，那是一个本可以属于他，也应该属于他的世界。那是一个充满了智慧和理性的世界，而他此刻把这个世界和“东部”这个概念永久地混合成一体。这个时候他开始相信，如果是在东部，一个男人进入大学不是为了职业培训，而是追寻智慧和美。而且在那里，任何一个年满十二岁的人都知道，“智慧”和“美”一点都不娘娘腔。在东部，他可以穿上粗呢或是法兰绒质地的衣服，一个小时接一个小时地在老榆树或钟楼下散步，跟朋友聊天。当然，他的这些朋友可能都是他们这一代人的精英。东部的女孩们惊人地苗条又优雅，走路的姿态落落大方，带着贝宁顿学院或曼荷莲女子学院的气质，说话的声音轻柔沉稳，充满了智慧，而且绝不会嘻嘻傻笑。在寒冷的冬夜你可以邀请她们出来到比尔特摩喝点鸡尾酒，带她们到剧院去，然后在白兰地暖洋洋的作用下，她们会跟你到一家冰雪围绕的新英格兰风格旅店，开开心心地和你滑进鸭绒被褥里。在东部，男人大学毕业之后不急着去工作，他们会在摆满了书的单身公寓里过上几年，偶尔去欧洲旅行几次，最后他们所投入的事业肯定经过了漫长的深思熟虑，正如最后结婚的时候，他们选择的对象也是诸多漫长复杂的情缘里最好的一个。

沉迷于这样的幻想当中，谢普·坎贝尔很快就在水力机械厂里落下个不好的名声，大家都把他看成自命不凡的讨厌鬼。他也让米莉很不安。当他沉浸在古典音乐和文学季刊里而变得情绪无常、抑郁难当时，甚至吓坏了她。他在米莉面前少言寡语，偶尔说的几句话，也不再是从前那种混杂着纽约街头少年和印第安纳农夫风格的独特腔调——米莉一直认为这种混合腔调很可爱——而是带着不耐烦的急促语气，听上去惊人地像是英式口音。后来有一个周日晚上，他先是喝得酩酊大醉，然后开始厉声骂孩子。米莉哭着把孩子搂在胸前，他就大骂米莉“无知的傻子”，并挥拳击打墙壁，折断了自己的三根手指。

一个星期后，依然苍白和惊惧的米莉帮着把衣物、铺盖和厨房用品放到车上，然后他们就踏上了风尘仆仆的东部朝圣之旅。抵达纽约之后的半年，当谢普还在犹疑着要不要做一个工程师时，他心里很清楚，这是米莉一生中最难熬的日子。他们第一个不爽的意外发现是，母亲留下来的钱已经所剩不多。(这些钱本来就没多少，现在只够她安身在一个公寓酒店里，成为一个终日与猫为伴的满腹牢骚又装腔作势的老太太。）在这里他们遇到数不清的挫折，对他们来说纽约巨大、肮脏、嘈杂，并且残酷。米莉用最后一点积蓄租下带家具的公寓买来便宜食物，从来不知道丈夫会在哪里，也不知道他回家的时候会是怎样的情绪。当他喋喋不休地谈着音乐和哲学的研究生课程时，她不知道该说些什么。当他在华盛顿广场干枯的喷泉里流连了好几个小时，脸上留着四天没剃的胡子时，她不止一次打开电话黄页查找精神科医生的联系电话。但是最后，他终于在斯坦福联合精密仪器公司找了一份体面的工作，他们搬进了租来的独栋房屋，后来又搬到革命山庄，米莉的生活才重新走上正常的轨道。

对于谢普而言，这过去的几年也是他心里相对安稳的时期。或者至少在这个春天的美好夜晚，夜色逐渐凝聚，他的生活是平静安宁的。他满足地享用了烤羊肉和啤酒，正期待着跟惠勒夫妇愉快的长谈。能有这样的生活已经很不容易了，情况完全可以比现在糟很多。当然斯坦福的工作、革命山庄和桂冠剧团，跟他在亚利桑那州对东部的幻想有一段距离，但谁在乎呢。别的不说，至少这些年来的安定已经可以让他对自己过去的选择一点也不后悔。

有什么可后悔的呢？即便是年轻时那个焦虑的坏小子阶段，也给他带来了很多好处。比如他在军队服役时就曾经获得了一枚银星勋章和战地指挥官的职位，那时候他才二十一岁。这些东西可是货真价实的，而且同龄人没几个能有同样的成就。“战地指挥官”——每当他脑子里浮起这些字眼，一丝暖暖的自豪感就会攀爬在喉咙和胸口，哪个心理医生都无法从他心里拔除掉这些经历。而且他也没有再因为自己在文化上落后于同一代人而饱受折磨。他曾经嫉妒弗兰克，因为弗兰克拥有所有他渴望的经历：上的是东部大学，接受的是博雅教育，后来在格林尼治村晃荡了几年，过着不受约束的单身生活。可是现在他可以肯定自己与弗兰克·惠勒是平起平坐的，谁也没比谁更好。所以有什么可苦恼的呢，他又何必为自己上的是州立理工大学而耿耿于怀呢？

而且，如果他没有去这所理工大学，他就不会遇上米莉。无需心理医生提醒，他就能确定，要是再为娶了米莉而感到后悔，那就是真的有病。没错他们两人的背景差别很大，他已经忘记当初为什么会娶她，而且他们拥有的并不是世界上最浪漫的婚姻，但米莉就是为他度身定做的女孩。有两件事让他持续地沉浸在这个浪漫化的幻梦里：她在亚利桑那和纽约的艰难时期不离不弃——他发誓自己不会忘记她的这个好——以及另外一件事，她很好地适应和融入了他现在的新生活。

米莉为了他是怎样努力地去改造自己啊！要知道她的父亲是一个半文盲的房屋油漆工，她的兄弟姐妹说话粗俗。对她来说这一切改变都很不容易。谢普想得越多，就越觉得她的穿着和谈吐能跟爱波几乎一样得体，实在太了不起了。她愿意生活在这个其貌不扬的郊区房子里，而且知道把工作和孩子的问题归咎于这个该死的房子。（“如果可以选择的话，我们当然会生活在市区里，或者干脆再住远一点，到真正的郊区去……”）她可以把所有的房间收拾得很精雅、简洁，并且营造一种知识分子式的素洁内敛，让爱波看到以后都赞叹：很有吸引力。哦，差不多所有房间。当谢普心满意足地把擦鞋布卷起来时，他承认并不是每一个房间都那么好。至少这个房间，这个卧室，就不那么成熟别致了。这里的墙壁很窄小，墙纸是粉红和深紫的大花卉图案，墙面上有凸出来的支架，摆放着一列列的小巧易碎、晶莹发亮的玻璃制品。窗户没怎么起到窗户的功能，倒更像是为了挂放厚重的印花窗帘而存在。床上和梳妆台上铺的是跟窗帘配套的床单和桌布，皱皱的边缘笨重地垂到地毯上。这像是一个小女孩会梦想跟她的洋娃娃单独住在一起的房间，她会在后院某个阴凉的隐蔽角落里搭建这样的房间，上瘾似的用遗弃的水果箱和破布条来装点它；她会一再地打扫光秃秃的地面直到它像面包皮那样光滑，地面要是再不平整了就接着打扫。这个小姑娘步伐迅速，口中喃喃自语，手总是湿漉漉的，每次给纱布弄上点什么装饰，或者把一个脏兮兮的蝴蝶结打好（“好啦……好啦……”），她的脸都要激动地颤抖一下。她劳动时迅疾的受惊眼神，很像现在那个正坐在镜子前面追踪着日益袭来的中年痕迹的妇女。

“亲爱的。”她说。

“什么事？”

她慢慢从梳妆凳上转过身来，脸上流露出苦恼的神色。“呃，我也不知道自己是怎么了，我说了你可能会笑，但我还是说吧。你不觉得弗兰克他们有点……傲慢或什么的？”

“哦，别傻了。”他有意把声音调得低沉而富有理智。“你怎么会往那个方面去想啊？”

“我不知道，但我就是有这种感觉。我知道她为那次演出的事情很不高兴，不过那不是**我们的**错吧，亲爱的，你说呢？我们最后在他们家那次，当时感觉一切都有点……我不知道该怎么说。你记得有一次我跟你描述你母亲看着我时的眼神么？那天爱波就是那样看着我。现在她竟然又忘记了我们的邀请。我不知道。这确实太可笑了。”

他把鞋油罐的盖子拧紧，然后把它跟卷好的擦鞋布和鞋刷一起收起来。“亲爱的，”他说，“这一切都是你想象出来的。你会毁掉今晚的好心情的。”

“我就知道你会这么说。”她站起来，茫然而可怜兮兮地看着自己粉红色的衬裙。

“我只是告诉你真实的情况。来吧，放松点，好好地度过一个愉快的夜晚。”他走过去轻轻地拥抱她一下。但是他弯身靠近她肩膀时，他脸上的笑容在她耳畔扭曲成一个焦虑不安的表情，因为他在她身上闻到了一股淡淡的酸臭的味道。

“好吧，我想你说得对，”她说，“对不起。你快去冲一个澡吧，快点。我到厨房去准备一下。”

“不用那么着急，”他说，“他们总会稍晚一点的，你干吗不去洗一个澡呢，如果你想的话？”

“不用了，我差不多准备好了，一会儿穿上裙子就可以了。”

在浴室里，谢普一边涂抹肥皂搓揉身体，一边不停地想，是什么让米莉的身上有时会有那么难闻的味道。他知道肯定不是因为她洗澡不够勤，昨天晚上她才刚刚洗过一次，他记得很清楚；

这味道也应该跟她的月经周期没有关系，谢普记得她上一次月经已经过去了一段时间。这好像是精神紧张带来的生理反应，就像皮炎湿疹或坏肚子那样。谢普猜想她觉得紧张的时候体液分泌就更加旺盛。

当他在雾气腾腾中围起毛巾时，他又断定这不是寻常的汗味。女人的汗味，天知道为什么会引起男人的兴奋。他突然回忆起去年夏天，他在维托木屋酒吧拥挤的舞池里搂着半醉的爱波，她的裙子被汗水浸透而粘在背上，她的太阳穴黏糊糊地滑落到他的脸颊。他们在雨点般的军鼓声和萨克斯风的鸣叫中晃动着，哦，她在流汗。那种味道强烈干净得像柠檬。她的体味，还有她整个身躯优雅的起伏，让他……让他禁不住想要……天啊。这件事情发生已经差不多一年了，但是每次回想起来，还是让他系着衬衫纽扣的手指微微发抖。

房子里安静得不太自然。他拿着空啤酒罐走到楼下，想去看看米莉准备得怎么样了，当他穿过客厅时他忽然意识到自己已经有了四个儿子。

他险些绊倒在他们身上。四岁、五岁、七岁、八岁的四个孩子齐刷刷地趴在地上，身上穿的是同一款蓝色针织睡衣。几个小家伙都用手肘把头撑了起来，目不转睛地盯着面前闪烁着的蓝色电视屏幕。他们都有金色的脸颊，鼻子短平微翘，从侧面看四个人惊人地相似，长得很像米莉。他们的下巴有节奏地嚼着泡泡糖，粉色的包装纸被他们随手扔在身旁的地毯上。

“嘿，孩子们。”谢普说，但没有一个人抬起头来。他小心地从他们身边绕过，然后朝厨房走去，皱着眉。其他男人看到自己的孩子时也会如此不快？这不只是因为他们突然出现在他的视野里让他吃了一惊——这是经常有的事。事实上，更常有的是，他会发现孩子忽然出现在眼前，然后呆了一下，想：这四个家伙到底是谁？一两秒之后，他才能够回过神来，意识到他们是他的儿子。他妈的，如果有人问这些时候他心里有什么**感觉**，他本可以很诚实地回答，带着一丝突然袭来的深藏着的愉悦：那感觉就像每天夜里去查看他们是不是睡着了，或者看他们在草坪上飞奔追逐着他高抛出的棒球一样。但是这次他的感觉有所不同。他必须承认今天他确实感到了一丝厌恶。

他走进厨房的时候，米莉正把肉酱涂抹在饼干上面，一边吮吸着手指。

“亲爱的，我过去一下，”他从她身边挤过。“我拿点东西就走。”

他从冰箱里取出一瓶冰凉的啤酒，走到了后院的草地上，然后默默啜饮。从这里往下眺望，穿过重重阴暗的树顶，他就可以看到惠勒家屋顶的轮廓。再往下看，在房子的右下侧，电话缆线之下是十二号公路上永不停歇的嘈杂车流。开车的人们刚刚把车灯亮了起来。他久久地远望光影流动的高速公路，心里还在思考着刚才那个问题。

如果那个瞬间他感受到的不是厌恶，那么它到底是什么呢？难道是过于挑剔和势利眼吗？或许是觉得他们紧盯着电视屏幕和咀嚼着泡泡糖的动作让他们显得蠢笨无知，以及，太过中产阶级？这是什么废话啊？难道他更想要看他们坐在他妈的迷你茶桌边，穿着苏格兰短裙？不，他的厌恶肯定别有缘由。另外一种可能是，他们的出现打断了之前他对爱波的幻想。事实上他确确实实对她有幻想，各种各样的幻想！直接承认有这样的想法不比逃避要更健康一些吗？他们的出现打断了他对爱波的幻想并让他感到一点点惊讶，就是这么回事。现在既然已经面对它了，他允许自己的目光离开十二号公路，转而专心地看她家的房顶。冬天树叶掉光之后，从这里可以看到房子的大部分和部分草地，晚上还能看到卧室里的灯光。谢普开始遐想爱波这时候正在干什么。在梳理她的秀发？还是在穿丝袜？他希望她会穿那件深蓝色的连衣裙。

“我爱你，爱波！”他轻轻地说，像是在体验这么说会有怎样的感觉。“我爱你。我爱你。”

“亲爱的，”米莉在叫他。“你在外面干什么呢？”她站在明亮的厨房门口眯着眼往迷蒙的夜色里看，身后站着微笑着的惠勒夫妇。

“噢！”他越过草坪往回走。“你们好！没注意你们的车子开上来了。”说完之后，他才觉得这句话很愚蠢。他停下来想把最后一口啤酒喝光，仰着脖子的时候他才发现原来最后一口几分钟之前就已经喝掉了，连空瓶子都被他握得温热起来。

这个夜晚从一开始就感觉有点别扭。事实上在第一个小时里谢普不敢跟米莉的目光交会，他担心自己的表情会让她确信自己的担忧是有道理的。他不得不承认，现在发生的一切不太正常。

惠勒夫妇根本就不在状态，他们没有放松下来，更别提到处走动了。他们甚至没有去厨房拿饮料。两个人就那么礼貌地端坐在沙发上，一个靠着一个，恐怕只有一声枪响才能把他们分开。

爱波确实穿着她那条深蓝色的连衣裙，她不可能比现在更迷人了。但是她的目光有一种奇怪的距离感，就像她是一个和善而拘谨的旁观者，根本不像来访的客人，更别提朋友了。不管你跟她说什么，她的回答要么是“对”，要么就是“哦，真的啊”。

弗兰克也一样，而且要冷漠十倍。他不光是不开口说话（不说话对于弗兰克来说已经是很不正常的表现了），甚至还毫不掩饰自己完全没有在听米莉所说的任何东西；他的言行举止活脱脱就是个让人厌恶的自大狂。他的双眼不停地东张西望，打量着每一件家具和每一张照片，就好像他从没来过这种可笑的典型的郊区房子的客厅；就好像，我的上帝，他在过去的两年内没有把烟灰和啤酒沫洒遍这里的任何一个角落，去年夏天他在这里抽烟时没有把这张沙发烧出一个洞，并且还醉倒在这张地毯上，打起了呼噜。有一次米莉说话的时候，弗兰克身体微微前倾，眼神越过她眯眼盯着某样东西，就像从栅栏间隙窥探漆黑的老鼠笼。谢普过了一小会儿才弄明白，原来他看的是对面书架上的藏书。最糟糕的是，谢普尽管不高兴，却不得不抑制住自己的冲动，以免自己快活地跳起来道歉：“我知道这里没几本像样的书，我不希望你就这样判断我们的读书品位。这些烂书是多年堆积下来的，我们真正的好书其实……”相反地，他紧紧地闭着嘴，把四个人喝空了的杯子拿到厨房去。苍天呀！

谢普给惠勒夫妇都多倒了一倍的酒，希望气氛会好转。给米莉的酒则只有刚才一半的量，因为他很清楚如果她还是那样喝的话，用不了一个小时就会不省人事。

最后弗兰克和爱波终于放松了下来。当他们终于说话时，谢普又不肯定自已说不准更喜欢刚才的那种状态。

是这样开始的：弗兰克清清喉咙说："其实我们有个很重要的消息要宣布，我们打算……"说到这里他停了下来，脸红了，转向爱波，"还是你说吧。"

爱波朝丈夫一笑，那副神态既不像旁观者，也不像客人或朋友，让谢普嫉妒到了极点。她转向她的听众："我们打算到欧洲去生活，"她说，"去巴黎，永远待在那里。"

啊？什么时候？怎么去？为什么要去？坎贝尔夫妇两张嘴像机关枪似的凶猛喷射出一连串的问题。惠勒夫妇则笑吟吟地一一作答。一时间屋子里每个人都说起话来。

"……嗯，大约一两个星期以前吧，"爱波说，因为米莉坚持要知道，他们什么时候开始筹备的。"具体的时间我们都不记得了。我们是突然决定要离开的，就是这样。"

"那好吧，但我想知道是怎么回事？"谢普已经是第二或第三遍重复他的问题了。"我是说，你在那边找了份工作，还是怎么样？"

"呃，不，不完全是那样。"这时候弗兰克和爱波互相看了一眼，所有的谈话停止了。这种私密的对视令人恼怒，谢普心里想，好吧，管你们说不说，谁他妈关心你们这事啊！

然后谈话再度开始。惠勒夫妇探身向前，互相打岔，并且捏着对方的手，就像一对小孩。他们说出了前因后果。就像每次碰到坏消息一条条袭来时一样，谢普使用了一贯的应对方法：随遇而安。他让每个坏消息无知无觉地滑进脑子某个角落里隐藏起来，不让它们引起不快或心痛。他强迫自己去想：好吧好吧，这事我以后再去想。这样他总能在头脑里留出一点清醒的空间来应对局面。这样，他就能维持适当的表情来说适当的话。他甚至能够愉快地想，派对的气氛终于活跃起来，至少现在有话可说了。而且他很惊讶也很自豪米莉能从容地应对这个场面。

“天哪，这确实是个很激动人心的决定，”等到惠勒夫妇解释完整件事后，她说。“我说真的，这是个美好的决定。尽管我们肯定会很想念你们的。你说呢，甜心？”她的眼睛里闪动着泪光。“天啊！我们肯定会非常非常想念你们的。”

谢普点头表示认同，弗兰克和爱波适时地摆出了优雅、礼貌而感伤的姿态，他们说，他们当然也会想念坎贝尔他们的。非常非常想念。

稍晚一些，当一切结束，惠勒夫妇告别之后，屋子变得非常安静。谢普小心翼翼地容许一点伤痛感溜进心里，一点点的伤痛，刚好足以提醒他，目前第一要务就是安抚好妻子。他必须把更多的难过克制下来。

“宝贝儿，你知道我心里怎么想的？”他走近正在厨房水槽边刷洗杯子和烟灰缸的米莉。“我觉得他们的整个计划是个相当不成熟的决定。”他发现她的肩膀感激地松弛了下来。

“是啊，我也这么想。刚才我没跟他们说，但我心里想的跟你说的一模一样。‘不成熟’正是最贴切的字眼。他们俩有没有谁为孩子打算过啊？”

“不错，”谢普说，“这是一个问题。另外一个问题是：怎么能是爱波出去挣钱养家？这算什么事儿啊？我是说什么样的男人才有脸去接受一个这样的安排啊？”

“是啊，你说得太对了。我也是这么想的。我其实很不愿意这么去说，因为我真的很喜欢他们，而且他们一直都是我们最好的朋友。但你说得一点不错，他们这种做法太荒谬了，刚才我一直都这么想。”

后来两人一起躺在楼上卧室的黑暗中时，他对她却再也不起作用了。他可以感觉到她躺在那里挣扎在无法入睡的焦躁中；他可以听见她呼吸里带着轻轻的摩擦声，以及每次吸气时身体明显的颤抖。他知道如果此刻伸手去触碰她，如果他转过身去让她知道自己也没有睡着，她肯定会扑到他的怀里啜泣，把所有的情绪倾泻出来，从她的体内转移到他的脖颈上，而他只能不断轻抚她的后背，并且轻柔地低语：“怎么了啊，宝贝儿？怎么了，告诉我你怎么了？”

而他不能这样做。他不能走上这一步。他不希望她的眼泪浸湿他的睡衣，也不想要她温热的脊背在他的手掌下颤抖。今天晚上不行，现在不行。他不在安抚别人的状态。

巴黎！这个字眼的发音就能击中他最柔情的神经。他被带回到从前的美好时光，当时世界那么轻盈那么干净，就像那只骄傲的隐形的鸟儿，它的利爪常常抓在他短夹克肩膀的中尉肩章上。哦，他记得巴黎的街道，那些树，还有每个夜晚都可以享受到的征服感（"你想要高个子的那个，坎贝尔？好吧，她就归你了，我就要这个矮一点的。嘿，小姐，嘿……"），那里的每个清晨，每个一去不复返的有湛蓝天空、金色阳光的清晨，加上热腾腾的咖啡，刚出炉的面包卷，还有这样的生活会永远持续着的承诺。

好吧好吧，或许这只是孩子留恋的玩意儿，士兵留恋的玩意儿，战地指挥官留恋的玩意儿。好吧。

可是上帝啊，如果是跟爱波一起生活在巴黎呢？如果是跟她十指紧扣徜徉在巴黎的长街呢？如果是跟她一起爬上某一幢灰色老建筑的石头台阶呢？如果是和她一起晃进高高的铺着红地砖的蓝房子呢？如果在那里听到她沙哑动人的笑声和轻声细语呢（**"你不希望得到我的爱吗？"**）？如果能拥有那个柠檬味肌肤的她，那个永远那么素洁的她，当他们俩……哦上帝！

噢，上帝啊！如果可以跟爱波在一起。

第三章

自一九三六年霍华德·吉文斯和太太从城里搬出来之后，他们再也没有搬回去，并且每隔两到三年就会换一次住所。他们总是解释说，这是因为吉文斯太太在买卖房子方面很有手段。她可以看上一处条件不太好的房子，搬进去，然后精心照料提高它的价值，最后以高价出售，挣到的利润会投资到下一栋房子里。他们最先到韦斯切斯特，然后慢慢向北移居到普南郡，后来再到康涅狄格州，前后共买卖了六栋房子。但是他们对现在居住的第七栋房子的感觉却很不一样。在这里住了差不多六年之后，他们不确定以后还会不会搬走。就像吉文斯太太常常说的，她已经爱上了这个地方。

在革命山庄，这是为数不多在新开发区之前就建好的、仍具有传统地方风格的房子之一。房子依傍着两棵大榆树，这一带的树已经不多了，吉文斯太太喜欢把它想象成一个最后的阵地来对抗四周的粗俗。在工作日里，她不得不深入“敌营”，笑吟吟地站在那些难看的小农庄或错层房子的厨房门口，跟那些极端粗鲁的人打交道，还要慎防他们的孩子骑着三轮小车撞向她的小腿，或者把果汁洒到她的裙子上。她可能不得不忍受路上的废气，以及十二号公路冷清的超市、比萨店及冷饮店所带来的荒凉感。不过正因为这些东西，她更能感受到回家的喜悦。她最喜欢路程最后几百码的荫蔽小道，因为这意味着她马上就要到家了。她喜欢轮胎摩擦碎石子的脆响，喜欢在整洁的车库里熄灭引擎，然后疲惫而勇敢地经过香味浓郁的花床，走向那扇带着浓厚殖民地气息的大门。进门首先可以闻到雪松木地板和地蜡的干净味道，古老却迷人的伞架上方悬挂着的柯里尔和艾夫斯版画，马上就能让她心里充斥着一种柔软的浪漫化的情怀——“家”的感觉。

刚刚过去的这一天尤其难熬。本来对房地产行业来说，星期六就是最忙碌的一天。这一天下午，比繁杂的工作更麻烦的是，她还得自己驾车到格林纳克斯——当然不是去看望她的儿子，只有丈夫陪着的时候她才会这样做——而是跟他的主治医生会面。这件事总让她感到肮脏。心理医生不该是那种理智、声音沉稳、看上去很可靠的人吗？但如果你见到的这个人只能让你感到肮脏，你会怎么想呢？他是一个眼睛通红的、喜欢咬指甲的小个子男人，戴着用透明胶粘合起来的眼镜，胸前别了一个连锁超市买来的领夹，以便让领带服帖地固定在白底白花的衬衣上。他用大拇指沾了口水，在一叠厚厚的黄褐色文件夹中翻找了好久，才弄清楚她所说的病人是谁，“哦，对了，我知道了。那么，你有什么问题吗？”

现在，无论出于哪个圣人对疲惫行者的护佑，她终于回家了。“亲爱的！”刚进玄关她就跟丈夫打招呼，因为非常肯定他就在客厅里看报纸。她没有停下来聊天，而是直接走进了厨房。清洁女工已经把茶具都摆好了。那只冒着热气的茶壶看起来多么舒服，多么让人高兴啊！厨房有着高高的窗子，既宽敞又整洁。这里让她感到非常平和，只有当她还是个小女孩的时候，在父亲位于费城的美丽厨房里跟女仆们闲聊，她才有过这样的感觉。奇妙的是，她常常在想，以前她拥有的厨房无论多精致，从来不曾给她这种安全感。

哦，当然，人是会改变的。有时候她告诉自己：对这栋房子的留恋只是因为我老了，疲倦了。但在她内心却偷偷地滋长另一个想法：她相信，有能力去爱这栋房子，是这些年来她本性中少数几个深刻的、积极的变化之一。这些正面的变化让她用一个全新的角度来看待过去。

"因为我喜爱。"许多年前丈夫气急败坏地问她为什么不肯放弃城里的工作时，她这么说。

"这份工作肯定不怎么有意思，"他会说，"而且我们也不缺钱，所以那到底是为什么呢？"她的回答永远只有一个：我喜爱。

"你喜爱霍斯特·鲍尔轴承公司？你喜爱当速记员？怎么会有人喜爱这样的东西？"

"碰巧我就是这么一个人。而且你很清楚如果还想雇用一位全职用人的话，我们需要更多的钱。你也知道，我并不是什么速记员，"事实上她是一名行政助理。"霍华德，说真的，我们讨论这个没有意义。"

她无法解释，甚至无法理解的是，她喜爱的不是这份工作——对她来说什么工作都一样——也不是这份工作能带来的独立自主。（虽然这对于一个在离婚的悬崖边上摇摆不定的女人很重要。）她内心深处所喜爱并需要的，其实是工作本身。“努力工作，”她的父亲常常说，“是治疗伤痛最好的药物，对男人或女人来说都是如此。”她对此一直深信不疑。她喜爱办公室里的拥挤、紧迫、喧嚣和目光注视，推车送过来的简便午餐，处理文件和办公电话的清脆利落，加班工作时的精疲力竭，以及晚上回到家把鞋子甩到地板上的轻松感。这个时候她已经被榨干得只剩下一点力气服下两片阿司匹林，泡个热水澡，吃一点晚餐然后上床睡觉，多么纯粹。这就是她爱的实质；就是这些东西帮助她对抗着婚姻和为人父母的压力。正如她自己时常说的，如果没有这些，她肯定早就精神失常了。

后来她真的放弃了这份工作，搬到郊区并且做起了房地产经纪人。这是一个艰难的过渡。房地产行业的工作量太少，那个时代根本没几个人买卖房子，而且，用于学习分期付款法规和建筑规章制度的时间也很有限。她一整天无所事事，只好不断地整理玫瑰木桌上的文件，一面等着电话响起来。在空闲中焦虑不断积压，以至于她差点要大声尖叫，直到她发现心里的骚动是可以宣泄出来的：通过着手改造周围的东西。她用自己的双手扒开墙纸和刮下石灰，让里面的橡木板重新露了出来。她给楼梯安上新的扶手，卸下普通的窗框代之以精美的殖民地风情小格窗框。她画出楼台和车库的设计蓝图，然后监督整个建造过程。她整理并栽培出上百平方英尺的新草坪。三年的时间内，她拾掇后的房子市值已经增加了五千美元，她说服丈夫把它卖出去买下另外一栋，然后继续她维修改造的工程。第三栋，第四栋，一栋栋房子做下来，她的房地产生意也同时蒸蒸日上，在其中最忙碌的一年，她甚至每天工作十八个小时：十个小时做生意，八个小时维修房子。“因为我**喜爱**，”她一再强调，夜深了她依然不知疲倦地切削、捶打、抛光和修理，“我就**爱**干这样的活，难道你不喜欢吗？”

这样会很傻吗？当她摆弄着托盘上的茶具，心底一片平静安详时，这个念头忽然冒了出来。她妥协似的叹了口气，发现这些年来自己做的一切多么傻，多么错误、愚蠢。哦，现在她是变了，这一点毋庸置疑。人是会改变的，只是有的改变会像花儿绽放一样灿烂，有的则会像花儿凋谢一样凄凉。对她来说，现在的这种改变就像是花的最后一次绽放，一种延迟了好多年的女性特质的复苏。

她对这栋房子依恋的增长以及对工作热情的减退，只是这种变化里最小最浅薄的两个症状。里面还有一些更深刻的东西，生理上的东西，既困惑而又带来一种奇异的愉悦感。有时候厨房收音机播出贝多芬交响曲，她就会感到既疼痛又喜悦，这曲子会把她触动得掉眼泪；有时候她跟丈夫聊天时，她会感到一种痒痒的念头——好吧，就说是一种痒痒的欲念。她想要用双臂搂着他，把他那亲爱的衰老的脑袋紧紧贴在自己的胸口。

“我想我们今天喝点茶就好了，”她一边说话一边端着盘子走进客厅。“我希望你不要介意。关键是如果我们现在吃饱了，晚餐可能就吃不下去了。今天我们会很早就吃晚饭，因为你知道我八点要赶到惠勒家去。恐怕这个时间安排确实有点尴尬。”她把茶盘轻轻放在一张古董咖啡桌上。从桌面上胶水粘过的裂痕，就可以想象在警察上门的那个可怕夜晚，他们的儿子约翰怎样把这张桌子扔向房间的另一端。

“能像这样坐下来休息真是太好了，”吉文斯太太说，“忙碌了一天之后，还有什么事能比这样坐着更舒服呢。”

一直到她按照丈夫喜欢的方式，在茶里添上三块方塘，并递到他面前时，她才抬头确认丈夫是不是坐在那里。而霍华德·吉文斯也是突然闻到了茶的味道，抬头看到了她，才发现她已经回到家了。整个下午他的助听器都没打开。妻子骤然出现在眼前，使他的脸看上去像个受惊的婴儿。他放下手里的《先驱论坛报》，一只微颤的手摸索着助听器的按钮，另外一只接过茶杯和托盘。手的抖动让杯子一阵摇晃。她没有注意到丈夫的脸色，自顾自地讲了下去。

霍华德·吉文斯看上去比六十七岁的真实年龄更苍老。他的整个成年期都消耗在世界第七大保险公司里，当个不起眼的小职员。退休以后，沉闷单调的办公室生涯在他身上留下了清晰的印迹，就像风和太阳会在一个老水手身上留下的一样。他柔软，苍白。面孔并没有因为衰老而褶皱密布或脸颊下垂，而是相反地膨胀了起来，像小孩一样光滑，头发也像小孩般轻柔如丝。他从来都不是个健壮的男人，现在肚子上硕大的赘肉更凸显了他的柔弱，他肚腩大得让他在坐着时双膝都合不起来了。他穿了一件很整洁的红格子衬衣、一条灰色的法兰绒长裤配灰色的袜子，以及一双高帮矫正黑皮鞋，鞋面已经老旧得到处都是褶皱，跟他光滑的脸孔形成对比。

“没有蛋糕了吗？”他清了清嗓子问。“我以为我们还有一点椰子蛋糕呢。”

“嗯，是的。不过亲爱的，我想我们今天就喝点茶好了，因为我们会早点吃晚饭……”她把刚才已经说过的要去见惠勒夫妇的事情重述了一遍，心里模模糊糊地想起好像已经说过同样的话。而他则点了点头，心里模模糊糊地理解着她在说些什么。她说话的时候心不在焉地看着最后一束绯红的阳光从丈夫的耳垂下穿透出来，让他的头皮屑看来像火的碎片；而她的思绪早就飞奔到晚上的约会中去了。

这是一次不寻常的会面。事实上，她经过深思熟虑才踏出这一步。几个星期前的一个黄昏，当她的焦虑又升腾起来时，她只好在后院的草坪上踱步来平静心绪，这时她脑海里出现一幅家庭欢聚的画面：这里面有爱波·惠勒，她坐在一张白铁椅子上，美丽的脸孔看向身边的霍华德·吉文斯，并且因为他睿智慈爱的话而动情地微笑。霍华德旁边是一张白铁桌子，上面放着冰块和鸡尾酒，而对面是弗兰克·惠勒和约翰。弗兰克站在那里，身体微微前倾，拿着一个酒杯跟约翰展开一场诚恳的交谈。已经进入良好康复阶段的约翰放松地坐在白铁躺椅上，微笑着，神态平静而礼貌地跟弗兰克谈些政治、书籍、棒球或任何年轻男人喜爱的话题，并在无关痛痒的枝节上提出一点不同的见解。最后约翰还会抬头跟她说：“妈妈，您不想参加我们的讨论吗？”

这幅画面一再重现在她脑海里，直到跟杂志插画一样真实。她还不断地对画面加以改进，她甚至把惠勒夫妇的孩子都放了进来。他们可以乖乖地在玫瑰花丛的阴影下面玩耍，穿着白色短裤和网球鞋，还会把抓到的萤火虫放进玻璃罐里。这幅画面越具体生动，她就越觉得这不是个虚幻的想象。能跟年纪相仿而且敏感、意气相投的人相处，对约翰肯定有莫大的好处。而对惠勒夫妇来说，也不存在牺牲的问题。他们不是曾经多次告诉过她，他们非常渴望交到志趣相投的朋友吗？而革命山庄上那对令人厌倦的夫妇（克兰达还是坎贝尔?）显然不能满足他们所期待的那种交流。而约翰，无论他成不成才，毕竟是个知识分子。

所以这对所有人都是件好事。她知道这一点，她确信这一点。不过她明白这一切不能操之过急。这件事从一开始就要慢慢去实行，一步接一步。

最近几次跟丈夫一起去探望约翰时，院方同意他们把约翰带出医院兜风，一小时后再送回来，作为试验。“我觉得现在带他回家的时机还不成熟。”一个月前他的主治医生一边说，一边在桌面的吸墨纸上一根接一根地按响自己的指节，指节沾着墨水，声音非常讨厌。“最好还是把他留在医院，考虑到家庭气氛对他的刺激和其他的因素，现在最好让他局限在短距离的外出。以后再看看情况怎样。下一步你们可以尝试带他去见一些相熟的朋友，尽量把他放在比较温和的环境，这样会比较合理。你们可以自己判断该采取哪个步骤。”

她已经跟霍华德商量过了，甚至开车带约翰出去的时候，还好几次委婉地跟他提起自己的计划。上周她考虑了各种因素并且分析了约翰的状态之后，最终判断采取下一步行动的时机已经成熟。她安排了今天跟医生的会面，其实就是要宣布自己的决定，同时向他征求一点小小的建议。她想知道，她应该向惠勒夫妇透露多少关于约翰的病情呢？不过她事先就应该料想到，这位医生给不了她任何帮助。他还是那么一句话：你们自己判断吧。现在吉文斯太太只能感谢他没有反对自己的决定。到目前为止进展顺利，就看惠勒夫妇的反应了。她本来希望把这次会面安排在自己家里，就在这张被烛光照亮的桌边，这样她会觉得更舒服更得体。不过现在已经无法实现了。

“我希望你们不会觉得我强人所难，”她一边清洗茶具一边小声演练着，“不过我还是想请你们帮我这个忙，这件事情跟我儿子约翰有关……”噢，她不用去考虑怎样措辞，到时候一开口她自然会想到合适的字眼。而她很有把握惠勒夫妇会理解她的。上帝保佑这两个年轻人，他们肯定会理解的。

之后她就忙着准备晚餐、伺候丈夫吃完晚餐、收拾餐具，再也没空想下去。而当她在厅里停留一会儿，补补口红，并跟丈夫说“亲爱的，晚上回来再见”时，她兴奋得像是个小女孩。

只是一走进惠勒夫妇的客厅，兴奋感就变成了恐慌。虽然他们走着笑着聊着，她却感觉自己像是一个入侵者。

她以为惠勒夫妇会像以前每次迎接客人那样，既紧张又混乱。两人会同时开口说话，在她周围团团转忙着收拾东西，同时抢着把一个尖锐的玩具从椅子上拿开以免吉文斯太太一屁股坐下去。但是今天大不一样，他们平静地接待了她。爱波不需要一再强调屋子没收拾好，因为屋子一点也不乱。弗兰克也不需要跟她说“我去给您弄点喝的”之后急急忙忙跑进厨房，把冰箱什么的磕碰得砰砰作响，因为饮料已经摆好在咖啡桌上。显然早在她到访之前，惠勒夫妇已经安静地在这里喝酒聊天了。对于她的到来他们表现出合乎礼仪的欢喜，但如果她没来的话，他们肯定会在自己的小天地里怡然自得的。

“哦，我只要一点点就可以了，谢谢，这就很好。”吉文斯太太听到自己说“哦，能这么坐下来真是太好了”，“天哪，你们家今天看上去很漂亮”和一些类似的寒暄。随后她说：“我希望你们不会觉得我强人所难，不过我还是想请你们帮我一个大忙，这件事情跟我儿子约翰有关。”

惠勒夫妇脸上的肌肉非常轻微地跳动了一下，轻微得连最精密的照相机也不可能捕捉到，但吉文斯太太感到被掴了一巴掌。他们知道了！她把这个计划方方面面的变故都细想到了，除了这个。是谁告诉他们的？他们到底知道多少？他们知道约翰把房子搅得天翻地覆，剪断了电话线，甚至招来了警察吗？

但话一出口，她已经不能回头了。她的声音在跟他们说，约翰的情况不太好。由于工作太操劳及其他一些原因，他的精神崩溃了。她一直为孩子在离家那么远的地方生病而心烦意乱，好在有一天他回来了。但是他回来后病情没好转，让他们夫妇俩很操心。他的医生认为他最好能找个地方好好养病，所以现在他暂时……

“呃，事实上，现在他暂时住在格林纳克斯疗养院。”除了声音是活的，吉文斯太太身体的其他部分全部麻痹了。

她的声音向他们保证，格林纳克斯疗养院比他们想象的还要好得多。从设施和人员配备来看，它比这个地区其他的私人疗养院都更优越。

她的声音继续说下去，越来越弱，直到最后说出了重点：某一个即将到来的周日——当然不是那么紧急，她是说未来的某个周日——惠勒夫妇愿不愿意……

“我们当然愿意，海伦，”爱波说，“我们很乐意跟他见面。你能想到我们，我们觉得很荣幸。”弗兰克一边给她续杯一边附和地说，他觉得约翰是个很有意思的人。

“那么下一个周日怎么样？”爱波说，“如果你们方便的话。”

“下周日？”吉文斯太太假装在盘算着。“嗯，让我想想看。我不是非常肯定——哦，好的，就这样定了吧。”她知道自己应该感到高兴，她已经达到她最想要的结果。但现在她只想离开这里，尽快回到自己的家。“不急的，如果下个周日你们不方便的话，我们可以再商量一个别的……”

“不用了，海伦。下周日没问题。”

“嗯，”她说，“那好吧，就这样说定了。哦，天哪，看看现在都几点了。我恐怕得——哦，你们有事情想问**我**，对吧？这次又是我一个人在说了，跟往常一样。”她喝了一口酒，感觉嘴巴干涩，像是肿了起来。

“嗯，其实，海伦……”弗兰克开始说，“我们有个非常重要的消息……”

半个小时以后，吉文斯太太已经在开车回家的路上。在整个路途当中她的眉毛高高扬起，久久都不能从震惊里平复下来。她已经等不及要告诉丈夫这个消息了。

她发现丈夫还是坐在扶手椅上，旁边是一座在战前拍卖会上她买来的无价古董钟。他仍在黄色灯光下阅读，只是《先驱论坛报》已经换成了《世界电讯与太阳报》。

“霍华德，”她说，“你知道那两个孩子告诉我什么了吗？”

“什么孩子啊，亲爱的？”

“惠勒夫妇。**你**知道吗，就是我去见的那两个人？住在革命路一座小房子里的年轻夫妇，我觉得约翰可能会喜欢的那两个人？”

“哦，我不认识。他们说了什么？”

“首先我知道他们经济能力并不稳定，连房子的首付都是借来的，而且这还只是两年之前的事情。此外……”

霍华德·吉文斯试图去听妻子说话，但他的眼睛还是忍不住瞟向放在腿上的报纸：印第安纳州南本德有一个十二岁的小男孩向银行贷款二十五美元给他那条名叫“小玻”的狗买药，银行经理竟然亲自签批了申请文件。

“……于是我问他们：为什么要**卖掉**呢，等你们**回来**的时候肯定会想要这个房子的。然后你知道他怎么说吗？他用非常警惕的眼神看着我说：‘呃，说到重点了。我们不打算再回来了。’于是我问：‘你们已经在那边找好工作了吗？’‘没有，’他就这样回答了我。然后我又问他们是不是打算跟亲戚住在一起，或者是朋友之类的。‘没有。’”说到这里吉文斯太太装出一副她所能想象到的最不负责任的神色，“‘没有，一个认识的人都没有。我们就是想去，仅此而已。’真的，霍华德，你不知道那时气氛有多尴尬。你能够想象吗？这太让人无法接受了。我是说这整个事情。”

霍华德摸了摸自己的助听器，然后回答：“无法接受？这怎么说呢，亲爱的？”他猜自己已经乱套了，没有跟上她说的话。一开始妻子说的好像是关于什么人去欧洲，现在显然已经是别的什么事情了。

“难道不是吗？”她问，“两个一文不名的人，还带着刚刚上学的孩子。我觉得人们一般不会这样的，难道不是吗？除非他们是要逃避什么东西。我很不愿意去想有什么事情会……算了，我不知道该怎么去想，这才是关键。他们看来像是踏实安定的人。这不是很怪异吗？而且最尴尬的是，在他们爆出这个消息之前，我已经把他们搅和进约翰的事情里，现在只好完成它了，虽然已经没什么意义。”

“完成什么，亲爱的？我不太明白——”

“带约翰去他们家一趟，霍华德，你到底有没有在听？”

“噢，是的。当然在听。我的意思是，为什么这就没有什么意义了呢？”

“**因为，**”她不耐烦地说，“他们秋天就要一去不回头了，把他们介绍给约翰又有什么**价值**呢。”

“价值？”

“嗯，我的意思是说，他需要的是可以**长期**交往的人。当然，让他们见见面，在他们离开之前把约翰带过去一两趟，也没什么坏处。只是我考虑的是那种长期的关系。哦，亲爱的，这实在是太让人意外了。为什么这些人就不能……”说到这里她已经不知道自己在说什么，或者想要说些什么。她惊异地发现，她竟然一边说话一边把手绢紧紧拧成一条绳子，手上的汗都把手绢弄潮了。“我认为啊，人心难测。”她总结道。然后起身离开，快步走到楼上，打算找出一套舒服的衣服换上。

经过楼梯平台时，她在镜子里看到自己。她自豪地想，她的形象看起来——至少眼角匆匆一瞥时看起来，仍然是一个娇养在漂亮房子里灵巧袅娜的女孩。当她站在卧室的大地毯上快速地把外套和裙子脱下来时，就好像回到了从前，她正在少女时代的闺房里飞快地换着衣服准备参加下午的舞会。那时候她的血液跟最后一些急需打理的细节一般奔驰着：应该用哪一种香水呢？快啊！哪一种？等收拾妥当，她就会奔到楼梯围栏边上喊道：“等等！我就来了，我马上就下来！”

挂在衣柜里的旧法兰绒衬衫和松垮的裤子把吉文斯太太拉回现实。她不由得开始责骂自己：真是太愚蠢了，我怎么越来越喜欢胡思乱想。接着她坐在床上，脱下丝袜，真正的震惊才向她袭来。她以为自己会看到一双纤细洁白、掌骨柔和的脚，上面会布满淡蓝色的静脉血管。然而她真正看到的是两只像癞蛤蟆一样的怪物趴在地毯上，粗糙不堪，脚趾因为拇囊炎而指节突起。这双脚正努力地把变形的脚指甲蜷缩隐藏起来，她连忙把脚掌塞进浅色的挪威拖鞋里（穿着这种鞋在屋子里闲荡是再舒服不过了），然后很快翻出一套简单舒适的家居服。可是已经太晚了。接下来的五分钟她只好双手稳稳抓住床柱紧紧地闭着嘴巴，因为她在哭泣。

她哭是因为今晚她对惠勒夫妇寄予厚望，而现在她却非常、非常、非常失望。她哭是因为发现自己五十六岁了，双脚已经变得肿胀丑陋，不堪入目。她哭是因为从前上学时女孩不喜欢她，长大之后男孩也不喜欢她。她哭是因为霍华德·吉文斯是唯一一个向她求婚的男人，而她接受了他，她哭，是因为他们唯一的儿子是个疯子。

但这情绪很快过去了。她意识到她唯一该做的就是走进浴室，擤掉鼻涕，洗脸梳头。重新振作起来之后，她穿着那双拖鞋轻快地、悄悄地走到楼下，熄掉所有多余的灯只剩下扶手椅边的那盏，然后在丈夫对面的摇椅上坐了下来。

“我现在感觉舒服多了。真的，霍华德。刚才跟惠勒夫妇谈完了之后，心里一**团乱麻**似的。你想象不到他们多让我失望。我一直以为他们是**踏实可靠**的年轻人。我以为现在**所有**结了婚的年轻夫妇的生活理应更加稳定。你不这样认为吗，尤其是在我们这样的社区中。这真是太不可思议了，以前我听到的都是年轻夫妇**千方百计**要在这里安顿下来，抚养他们的孩子……”

她说啊说，在房间里走啊走。霍华德及时地点头、微笑和咕哝几句。他做得如此明智审慎以至于她完全没有意识到，他早已经把助听器关掉了。

第四章

“逃出牢笼，”杰克·奥德威一边搅拌着咖啡，一边说，“消灭痕迹，然后‘呼’的一声走得无影无踪，真有你的，弗兰克。”

他们坐在“好地方”一个黑暗的角落里一张带着番茄酱污渍的桌子旁，弗兰克已经开始后悔把欧洲计划告诉奥德威。这家伙就是一个小丑，一个醉鬼，一个除了调侃自己以外不能认真地讨论任何事情的男人。这样的知己不正是应该用来分享这类事吗？但他确实这样做了，因为过去的几个星期他发现要在工作时间保守这个秘密已经越来越难。当他专心在会议里听班迪讲述“秋天必须完成”的任务和“明年首先要达到”的目标，当他接下销售促进部派发下来的理论上必须花好几个月才能完成的工作时，他会不自觉地爬上班迪那缓缓行进的大轮船向未来进发。然后他会忽然想起：不，等等，到时我人都不在**这里**了。刚开始他觉得很好玩，但好玩的感觉消失后，他越来越心烦意乱。现在快六月中旬了，两个半月之后（只有十一个星期!），他就会漂洋过海，把销售促进部抛诸脑后。然而这个铁一般的事实在办公室铁一般的稳定规律里，却显得很虚幻。当他在家里的时候，这个计划真实无比，因为家里的人除了它根本不谈别的事情；在搭乘火车上下班的路途里，他也确切无疑这个计划马上会付诸行动。唯独在办公室的八个小时里它却那么不具体，就像一场快要被遗忘的梦。办公室里的一切似乎都合起伙来破坏他的计划。同事们或麻木或疲惫或微带嘲讽的眼神、横陈在眼前的“进入”篮和现在需要处理的文件，电话铃声和预示着班迪要召见他的蜂鸣器声——这一切就像在不断地告诉他，他注定要在这个地方终此一生。

“我他妈一定会走的!”每天他都会在心里呐喊二十遍，“你们都等着瞧吧。”但是这种抵抗越来越虚软了。这个亮晃晃的、干燥的、死气沉沉的办公楼已经把他包裹得太久。无声的逃跑威胁不能撼动它，它依然不动声色地依循自己的轨道运行，它斜睨着弗兰克并且在“等着瞧”呢。这是无法忍受的。他觉得结束这种压抑的唯一办法就是把这件事说出来，而杰克·奥德威终究是他在办公室里最好的朋友。今天他们午饭时躲开了斯默、拉斯洛普和罗斯克，喝了点酒劲不大但量足够的马提尼，然后整个计划就和盘托出了。

“还有一个小小的问题我没太明白，”奥德威说，“我不是想问傻问题的，不过你具体打算做什么呢？我不能想象这样一种场面：你每天无所事事、心情郁闷地流连在路边的咖啡店，你那位善良的好老婆却挤着地铁到大使馆或别的什么办公楼。你明白吗，这是我想弄清楚的。你打算干什么。写本书？还是画画？”

“为什么所有人都想着写书或画画呢？”弗兰克质问。他模模糊糊想起，自己正在引用妻子的观点，“上帝啊，难道只有作家和艺术家才有权利过上自己想要的生活吗？你看，我还做着这份狗屁工作的唯一原因就是——好吧，我想是有很多原因的。但重要的是，如果让我把这些原因列出来，我很肯定有一条原因绝对不会出现，那就是‘喜欢这工作’，因为我根本不喜欢。我有一个听上去有些可笑的想法，那就是人们只有做自己喜欢的工作才会开心一些。”

“好啦好啦！”奥德威重复地说，“好，好，别说得这么激动。我只有这么一个傻问题：你到底喜欢什么样的工作？”

“如果我知道答案的话，”弗兰克说，“那么我就不用老远跑到世界的另一头去寻找了。”

奥德威俊美的脸侧向一边，眉毛高高挑起，撇着嘴，这让他看上去油头粉面，还有点狡猾。他细想了一下说：“呃，难道你不觉得，我是说，假设真的有这么一个理想的职业在某个地方等着你，难道你不觉得在这里你也可能发现它吗？我是说这难道不可能吗？”

“不，我不觉得有这样的可能性。我不觉得任何人可以在诺克斯大楼十五层找到任何有意义的东西，包括你。”

“嗯，这倒是有道理。确实如此。”奥德威把最后一点咖啡喝了下去，然后仰靠在座椅上，嘲弄地笑问道：“刚才你说打算什么时候开始实施这个伟大的实验？”

有那么一刻，弗兰克想把整张桌子抬起来砸向这家伙。他想看奥德威随着椅子向后倒在地上，碗碟碎片稀里哗啦地洒得他满头满脸后，脸上无助又惊恐的模样。“伟大的实验”，多傲慢的废话啊。

“我们打算在九月离开，”弗兰克说，“最迟不超过十月份。”

奥德威点了五六下头，一边瞟着盘子里剩下的肉和土豆。现在他不再显得高傲了，他看上去苍老、备受打击而且妒火中烧。弗兰克看着他，憎恶变成了怜悯。这个可怜、愚蠢的老混蛋，他想。我毁了他的午餐，也毁了他这一天。弗兰克甚至希望自己会说：“没事的，杰克，这事不会发生的。”他没有这样说，而是故作高兴掩盖着自己的困惑。

“告诉你，杰克。为了怀念过去的时光，我再请你喝点白兰地吧。”

“不不，不用了。”奥德威说。不过当侍应生把盘子收走，并摆上昂贵的小杯白兰地时，他像是一条被主人抚摸着的哈巴狗。过后，他们结账离开了饭馆，走进外面的阳光中时，奥德威的脸上就只剩下微笑了。

这是一个温暖晴朗的日子，覆盖在高楼大厦顶上的天空就像洗衣上蓝剂一样幽蓝纯净。今天还是发薪的日子，他们午餐过后都会按惯例踱步到银行去。

“不用说，我会保守秘密的，老伙计。”奥德威边走边说，“我想你不希望整个公司都在议论这件事。你打算什么时候通知班迪？”

“我想再过两三周吧，我还没想好。”

暖和的阳光非常宜人。过不了几天就会热起来了，但现在气温正好。他们站在银行冰凉的大理石中间，背景音乐正播放着《假日旋律》这首歌。每月两次，这里有十个窗口专门在午餐时间为诺克斯员工开放。弗兰克和奥德威在其中一个窗口前排队时，弗兰克自得其乐，装出一副这是他最后一次站在这里的模样，最后一次随着人群移动脚步来取他的支票。“你真该去看看我们在那间混账银行拖拉前进的样子，”几年前他就跟爱波说，“就像一群肮脏贪婪的猪在等着奶头。当然是非常有礼貌、非常优雅的小猪，我们站得整齐有序，尽量避免互相挤靠。谁要是靠近窗口，他都会小心地把支票拿出来，然后不着痕迹地折起来，或用手掌覆盖或是别的什么办法藏起支票。你明白的，我们必须表现得轻松点，但其实大家都知道，真正重要的是别让其他人看见你挣了多少钱。”

“绅士们，”文斯·拉斯洛普的声音从弗兰克肩膀后传来。“一起去吹吹风？”他、斯默和罗斯克正把钱包和存折塞进口袋，他们的舌头还舔舐着齿缝里“坏地方”的食物残渣。这句话的意思是邀请他们一起到外面散步消食。

弗兰克继续佯装，这是他最后一次跟他们一起“吹风”，最后一次加入这些白领大队在阳光下漫步，最后一次让锃亮的皮鞋把鸽子惊飞，并看着这些跌跌撞撞的小东西跳避着人行道上的痰迹和花生壳，然后一路高飞，飞过林立的大楼，在辽远的天空里扇动着时而呈黑色，时而呈银色的翅膀。

找人说出来以后就好一些了。他觉得局面已经改变。现在他可以环顾身边这正在说话的四个男人，感觉自己真正从他们中间脱离了出来。奥德威、拉斯洛普、忧心忡忡的小斯默，还有虚伪无趣的老罗斯克——弗兰克知道自己很快就要跟他们道别，一年之后很可能再也记不起这几个名字。与此同时，最美妙的是，他再也不用去厌恶他们了。他们其实也不是那么糟的人。他甚至允许自己融入这个群体，为奥德威的冷笑话和他们一起开怀大笑，在拐过最后一个转角时，弗兰克愉快地跟他们排成一排并肩向诺克斯大楼进发。他们踏着气势汹汹的步伐甩着胳膊，就像同排的士兵兄弟带着集体的荣誉往前行进。在阳光的照耀下，他们步履轻快。（什么团体的，先生们？销售促进部，十五楼，诺克斯商业机器公司。）

再见啦，再见。从每一个人身边经过的时候，他都默念着这几个字。再见啦，一边闲聊一边拎着大包小包从廉价商店走出来的速记员；再见啦，那些手肘抵着大楼外墙吞云吐雾的年轻文员。再见啦，你们这伙可爱的可怜虫。我就要离开这里了。

他沉醉在这种难以遏制的自由的感觉中，一直到他回到自己办公桌前，听到蜂鸣器令人难过地鸣叫起来。这是在告诉他，班迪有事要找他谈。

在天气好的日子里，泰德·班迪看上去总是状态不好。他是那种完全属于室内的男人。他灰色的瘦弱身躯好像生来就为了迎合他那件精加工的双排扣西服。他灰色的瘦脸只有在安全的冬天才能放松下来，因为那个时候办公室的窗子是紧闭的。有一次他奉命陪同一群获奖的销售人员去百慕大旅行，罗斯克的《诺克斯新闻报》刊出了全体人员穿着泳装在海滩上并排微笑的合影；而罗斯克偷偷做了手脚，把照片其中一部分放大，让大家更清楚地看见照片中班迪夹在毛茸茸的两条大胳膊中间，不堪重负地勉力微笑。这张照片在十五层的办公室里秘密地传阅了好几个星期，所有人都说这是他们看过的最可笑的照片。

班迪现在的表情就跟那张照片里的有点相似。弗兰克一开始还以为，这只是因为六月的风从窗口透进来，吹落了他原本用来遮盖秃顶的几缕长发。不过他一走进隔间，就惊讶地发现班迪不自然的神色是源于这里来了一个尊贵的稀客。

“弗兰克，你应该认识巴特·波洛克，对吧？”班迪站起身来，然后略带歉意地点着头说，“巴特，这是弗兰克·惠勒。”

一个穿着土黄色华达呢大衣的庞大身躯从弗兰克眼前升起，土黄色的脸低头看着他笑，然后他的右手就被紧紧地握在一个暖和的手掌中。“我们还没有正式相互介绍，”他的声音非常低沉，简直可以让演讲台上的杯子跟着颤动，“认识你很高兴，弗兰克。”

这个人就是电子产品部的销售总经理。如果在其他公司，他这样地位的人应该被称为“××先生”，但在诺克斯的传统里他被亲切地叫做“巴特”。弗兰克跟他没什么接触，充其量只是在电梯里偶遇时点头微笑。而且弗兰克对他没什么好感，这些年来总是刻意避开他。“他很适合去竞选总统，当然他会做得糟糕透顶，”有一次他跟爱波说，“他就是那种努力地营造出冷静慈爱父亲形象的老混蛋，永远笑容可掬，脸上挂着至少三磅肉；把他的大脸放进电视机里，其他政党就不会有亮相的机会了。”但现在，近距离站在他的面前，弗兰克发现自己的脸上皱出了恭顺的怪样，一滴汗水从腋下流了出来，一直淌到了肋骨上。为了弥补这种无法克制的怯懦，他开始盘算今晚怎样跟爱波描述这场景。“突然我发现自己要在他面前**融化掉**，这难道不是太可笑了吗？我明明知道他是个混球，我知道他对我的生活不会有一丁点影响，但我还是在他面前变得像个软蛋，这难道不是他妈最恶心的事情吗？”

“弗兰克，坐下吧。”班迪一边说一边把头发拨回秃顶上。当他重新坐下时，屁股不舒服地从一边移到另一边，活脱脱像个得了痔疮的人。“我和巴特看过了全国生产主管年度大会的报告，巴特要我把你找来，就是为了这个……”

弗兰克只听了个开头，后面就再也无法集中精神听下去了。他的注意力都投注在波洛克身上。波洛克很认真地倾身向前，等到班迪说完，他潇洒地用手敲了一下另一只手握着的纸。而这张纸竟然是那份“话说生产控制”。

他说：“弗兰克，这份东西可真是了不起啊。托莱多的与会者都很喜欢。”

“这难道不是他妈最恶心的事情吗？”爱波准备晚餐时，弗兰克拿着一杯饮料跟在她屁股后面，边笑边讲述他跟波洛克的会面。“这还不够讽刺吗？我弄那份东西是要摆脱班迪的，却招来了这么个结果。你应该听听波洛克怎么说，这么多年来他连有我这么一个人活在世界上都不知道，现在我却一下成了他喜欢的‘有前途的年轻人’。老班迪只好一个人坐着，考虑到底是应该高兴还是嫉妒。我坐在那里控制着自己，怕一下没忍住就会当场笑昏过去。我的上帝啊！”

“嗯，确实很有意思，”她说，“亲爱的，你不介意把这个端出去吧？”

“后来他又告诉我……哦，什么啊？哦，当然，当然可以。”他放下酒杯，接过她递到自己手里的盘子，然后跟着她到另外一个房间。孩子们已经在桌边乖乖坐好了。“后来他又告诉我他的宏大计划，我是说波洛克。他竟然要我做一系列这样的东西：话说库存控制、话说销售分析、话说成本会计、话说工资……他一条条都想好了。我还得——”

“抱歉，弗兰克——迈克尔，你给我坐直了，不然你就有麻烦。我是认真的。别吃那么大口。对不起，弗兰克，你继续说吧。”

“下个星期我还得跟他一起去吃午餐，那时候我们还要详谈。这不是太可笑了吗？当然如果他逼得太紧，我只好告诉他我打算在秋天离开公司。我的意思是，这整件事情很可笑，你说呢？这么些年来……”

“那为什么不告诉他呢？”

“这么些年在这份狗屁工作上瞎混，从来没——你说什么？”

“我说你为什么不干脆早点告诉他，你要走呢？为什么不明明白白告诉所有人？他们又能怎么样？”

“呃，”弗兰克说，“他们当然不能怎样。但你知道的，如果当时说出来会有点别扭。在我正式辞职之前，我不觉得有必要提起。”他叉起一片猪排放到嘴里，然后生气地连肉带叉子一起咬起来。当他用尽全力地咀嚼着肉，从鼻孔长出一口气表示他正努力克制自己时，他自己也没弄明白为什么要生气。

“嗯，”她淡淡地说，连头都不抬。“当然这件事情完全由你决定。”

弗兰克想，问题可能出在，在回家的路上他设想爱波会说：“你弄出来的东西可能**就是**那些人看过最有意思的促销广告啊，这又有什么好笑的？”

他就可以说：“不不，你没弄明白——这恰恰证明了他们是一群怎样的蠢货。”

接着她说：“我不这样认为。为什么你总要低估自己呢？我觉得这件事正好说明，只要是你想要做的事情，或者需要去做的事情，你就一定可以做得很出色。”

于是他说：“嗯，我不知道，可能吧。不过我才不**稀罕**在这狗屁事情上表现出色呢。”

然后她说：“你当然不会稀罕这个，而这正是我们要离开的理由。不过接受他们的赞许并不是件坏事啊。或许你根本不想要也不需要这样的认同，但我们没必要贬低它，不是吗？我觉得你应该为这件事情高兴，弗兰克，真的。”

不幸的是，爱波没有说出一丁点儿像这样的话。而且这样的想法似乎根本就没有在她脑海里出现过。她只是很端庄地坐在那里，熟练地切着肉块，然后放到嘴里咀嚼。她的思绪已经远远飘到别的东西上了。

第五章

“我要把我的玩具屋带上，”周六下午詹妮弗宣称，“我的玩具马车，我的玩具熊，我的那三只复活节兔子，我的长颈鹿，我所有的玩具，我所有的书和唱片，和我的鼓。”

“听上去东西不少啊，不是吗，亲爱的？”坐在缝纫机前的爱波皱着眉。她决定这个周末把冬天的衣服整理出来，该扔的扔，该缝的缝，只剩下去欧洲需要的简单耐穿的衣服。詹妮弗坐在她的脚边，漫无目的地玩弄着线头和布片。

“哦，还有我的那套茶具，还有我收集的小石头，还有所有的游戏，还有踏板车。”

“可是，亲爱的，你不觉得要带的东西太多了吗？你打算什么都不留下？”

“不留下。也许我的长颈鹿可以扔掉吧，不过我还没决定。”

“你的长颈鹿？不，我不会这么做的。我们有足够的空间可以带上那些动物和玩具还有其他一些小东西。我担心的是那些大件的玩意儿，比如说你的玩具屋和迈克尔的玩具木马。这些东西太难打包运输了，你明白吗？不过你不用把玩具屋扔掉，你可以把它送给玛德琳。”

“帮我保管么？”

“当然。至少比扔掉好，不是吗？”

“好吧，”詹妮弗说。过了一分钟，她又说：“我知道该怎么做了，我可以把那些东西统统送给玛德琳，我的玩具屋和我的长颈鹿和我的玩具马车和我的玩具熊和我的那三只复活节兔子和我的……”

“把大件的东西送给她就行了。我已经说过一遍了，你还没明白我的意思吗？我刚刚解释过，你为什么就不能好好听我的话？”爱波的声音越来越尖并且夹带着怒气，她叹了口气说，“听着。你干吗不到外面去跟迈克尔一起玩呢？”

“不。我就是不想跟他玩。”

“噢那好吧。我也不想把同一件事反复解释十五遍，尤其是跟一个无聊愚蠢到懒得去听的人。我说完了。”

弗兰克很高兴她们终于不再说话。他在沙发上看一本初级法语教科书的引言，这是他买来替代那本难度更大的进阶教材的。母女俩的对话不断干扰着他，让他一直停留在同一个段落。

半个小时之后，房子很长时间安静得只听见缝纫机不连贯的轻微响动，弗兰克不安地抬起头来发现詹妮弗已经不在客厅里了。

“她到底去哪儿了？”他问。

“我猜她在外面跟迈克尔玩吧。”

“没有，我知道她没出去。”

两人一起站起来走到孩子的卧室。她就躺在那里，眼神迷离，吮吸着自己的大拇指。

爱波在床边坐下，摸摸詹妮弗的额头确定她没有发烧之后，轻抚孩子的头发说，“怎么了，宝贝儿？”她的声音非常柔和。“小乖乖告诉妈妈好不好？”

弗兰克在门口看着，眼睛睁得跟女儿一般圆。他咽下一口唾沫，而詹妮弗也心有灵犀似的喉头一动。在这之前，她已经把大拇指从嘴里拿了出来。

“没什么。”小丫头回答。

爱波抓住她的小手，防止她把拇指塞回嘴里去。她掰开她的小拳头时，发现她的食指紧紧地缠绕了一圈圈的绿线。她动手去给她解开。绿线绕得太紧，把指尖挤成了深紫色，底下那一截皮肤又皱又苍白。

“因为搬去法国的事？”爱波一边解开绿线一边问。“你觉得不开心，是不是？”

詹妮弗沉默不语，直到爱波把最后一圈绿线解开，她才不想让人察觉似的轻轻点了一下头。她以一种别扭的姿势转过身来，把头埋在妈妈的大腿上，开始哭了起来。

“哦，我就知道是因为这个。可怜的小詹妮弗。”她轻抚她的肩膀，“听我说，乖孩子，你知道吗，这没什么能让你不开心的。”

不过詹妮弗一哭就停不下来，反而抽泣得越发厉害。

“你还记得我们从城里搬到这里来的时候吗？”爱波问，“还记不记得要离开城里的公园，要离开幼儿园里的小伙伴，你有多么伤心。但是后来怎么样了呢？不到一个星期，玛德琳的妈妈就把她带到我们家里来了，然后你又认识了多丽丝·唐纳德森，还有坎贝尔家那几个男孩儿。过了不久你就开始上学了，在学校里你认识了新的朋友，从此再也没有什么事情能让你不开心。我们到了法国也会这样。相信我。”

詹妮弗抬起皱巴巴的小脸，似乎有话要说。不过要在急促的喘息之间把字吐出来不太容易。过了几秒她才说：“我们会在那里生活很长很长的时间？”

“当然，不过你不需要为这个担心啊。”

“永远永远生活在那里吗？”

“这个，”爱波说，“可能并不是永远**永远**，但是肯定会生活相当长的一段时间。不过你不需要担心这么多的，宝贝儿。我想，你觉得不痛快，只是因为外面这么好的天气而你憋在屋子里太久了。快去洗个脸，然后跑去外面看看迈克尔在干什么，好不好？”

当詹妮弗走了之后，弗兰克消沉地站到爱波和缝纫机的后面，“天哪，这真让我感到震惊，你不觉得吗？”

爱波并没有抬起头来：“你是什么意思？”

“我也说不太清楚。我只是觉得我们的计划可能不太深思熟虑，尤其是从孩子们的角度看。我觉得我们不能回避的是：这对他们来说是相当煎熬的。”

“他们会熬过去的。”

“他们当然会‘熬过去’，”他试着把话说得更无情一点。“我们可以绊倒他们折断他们的胳膊，而他们依然可以‘熬过去’，但这不是我要说的，我要说的是……”

“弗兰克，你是想提议我们放弃这个计划么？”她转过来朝向他，抿着嘴微笑，一脸“强硬”表情。

“不！”他从她身边走开，踏在地毯上。“我当然不是这个意思。”长时间默默地在沙发上翻看那本他根本看不进去的法语书之后，他尽管不大情愿，还是认为站起来把话再说清楚点比较好。“我**当然**没有那个意思，为什么你总是要往那个方向去想？”

“因为如果你不那么想，我不认为再讨论这些有什么意义。这是一个谁说了算的问题，大家都同意之后就要坚持这个决定。如果是孩子说了算，那么显然我们就必须遵从他们的决定，做他们认为最合适的事情，换句话说就在这里等着腐朽烂死。如果相反……”

“你先等等，行吗？我可从来没说……”

“你先等等，行吗。如果相反是我们说了算的话——这不是理所当然的事吗？就拿我们比他们多活了四分之一个世纪来说，我们也应该更有判断力，不是吗？那就是说，我们应该走。然后第二件事就是尽可能帮助他们轻松地熬过这个过渡期。”

“这就是我的意思！”他挥起胳膊。“你这么激动干吗？尽可能帮助他们轻松地熬过这个过渡期，这就是我要表达的意思。”

“那就好。我要说的是，我们不会改变主意了，我们会跟着计划走并尽我们所能直到他们完全适应。在这段时间，我认为没有必要摇头晃脑，悲叹孩子有多可怜，或者扯到什么绊倒摔断胳膊一类的话。坦白说，我认为你应该铲除掉那些没有必要的多愁善感。”

在过去的好几个星期里，这次最像一次吵架了。在接下来的一整天，他们神经紧张，甚至彼此间显得过于客气。直到晚上睡在同一个床上，他们也小心地不触碰对方。第二天早晨他们在淅淅沥沥的雨声中醒来时，不情愿地想起今天是星期天，他们的贵客约翰·吉文斯即将大驾光临。

米莉·坎贝尔主动提出下午她可以帮忙照料弗兰克夫妇的孩子，“我想你们不会希望他跟孩子待在一起，对吗？万一他真的疯了起来就不好办了。”爱波拒绝了她；但是这天早上当约定的时间慢慢临近，她还是改变了主意。

“如果你还愿意的话，米莉，”她在电话里说，“我想还是请你帮我们照看孩子吧。我想你是对的，让孩子面对这样的人确实有些诡异。”米莉答应她的请求之后，她开车把孩子送了过去，比正常需要的时间提早了一个或两个小时。

“天哪，”回到擦拭得干干净净的厨房，她跟弗兰克一起坐了下来。“这件事叫人紧张，对不？我想他到底是一副什么德性。我好像还没见过精神不正常的人，你见过吗？我指的是那种被确诊为疯子的人。”

弗兰克倒了两杯干雪利酒，这是他喜欢在周日下午喝的饮料。“你愿不愿意跟我打赌，他很有可能跟我们认识的那些‘没有被确诊为疯子’但神经兮兮的人并没有太大区别。让我们放松下来然后迎接他吧。”

“嗯，你说得没错。”她的表情告诉他，昨天的不愉快早已经烟消云散了。“你天生就懂得处理这一类事情。你真的是一个慷慨大度和善解人意的人，弗兰克。”

雨总算停了下来，不过外面还是很潮湿、灰暗，这种天气更适合留在室内。收音机里隐约播放着莫扎特，厨房里飘扬着雪利酒的清香。这种感觉正符合他对婚姻的设想——不刺激不兴奋，但有着一种相依为命的安全感，维系着两人的是对等的柔情，点缀着一些浪漫——当他们心平气和地对坐聊天，等着吉文斯家的车子从滴答着水的树旁驶出来，弗兰克感受到一两次愉悦的颤动，就像那种天未亮就出门的人忽然感觉到第一缕微弱却温暖的阳光洒在自己脖子上那样。他觉得很安宁。而当车子终于驶上来的时候，他认为自己已经准备好了。

吉文斯太太第一个走下车。她先朝弗兰克夫妇家的方向给了一个灿烂的微笑，然后回身到后座取大衣和袋子。霍华德·吉文斯也从驾驶座走下，并缓慢笨拙地擦拭眼镜上的水汽。他身后跟着一个高瘦的红脸青年，衣衫褴褛，就像刚从孤儿院或监狱里走出来。约翰·吉文斯戴着一顶布帽，不是那种近来开始流行、后面连着松紧带的鸭舌帽，而是那种宽平的老式廉价帽。他的斜纹工装裤毫无剪裁可言，而上半身的深棕色前扣式毛衣却又显得太窄小。从五十码，甚或五十英尺远看过去，你也看得出他穿着的是从政府福利机构领的救济衣服。

他没有抬头看一眼房子或别的什么。当吉文斯夫妇已经往前走的时候，他仍然站在原地，双腿分得很开，有点内八字地站在潮湿的沥青路面上，然后非常专注地点燃一根烟。他有条不紊地拈着烟，皱着眉头检查了一番，小心地叼在嘴里，然后低头凑近火柴把它点着，忘我地深深吸了一口，就仿佛这根烟给了他前所未有的他所能想象到的感官享受。

等他终于迈步走向房子时，吉文斯太太已经说完所有的寒暄话，甚至连吉文斯先生都有充足的时间插上两句。约翰往前走的速度很快。他踮着脚蹦跳着过来时，人们才能看清楚他有一张宽而精瘦的脸，小眼睛，薄嘴唇，紧皱着眉头像一个长期经受身体疼痛的人。

“爱波……弗兰克。”他的母亲介绍后，他做出反应，那副神情像在努力地记着这两个名字。“见到你们很高兴呐，已经听说过很多你们的事情呐。”他忽然咧嘴笑了起来，吓人一跳，两颊往外一扯，形成两列垂直的褶皱，苍白的嘴唇之间露出两排整齐的沾满烟垢的大牙齿，双眼呆滞就像忽然失明了那样。这个微笑活脱脱就是对那些友善和富于感染力的微笑的魔鬼式模仿，这个表情就这么挂在他脸上好几秒钟，让人误以为这张脸永远恢复不了原来的模样。不过当大伙儿恭敬地走进屋里时，这个表情消失了。

爱波解释孩子们去参加生日派对了（弗兰克认为这未免太刻意），吉文斯太太则不住口地抱怨十二号公路的交通有多么拥堵。她说了一会儿就住嘴了，因为她发现惠勒夫妇的注意力都集中在约翰身上。约翰·吉文斯正在客厅里绕着圈，脚步缓慢而僵直，依旧戴着那顶帽子，并且很仔细地打量每一件物品。

“不错嘛，”他点点头。“真不错，你们有一幢挺像样的小房子。”

“你们都不打算坐下来吗？”爱波问。两位老人顺从了，而约翰却摘下了帽子放在一个书架上，撑开双脚，像干农活儿的人那样蹲坐在自己的脚跟上，身子微微颠动，然后夹着香烟的手伸到两个膝盖之间，很熟练地把烟灰掸进了自己工装裤往里折的裤脚里。等他重新抬起头的时候，眉目舒展开了。他的表情变成了一副精明的威尔·罗杰斯式的模样，让他看上去机智而又幽默。

“海伦这个老女人喋喋不休地说你们好几个月了，”他告诉他们，“她说起革命路上年轻可爱的惠勒夫妇，要不就是惠勒路上年轻可爱的革命者。反正我听得有点乱，只要她说话，我有一半的时候不知道她在说什么。当然有一部分原因是我根本没去听。你们应该知道她是什么样的人吧，永远都在不停地说话说话说话，其实又什么都没说，让你过了一会儿就会自动闭起了耳朵。不过，这一次我承认她说得有道理。你们这里跟我设想的不一样。这里很舒适，我所说的‘舒适’跟她说的‘舒适’不是一个意思。不过别担心，我说的就是舒适。我很喜欢你们这里，看上去像是一个人们会在这里生活的地方。”

“嗯，”弗兰克说，“谢谢你的称赞。”

“谁想喝点雪利酒？”爱波问，她的手不安地贴在腰上折过来扭过去。

“哦，不用了，别麻烦了，爱波，”吉文斯太太连忙回答，

“我们这样就好，你别给自己添麻烦了。其实我们只待一会儿……”

“妈，你能不能行行好？”约翰打断了她的话，“行行好，把你的嘴巴闭上。嗯，我想喝点雪利酒，谢谢啦。给大家都来一点吧，如果老海伦没有抢在我前面的话，她的那份我也喝了。哦，不过我在想……”他脸上的机智消失了，蹲着的身体向前倾，就像冲着球场大喊的棒球教练般朝爱波伸出一只手。“你们有高脚杯吗？嗯，听着。拿一只高脚杯，放两三块冰，然后把酒满满倒上。我喜欢这么喝雪利酒。”

吉文斯太太紧绷着身体坐在沙发边缘上，像一团盘起来的蛇。她轻轻地闭起眼睛恨不得马上死去。天哪！竟然要求用高脚杯给他倒酒，竟然把帽子放在人家的书架上，竟然穿着这样的衣服。她每周都为他带上他自己的衣服：光鲜的衬衣和长裤，手肘部位缝着一层皮的上好斜纹软呢夹克，开司米羊绒衫；但他总是坚持穿医院的病服。他这么做是为了羞辱他们。现在他竟然还这么放肆无礼！而为什么每到这种时候霍华德都那么无能？他就知道躲在角落里眨着眼睛微笑，就像一个老……上帝啊，为什么他一点忙都帮不上？“嗯，这酒真是太棒了，谢谢你，爱波，”她紧张地从托盘里拿起一杯雪利酒，“噢，你们看这些可爱的点心。”她装出一种不可置信的语气，看着爱波一早就做好并切成块、不留一点面包屑的小三明治。“**真的**，你根本不用那么辛苦。”约翰抓起酒杯猛喝了两口，然后把它放在书架上，直到离开的时候再也没有碰过这杯酒。不过当他在屋里不断地巡逻时，却把整盘三明治吃掉了一半。他每次走近托盘就会抓起三四块三明治塞进嘴里，一边狼吞虎咽一边让鼻子嗬嗬地发出很大的声响。吉文斯太太的首要任务就是稳住这场面，她平稳地说着话，确保句子跟句子间足够流畅，没有缝隙让儿子打断自己。她希望自己能填满这整个下午，不给约翰胡来的机会，她问惠勒夫妇，怎么看最近分区委员会颁布的新法令。她个人觉得这个决议非常荒谬，但是倒可以把税率减低，这对于平民百姓来说终归是一件好事……

霍华德·吉文斯昏昏沉沉地一小口、一小口咬着三明治，在妻子发表长长的演说时，他强迫自己警惕地关注着儿子的一举一动，就如一个在公园里看管孩子的慈祥保姆，在监督着小家伙们以免闹出事情来。

约翰侧头看着母亲说话，等到把最后一口三明治咽下去之后，他打断了她。

“你是律师，弗兰克？”

“我？律师？不是啊，为什么这么问？”

“我希望你是个律师，因为我需要一位律师。那你是干什么的？广告策划，还是什么？”

“不是。我在诺克斯商业机械公司工作。”

“在那儿干什么？是设计机械，还是制造，要不就是负责销售或者是维修什么的？”

“我觉得可以说是参与销售工作。我做的工作跟机械本身没什么关系。我是坐办公室的。这是一份愚蠢的工作，我是说，这份工作没什么意思，你明白吗？”

“没意思？”约翰好像被这几个字惹怒了。“你操心的竟然是工作有意思还是没意思？我还以为只有女人才会在意这个。女人或小男孩。你不这么认为吗？”

“快看啊，太阳出来啦。”吉文斯太太大声喊了起来。她猛地从座位上站起，走到落地玻璃窗前，直挺挺地站着向外看去。“或许我们可以看到彩虹。这不是太美好了吗？”

弗兰克脖子后面的血管不安地搏动着。“我的意思是，”他说，“我并不喜欢这份工作，从来没有喜欢过。”

“那你为什么要做这份工作？哦，好吧，好吧——”约翰低下头，无力地举起一只手，就像在公众面前受刑时徒劳地抵挡挥过来的棍棒，“好吧，我知道这不关我事。用老海伦的话来说，这叫做不通世故。这就是我的问题，你看到了吗，我一直都是这样的。忘记我的话吧。你要搞到房子，就得找一份工作，如果你要搞到**很好**的房子，一个**甜美**的家，那你就得找一份你不喜欢的工作。嗯，这太棒了。这就是百分之九十八点九的人思考问题和解决问题的方式。所以伙计我告诉你，你不需要感到抱歉。如果有人过来问你‘干啥要做这份工作’，那你想都不用想就可以断定，这个人肯定是刚刚从疯人院里出来，四个小时以后还得被送回去的傻蛋。都同意吧。同意我的说法吗，海伦？”

“快看哪，彩虹真的出来啦，”吉文斯太太说，“——哦，不对，等等，看来这不是彩虹，不过，阳光照得外面的景色很好看。要不我们到外面走走？”

“说实话，”弗兰克说，“你算是说到点子上啦。你说的话我全都认同。我和爱波都认同。这就是为什么我打算秋天辞职，然后离开这里。”

约翰·吉文斯将信将疑地看看弗兰克，然后又看看爱波，再转向弗兰克。“是吗？离开这里去哪里？哦，对啦，等等，她好像跟我提过这件事情的。你们打算去欧洲，对吧？是的是的，我想起来了。不过她并没有解释为什么，只是告诉我她觉得这事‘实在是太奇怪了’。”说完这话他突然大笑起来，这笑声撕裂了空气，而且响亮得几乎要撕裂整栋房子。“妈，是不是啊，我没说错吧？现在你还觉得‘实在是太奇怪了’吗？啊？”

“冷静，”缩在角落里的霍华德·吉文斯温文地说，“冷静下来，孩子。”

约翰没有理会他。

“我的天哪，”他大喊，“天哪，我敢打赌我们这段谈话一定让你觉得实在太、太、太奇怪了，没错吧，妈？”

在这一刻之前，惠勒夫妇只听到过吉文斯太太唧唧喳喳很欢快地说话，因此当她说出接下来这句话的时候，他们都觉得非常陌生和惊讶。吉文斯太太对着落地窗以一种压抑着愤怒的呜咽说：“约翰，求求你，住嘴吧。”

霍华德·吉文斯起身，拖着步子穿过房间走向妻子，伸出一只苍白的布满了红棕色斑点的手，像是打算去摸她，但是他犹疑了一下又把手放了下来。他们两个紧挨着站在一起望向窗外，无法判断他们有没有低声耳语。约翰注视着老父老母，脸上还残余着快乐的笑意。

“听着，”弗兰克不舒服地说，“也许我们**应该**出去走走。”爱波也赶紧跟了一句：“对，没错。我们走吧。”

“这么着吧，”约翰说，“要不我们三个出去走走，他们老两口可以待在屋子里等他们的彩虹，这样这里的紧张气氛也可以松弛下来。”

他大步跨过地毯，取回帽子，然后猝不及防地转换方向，以痉挛病人似的动作扑到父母所站的地方，右拳飞快地在空中划过一道长长的弧线，看着就要落在母亲的身上。霍华德看着拳头砸过来的一瞬间从镜片下闪烁过恐惧的神色，但他来不及阻止，拳头已经降落在妻子的肩膀上——不是一次重击，而是轻轻地、柔情蜜意地碰了一下她的裙子。

“一会儿再见啦，老妈，”他说，“就这样乖乖等我回来啊。”

约翰和惠勒夫妇一起走到了房子后面的树林里，雨水在阳光下开始蒸腾，刚被雨水冲刷过的土地散发出一股清新的味道。树木之间可以走的空隙很窄，他们得排成一列小心地选择通道，低垂的枝丫轻轻一触动就会有一股雨水从头顶浇下来，闪着水光的矮树枝也随时会在他们的衣服上留下一块污迹。弗兰克夫妇没想过跟约翰也能有这种亲密同行的感觉。他们不一会儿就走出树林，慢慢地在后院踱步。这一路上主要是两个男人在说话。爱波贴近弗兰克的胳膊，聆听着。弗兰克不止一次低头看着妻子，发现她眼睛闪着光，就像很崇拜他说的话。

约翰·吉文斯对欧洲之行的具体细节不感兴趣，但是却一直想知道他们为什么会有这样的想法。有一次弗兰克提到“在这个国家一切都是无望的空虚”时，他受了雷击似的呆立在草地上，表情极度震惊。

“哇，你总算说出来了。无望的空虚。妈的，很多人都意识到了空虚，在我以前工作的地方，在西海岸，空虚是我们唯一谈论的话题。我们会整晚整晚坐在一起谈空虚。不过没有人说过它‘无望’，这会使我们感到恐惧。要承认空虚已经需要相当的勇气，而如果要看到这种无望，需要的勇气还要多很多。而我想如果你真的看到了这种无望，那么你就再没有别的选择，只能尽快逃离，如果可以的话。”

“可能就是这样吧。”弗兰克说。不过他又开始觉得不安；是该转移话题了。“我听说你是个数学家。”

“你听说的不对。我是教过一段时间数学，仅此而已。而且，我脑子里的那么一点数学都跑掉了。你知道电击疗法是什么感觉吗？过去这几个月当中我经受了三十五，哦，不对，是三十七——”他茫然地眯眼看着天空，潜心回忆到底有多少次。在阳光的照耀下，弗兰克第一次注意到他脸颊上的那些褶皱竟然是外科医生用小刀划出的伤痕。他脸上其他部位也因为伤痕而布满斑点，粗糙肿胀。照这么下去有一天他脸上肯定会遍布疮疤。“——三十七次电击治疗。这疗法的原理是要利用电流把情绪问题从你的头脑中驱赶出来，不过在我身上起了不同的作用——把我所有的数学全他妈轰出来了。曾经装着这些东西的地方现在是一片空白。”

“这太可怕了！”爱波感叹道。

“‘**太可怕了**’?”约翰娇声娇气地模仿着她说话的腔调，然后冷笑着挑衅道，“为什么?”他追问。“因为数学是那么‘有意思’吗?”

“不，”她说，“因为遭受电击肯定是可怕的，而让一个人去忘记他想要记住的东西，也同样可怕。其实我一点不觉得数学很有意思，它应该是最无趣的东西之一了。”

他紧盯着她看了一会儿，然后才点了点头表示认同。“我喜欢你的女人，兄弟，”他最后宣告说，“我觉得她是一个真正的女人。你知道真正的女人和女性化之间有什么区别吗? 我给你一点提示吧。女性化就是从来不大声地笑出来，而且常常要刮腋毛。老海伦就是女性化的极品。我这辈子还只见到过几个真正的女人，而你竟然得到了其中一个。当然喽，仔细去想想这也是有道理的。因为我感觉你是一个真正的男人，而这个世界上也没有几个真正的男人了。”

吉文斯太太偷偷地透过窗子观察他们，不知道该怎样理解这件事。她还在害怕，这个下午开始得比她预想的恶劣情况还要糟糕。不过她必须承认，约翰很少像现在这么开心和放松。他在惠勒家的后院踱步，聊天，而惠勒夫妇看上去也很自在，这一点让她尤其觉得不可思议。

“他们看来真的喜欢他，不是吗?”她跟正在翻看惠勒家《纽约时报》周日版的霍华德说。

“嗯，”他说，“你不应该被这些事情弄得紧张兮兮。你干吗不放松一点呢? 等他们回来你放手让他们聊就好了。”

“嗯，我知道了，”她说，“我知道，你说得没错。这才是我应该做的事情。”

她果然说到做到，而且确实起到了作用。在这次来访的最后一个小时，除了约翰之外每一个人都再喝了一杯酒，吉文斯太太基本没有多说一句话。他们俩老慈祥地退归为背景，让年轻人尽情聊天，这段时间约翰的声音也平和了下来，再也不像一开始那样粗声粗气了。他们兴奋地讨论二十世纪三十年代童年时听过的广播节目。

“‘鲍比·本森’，”弗兰克说，“来自HO农场的‘鲍比·本森’，我一直都很喜欢他。我记得这个角色是在‘小孤儿安妮’之前冒出来的。”

“嗯，没错，还有‘杰克·阿姆斯特朗’，”爱波说，“后来又有个节目叫做‘影子’，还有一个挺神秘的，叫什么来着？关于蜜蜂的。哦，‘绿色大黄蜂’。”

“不对不对，‘绿色大黄蜂’已经是很后来的节目了，”约翰说，“一直到四十年代还有呢。我说的是那些比较早的，一九三五年或者一九三六年播放的节目。你们还记得那个讲海军军官的节目么？他叫什么名字？这个节目就是差不多在那个时期播出的？而且好像是周一到周五播出。”

“哦，对了，”爱波说，“等我想想看啊，对了，‘唐·文斯洛’。”

“对啦！节目名字叫‘美国海军的唐·文斯洛’。”

这些话题是吉文斯太太始料不及的，但他们看来聊得很开心。他们轻松、怀旧的笑声，还有手里雪利酒的滋味抚慰着她。让她觉得很愉快的，还有夕阳在墙壁上投射出的一方方雪利酒色般的光影，每当风吹得枝叶乱颤，整片光影就会生动起来。

“今天我们过得太愉快了。”道别时吉文斯太太说。有那么一秒钟她担心约翰又会想要攻击她，冒出可怕的话，但他没有。他跟弗兰克说话并握手道别，在说完一连串的感谢、祝愿，以及未来再见的承诺后，两家人终于在车道上分开。

“你今天太了不起了，”车子走远后爱波说，“我是说你应付他的方式。如果你不在我真不知该怎么办。”

弗兰克本来伸手去拿雪利酒瓶，不过他临时改变主意，取出了威士忌。因为他觉得自己现在有资格喝它。“这不是我怎么‘应付’他的问题，我只是像对待任何一个普通人一样对待他，仅此而已。”

“这正是我要说的啊。所以我才觉得了不起。我很可能会把他当做动物园里的动物，就像海伦对待他那样。你不觉得很滑稽吗，当我们把他从她身边带走的时候，他显得理智得多。他人挺好的，对吧？而且挺聪明。我觉得他说的一些东西相当有智慧。”

“嗯。”

“而且他对我们还是非常认同的，对吧？你不觉得他说的什么‘真正的男人’和‘真正的女人’听上去让人很舒服吗？而且弗兰克，你有没有意识到这一点？他是第一个真正能够理解我们在说什么的人。”

“是的，”他喝了一大口酒，站在落地玻璃窗前看最后的落日。“这表示说，我们跟他一样疯狂。”

她走到他的身后，伸出双臂环绕在他的胸前，然后把头紧紧地贴在他的背上。“即使这样我也不在乎，你呢？”

“我也不在乎。”

但是一种沮丧的感觉开始敲击着他，这种感觉跟平时周日傍晚的惆怅是不一样的。这个奇特而又让人兴奋的日子已经过去了，在越来越暗的天色中，他越发明白这只是一个短暂的解脱。现在他又得面对这一周以来笼罩他的压抑感。即使背后紧搂他的爱波给了他一点安慰，但那种恐惧感确实复苏了：他感到灵魂被禁锢的沉重，以及对不可避免的失败的不祥预感。

而且他渐渐发现，她也有这样的感觉。她僵硬地搂着他，表明她在想方设法让这动作显得自然一些，他们久久地站在那里，好像她知道他需要被搂着而她正努力这么做。

“真希望明天可以不去上班，”他说。

“那就别去了，待在家里吧。”

“不，不行。我想我必须去。”

第六章

“泰德·班迪当然是个好人，而且他也是个不错的部门主管，”他们正快步走在市中心时，巴特·波洛克跟弗兰克说，“不过我告诉你吧，”波洛克从他那披着华达呢大衣的肩膀看下去，对弗兰克专注聆听的脸一笑，“我有点生气他这么些年就这样埋没了你。”

“呃，我不这么认为，波洛克先——先生，哦，不，巴特。”弗兰克觉得自己整个人都在羞涩地微笑。“不过谢谢您的夸奖。”（“你说我他妈还能说什么？你还能怎么去回答？”他设想着自己会这样跟爱波说，如果有必要的话。）他必须加快脚步，以免跟不上波洛克的大步子。由于走得太快，他还得伸出一只手来按住领带不让它从外套里掉出来。他不悦地意识到，这副慌慌忙忙的样子让他看起来像只大人物身边的哈巴狗。

“你觉得这个地方还行吗？”波洛克带着他穿过一家大酒店的大堂，然后进入餐厅。这家餐厅里忙碌非常，侍应生穿着橡胶跟鞋子，手上端满了东西，衣着体面的人在觥筹交错间进行着商务长谈。当他们在一张桌子旁坐下来后，弗兰克啜了一口冰水，一边环目四顾一边怀疑：这会不会就是当年跟着父亲和那个叫奥特·菲尔茨的人吃午餐，不，正式午餐的地方？他不是非常肯定，因为这个街区有好几家同样规模同样类型的酒店。不过确实有这种可能，而且这种可能性大到足以让他去嘲笑这样荒谬的巧合。“还有比这更加恶心的事情吗？”今晚他就可以去跟爱波感叹，“还是同样的房间，同样栽在花盘里的棕榈树，同样的几小碗牡蛎饼干。上帝啊，就像在做梦一样。我就坐在从前坐过的地方，觉得自己还是那个十岁的孩子。”

无论如何，坐下来让弗兰克松了一口气。这样波洛克不再显得那么高大了，而且他还可以在波洛克说话的时候，偷偷在桌底下抠着左手大拇指指甲边上的死皮。波洛克问了很多问题——弗兰克结婚了吗，有多少孩子，住在哪里；当然有了孩子以后，住在郊区是个明智的选择，但长期这样坐车奔波有什么感觉？——这就像当年菲尔茨问他喜不喜欢上学和棒球一样。

“你知道你做的报告给我印象最深的是什么吗？”波洛克一边摇晃着手里的马提尼，一边问道。高脚玻璃杯在他的手里显得非常脆弱。“是其中缜密的逻辑和清晰的表达。你能恰到好处地击中要点，并且让真相自明。在我看来那已经不是一份简单的读物，它给我的感觉就是一个人在对我说话。”

弗兰克低下头来。“呃，事实上，这份东西确实是我对着口授留言机‘讲’出来的。这件事多少是个意外。我们部门本来既不负责内容创作，也不负责把册子生产出来。这都应该是广告公司的工作。我们只是负责调控材料的发放和使用。”

波洛克点了点头，嘴里嚼着杜松子酒泡过的橄榄。“让我来告诉你吧。我打算再弄一份这样的东西出来，你明白我的意思吗？好的。让我来告诉你吧，弗兰克。我不管谁负责创作，谁负责生产，也不管调控发放和使用诸如此类的东西。我感兴趣的只有一件事情，就是怎样把电子计算机卖给美国的生意人。弗兰克，现在很多人看不起纯粹的、老一套的销售。但是我要告诉你一件事，我刚入行时，有一个非常聪明非常出色的前辈跟我说了一些我一辈子都不会忘记的话：‘巴特，**每件事情**都是销售。如果不是有人买卖了东西的话，这个世界就什么都不会发生，什么都不会出现。’他说，‘你不相信我是吗，那么我们这样看吧，如果不是你老爸花言巧语地把你老妈哄骗过来[1]，你以为你他妈是怎么到这世界上的。’”

“当时我坐在那里快要喝醉了，心里不停想：这家伙到底想从我身上**得到**什么啊，”今晚弗兰克打算这样告诉爱波。“当然这对我来说都无所谓了。只是他确实吊起了我的好奇心——那些看上去大大咧咧、粗豪朴实，实则内心精细的人，确实有那么一点人格魅力的。他就是这么一种人。”

“当然现在要把销售做好，有很多事需要考虑，必须集合各方面的力量，尤其你要卖的是一个理念，而不单单是一个产品。就拿我们的工作来说，我们要给客户介绍的是一个全新的生产控制理念。妈的，这样你就不会只见树木不见森林了。你有市场调

---

① 原文是 sold your mother a bill of goods，即花言巧语的意思，sold 语带双关，呼应之前说的“销售，买卖”。

研人员，有广告人员，还有那个什么来着，哦，公共关系人员。你要做的就是把他们调动起来，整合成一股全面的销售力量。我喜欢把它想象成一个修桥的过程。”他眯着眼，伸出一根手指在烟灰缸和盛橄榄西芹的盘子之间弓成一座桥。“这是一座理解的桥梁，一座沟通的桥梁，建立在电磁——”说到这里他打了一个嗝——“不好意思，我是说电子。建立在电子科学和日常实用的商业管理之间的桥梁。现在，就拿诺克斯这样的公司当例子吧。”他懊恼地看着已经喝空的第二杯，或第三杯马提尼。“这公司非常老迈，步伐缓慢，非常保守。妈的，用不着我多说，你一定早就看在眼里了。我们公司全副精力都用来卖打字机、文件柜，还有叮当作响的穿孔卡片机这样的古老玩意，公司里很多老蠢货以为麦金利还在白宫里待着呢。然而在另一方面——哦对了，弗兰克，你是打算现在点菜呢，还是再稍微等一会？好吧，先生，我们先看一下。这里的蔬菜炖肉味道相当不错，还有烟熏三文鱼、蘑菇蛋卷、煎柠檬龙利鱼，都非常精致，这些都来两份吧。吃的时候我们还可以再点别的。现在我们继续，你可以说这家公司就像一个非常疲倦的老人。在另一方面——”他伸出双手，衬衫袖口露了出来，庞大的身躯忽然靠向桌子，双眼圆突，土黄色脸庞上的皱纹渗出了汗珠。“另一方面，资料处理的电子化革命却向我们逼近了。弗兰克，我们必须正视这个东西，这是个新生儿。”他用两只胳膊比画抱着一个婴儿的动作，然后用力挥挥手好像要甩掉什么胶水似的，“我是想告诉你，他还是**湿的**！他们刚从子宫里把他拉出来，正准备在他屁股上拍两巴掌看他能不能哭出声，哦，基督，这个新生儿的脐带还高高鼓在他的肚脐眼上呢。你明白我的意思吗？好。如果你把可怜的小东西送给一个老男人，或老女人，这么说吧，一对老迈的夫妻，你估计接下来会怎么着？他们会眼巴巴地看着他枯萎然后死去。他们会把婴儿放进梳妆台的抽屉里，给他一瓶已经发酸的牛奶，并且压根儿忘了换尿布这回事。这样的孩子还能够长得健康强壮？这孩子肯定只会是死路一条。我再给你举个例子吧。”

于是他举了一个又一个的例子，弗兰克则竭力集中精神来跟上他的节奏。过了好一会儿，波洛克终于停了下来，然后掏出手帕擦拭额头，神情困惑。“这就是问题所在，这就是我们要面对的情况。”他忧虑而小心地盯着杯子里最后一点酒。当他抓起杯子一口灌下剩下的酒，再把心思放回到盘里逐渐冷却的食物时，他冷静了下来。他继续说着话，吃着东西，不过语气变得平和而有修养。他开始使用“显然”和“此外”之类的字眼，再也没有“蠢货”和“肚脐眼”从他嘴里吐出来。他的眼睛不再往外突，刚才那个侃侃而谈的粗豪大亨消失了，现在他又是一个稳重得体的主管。“弗兰克，你有没有考虑到计算机对未来的商业生活会产生多么重大的影响呢？”波洛克坚定地说，“这是一个能激发思考的问题。”他不断地说下去，谦虚地承认他对具体的技术操作不甚理解，批评自己没有资格像个先知一样说话，并且毫不掩饰地在自己绕来绕去的词语迷宫里丢失了说话的条理。

弗兰克看着他，试图用心地听他说话，同时发现他喝下的三杯（或四杯?）马提尼已经起了作用。这间餐厅里所有的声音汇聚成了一股巨大的噪声，猛地袭向他的耳鼓膜。而且他的视线被一圈黑雾包围着，他只能看见正前方的东西了。这些东西出奇地清晰：他的食物，冒着泡泡的冰水，还有波洛克永不疲倦的嘴。弗兰克聚精会神地注视着波洛克的餐桌礼仪，想看看他会不会在自己的杯子边缘留下白色的泡沫，会不会把面包卷放到酱汁里去蘸。令醉醺醺的弗兰克感到极大欣慰的是，波洛克一条都没有犯。不久之后波洛克松懈了下来，不再谈那些抽象的宏图大志。在那些关于公司人事的更轻松的对话中，弗兰克觉得是时候提出心里最关切的话题了。

"巴特，"他说，"你记得总部有个叫奥特·菲尔茨的人吗？"

波洛克吐出一道长长的烟，然后看着它缓缓飘散。"不，我想我不记得——"不过下一秒他精神一振，"哦，**奥特**·菲尔茨啊？妈的，当然记得。那是很多年以前的事情了。奥特·菲尔茨是我们销售总经理之一，那好像是——天哪，这可要追溯到好多好多年前——呃，等等，不对啊，那时候你不可能在公司里。"

于是弗兰克把上一次坐在这样的地方吃正式午餐的事简略地述说一遍。他的声音流畅得连自己都觉得惊讶。

"厄尔·惠勒，"波洛克靠在椅背上，眯着眼努力回想。"你说的是纽瓦克的厄尔·惠勒吗？等我想想啊。我的确记得有个惠勒，我想他的名字好像也叫厄尔，不过那个人是在哈里斯堡，要不就在威尔明顿，而且他年纪不对，他要老得多。"

"哈里斯堡？那就对了。不过那是后来。我父亲最后一段时间是在哈里斯堡工作。在纽瓦克是早些时候的事情，大概是一九三五年或者一九三六年吧。后来他又在费城工作了一段时间，接下来是普罗维登斯，基本上整个东部他都待过。所以我在十四个不同的地方长大，”他惊讶地发现自怜的情绪已经偷偷渗入他声音里，“没有一个地方让我来得及把它当成一个家。”

“厄尔·惠勒，”波洛克说，“我想起来了，我当然记得他。我没把他跟纽瓦克联想起来是因为那时候我还没进公司。不过我清楚地记得在哈里斯堡见到的厄尔·惠勒，只是我印象中他是一个很苍老的人，可能我——”

“你说得没错，他确实很老。在我出生的时候他已经有了两个发育完全的孩子，你明白吗，”他及时控制自己没有把下面的话说出来，“其实我是个意外，我是他们不想要的孩子。”几个小时之后，当弗兰克的脑袋渐渐清醒并试图回想这段谈话时，他已经不能肯定是不是真的**没有**说出这句话。他甚至怀疑自己有没有失控地大笑大喊：“你明白吗，你明白吗，巴特？他们常常把我放进梳妆台的抽屉里，给我一瓶子已经发酸的牛奶让我去吸——”然后他和波洛克一起站起来捶打着对方的肩膀，为这个笑话大笑不止，他们笑啊笑直到笑出了眼泪，然后一起扑倒在咖啡杯里。

不过这些都没有发生。真正发生的是，波洛克惊讶地摇头道：“这真不寻常，想想隔了这么多年你还记得这家餐厅，甚至记得奥特·菲尔茨那个老家伙的名字。”

“呃，这没什么出奇的。首先，那是我父亲唯一一次带我来纽约。另外，这次出行还牵涉了很多别的事。我父亲本来以为菲尔茨会给他一份总部的工作。他和我妈妈盘算好了所有的事情，包括怎么处理韦斯切斯特的房子和别的一切。当希望落空后，我想他一直没有从这挫败当中走出来。”

波洛克满怀敬意地把眼睛低了下来：“嗯，当然，这就是做销售的命啊。”然后他赶快把话题引向这个故事里比较开朗的一面，“不过这件事确实太有意思了，弗兰克。我之前不知道你居然是诺克斯员工的儿子。奇怪的是班迪从来没有提起过。”

“我想班迪根本就不知情。我面试这份工作时没有提起我父亲。”

波洛克一边皱眉一边微笑。“等等，你的意思是说，你父亲为公司卖了一辈子的命，而你没把它当做你面试的筹码?”

“嗯，没错，就是这样的。我没有提起。那时候他已经退休了，至于我——我不知道，总之我没有说。那个时候看来应该是不说更好。”

“弗兰克，我必须告诉你，我很佩服。你不想别人因为你父亲而优待你，你只想靠自己的能力在这里生存，没错吧?”

弗兰克不舒服地换了个姿势。“不，也不完全是那样。我不知道，反正……挺复杂的。”

“要不复杂才怪呢，”波洛克一脸郑重地说，“很多人肯定不能理解。弗兰克，不过我还是要告诉你，我对此非常佩服。我想你父亲也感到很骄傲，对吗？哦，不对，等一下。”他身子向后靠，狡猾地眯上了眼，笑着说，“等一下，让我试试我看人有多准。我打赌我能猜到接下来发生了什么。这只是一个猜测啊。”

他眨了眨眼睛。“这是一个基于经验的猜测。我打赌你告诉父亲，你是靠着他的名声才得到了这份工作，这样你就可以让他高兴，我说得对不对？”

令人懊恼的是，波洛克猜对了。那年秋天，弗兰克穿着一身拘谨而正式的哔叽西服，带着妻子一起去看望父母。去哈里斯堡的这一路上，他盘算着怎样才能装作漫不经心，而又能详尽地把两则重大消息宣布出来：他有了工作，爱波有了孩子。他可以这样说：“哦，对了，顺便说一下啊，我找了一份比较稳定的工作。其实是有点傻的工作，不是我感兴趣的东西，但是收入很不错……”然后他就能“顺便”把一切告诉老爸。

但是那一刻来临的时候，他违背了本意。哈里斯堡拥挤的小客厅里弥漫着药物、衰弱和死亡临近的气息。在这里，厄尔竭力表现得和蔼一些，弗兰克的母亲竭力对即将诞生的孩子表现出激动和兴奋，而爱波则竭力表现出甜美和羞涩的自豪；当这些伪装的温情团团包围着他时，他突然乱了阵脚，于是脱口而出：总公司雇用了我！——就像拿着优秀的成绩单回家向父母汇报的孩子。

“你都见了哪些人啊？”厄尔追问。他比十分钟前年轻了十年。“泰德？哪个泰德啊？泰德·班迪？我想我不认识这个人。当然我已经忘记了很多名字。不过我猜他应该知道我吧，对吗？”

“那**当然**，”弗兰克的声音直接从喉咙里可笑地冒了出来，“他**当然**知道你。而且他对你的评价非常高。”

直到他和爱波坐在开回纽约的火车上，他才恢复了正常的脸色。他挥拳击打自己的膝盖，说："他打败了我。这不是最糟糕的事吗？那个老混蛋再次打败了我。"

"我就知道会这样，"波洛克现在温情脉脉地说，"让我告诉你吧，弗兰克。我对人的预感很少出错。对了，吃甜点的时候你要不要喝点什么，露酒还是混合酒？"

午餐快到尾声了，今晚爱波说不定会问："你是不是想告诉我，你就坐在那里吃了整顿午餐，讲述了你一生的经历，就是没告诉他你秋天就会离开公司？这到底是为什么啊？"——弗兰克想。

但波洛克根本不给他插话的机会，他又说回公司的正事了。那么谁去照顾新生婴儿呢？谁来架设起这座桥梁呢？

"……是你的公共关系专家吗？你的电子技术工程师？还是你的管理顾问？当然他们在全盘计划里会扮演重要的角色，他们会在各自擅长的领域里贡献出自己的专业知识。但是问题的关键就在这里，他们当中没有人具备合适的履历或资格，来完成这个搭建桥梁的重任。弗兰克，我跟这个行业里顶级的广告人和销售人员谈过，我跟一些最出色的计算机技术人才和全国最优秀的管理人员谈过，我们得出一致的结论：这是一种全新的工作，我们需要培养出全新的人才来掌握它。

"过去这六个月我一直到处走动，想要在公司的内部或外面听取不同人的意见。到目前为止我已经看中了五六个来自不同领域的年轻人，我希望还能再找五六个这样的人。你现在明白我在做什么了吧？我是在给自己招募一个团队。现在请让我"——他抬起一只厚厚的手掌表示不想被打断——“让我说得具体一点。你做的那份小宣传册只是一个开始。我希望你按照我们那天在班迪办公室里规划的那样，把整个系列都做出来。那很好，不过我操作的东西比这个庞大得多。就像我说过的，整个计划还没有成形，现在什么事都不是绝对的，但你至少理解了我的思路。我有预感，你正是我需要的那种人。我可以派你到全国各地去会见各种各样的人，民间团体、商务论坛、销售同行，还有我们的客户或潜在客户。你要做的事，就是站在他们前面，然后说话。你要跟他们介绍电脑，准确告诉他们如何找到相关信息；还要回答他们的问题；你要用商人可以理解的语言，告诉他们资料处理电子化是怎么回事。弗兰克，我承认也许我已经是那种老式的销售人员，但是我有一个信念：如果你想要推销一个想法，无论是多么复杂的理念，没有什么比一个活生生的人现身说法更有效了。”

“呃，巴特，在你接下去说之前，有一件事情我——”他觉得胸部发紧，呼吸急促。“我想说的是，我打算今年秋天离开诺克斯公司。那天在班迪的办公室我之所以没有提起，是因为我还没有知会班迪。我想我应该更早跟你说清楚的，现在……我觉得有点……我是说我真的非常抱歉，不能如你所愿……”

“你是说你居然向他**道歉**？”爱波可能会这样问。“就好像你还要得到他的批准才可以离开一样。”

“不是这样的！”他会大声否认。“我当然没有向他道歉。你能不能给机会让我把话说完啊？我只是在**知会**他，就这么简单。他之前跟我推心置腹说了那么多，我忽然提出辞职，自然会有点别扭啦。你难道想不到这一点吗？”

“那么我要更怪罪班迪了，”波洛克说，“让你这么能干的人虚度了七年，然后被其他公司抢走。”说完他摇了摇头。

“不是，我不去别的公司。我不会留在这个行业了。”

“哦，那我至少应该为此而高兴。弗兰克，我很欣赏你能对我坦白，那么我也对你坦白吧。我不喜欢去打听跟我无关的私事，但你能不能告诉我，你肯定不会改变主意了？”

“呃——我想我相当肯定，巴特。要说清楚不是那么容易。不过，是的，我相当肯定。”

“因为这一点很关键。我的意思是如果只是钱的问题，那么我们可以讨论出一个让你满意的……”

“不不不，我很感谢你这么说。但是这跟钱一点关系也没有。这更多是个人追求的问题。”

这句话似乎说服了波洛克。他缓慢而稳重地点头，表示他对个人追求完全理解。

“不过这不会影响我现在正在做的这个系列，”弗兰克说，“我还有足够的时间完成它。只是超过这个范畴就……你明白的，我就不太可能参与了。”

波洛克持续地点着头，过了一会儿，他说：“弗兰克，这么跟你说吧，没有哪件事情是那么绝对的，任何人都有可能改变主意。我唯一的请求是，你考虑一下我们今天聊过的东西。先想想，别忙着做决定，跟你的妻子谈谈——跟妻子讨论从来都是首要的事情，对吧？当然必须跟妻子讨论，想想看，如果没有她们，我们的生活会成什么样？你想好了，随时都可以过来找我，然后跟我说：‘巴特，我们再聊聊，可以吗？’我们先这么着，好吗？太好了。记住，我今天说的这些可以为你带来全新的事业前景，这是一份所有男人都渴望得到的，充满挑战性和满足感的工作。当然你可能更渴望那个让你放弃这次机会的‘个人追求’”——他眨了眨眼——“我不会随便说竞争对手的坏话；当然全由你决定。不过弗兰克，我想很郑重地告诉你，如果你选择了诺克斯，我相信你不会感到后悔的。而且我还相信一件事情，我相信——”他压低了声音说，“这也是你送给父亲最好的纪念和礼物。”

弗兰克要怎么跟爱波说，他听到这些俗不可耐的温情软语时，炽热的血液忽然冲击他的喉头？如果不去扭转爱波的顽固和偏见，他怎样能让她理解，他当时差点在逐渐融化的巧克力雪糕面前感动流涕？

幸运的是，那个晚上他没有找到跟她谈论这件事的机会。她花了一整天的时间去做一件她非常讨厌，以至于近来有意无意去忽视的工作——打扫房子里那些眼不见为净的隐蔽地方。她把轰鸣着的吸尘器推到房间的每个角落，钻入床底，跟灰尘及蜘蛛网顽强作战；她用去污粉来清洗浴室的每一块瓷砖和挂件，那气味让她头疼；她把头和肩膀都伸进烤箱里，用氨水清除里面的黑色污迹；她掀开炉子旁边一片松动的油毡时，原本以为是一块狭长的棕色污渍的东西突然动了起来——那竟然是一群蚂蚁。过了好几个小时她还浑身不舒坦，就像蚂蚁仍然在她衣服里爬着；她甚至去解决地窖的漏水问题，她从一个小水坑中搬出一个潮湿的瓦楞纸盒时失手滑落，发霉的垃圾洒满一地，里面竟然钻出一条橘黄色斑点壁虎，慌不择路地从她的鞋面上爬过。到弗兰克回家时，爱波已经疲惫得不想开口说话了。

第二天的夜晚她也不想说话。两人一起看了一部弗兰克觉得剧情挺吸引人，但爱波却觉得是垃圾的电视剧。

直到下个夜晚，或者是下下个夜晚——弗兰克已经忘记是哪天了——他发现爱波在厨房里踱来踱去，身体紧绷，肩膀高耸，跟她在《化石森林》第二幕中的表现一模一样。隔着墙壁从客厅闷闷地传来紧凑的喇叭和木琴声，还有侏儒在尖声说话，那是孩子们在看电视卡通。

“怎么了？”

“没什么。”

“我不信，今天是不是发生什么事情了？”

“没有。”一直挂在她脸上的微笑——跟那天谢幕时一样的微笑——渐渐散发掉了。她的脸扭曲成沮丧的痛苦表情，而且呼吸声大得就像在锅里沸腾着的蔬菜。“今天没什么新鲜事！没有！没有什么不好的事。如果你说的是今天才发生的话——天哪，弗兰克，你别一副傻不拉叽的样子。难道这么多天你没发现吗？也没有猜到？我怀孕了。就这么回事。”

“上帝啊。”他的脸色听话地苍白起来，而且如愿地摆出了一副被坏消息吓呆的表情。但他很清楚这种伪装不能持续太久。一个欢快的笑容已经挣扎着要爬到他的脸上，他只好捂着嘴来制止它。“噢，”冷静的声音从指缝中漏了出来。“你肯定吗？”

“是的，”她重重地扑倒在弗兰克的怀里，就好像告诉他这个消息已经耗尽了她所有的力量。“弗兰克，我本来不想那么快就说这件事来打击你，我想等你先歇一歇喝点酒；我是说我可以等到晚餐之后，但我——这一个星期以来我几乎可以确定自己已经怀孕了，但我还有一丝希望，直到今天看了医生，我再也不能骗自己了。”

“噢。”弗兰克放弃去控制自己的表情，他开心地搂着她的肩膀，双手抚摸着她的后背，并在她的发丝间轻轻地说着不经思索的话。“听我说，亲爱的。这并不意味着我们走不了，这只是说，我们要稍微变动计划，以别的**方法**离开。”

压力瞬间消失了。正常的生活宽容地回到他身边。

“没有别的办法啦。”她说，“你以为我这个星期都在想什么啊？真的**没有**别的办法了。我们去欧洲不就为了让你有个机会去寻找自我吗，但现在一切都毁了。都是我的错！我愚蠢，我大意……”

“不，不是这样的。听我说，什么都没有毁掉。你太绝望了。最坏的情况也不过是我们再等一会儿，等我们想出一个……”

“再等**一会儿**！两年吗？三年？还是四年？你认为我要花多长时间才能脱身去接受一份全职工作？亲爱的，你仔细**想想**看。我们已经没有办法了。”

“不，事情不是你想的那样。听我说。”

"现在不说了。我们现在先不说这个，至少我们先等孩子们睡着，好吗?"她回过头去对着炉子，然后用手腕内侧擦拭一只泪水汪汪的眼，那模样就像一个不愿意被大人看见自己哭过的小孩。

"好的。"

孩子们抱膝坐在客厅里，眼神空茫地盯着屏幕上一只卡通狗凶神恶煞地挥舞着大木棒，追打着一只卡通猫，跑过被摧残得不成模样的卡通房子。"嗨。"弗兰克一边说一边从他们身边走过。吃晚餐之前他走进卫生间梳洗，同时也梳理思绪。他盘算着等到他们俩单独相处时，他要怎么说。词句像音符那样在他的脑子里愉快地飘扬了起来。"听我说，我们的计划确实要延缓一下。但是我们可以这样去看……"他开始描绘一幅新生活的图景。他会告诉她，如果需要再等两三年的话，那么他可以接受波洛克的工作，挣更多的钱，那么他们会过上更舒适的日子。"这当然不是什么了不得的工作，但钱还是不少的。想想这些钱吧!"他们可以买一栋更好的房子，而且更好的是，如果仍然无法忍受郊区的生活，他们可以重新搬回城里。当然不是搬回那个阴暗、爬满蟑螂、地铁吵得人不得安宁的城区，而是轻快的、振奋人心的、充满活力的新纽约。一个要有足够的钱才能发现的美好纽约。他们无法想象他们的生活会变得多么开阔有趣。而且……而且……而且……

闻着肥皂的清新味道和去污粉残留下来的熏人香气，弗兰克一边洗手一边看着镜子，发现自己的脸色看起来比过去几个月要红润得多。于是在“而且”后面他知道该补上什么句子时，他已全身心投入其中。而且：为什么我们要把接受波洛克的钱当成一次妥协，当成你恢复工作能力能在巴黎养家前一次无可奈何的选择？这本来就是个难得的机会啊。它可以开拓新的局面，带我们去认识新的人和新的地方，假以时日甚至能带我们去欧洲。诺克斯公司的国际部门在海外开展电脑销售业务，不也是很有可能的事吗？（“你跟惠勒太太完全不像一般印象中的美国商人，”当他们悠闲地靠在威尼斯运河的栏杆上，品评着美味的苦艾酒时，威尼斯某位亨利·詹姆斯式的伯爵夫人会这样跟他们说。）

“嗯，那好吧。那么你怎么办呢？那么你还能怎样去寻找自己呢？”爱波或许会这样问。当他坚定地关掉热水龙头时，他已经有了答案：

“一切都让我自己承担吧。”

镜子里的那张脸变得成熟而充满了男性气概。这张脸友好而坚决地点点头回应了他。

他伸手去拿毛巾，发现爱波忘记在架子上放毛巾了，于是他只好自己打开柜门去找。这时他发现顶层放着一个包着药店纸的方形小包裹。这应该是刚买回来的，夹在毛巾和床单中显得格格不入，神秘得像偷偷藏起来的圣诞礼物。弗兰克感到一阵恐惧，他拿下来撕开了包装，看见一个蓝色的硬纸盒，上面印着“包装合格”的字样，打开盒子一看，里面是一根桃红色的橡胶吸液器。

来不及思考，来不及去想想是不是该等到吃完晚饭，弗兰克就拿着盒子大步迈出去，越过正在客厅看卡通的孩子（现在轮到卡通猫对付卡通狗，在卡通乡村满地追逐），走进了厨房。一看到他手里的东西，她的脸先是惊讶，然后变得冷酷。毫无疑问，他的猜测没错。

“你给我听着，”弗兰克说，“你想用这个狗屁东西来干什么？”

笼罩在炖菜的蒸汽之中，她退后了几步，但不是在表示退缩，而是一副早有准备的挑衅神态。她紧张地把手贴在屁股上来回擦拭，说：“那么你想干什么？你以为可以阻止我吗？”

第三部

第一章

我们应该庆幸我们能测量和分配时间，这几乎是我们舒适感的不尽源泉。

“我们来对对表，现在是早晨六点整，”步兵团长说。炮弹在头上呼啸，当他手下那些缩成一团的副官把两个指针准确地调成直线时，他们的恐惧感也暂时消失了。通过一块看起来平凡温文的手表，尽管短暂，他们重新找回了可以自我主宰的幻象。手表在脆弱的手腕上显得多么有条不紊啊；很好，到目前为止，一切都跟着计划的时间前进。

“抱歉，我到这个月底的时间表都排满了。”白领说。他把电话筒优雅地靠在脸颊上，手指翻动着日程表，脸上露出了十足的安全感。面前这一大沓薄脆的纸页向他保证，在月底之前，不可预料的灾难或命运再也找不到空隙来降临到他头上。暴乱和瘟疫也得等在一旁，甚至连死亡都得排队——因为他的时间表都排满了。

“噢，让我想想，”老人歪着头说。阳光下他的五官痛苦地皱了起来，在混乱的回忆中他眨着眼道，“我的第一任妻子死于春天，是哪一年的春天？——”他的脸一瞬间爬满了恐惧。哪一年的春天？过去的？未来的？哪一年的春天又有什么关系呢，如果季节替换只是因为地球无知无识地绕着太阳转从而带来的地表景象轮回？而太阳又只不过是十亿个漫无目的地转向虚无的星体之一？可怕的无穷无止！还好不久之后，仁慈的阀门开启，他的脑袋又转移到让人疲惫的回忆上了，“一九〇六年的春天，”他终于想起来。“或者不是，等等——”星体运转的景象在脑海里复活，让他全身一冷。“等等！是一九〇四。”这次他确定了。他心里平定了下来，一只手不由自主地拍了一下大腿以示满足。他或许已经忘记了第一任妻子微笑的样子，忘记了她流泪时的呜咽声，但只要用数字把对她的回忆碎片接续起来，他的一生，或者说生命本身，也仿佛找到了延续不断的轨道。现在活过的每一年都能乖乖地排进这个轨道里，井然有序地形成一个整体。一九一〇年，一九二〇年，他记得每一年发生的事情，一九三〇，一九四〇，一直到给了他应得平静的现在，一直到给了他温柔承诺的未来。现在地球可以继续它那善意的永恒轮回：这些刚萌芽的草多清新啊，而那同样的老太阳仍旧伟大地挂在上边朝他微笑，就像这么多年以来一样。“是的，先生，”他可以权威地说，“一九〇四年。”而如他所愿今晚的星星会在夜空闪耀，意味着他可以放心地进入永恒的沉睡中。他已经在混沌中找到了秩序。

对于惠勒夫妇来说，如果厨房的墙上没有挂着那本日历的话，一九五五年的夏初会很难熬，而且也会有个完全不同的结局。那本日历是来自“斯托帕和儿子五金家具公司”的新年礼物，每一页的图片都是新英格兰乡村地区的风景，显示本月的日期之外，旁边还有两个小点的图表显示上个月和下个月的日期。这么一来，人们只看一眼就能弄清楚一个季度。

弗兰克和爱波推算出受孕的日子应该是五月第一周的后面几天，也就是他生日过后的第一个星期。两人都想起了他在她耳边轻声说：“这东西好像有一点点松。”而她轻声回答：“不会的，肯定不会有问题的。别停下来……”(后一周她就去买了一个新子宫帽避孕套，就为了以防万一)。这也就意味着八月份的第一个星期会是个神秘的时间段，很久以前有同学曾经告诉她，怀孕满三个月就能使用那个橡胶吸液器了。这个日子在日历的另外一页，离现在还有四个星期。

在他们把目光投注在日历上之前，他们心里只有慌乱。是慌乱把她推到药店里，让她从医生诊所里出来的当天下午就迫不及待地奔向橡胶吸液器；是慌乱在那晚把他推到厨房，在看到柜子里的神秘礼物后就一分钟也等不及要跟她对质。是慌乱，让两人笼罩在炖菜的蒸汽中冷漠对视，厨房安静得只听见隔壁电视传来的卡通声。但是到了同一天深夜，当他们翻看日历的时候，慌乱就淹没在一行行整齐排列的日期里。他们发现，离最后期限还有相当长的时间，他们可以理智地利用这些日子来做出正确的决定。

“亲爱的，我不想对你冷言冷语。如果在我们有机会理智地商量之前，你不是那么气势汹汹冲过来质问我的话。”

“我知道，我知道。”他轻轻地拍打她抽泣着的肩膀。他心里明白，眼泪不表示她已经投降。往最好的方面去想，他希望她正半推半就地期待自己能被说服，留住孩子；而往最坏的方面去想，就算她已经下定决心做掉孩子，她还是不愿意去触怒他，从日历里她欣慰地想到还有宽裕的四个星期来慢慢改变他的想法。不管是哪种情况，这表示她都在考虑他的感受，她在乎他。现在这对弗兰克来说是最重要的。当他抱着她，轻抚着她时，弗兰克感到心满意足。

“因为我认为，我们应该相互扶持来面对这件事情，不是吗？”她从他的怀抱里退开一点。“不然的话什么都没有意义了，对不对？”

“当然。我们现在可以好好谈谈了吗？我有一些事情要跟你说。”

“嗯，好的。我也有很多话想说。只是我们答应对方，不要再吵架好吗？我们不能在这么重大的事情上争执不休了。”

“这一点我知道。听我说……”

于是消极的情绪一扫而空，在日历上那一行行整齐排列的日期里，他们进行了平静、自制和极度严肃的辩论。在这段时间他们精神高亢，再也没有那种让人难受的紧张对峙。这段时间他们就像处于热恋时期。

跟热恋期一样，弗兰克蓄意把长谈安排在不同的地点：在屋子里、在院子外、在夜晚绕山兜风的汽车中、在乡村的高级餐馆，以及，在纽约。在这两个星期当中，他们夜晚外出的次数比去年一整年加起来还要多。从第二个星期开始，弗兰克就认为自己已经占了上风，因为她并没有反对外出花那么多的钱。如果她还是坚持秋天去欧洲，肯定会尽量把钱节省下来。

然而这之后，弗兰克再也不需要这样微弱的征兆了。几乎一开始他就占据了主动，因此对赢得这场辩论充满了信心。他论据充足，还站在天使这边。他要推销的是一个高尚的想法，无私、成熟、从道德上来说无可辩驳（虽然他尽量避免用道德标准去衡量）。而她呢，无论她怎样把自己的勇气浪漫化，堕胎终究是让人厌恶的事。

“但是弗兰克，难道你不明白，我想这么**做**全都是为了你吗？你能不能相信我，或者至少试着去相信我？”

每次她这么说的时候，他就会从坚牢的信念堡垒中看着下面柔软的小生物，悲悯地微笑道：“怎么能说都是为了我呢？”他会这样反问她，“我一想到你要这么做，我全身上下就会觉得难受。你再想想吧，爱波，再想想。”

弗兰克战略上最大的难题，就是不光要让自己的立场显得高尚，还要对她有吸引力。因此，他把她带到乡村和城里的高级餐厅，她只需要环目四顾，就会发现周围俊美优雅的男男女女。这些人毫无疑问在这个世界里如鱼得水，他们试图超越抑郁的社会环境，懂得怎样把无趣的工作变为优势，他们知道怎样去利用体制而不必卑躬屈膝，如果他们听说惠勒夫妇的处境，肯定会同意他的立场。

“那好吧，”听完他的陈述后她会反驳，“假设这些都发生了，假设几年之后我们的生活真的变得丰富多彩，我们会有很多有趣的朋友，并且每个夏天都飞去欧洲度假，但是你真的认为就会比现在更快乐吗？你还是在把一个男人的巅峰时期浪费在这样空虚无聊的工作里……”

猎物踏进了圈套——于是他趁机说：

“这一切就让我自己承担吧。”他说，“如果我的男人气概和成就，必须要用你的身体自残为代价的话，那还有什么价值呢。如果你那么去做，这是无法避免的，你就是在对自己犯下罪行，不仅伤害了你自己的肉体，也伤害了我。”

有时候她会温和地把这件事戏剧化，用以反驳他：每天都有女人非常安全地完成这件事，她的那个同学至少已经做过了两次。当然她不会完全否定他的话，她承认三个月之后再去做的话，情况会完全不同——“我是说如果真的过了那么久的话，那就真的值得担心了。不过只要把时间掐准，那会是世界上最安全的事情。”

每次她强调这件事情其实很安全的时候，他都会鼓着腮，然后吹出一口气，一边皱眉一边摇头，就像要他去认同一次种族大屠杀在伦理层面站得住脚似的。不，他不买账。

不久以后，她开始用“做这件事情”来指代流产，而且声音会带着点难堪和犹疑，甚至会明显地把目光移开，不敢直视着他。即使她满腔热忱地表述这件事情有多么必要时，也不例外。就好像他洋溢着爱怜又困惑的脸孔摆在那里，就足以让她感到这是件羞于启齿的下流事儿。不久之后，弗兰克还找到了更让他觉得胜利在望的信号：他发现在某些奇异的时刻，她的眼睛会有一种浪漫的迷雾，她正在偷偷地用爱慕的眼神在看着他。

这样的时刻一般都不是自然发生的；弗兰克常常会特意去标榜自己的男性魅力来吸引她，就像一些女性刻意经营自己来取悦男性一样。比如说，两人一起坐在餐厅的时候，不管是起身离开桌子还是朝她走过来，他都会记得让自己保持她以前觉得“非常性感”的走路姿态。两个人并肩走路的时候，他又恢复了老习惯，会不自然地把一只肩膀抬高一两寸，挺直脖子，这样她挎着他胳膊的时候就会感觉他更伟岸一些。每次在暗处点燃香烟的时候，他会小心地保持一种形象：皱着眉头，就像一个饱经风霜的硬汉子，啪一下掀开打火机，用手护住火，火光闪烁照耀出一个男人昙花一现但却无比强烈的图像（很多年前他经常在黑暗的卫生间里对着镜子这样练习）。他一丝不苟地关注着数不清的细枝末节，比如他会刻意把说话的声音压低，头发要梳理整齐，被他啃得凹凸不平的指甲要遮盖起来。每天早上他一定比她醒得更早，从床上跳起来，这样她只能看见他精神奕奕的样子，而不是刚睡醒时脸部肿胀、表情迷茫的模样。

他会在烛光中咬紧牙关，这样他看上去就会显得坚毅而有魄力。只是长时间的表演让他大牙酸疼。有时候，他会憎恨自己使用这样的伎俩来达到目的，甚至隐隐地把爱波也迁怒在内，因为她竟然会这么轻易被这些虚伪的表演打动。这都是些什么幼稚玩意儿啊？但这种自我反省不会持续太久，很快他就想，在爱情和战争当中，用什么招数都是合理的。而且爱波不也不遗余力地在玩这场游戏吗？她上个月不也使出浑身解数来软化他，诱使他接受去欧洲的建议吗？既然如此，那他就不用再多想了。也许这种手段滑稽可笑，也许这并不是成年人该有的言行举止，但这不是现在该思考的问题。在这个节骨眼上有许多事情比这样的道德自省更重要。

所以他放任自己继续去扮演这个角色，并且花尽心思来让表演尽善尽美。他小心地控制着自己，尽量不提办公室的日常工作，也不去抱怨下了火车之后有多累。他甚至用一种安静的类似于欧陆做派的温文来跟餐厅服务员和加油站工人打交道。每次谈论他们看过的戏剧，他会不露痕迹地引经据典——这一切都为了展示出，一个为诺克斯卖命的人依然可以很有趣（“你是我见过最有意思的人”）。他兴致勃勃地跟孩子们一起嬉闹；尽管很不情愿，他还是会很快地整理草坪。有一次他们半夜开车兜风时，他哼了一路艾迪·坎特的《那就是我要的宝贝儿》，因为这让她开心地笑了出来——他要告诉她，一个男人即使面对这么难堪的婚姻问题，即使他的老婆不愿意为他生孩子，他仍然可以和善地对待她。爱波不是这么说过吗，“当你和和气气的时候我很爱你。”

他的战役应该很快会轻松取胜，如果他可以利用四个星期的每一个小时密不透风地对她发动攻势。问题是，日常的生活还要继续。

他还是得把每天大部分时间荒废在办公室里，听奥德威不停地祝贺他很快就能聪明地逃脱牢笼。而爱波还是必须困守家中，独自面对各种琐细的家务事。

他们还要应付吉文斯太太，她最近总是找尽借口给他们打电话，或者上门拜访。她表面的理由是房子出让的问题——而这个事情本身确实很恼人，出售一个房子有许多必须讨论的细节，而惠勒夫妇只好面无表情地聆听她的意见——不过她总会把话题兜到约翰以及“上次我们一起度过的愉快时光”上。几个来回后，他们才忽然意识到自己已经糊里糊涂地答应了某个星期天下午要再来一次聚会，“看你们哪天方便，从现在到你们离开之前哪个周日都可以。”

他们还必须去应付坎贝尔夫妇。在坎贝尔夫妇的强烈要求下，他们花了一整个周六在海边野餐。这疲劳的一天交织着热狗、沙子、汗水和孩子的哭声，以及令人头晕眼花的困惑。他们晚上回家后陷入了歇斯底里的状态。事实上，就在这个夜晚，他们的这个“热恋期”或者是“推销战役”，或是管他什么，告一段落，进入了不再浪漫的第二阶段。

“上帝啊，这一天过得真不容易。”爱波刚关上孩子们的房门就开始说。她僵硬地在客厅里踱着步，弗兰克一看这种姿态就知道，麻烦来了。在“热恋期”或是“推销战役”里弗兰克认识到，这个房间是最不理想的谈话场所。一百瓦灯光无情地照射下来，让房间里所有的脏乱和残破无所遁形，就像在无声地支持着爱波的想法。这些死物叠合起来，不止一次在像这样燥热的夜晚差点推倒弗兰克细心搭建的陈述大厦。他那崇高的立场实在经不起这些物品惨白的检验：不停地变动位置并且永远都不成形的家具摆设；那些本来该提升房子格调却没有做到的成架成架的书本——这些书很多没有被翻开过，有些才读了一半，有些则读完就被忘却了；嘈嘈切切的电视机；一堆早该泡进氨水里的污秽不堪的玩具。这些玩具或许早该被强烈的化学液彻底清洗，它们瞬间刺痛他们的眼睛和嗓子，让他们充满负罪感地得出一个结论：“也许我们**不该**成为父母，也许我们根本**不配**……”

今天爱波的额头、颧骨和鼻子都被阳光晒伤，变成了粉红色。由于戴了一整天太阳镜，双眼显得惨白、惊诧。她的头发散乱地搭落下来，于是她时不时就得噘起嘴把眼睛上的头发吹开。她的身体看上去也让人很不舒服。她穿着潮乎乎的上衣，皱巴巴的蓝色短裤紧紧地勒着越来越明显地隆起的腹部。事实上她讨厌穿短裤，因为这会让人注意到她这些年来越来越肥胖松弛，还静脉曲张的大腿。弗兰克安慰她别傻了，说：“这双腿很迷人。我比以前更喜欢它们了。真正的女人的腿就应该是这样的。”——于是她索性迈开双腿在他面前晃来晃去，带着羞辱他的快感。那双腿好像在说：“这样好看，是吧？够有女人味，是吧？这不就是你要的东西吗？”

她拖着双腿在房间里重重地踱着步子，肥腿在他眼前晃来晃去，弗兰克别无选择，只好盯着它们看。

他倒了一杯烈酒，靠在厨房门边上，一口口地喝着做好准备。过了一会儿，她终于重重跌坐在沙发上，无精打采地翻找着旧杂志。不久她就把杂志扔到一边，然后仰靠沙发椅背，并把一双脚连着脚上的运动鞋一起抬到咖啡桌上。她说：“你确实比我更有道德，弗兰克，我想这就是我仰慕你的原因。”她虽然这么说，但表情和语气却没有仰慕的意思。

他试着缓解空气里的敌意，在她对面坐了下来，并且小心地装出不置可否的样子，耸了耸肩说："我从没这么想过。我不知道我们讨论的事情跟'道德'有什么关系。我指的是，**你**知道的，约定俗成的道德。"

她躺靠着沙发，脚跟抵在咖啡桌上，一个膝盖从一边晃到另一边，好像在思索着，很久以后才开口说："还有什么别的种类的道德吗？'道德'和'约定俗成'难道不是同一个意思吗？"

他恨不得一个耳光打在她的脸上。这个只懂得冷嘲热讽，阴险的小——天啊！如果这是他婚姻生涯的另一个月份，他很有可能马上就暴跳如雷，然后冲着她大喊大叫："天啊，你能不能收起二十年代诺埃尔·科沃德那套刻薄的语气，别用势利又清脆的俏皮话去嘲弄那些还有点存在意义的价值观？听着！"他会咆哮道，"听着！可能**你**父母就是活在那样的世界里，可能**你**就是被这种时髦的、挑逗的废话喂养长大的，但你是时候睁眼看看，这他妈的跟现实世界一点都不搭界。"——但墙上的日历及时封住了他的嘴巴。还有十二天。在这段时间里他不能冒险。于是他紧紧闭着嘴唇，眼睛直勾勾地盯着手上的酒杯，他紧握酒杯的双手不住颤抖，差点把酒泼洒出来。此时，他毫不费力地就用面部表情演了一出这辈子最值得纪念的戏——

那一阵激愤过去后，他轻轻地说："宝贝儿，我知道你累了。我们现在不应该再讨论这些。我知道你心里很明白。我们跳过这个话题吧。"

“跳过什么话题？你知道我心里明白些什么？”

“你知道的啊。关于‘道德’和‘约定俗成’。”

“但是，我确实**不明白**它们之间的区别，”她认真地在沙发上坐了起来，穿着运动鞋的双脚放回地下，前臂压着膝盖，身体向前倾靠近他说，“你不明白我的意思吗，弗兰克？我真的**不明白**这其中的区别。别人也许明白吧，你也明白，但我就是不明白。现在不明白，以前也从没明白过。”她一脸的天真困惑，弗兰克简直不敢直视她。

“看，”弗兰克说，“是你先用了‘道德’这个字眼，不是我。我从没有把这件事放在道德的基础上谈，无论是约定俗成的道德或别的。我说的是，在现在这么个处境，很显然我们最成熟的做法就是顺应命运往前走，并且——”

“又来了！”她说，“你看，我也不明白‘成熟’是什么意思。你可以花一整晚的时间来说但我不会明白的。这些对我来说只是‘字眼’而已，弗兰克。每次看着你说话的时候我都会想：这难道不奇妙吗？他真的那样**想**，这些字眼对他来说确实**意味**着什么。有时候我感觉自己就像一辈子都在看别人说着想着我一辈子也不明白的字眼”——她的声音开始发抖——“这也许说明我这个人不太正常，但我说的都是真的。不不，你别过来，别过来亲我或做些什么，要不最后我们只会剩个烂摊子，什么都解决不了。请你好好坐着。我们试着聊聊，好吗？”

“好吧。”他老老实实地坐在椅子上。但试着聊聊却没那么容易。他们只能在燥热中虚弱、沉重、目光炯炯地瞪视着对方。

“我只知道一样东西，”最后她打破了沉默，“那就是我的感觉。我的感觉告诉我该怎么做。”

他站起来熄掉房间里所有的灯，嘴里念叨着：“让这个地方凉快一点。”不过黑暗并没有什么帮助。他意识到讨论已经走进了死胡同。如果他说的一切只是“字眼”而已，那么继续说下去又能有什么意义？面对这么顽固的防御，怎样的演说才有机会穿透这层外壳直达人的内心？

但不久以后他的声音又响了起来，几乎和他的意愿无关，他居然不自觉地使用了他最后的杀手锏。把这些东西说出来是有风险的，所以他打算保留到最后，在面临失败的紧要关头才拿出来抵御。现在距离最后期限还有十二天，把它拿出来多少有点鲁莽，但是他一旦开了个头，就无法停止了。

“听我说，”他听见自己说，“这些话可能让你以为，我觉得你‘不正常’。但实际上我不是这个意思。我想的是，在这件事情上确实有那么一两个方面我们没有涉及过，而我觉得我们有必要开诚布公。比如说，我怀疑你不想要孩子的真正原因，并不是你想的那么简单。我的意思是，是不是有其他更深层的动因，你完全没有意识到，或者是不敢承认的呢？”

她没有回答，在黑暗中他只能去猜想她到底有没有在听。他深吸了一口气：“我指的是跟欧洲计划无关，跟我也没什么关系的东西；存在你内心的东西；源于你的童年，源于你的成长经历的，一些情绪上的东西。”

接下来是一段长长的沉默，直到她冷冷地说：“你是说我情感失调。”

“我没这么说！”不过接下来的那一个小时，他不停地说啊说，换了好几种方式来表达的都是这个意思。毕竟，如果一个女孩唯一在乎的事情，就是一出生父母就抛弃了她，那么她抗拒生孩子就大有可能了。

“我觉得，你能**熬过**这样的童年已经是个奇迹了，更别说安然度过，我的意思是，完全没有伤害到你的……你的自我。”他提醒她，在贝休恩大街第一次怀孕的时候，她自己也曾说过想要放弃这个孩子的念头是有点“神经质”——哦是的是的，现在条件完全不一样了，但有没有可能她心里仍有同样的困惑，并且影响着她的判断和决定？哦，他并没有说这就是全部的真相——“我没有**资格**这样说”——但这是一条思考的线索，他们应该小心地挖掘出来。

“但是我**生了**两个孩子，”她说，“这难道不算数吗？”

他让这些话语在黑暗中回荡了一会儿。“你这样的说法本身就说明了问题。”他平静地说，“你不觉得吗？就好像生孩子是种惩罚，受过一次算一次；就好像生了两个孩子就能‘算数’，可以不去理会生育下一个孩子的职责？而且你说话的方式也是充满了敌意，随时要吵架的样子。天哪，爱波，如果你非要这么说话，那么我再告诉你一个数据吧：你一共怀了三次孕，而其中有两次你都想把孩子打掉，这是个怎样的记录啊？哦，你看，”他的声音变得非常柔和，就像在跟詹妮弗说话似的，“你看啊，宝贝儿，我要指出的是，你并没有完全理性地看待这件事，我只是希望你能再想想，仅此而已。”

“好吧，”她冷冷地说，“好吧，假设你说的都是真的，假设我确实有强迫症，或者别的什么精神问题。那又怎样？我不能控制自己的感受，我能吗？我是说我们能怎么**做**？我该怎么样从这里面走出来？我需要做的，难道只是去面对问题，然后明天一早起来就脱胎换骨变成另一个人？”

“亲爱的，”弗兰克说，“这没有什么难的。假设你情绪受到困扰，假设你确实有这一类的问题，你不认为我们会有办法去应对吗？我们可以采取一些合情合理的措施。”他开始对自己的声音感到厌倦，他觉得自己已经喋喋不休地说了好多年。他舔了舔嘴唇，感觉那一片肉就像是牙医放到自己嘴边的手指那么陌生（“张开嘴，张大一点，现在！”），于是他说了出来：“我们应该安排你去看心理医生。”

他看不到她的脸，但是他可以想象到她的嘴角微微地翘向一边——她强硬的表情。“那么你是打算用巴特·波洛克给你的薪水来支付这笔费用喽？”她问。

弗兰克叹了一口气。“你知道自己在干什么吗？你说出这样的话，就是要跟我过不去。”

“我没有。”

“你有，而且更糟的是，你在跟自己过不去。这就是我们这些年来不停在做的事情。现在我们该长大成人结束它了。**我**不知道会不会拿波洛克的钱，坦白说我根本不在乎用哪份工作的钱来付账。我们俩都是成年人了，如果我们当中谁出现问题都应该用成人的方式去商量解决。谁来付账根本是细枝末节。如果需要的话，这笔费用就会被支付。这一点我可以向你保证。”

“你真好。”爱波说。弗兰克隐约看到影子晃动，沙发的罩布窸窣作响，他知道爱波站了起来。“我们可以不说了吗？我累死了。”

听着她的脚步越走越远，听着她简单地收拾床铺准备睡觉，然后一片静寂，弗兰克喝下了最后一口酒并预见了失败。他感觉他已经用尽了最后一个机会，而他几乎肯定自己已经输了。

意想不到的是，第二天他就得到了扭转颓势的机会：星期日，约翰·吉文斯的第二次来访。

“你们好！”约翰走下汽车，外八字脚大步穿过车道朝他们走来，而他的父母则一边紧张地追随着，一边表示歉意。从这样的开场看来，这一次到访会有不同的结果，而且他们会有一个更难熬的下午。今天不会再有一起散步的亲密，也不会有共同回忆广播节目的投契；约翰正处于极度亢奋的状态。一开始的时候，弗兰克被他的眼神和声音震慑住了，过一阵子他才灵光一闪，意识到这次到访可能会起到警示作用从而产生有利于他的效果。约翰·吉文斯就是精神错乱活生生的例子，不知道爱波看见了他是否还会说她不在乎自己会变成疯子？

“你们打算什么时候走啊？”约翰问。像上次一样，当他母亲还在滔滔不绝地赞叹着今天的天气时，他不客气地打断了她的话。爱波在后院草坪上摆好了桌椅招呼客人坐下，同时还准备了冰茶。所有人当中只有约翰没坐着，他四处走动，偶尔停下来眯着眼凝视着远处树林、房子或公路远方的某个点，看样子正在被什么重大隐秘的事情困扰着。“你们说的是九月份吧？我记不太清楚了。”

“还没有确定下来。”弗兰克回答。

“不管怎么样，你们至少还要待一个月，对吧？现在的问题是我需要找人——”他突然停了下来，迷惑地环视着草坪。“对了，顺便问一下，你们的孩子都到哪里去了？老海伦总是说起你们的孩子，可我从来没见过他们。他们每个周日都去参加生日派对什么的？”

“今天下午他们去看望朋友了。”爱波连忙解释。

约翰目不转睛地看着她，过了好一阵子，又把目光转向弗兰克；然后他垂下眼来，蹲在草地上，开始拔着一簇簇的绿草。“嗯，这么做是有道理的，”他说，“如果一个疯疯癫癫的人要到我家里来，我也会把孩子弄走。如果我有孩子的话，嗯，如果我有房子的话。”

“噢，这是我吃过最好的鸡蛋沙拉，爱波，”吉文斯太太说，“你一定要告诉我是怎么做的。”

“你能不说话吗，妈？做沙拉这点事儿，她可以晚些再告诉你。你们先听我说，这非常重要。我需要帮助，既然你们还会待上一个月，我打算请你们帮我这个忙。肯定不会花很多时间，而且也不会花你们一分钱。我想的是，你们能不能帮我找一位律师。”

霍华德·吉文斯清清喉咙。“约翰，别再提律师的事情了，你先冷静下来。”

约翰看来已经忍无可忍，“爸，”他说，“你能不能安静地坐在一边吃你的美味沙拉，不再插嘴捣乱？关掉你的助听器，或做点别的什么。走吧，”约翰转向弗兰克。“我想要私下谈谈。哦，对了，把你老婆也带上。”就像在策划什么阴谋那样，他们走到了草坪远处的一个角落。“其实这事没什么他们不能听的，只是他们在身边会不停地打岔。事情是这样的，我想知道精神病院的患者有没有任何法律权利。你能帮我弄清楚吗？”

“呃，”弗兰克说，“现在我恐怕不知道应该怎么——”

“好吧好吧，当我没说过。要弄清楚这码子事你可能要花钱的。我现在要求你花的是时间，帮我找个好律师，告诉我他的电话号码和地址，接下来的事情我自己处理。我现在有很多问题需要找他咨询，我愿意花钱去找到那些答案。我觉得我这个案子是很有趣的，如果可以提出精神病人的法律权益……”

可能只是因为他说话时眼神不定，不断地在弗兰克和爱波之间游移，还时不时越过他们的肩膀查看父母在草坪上做些什么；可能只是因为他嘴唇苍白干燥，头发蓬乱地竖了起来（他今天没戴帽子）；当他在阳光下越说越多时，他看起来越来越像一个饱受折磨、眼神狂暴的疯子。

“……现在，我不需要人告诉我，如果一个人举着咖啡桌恐吓自己的母亲，在法律上肯定是理亏的，这点很明显。如果他真的把桌子砸过去并且把母亲打死了的话，这就变成刑事犯罪了。如果他只是打烂了桌子，让他母亲受到了一定的惊吓，而他的母亲又选择把这件事情拿上法庭，那么这只能是一个民事案件。好吧，不管是民事还是刑事，这个人都处于不利的位置。关键是，无论是发生以上哪一种情况，这个人的法律权益都不可能受到损害。假设发生的是第二种情况：这个人没有砸到母亲，而是摔坏了桌子，让她受到了一定的惊吓，但是这个女人，这位母亲，并没有把案子带上法庭，而是叫来了州警，假设她去和州警商量，那么——**爸**！”

他莫名其妙地大喊一声，接着开始后退，就像一个被围剿的逃犯。他的脸扭曲成混合着愤怒和恐惧的表情。弗兰克诧异地回头看，这才弄清楚他大喊大叫的原因：老霍华德慢慢从草地那边走过来了。

“**爸**！我**告诉**你不要干扰我，不是吗？不是吗？你给我停下来。我说话的时候不要**打断**我！”

“冷静下来，孩子，”霍华德说，“冷静下来吧。我们差不多该走了。”

“停下来，爸！”约翰背靠石墙，已经退无可退了。他绝望地四下张望，好像在找什么武器，一时间弗兰克担心他会从墙上掏一块石头扔出去；但老头子还是宁定地稳步走来。他只需要轻轻地触碰儿子的手肘，就控制了局面。约翰还在喊叫，但更像一个哭闹的孩子，而不是发了疯的人。“不要**打断**我，我就这一个请求。有什么话等我说完之后再说吧。”

“好了，约翰，”霍华德咕哝了一声，不理会约翰在呢喃些什么，就转身领着他在草地边缘静静地走着。“现在没事了，孩子。”

“噢，亲爱的，实在对不起，”吉文斯太太说，“我真的很抱歉，你们知道的，他情绪不稳。”她看着弗兰克和爱波，脸上满是懊悔和窘迫，手里拿着鸡蛋沙拉三明治不知道该如何是好。“恐怕我们现在——现在得走了。也许我们今天根本就不该来。”

“天啊！”客人走了以后，爱波一边刷杯子一边说，“我在想**他的**童年到底是什么样子的。”

“有这么一对父母，我猜，他的童年不会好过。”

她没有马上搭腔，收拾好杯子挂好洗碗布后，她才说：“但至少他**还有**一对父母，所以至少他在情感方面比我更有安全感。这就是你要说的吗？”

“这就是**我**要说的？上帝啊，你能放松点吗？”

不过她已经走开了。爱波“嘭”地关上纱门，然后到坎贝尔家接孩子。余下的整个晚上爱波显得平静、冷淡。她干脆利落地完成了晚餐和送孩子上床的任务，而弗兰克则小心翼翼地避开她。看来今天会跟之前很多个宁静的夜晚一样，两个人各自占据客厅的一个角落阅读报纸，就像酒店大堂里的陌生人对彼此矜持而客气。一直到晚上十点，毫无预警地，她打破了沉默。

“你想说的是，我在拒绝做一个女人，是吗？”

“我想说什么了？你到底在说什么啊？”

她看来有点不耐烦，好像是因为她打算继续之前的讨论而弗兰克居然没有跟上。“你知道我的意思。我说的是堕胎背后的心理问题。如果女人不愿意生孩子，人们不都说她们不是真正的女人，或者根本不想当女人吗?”

“宝贝儿，我也不知道，”他和善地说，心里越来越充满感激。“相信我，这件事我并不比你更了解。不过这想法听起来很合理，不是吗? 我记得大学时我读到过一段东西，也不知道是弗洛伊德还是克拉夫特·埃宾或什么人写的分析，说有个女人天生有阴茎崇拜心理，并一直持续到成年期。我想这种现象在女性当中挺常见的，我也不清楚。不管怎么样，她每次怀孕之后总是设法让自己流产。写书的这个人分析说，她这么做是为了把身体打开，这样阴茎就可以长出来然后悬挂在应该悬挂的部位。我不知道有没有记错，那毕竟是很久以前看的了。不过大意就是这个样子。”事实上，他并不确定自己是不是看过这样的分析（只是倘若他没读过，这些想法又是从何而来的呢?)，他也不确定，在这个时候把心理分析扯进来是否明智。

但她听得很入神，并不很惊讶，手臂撑在膝盖上，托着腮，空茫地看着某处。除了有点困惑，她没有什么激动的表情。

“在任何情况下，”弗兰克继续说，“我都相信我们不能从书上看到什么东西，就简单地得出结论。谁晓得呢?”他打算停下来，因为是时候让她说几句了。但她一言不发，而这种沉默似乎在等着被打破。于是弗兰克又说下去：

“我想，我们**可以**基于常识做一个假设，大部分女孩都有成为男孩的愿望，但是随着日渐长大，她们可能会通过观察和仰慕她们的母亲，从而希望成为像母亲一样的女人。那就是说，她们同样也会想吸引男性，建立起家庭，养育自己的孩子，诸如此类。

然而你的情况比较特殊，你母亲不在身边，你没有经历这样的过程。我不知道这样说对不对。这种心理问题很微妙，很难把握。”

爱波站起来，走到书柜旁边，背对着弗兰克。这让弗兰克想起第一次见到她的情景。那是很久以前在一个叫莫宁赛得山庄的酒吧，隔着满屋子被遗忘了的谈话者，他一眼就看上了她——一个高挑、高傲、出类拔萃的“第一流女人”。

“你认为我们怎样才能找到？”爱波问，“我的意思是，找到一个心理医生。大部分所谓的心理医生，都是江湖郎中吧？呃，不过我想这也不是什么太大的问题，对吧？”

他屏住了呼吸。

“好吧，”她回过头来，泪光闪闪。“我想你是对的，我想我们没有什么可谈的了，不是吗？”

晚上弗兰克思绪纷杂，睡不安稳。又一次从短暂的睡眠中醒来时，他知道，这场战役远没有结束呢。离最后期限还有十一天，这段时间她随时都有可能彻底改变主意。所以在这十一天当中，只要跟她在一起，他都要全神警惕，调动所有的技巧和手段来稳住她。

他现在的任务就是要想尽办法巩固今天的胜利果实，确保自己掌控局势。他决定要尽快让所有人知道他们已经改变初衷，包括坎贝尔夫妇，那么这次欧洲计划就很快会从他们生活中淡出，变成遥远的陈年往事；同时他还要抑制住自满的情绪，并且时时陪在爱波身边，在她思想动摇的时候及时稳固她的决心，直到整个危险时期结束。于是他决定，第一步就是今天请假留在家里。

第二章

“我们不去了吗?”那天下午詹妮弗问道。两个孩子穿着游泳衣站在客厅的地毯上，肩膀绕着浴巾，像披着袍子似的。他们在草坪上的喷水龙头边玩得兴高采烈的时候，母亲把他们叫进屋里，表面上是让他们“擦一擦身体，喝点牛奶吃点曲奇饼干”，而实际上有更重要的话要说。父母双双郑重地向他们宣布，去法国的计划被取消了。“我们不去了？为什么啊?”

怀孕的事暂时没必要告诉孩子。几分钟前她和弗兰克已经商量出了一个答案：“因为爸爸和妈妈觉得，现在不是个好时机。”说完后爱波觉得这些话太生硬，太矫饰，所以她改变了一下口气，温柔地加上一句：“这就是为什么。”

“哦。”孩子们无动于衷地说。他们在阳光下晒得眩晕的眼睛，泡在水里太久而发青的嘴唇，以及嘴唇上的一抹奶迹，让他们的脸显得更加面无表情。詹妮弗抬起一只光脚去蹭另一个脚踝上被蚊子咬起的包。

“你们想说的就这些吗？甚至连一声欢呼都没有？我们还以为你们听到这个消息会很高兴呢。”弗兰克追问，他的语气比他预想中还要热忱。

孩子们快速地交换了眼神，然后露出羞涩的微笑。最近他们越来越不知道父母期望从他们身上看到什么反应了。詹妮弗用手擦掉唇上的牛奶胡子，问道："那我们是晚些去法国，还是怎么样啊？"

"可能吧，我们到时候再看。不过这会是很久以后的事了。所以你们不必再惦记。"她的母亲回答。

"那就是说我们会留在这里喽，"詹妮弗这么理解大人的话，"但不是永远永远。"

"差不多是那样吧，宝贝儿。过来亲妈妈一口，然后你们俩一起到外面去玩吧，先晒晒太阳，别急着进水里，好吗？你们的嘴唇都发青了。如果你们想的话，可以多吃几块曲奇饼。"

迈克尔一走出屋子，就跟姐姐说："知道我们可以做什么吗，姐姐？你知道树林里有一棵倒在地上的大树吧？树上面有根小枝丫，我们可以坐在上面，把那里当成一个冷饮店。我们拿着曲奇饼过去，你可以扮成客人，我扮成店员。"

"我不想玩那个。"

"来吧来吧。我会问你：'今天您想吃什么？'然后你就回答：'请给我一块曲奇饼干。'然后我再说……"

"我就是**不想**玩那个。我说过了，那里太热了。"说完她离他远远地坐在被烤焦的草地上。为什么"现在不是个好时机"呢？为什么妈妈在说"差不多是那样"的时候表情又悲伤又可笑呢？为什么爸爸没有生病，却没去上班呢？

在另一头，迈克尔吃完饼干之后跑到前院小坡上，张开双臂叫道："看我啊，姐姐，看我，快看我。我要跌下来摔死了。"说完他摇晃着身子倒了下来，滚了几滚平躺在草地上，一动也不动了。躺了一会儿，他觉得这个表演一定很好笑，自个儿嘻嘻地笑了出来。不过詹妮弗并没有看着他，她走到落地窗前朝里面窥看。

父母还是坐在沙发上，只不过比刚才更靠近了些。父亲正在说话，母亲则边听边点头。詹妮弗看着父亲打着手势，嘴巴不停地动但听不见声音，这模样很是可笑。后来母亲站起来走进了厨房，父亲则继续坐在沙发上。过了一会儿他站起来走进地窖，出来时手里多了一把铁锹。他打算继续整理草地上的石头路。

"我真的不知道是该高兴还是难过，"几个晚上以后，米莉一边说一边不舒服地在沙发里扭动着身体，"对**你们**来说，这真是太遗憾了，我能想到你们有多么失望。但就我个人来说，我真是太高兴了，你呢，亲爱的？"

谢普刚颤抖着喝了一小口金汤力酒，杯子里的冰块随着酒滑进嘴里，敲得他牙齿生疼。"当然。"他说。

其实，谢普心里有种说不出的滋味。为了忘记爱波，在过去的几个星期他一直构想着十年后跟惠勒夫妇重逢的场景，从而给自己一些慰藉：轮船缓缓靠岸，爱波从踏板上走下来，多年艰辛养家让她变得身材粗壮。她的脸颊陷了下去，站着走着都像个男人，而且她还喜欢眯着眼叼着烟说一些冷嘲热讽的话。如果这个幻想不能持续下去，他就必须在脑子里陈列出爱波的缺点来安慰自己：一、她现在已经不算苗条，二、当她紧张时说话的声音特别尖锐，三、她的笑容里有一种焦虑和造作的东西在里面。每次他在沙滩上，或者每天开车去斯坦福的路上或回家途中等红绿灯时看到漂亮女人，他就会告诉自己，满世界都是比爱波·惠勒更漂亮、更聪明、更完美、更叫人渴望的女人。而且在这段时间他还教会自己更加善待米莉。他在斯坦福最好的服装店给她买了一件昂贵的衬衣。(“为什么？你问这是为什么？因为你是我的女人。这就是为什么。”）谢普沉醉于一种想象中，在他的触碰下米莉变得越发平和安详了。

现在这一切统统都见鬼去吧。惠勒夫妇哪儿都不打算去了。米莉坐在那里，聊着关于怀孕和孩子的话题，身上那件昂贵的衬衣掉了一颗扣子，而且腋窝那一片已经变色了。她对面的爱波却还是那么漂亮，那么迷人。谢普清清嗓子说：“那么你们想要在这里永久生活下去吗？还是要买一栋更好的房子？还是有别的打算？”

“啊？”杰克·奥德威说，“被一次失败的避孕搞砸了？那么，弗兰克，我还真的不能说什么我很遗憾了。因为如果你走了的话我会非常想你的，这一点我可以保证。而且……”他优雅地靠在吱吱作响的转椅上，跷起了二郎腿。“而且如果你不介意我说点真实想法的话，我觉得你们这个欧洲计划，有点，有那么一点，不切实际。当然我知道这不关我什么事。”

“拿把椅子过来坐下，弗兰克。你脑子里到底怎么想的？”巴特·波洛克说。

这是一年当中最热的一天。热得十五楼里所有的人都在议论，像诺克斯这种级别的公司连空调都没有，可算是丢脸之极。弗兰克指望波洛克在二十层的个人办公室应该会凉快一些。他还幻想，波洛克会站起来欢迎他，也许还会大步走过地毯来迎接他，并热情地跟他握手。一番客套话（“弗兰克，我开心死了……”）之后，他们会前赴一间能提供鸡尾酒的空调套间继续商谈……而实际的情况是，开场白之后，他们就浑身僵直、大汗淋漓地坐在闷热的办公室里，被不断发出嗡嗡声的电风扇滋扰着。这间办公室实际上比从外面看小很多，波洛克穿了一件跟他身份不相称的便宜短袖衬衣，甚至能明显看见里面被汗水浸透的汗衫。他现在看上去像个再普通不过的销售人员，完全没有了顶级主管的气派。尽管他的办公桌足够宽大，桌面也罩了一层玻璃，但桌上跟弗兰克的一样，堆满了杂乱的纸张。唯一能体现他的地位的，只有那只银质托盘，上面放了一个装冰水的保温桶和一只玻璃杯。仔细看，这套昂贵的摆设也蒙上了薄薄一层灰尘。

听完弗兰克的陈述，波洛克说：“嗯，这很好。我个人非常高兴你能做出这个决定。现在，当然我告诉过你……”他闭上浮肿的眼睛，然后轻轻地揉着眼睑。这并不表示他什么都忘记了，弗兰克明白这点。一切都很好。只是没有人在这样的房间，这样的天气还能兴高采烈的。除此之外，毕竟他们谈的是正事，是应该那样严肃的。“那天吃午饭的时候我提过，整个项目还在发展阶段。等到计划逐渐成形，我会时不时把你招来开会的。同时我建议你继续弄那个……叫什么来着？哦，你的这个宣传册子。我会给泰德一个电话，让他知道你在给我做事。现阶段他知道这些也就够了，对吧？”

“什么改变了啊？”吉文斯太太手握黑色听筒，眉头充满惧意地皱了起来。她熬过了疲累的一天，现在已经接近崩溃边缘。整个下午她都泡在格林纳克斯医院，苦苦等着约见约翰的主治医生。她在打过蜡并散发着消毒水味道的走廊里坐了好长一段时间，不耐烦地从一个板凳换到另一个板凳，最后终于坐在医生桌前时，虽然仍能保持着基本的礼貌，但不悦之情溢于脸上。医生判断约翰这几个星期的行为表现“恐怕不太让人放心”，并且认为至少有五六个星期不该让他外出。

“可是他跟我们在一起的时候非常好，”她撒谎道，“我今天来就是想告诉你这点，噢，最后一次外出确实有一点点失控，但是就像我说过的那样，总的来说他还是**很**放松，**很**愉快的。”

“是这样。但不幸的是，我们只能根据自己的判断，根据在病房里观察到的情况来采取行动。告诉我，每次在朋友家拜访结束后，约翰的态度怎样？他愿意回医院来吗？”

“他**非常**愿意。真的，医生，他像只小羊羔一样温顺，一样合作。”

“是的，”医生用手指拨弄着他那只难看的领夹，“但事实上，你要知道，如果他对回到医院有点抗拒，有点迟疑，那才是健康的信号。这样吧……”他皱着眉头翻看日历，“我们至少要等到九月的第一个星期天，然后我们可以再试试看。”

那他还不如说永远不让他出去呢。到了九月的第一个星期天，弗兰克和爱波很可能已经远在世界的另一头。回到家以后，她筋疲力尽地打电话给惠勒家，想要取消之前说好的约会。现在她必须想出其他的借口来解释为什么约翰其他的周日也不能过来了。另一端爱波的声音很小，她像是在很远的地方跟她说，什么东西改变了。为什么所有的东西都会改变，而你想要的，你低声下气地向各路神灵祈求的仅仅是一些事情能够维持原样。

“你们什么改变了啊？”吉文斯太太问，然后吉文斯太太感觉到血管里的血液跳了起来。“哦，你们去欧洲的**计划**改变了，那就是说你们不打算卖掉……”她手上的铅笔在草稿纸顶部画了一行黑色的五角星，她画得那么用力，以至下面的纸上都压出了那尖尖的欢乐形状。“爱波，真的，我不知道多长时间没有听到让我这么开心的消息了。也就是说，你们会留下来跟我们一起……”她开始担心自己会哭起来，还好这时候爱波抱歉地说：“让你为房子的事情白忙了一场，实在不好意思。”吉文斯太太才轻声一笑，退回到职业女性冰冷沉静的外壳里。“没什么可抱歉的，你就别再提了。真的没给我添什么麻烦。那好吧，爱波。我们保持联系。”

她轻轻地把电话听筒放回原处，就像把一件稀有的精致珠宝放回到丝绒盒子里。

弗兰克睁开眼睛，不确定是噩梦，还是窗外凄厉的鸟叫，抑或两个原因皆有，把他惊醒了。这会儿时间还很早，一阵恐惧感涌上心头，他害怕要是呼吸一下，或清醒地眨眨眼睛，就会骤然想起一段伤心事，昨日的一则坏消息，睡梦只能暂时缓解一下。至少过了一分钟，他才想起，他听到的应该是好消息，而不是坏消息。昨天是八月第一个星期的最后一天，一觉醒来，最后期限就这么过去了。他和爱波之间的争斗已经结束，他是最后的胜利者。

他用手肘支起了身体，在微蓝的晨光中端详着爱波朝向他的柔和背部，一缕头发遮住了脸。他伸长手臂绕着她的背，紧挨着她躺下，试图让嘴巴摆弄出满足的笑容，或者让四肢展示出完全平和的姿态。但没有用。半个小时之后他还醒着，看着天空逐渐转白，并热切想抽一根烟。

奇怪的是，过去的一星期左右的时间，他们对怀孕的事绝口不提。每天下班回到家里，弗兰克都准备随时跟她展开辩论，甚至有意少喝一点酒，以便保持头脑清醒。但是每个晚上他们要么聊点别的事情，要么就什么都不聊。昨天晚上她在电视机前架起了熨衣板，然后在那里忙乎了差不多整个晚上，每隔几秒就从冒着蒸汽的熨斗上方抬起头来，皱眉看着电视屏幕里晃动的任何东西。

“你还要说什么吗？”她的身姿好像在传达这个信息，来回应他从房间的另一边投过来的不安目光。还有什么可谈的呢？我们还没谈够吗？

等她终于关掉电视机，并且叠好熨衣板，他走过去碰了下她的胳膊。

“你知道今天是什么日子吗？”

“什么日子？你什么意思啊？”

“今天，是最后一天——你知道的。如果你打算做‘那件事情’的话，那么今天是最后一天了。”

“哦，是啊。我想你说得没错。”

他拍了拍她的肩膀，觉得有些尴尬。“不后悔?”

“我想我最好还是不要后悔，而且现在再后悔也晚了，不是吗?”说完她吃力地搬动熨衣板，板上没叠好的一个支架垂在半空。弗兰克一直看着她走到厨房门口，才想起要过去帮她。于是他快步走到她身边。

“来，我来帮你拿这个。”

“哦，谢谢你。”

然后当晚在床上，他们默默无言地做着爱，节制、合理而成熟。睡着之前他的最后一句话是：“听我说，我们肯定会好起来的。”

“我希望如此，”她轻声回答，“我希望如此，非常希望。”

然后他睡着了，而现在他醒来了。

他起了床，在寂静无声的房子里轻手轻脚地走来走去。阳光赋予了厨房明亮的色彩——这是一个美丽的清晨。而墙上的日历已经失去了魔力。“斯托帕和儿子五金家具公司”慷慨赠予的日历现在还悬挂在那里，但从此以后弗兰克只有在发薪日或跟牙医约定做检查的时候才会去看看它。再也没有人会在意过了几天或几个星期，或许一个月悄悄消逝了很久，才会有人想起要撕掉那一页日历。

弗兰克·惠勒给自己倒上一杯冰橘子汁，它的颜色跟阳光一样。他在厨房的桌子边一小口一小口慢慢地喝着，好像担心一饮而尽会让他恶心。他赢了但一点都不觉得自己是胜利者。他成功地把自己人生的航道摆正，但他感觉自己更像一个被世界的冷漠所压迫的受害者。这一点都不合理。

他在桌边坐了很久，才渐渐明白，是什么东西在他醒来时纠缠着他，是什么东西让他喝不下这杯橘子汁，是什么东西抑制他去欣赏窗外晶亮的绿草、青松和蓝天——

他将有另一个孩子，一个他一点也不确定自己是不是想要的孩子。

“弄清楚你手上有什么，逗号，”按下录音重放，录音机里一个活生生的人声说着，“弄清楚你眼下需要什么，逗号。弄清楚有什么东西你并不需要，破折号。这就是库存控制的作用。”

“另起一段……”

突然间八月下旬就来到了，距离弗兰克跟波洛克的上一次面谈已经有两个星期，或者三个星期。那个他不需要细细去测量和分配的时间，现在开始无情地把他甩在后头。“你是说今天已经是星期五了吗？”他还以为是星期二或星期三呢。直到这天中午，他从一个商店的橱窗看到摆设的秋天落叶以及“回到学校”的宣传语，才意识到夏天已经过去了。很快他就要穿上大衣，然后圣诞节也跟着降临。

“现在最主要的事，”他最近跟爱波这么解释，“是先把那一系列的‘话说’宣传册子做好，否则我也不能厚着脸皮跟他谈工资，你说呢？”

“大概不能吧。你自己最清楚。”

“嗯，我不能。我想我们也不能幻想这种事情会一夜之间发生改变，是吧？这需要时间，我们急也急不来。”

“急？我逼你了吗？真的，弗兰克，我要怎么说才能让你明白：这一切都取决于你。”

“我知道，我知道。”弗兰克连忙解释，“我当然知道这一点。不管怎样，我得尽快把这个该死的系列弄好。这个星期我有几天会晚回来，我想加班完成这些工作。”

从那天开始，他几乎每天都晚回家。他更喜欢独自一个人在城里吃晚餐，在搭上夜班火车之前在城区里游荡。比起每天疲惫地赶火车，匆忙地来回于城市和郊区，现在他感到更独立，更自由，心情十分愉悦。而且他觉得这样的状态更符合一对正步入新婚姻阶段的夫妻，他认为这种新的关系应该是更成熟，不那么浪漫化的。

唯一的麻烦是，第二份“话说”文稿比上一份棘手得多。他已经从头到尾做了两次，每次都逻辑离谱，或者重点不对，除了从头改过别无选择。

办公室的时钟指向五点四十五，当弗兰克听着口授录音机播出他的第三份也是最后一份文稿时，他发现整个办公大厅一片寂静，说明即便是十五楼那些工作最勤勉、下班最晚的同事都已经回家了。很快那几位打扫卫生的清洁女工就会拿着拖把和水桶过来。弗兰克听完最后一段录音，感到十分兴奋。这份东西虽然不能算尽善尽美，但应该可以说得过去了。现在他可以动身返家，找个地方喝点东西，然后去吃晚饭。

他身体前倾准备把机器关掉时，女人高跟鞋“得得、得得”的响声从过道由远而近。他一听那声音就知道是莫琳·格鲁布，猜到她有意留下来跟他单独在一起，而且他马上拿定主意，今晚要带她出去。他知道千万不能明目张胆看着她走过廊道，于是弓身拿着口授录音机，遮盖他瞥向门口的目光。果然是莫琳，弗兰克的眼睛余光一扫就知道。他能清楚看到她每走一步，衬裙就在裙脚的开衩口里款款摆动，也能发现她正不露痕迹地看过来，像弗兰克一样，她也不敢直视他。

莫琳经过了弗兰克的隔间，然后踏着高跟鞋渐渐远去。弗兰克很自信，这些脚步声会再回来，他等待的时候靠在椅背上，重新开启机器，播放之前的录音，这样他就可以光明正大地盯着过道，而当高跟鞋回转过来时，只会看见一个专心于工作的弗兰克。

“以下文字用于排版印刷，”口授录音机播放着。“标题：话说库存控制。括号，第三次修改稿。另起一段。弄清楚你手上有什么，逗号，弄清楚你眼下需要什么，逗号，弄清楚有什么东西你并不需要，破折号。这就是——”

“哦，”她迎着他的目光出现了。“你好，弗兰克。今天在加班吗？”她小心地展示着惊讶的表情，不过从脸到脖子的深深的红晕出卖了她。

他关闭了机器，慢慢地站了起来，然后就像那些很清楚自己在做什么的男人一样，他轻松地、懒洋洋地走向她。

“你好。”他也打了一声招呼。

第三章

每个星期五和星期六的晚上，“为了让大家快乐地跳舞”，史蒂夫·科维克四重奏乐队都会在十二号公路上的维托木屋酒吧表演。就像史蒂夫眨着眼，喝着加姜黑麦威士忌时喜欢说的那样，这两个晚上他们确实让这酒吧火爆了起来。

钢琴，贝斯，萨克斯，架子鼓，这个乐队的成员都以多才多艺自居。他们什么乐器都能玩，而且可以演奏任何风格的乐曲。从他们怡然自得的眼神来判断，他们根本没有意识到自己是很不入流的乐手。那三个成员缺乏自知之明，听众或许可以谅解，因为他们可能缺乏经验或者水平业余，或两者兼而有之，但是他们对担任鼓手的队长就没有那么宽容了。他是一个又矮又壮的中年男人，胡子拉碴，四十了，他已经当了二十年的专业乐手但还没学到真正的本领。受到美国爵士鼓手基尼·克鲁帕的唱片和电影的启发滋养，他整个青春期最快乐的事情就是模仿偶像——先是专心敲打电话号码簿和洗脸盆底，后来才在充满了汗酸和擦剂味的高中体育馆里用一套真正的鼓操练。他永远不会忘记高三那个六月的夜晚：乐队里其他乐手停止了演出，观众安静地站了起来，他在舞台中央一个人摇头晃脑地独奏了足足三分钟，真切地感受着观众们的愉悦。只是当鼓棒最后一下击向鼓钹标示着演出结束时，也标示着他的天分达到顶峰并开始衰退。他再也不能奉献出这么好的表演，再也不能博得这么多的注意和青睐，而且他再也无法从这样的幻象中走出来：他是优秀的并且越来越棒。就算现在蹲守在维托木屋酒吧这么一个不起眼的小酒吧里，他仍然摆出高高在上的架势，眉头紧锁地检视鼓槌，拨弄鼓钹，然后要求灯光师把聚光灯调整一寸。开始演出之后，他会在狐步舞曲里击打着节奏，或在拉美小曲里挥动着沙锤，不可一世的样子展露无遗；但所有人都知道他只是在消耗时间，等到合适的时机，他就会让乐队在自己喜爱的本尼·古德曼①的怀旧摇摆乐里释放出来。

只有在摇摆乐响起之后，他才会全心投入到音乐中，一小时内两三次吧。他会把鼓敲得雷鸣般响，就像在敲打每个顾客的脑瓜。他会自我陶醉在节奏里直到头发被汗水浸湿，直到像孩子那样筋疲力尽而快乐着。

在这样的夜晚，维托木屋酒吧的顾客主要是高中毕业班学生。虽然乐队很差，但这是方圆几英里唯一的现场演出。这里不需要他们出示身份证明，不管几岁都招待，而且还有一个不错的宽敞又昏暗的停车场。另外一些顾客是当地开小店的生意人和承包商，他们会搂着自己的妻子开怀地看着年轻人扭动身体，说他

---

① Benny Goodman（1909—1986），美国著名单簧管演奏家，被誉为“摇摆乐之王”。

们感觉自己的心境也跟着年轻起来。偶尔还有一些穿着黑色皮夹克和皮靴的“硬汉”，他们慵懒地靠在男厕所左近散发着尿骚味的角落里，大拇指插进牛仔裤口袋，瞟着来来回回的女生们，并且一次次地回到厕所去摆弄他们的头发，梳完又梳。除了这三类客人之外，剩下的就是不管什么时间都会过来的常客了。他们都是孤独寂寞的中年人，没有家庭——要么就是单身，要么就是婚姻不幸福。他们每天晚上都会来这里，并不在乎到底有没有音乐。他们借着简陋吧台的暧昧灯光、夸大的喧闹和酒精，来浪漫化他们不幸的人生。

在过去的两年当中，经常来到这里跳舞的客人多了四位谈吐幽默，并不属于前述的任何一个群体的年轻人：惠勒夫妇和坎贝尔夫妇。弗兰克搬来郊区不久就发现了这个地方——那是某晚跟妻子争吵后出门买醉，无意之间找到了这里。两人和好之后，他马上就把她带过来跳舞。

“你们去过木屋酒吧吗？”刚结识坎贝尔夫妇时弗兰克问。爱波抢在他们之前答了一句：“亲爱的，他们当然没有去过，而且他们会讨厌那个地方的。那里太糟了。”谢普和米莉两人面面相觑，脸露不确定的微笑，他们准备好或喜欢或讨厌或随便什么看法，只要能讨好惠勒夫妇就行。

“不不，我不觉得他们会讨厌那里，”弗兰克坚持道，“我敢打赌他们会喜欢那里的。只不过要喜欢上那里需要一种特别的品位。你知道的，我觉得木屋酒吧的特点就在于——”他解释说，“它太差劲了，所以才有那么点意思。”

一九五三年的春天和夏天，他们四个还只是偶尔来这里一趟，把这里作为高档娱乐之外的一种放松消遣。然而到了下一年夏天，他们已经沉溺其中，就像一种低贱的陋习。正因为他们意识到自己这方面的退化以及其他方面的堕落，所以去年冬天桂冠剧社的想法一出来就把他们吸引住了。在《化石森林》的排练期间，他们很少来这里，即使排演结束后从学校回来，他们也会选择路上更安静的地方来聊天喝酒。演出失败以后那段长长的沮丧期，他们越发不踏进这酒吧一步，就好像来这里就承认了他们的道德挫败。

“他妈的，”不过这个傍晚弗兰克终于再次提起了木屋酒吧。他们正在坎贝尔家的客厅中，聊到无话可说时，弗兰克说：“我们干吗不放松一下，干脆去木屋酒吧疯一次吧。”

于是四个人来到了这里，叫了一轮又一轮的酒水饮料，站起来，一对一对地跳舞，然后回到座位，在欢腾的音乐里安安静静地坐着。这一晚的气氛是有点尴尬，但长期以来的紧张压力已经一扫而空——至少弗兰克是这么觉得的。爱波虽然还跟以前一样冷漠，一样高深莫测，一样疏离于圈子就像之前那些最坏的时候，但不同的是如今弗兰克不想再去操这个心。他不再卖力地自我嘲笑来赢得她动情的微笑，他不再故作活泼地侃侃而谈，来缓解爱波对坎贝尔夫妇的傲慢无礼。（她像个脖子高仰、昏昏欲睡的女王端坐在平民之间，那副高不可攀的样子确实很傲慢无礼。）相反的，弗兰克安然坐在椅子上，一只手随着史蒂夫的鼓点轻轻敲打节拍。他把心思放在自己的思绪中，再也不想刻意去说笑来活跃气氛。

他的妻子不高兴？那是很不幸的，不过说到底，这是她的问题。他还有自己的问题呢。这个想法干脆利落，不带困惑和负罪感，让他觉得新鲜而轻松，舒服得就如同自己身上穿的轻薄秋装。这件衣服是羊毛质地的华达呢外套，颜色是讨人喜爱的暗黄，让他看起来就像是更年轻更有品位的波洛克。跟莫琳再续前缘后，他又重新找到了自尊，每次经过镜子时他不再羞愧地直视里面的面孔。那当然不是什么英雄人物的面孔，但也不再是一个自怜自艾的男孩，更不是一个焦躁不安的丈夫。现在这张面孔稳重而平静，是一张心里装着一些事情的男人面孔。他更喜欢自己这个样子。不久之后，他该潇洒地结束这段婚外情，因为他已经得到他想要的，但同时他觉得自己应当好好享受。这一刻，他正是在享受，在史蒂夫·科维克挑逗的印度长鼓声中，在舞池里扭动的那些躯体里，他放纵自己去回想她的臀，回味那些缠绵的时刻。

由于晚上她室友在家，之前的三次幽会他们必须另外找地方。当他提出到酒店开房的时候，她出奇爽快地答应了。他们匿名而安全地躲入酒店一间空调房里，门上加了两道锁，他们吃着客房服务送来的羊扒和红酒时，听着二十层下传来的市中心马路的喧嚣声。他们在又长又宽的床上翻云覆雨，然后在堆着无数毛巾、蒸汽弥漫的豪华浴室里把自己清洗干净。每次结束以后，他会给她拦一辆出租车，才独自走去中央火车站。在路上他总是忍不住想要放声大笑，因为他发觉这么轻易地一个已婚男人的白日梦就被满足了。没有闲言碎语，没有复杂程序，所有的一切就这么不露痕迹地留在那个杂乱不堪的、以另一个人名字登记的房间里，最后他还来得及赶上十点十七分的那趟火车。这一切太好了，好得有点不真实，让他想起以前那些老兵跟他吹嘘过的，他们跟红十字会女护士们之间的风流韵事。当然他知道这些不会持续太久，也不能持续太久。同时……

遐想的同时，他还得匀出点热忱跟米莉·坎贝尔跳两支慢舞。她潮乎乎的邋遢的肉体靠在他的臂弯里，不着边际地说着蠢话："天哪，弗兰克，你知道吗？我觉得我已经好多好多好多年没有喝过这么多酒了……"但弗兰克担心如果选择跟爱波一起跳舞，她只会说："这里真是太糟了，我们赶紧回家吧。"而他并不想这样。他倒不介意自己独自回家，在他脑海里有个美好的画面：他像个单身汉那样给自己铺床，床边整齐地摆着书和睡帽。如果要一起回去的话，他却宁愿继续留在这个拥挤而生气勃勃的地方，这里饮料便宜乐声震天，他可以感受到一种内在的安详，因为他知道自己身上的衣服又光鲜又合体。

"天哪，弗兰克，我想我可能有点——不好意思，我走开一下。"米莉蹒跚着脚步可怜兮兮地走向女厕所。弗兰克趁机到吧台自得地喝点酒。过了相当一段时间她才从卫生间出来，看上去精疲力竭，在酒吧蓝光的照耀下脸色灰白。她勉强露出一笑，散发出呕吐物的味道，"弗兰克，我想我跟谢普该回家了。我大概是生病了。我想我可能把这次聚会给搞砸了，你肯定会觉得我——"

“不不，别这么说。你等我一下，我马上把谢普找来。”他晕眩地扫视着满屋子摇摆的躯体，直到找出了坎贝尔粗红的脖子和爱波纤细的脑袋在远处靠墙的地方舞动。他朝他们做了一个紧急的手势，于是不久后他们四个人就走在碎石子路上，迷失在停车场浩瀚的车海里。

“到底在哪边？”

“这边，就在这边。”

“你还好吧，亲爱的？”

“这里太黑了。”

在黑暗中，跟下巴一样高的光滑车顶四方八面地延伸出去。下面是一排排挡泥板的暗影，杂乱无章的排气管反射出无数的霓虹光点。有一次弗兰克点着一根火柴来照明，不料火光中出现了一对向后躲闪的人脸，离他不过几英寸——他吓到了一辆车里的情侣。他连忙跑到下一排车子当中，开始咒骂：“我们**到底**把那该死的车子停到哪里去了？你们有谁记得吗？”

“在这里，”谢普应了一声，“在这里的最后一排。哦，上帝！看哪，我的车被别人堵在里面了。”几个小时前他把他那辆巨大的庞蒂亚克停在树边，现在有两辆车直直堵在他车子前面，朝哪边都没法把车子开出去。

“上帝啊，怎么这么混乱啊！”

“这些不为别人着想的混……”

“这棵该死的树！”

“这样办行不行，”弗兰克说，“我们还有一辆车可以开走，那么我们可以先把米莉送回去，然后把谢普带回这里来，或许到时这辆车就已经……”

“但来回需要**好几个小时**，”米莉的声音很虚弱，“你们就得多付许多钱给保姆了，噢，亲爱的。”

“不不，先等等，”谢普说，“我们可以先坐你们的车回家，然后我开着你们的车过来，然后——哦，不对，等等啊……”

“你们听着，”混乱中爱波冷静而权威的声音响了起来，大家不由得停止了说话，“这很简单。弗兰克，你可以开车送米莉回家，然后你自己回去。这样两边的保姆也都可以离开了，然后我和谢普留在这里直到车子可以开出来。这是眼下唯一可行的办法。”

“那好吧，”弗兰克一边回答一边从口袋里掏出钥匙，“这样大家都同意吧？”

等谢普明白这是一个多么美妙的情景时，弗兰克的汽车尾灯已经消失在十二号公路，而他正搭着爱波纤细的胳膊走回酒吧（现在换成了节奏舒缓而又浪漫的华尔兹舞曲）。在他那些带着负罪感的幻想中，从没构想过比这更美好的与她单独相处的情节。而且更好玩的是，他根本就不用自己去安排。这件事情发生是因为：这是眼下唯一可行的——不，等等。当他们踏入酒吧的红蓝射灯之中，他昏昏沉沉的脑袋一下子清醒了过来。等等——为什么**她**不开车送米莉回家，让弗兰克留下来呢？这不也是可行的办法吗？

等到他想到这里的时候，他和爱波已经在舞池里了。她严肃地面向他，眼睛定定地看着他右边的翻领。他现在唯一能做的，只有轻轻地扶着她的腰继续跳舞。他不会愚蠢到直接问她是不是有意这样安排，更不至于愚蠢地放纵自己去幻想这肯定是她蓄意为之。于是他只好羞涩地让张开的手指紧贴在她的腰背部，他滚烫的脸颊摩挲着她的头发，随着音乐迈动着步伐时，他心里充满了感激，感激上帝让这件事情发生了：至于是怎么发生的，那都无所谓了。

现在的情景就跟去年夏天的那次共舞一样，只不过这次要好得多。上一次她喝醉了，他知道就算他可怜巴巴地抱紧她、挤压她，那也只是单向的动作；她已经不太清醒，根本不知道自己施予了他多少恩典。而且她总是仰着头喋喋不休地跟他说话，就像两人隔着一张长桌或别的见鬼的什么，而不是像情侣那样颈部以下紧紧地贴在一起，这就是证明。这一次完全不同，她很清醒，几乎不发一言，而且她跟他一样，对身体的接触，对每一次的试探、赋予、羞涩的躲闪和再一次的试探，有着微妙的敏感和反应。谢普心猿意马，感觉自制力快要达到极限了。

“还想再喝点东西吗？”

“好。”

当他们站在吧台边，在那些常客中间喝着酒、抽着烟的时候，他却根本找不到话说。他就像第一次跟女孩约会的小男孩，对处女之身充满着纯真和隐秘的渴望；他已经开始冒汗了。

“要不这样吧，”他终于憋出了一句话，声音有点粗声粗气。

“我回去看看车子怎样了。”他对自己承诺，如果这时她给他哪怕一点点的暗示，比如微笑着说一句：“干吗急着走啊，谢普？”或者别的什么，他就会把一切抛诸脑后——他的妻子，他的恐惧，所有的一切——无所顾忌地奔向她。

然而她灰色的眼睛无动于衷。这是相貌姣好的市郊年轻家庭主妇的一双眼睛，由于过了上床睡觉的时间而略显疲惫，除此之外，她的眼睛里读不出任何情绪。“嗯，好吧，”她冷静地说，“你去看看。”

谢普顺着木头阶梯走到了黑暗当中。他用力踩踏着脚下的石子路面，感觉到理性和循规蹈矩的力量像绳子似的紧紧地束缚着他。什么事情都不会发生了，跟她一起他妈的什么都不会发生了。她为什么不回去属于她的家？她为什么不去欧洲或者消失或者干脆死掉？去他妈的磨人的、恼人的、半生不熟的所谓“爱”她的幻觉。去他妈的“爱”，以及所有这一类浪费时间的愚蠢的感情，他希望所有这些东西都在他生活里消失，永远永远。然而等他走到最后那排车子时，他双膝颤抖地默默祈祷：哦，上帝，车子千万别可以挪动了。

上帝听见了他的祈祷。车子开不出来，刚才那两辆车还是把它死死堵在树的前面。当他转身面向那栋建筑物时，酒吧的灯光照头倾泻了过来，他差点摔倒在地。他身子铅般沉重，最后喝的那杯酒起了作用。他的肺好像吸不进多少氧气了，他知道要不做点什么来停止光晕乱窜的幻影，他很快就要吐了。他开始原地踏步，挥拳出击，膝盖抬高到齐腰的位置，鞋子把地面的碎石踩出了急促的声响。他默数到一百，深深地吸了几次气，到他完成所有动作之后，灯光终于不再乱晃。他又充满了自信，兴冲冲地回到木屋酒吧。这时候乐队已经开始演奏拙劣版的大乐队怀旧歌曲《一点钟跳》或《一串珍珠》什么的。这种音乐总会勾起谢普对新兵基础训练的回忆。

她离开了吧台，走进了附近一个昏暗的小隔间，挺着腰陷在皮质座椅里，身体略侧朝着他回来的方向。透过烟雾，她对他羞涩一笑。

“还是堵在里面，没办法。”谢普说。

“哦，好吧。过来坐一会儿。我其实不很介意，你呢？”

在那一刻，他很想爬到皮椅跟前，把头埋进她的大腿里。不过他克制住了自己，只是尽量大着胆子坐得离她近一些。他从烟灰缸里拿出一个火柴盒，用拇指甲小心地把它扯成了一根根细条。他皱着眉头全神贯注的模样，活像一个摆弄着细部零件的钟表匠。

她茫然地看着舞池里模糊的人群，微微抬起头随着音乐的节拍舞动。“这样的音乐总是让我们这个年龄的人产生怀旧感。你有没有这种感觉啊？”

“我不知道，我想可能没什么感觉吧。”

“对我也没起作用。我希望能有感觉，但没有。这样的音乐应该让我们回想起兴奋狂喜的少年时代，但我从来没有过这种无忧无虑的日子。在战争结束以前我从来没有约会过，等到仗打完了，已经没人会去演奏这样的音乐了，而且即使有，我也没那样的闲情逸致去欣赏。我错过了整个大乐队摇摆[①]的时代。吉特巴爵士舞[②]。放松的舞步。噢，不对，这种舞可能年代要再早一些。我想在莱尔乡村日念小学六年级的时候，人们就在谈论它。至少我还记得自己在课本的边角上写满了‘阿蒂·肖[③]和‘本尼·古德曼’的名字，我不太确定他们是谁，我这么做只是因为那些学姐在书本上写了这些名字。就像我学她们在脚踝涂抹指甲油来防止短袜下滑一样，我觉得这样可以让我显得更成熟一些。天啊，当我十二岁的时候多么盼望赶快长到十七岁。我见过那些十七岁的女孩放学之后爬上男孩的汽车，然后一起开到什么地方去。我当时很确定，她们会知道所有问题的答案。”

谢普出神地看着她的面孔，其他的东西已经从他的意识中消失。她说什么都无所谓了，他甚至不在乎她是在向他倾诉，还是在自言自语。

“等我长到了十七岁的时候，我被关进了一所古板的寄宿学校。唯一跳吉特巴的机会，就是跟另一个女孩一起躲在更衣室，用她那台便携式维克多唱机播放格伦·米勒[④]的唱片，然后开始

---

① Big-band swing，big band 是指一组十个或以上的音乐家组成的爵士乐团。许多听众认为 big band 代表着一种风格，而不仅仅是一种作曲方法。对他们而言，其旋律和独奏都起源于二十世纪三十年代所有大爵士乐团大融合时期，其独特的节奏和和声手法均有别于同时代的其他爵士曲风，开创了在爵士乐中使用大型管弦乐的先河。

② Jitterbug，二十世纪三十年代美国流行的爵士舞。

③ Artie Shaw（1910—2004），最成功的大乐队指挥，曾是爵士乐最出色的单簧管演奏家，对爵士乐走向流行做出了重要贡献。

④ Glenn Miller（1904—1944），美国著名音乐人，在二十世纪四十年代大乐队时期，他的乐队的作品风靡全美，他将爵士乐的激情和大型乐队的豪华完美结合，被誉为格伦·米勒之声。

练习，一遍一遍。现在这种音乐只能让我想起，当年我怎样穿着丑陋之极的体操服在充满汗味的更衣室里跳来跳去，然后越来越相信，真正的人生已弃我而去。”

“太难以置信了。”

“什么？”

“你竟然从来没有约会过，从来没有？”

“这有什么奇怪的？”

他想说的其实是：“我的天哪，爱波，你知道原因的。因为你太可爱了，因为你身边的所有人肯定都爱你，永远爱你。”不过他到底没有勇气说出来。他说出口的是：“呃，我是说，那么学校放假的时候，你从来没有好好玩过吗？”

“玩？”她闷闷地重复了一遍，“没有，从来没有。现在你说到点子上啦，谢普。我不能把青春期的苦闷全都归咎于寄宿学校，对吗？不，每次放假我所做的就只是看书，或者一个人去看电影，再不就是跟哪一个姨妈或表兄妹或妈妈的朋友吵架，这要看那年的夏天或圣诞节我是跟谁住在一起。这听起来很不正常，不是吗？那么你是对的，这不是寄宿学校的错，也不是其他人的错，而是我的情绪问题。让我告诉你一个经验之谈，谢普，如果有人在担心真正的人生弃她而去时，那么百分之二百这个人已经情绪失常。”

“我并没有这个意思，爱波。”谢普感到难堪。他不喜欢她嘴角向下弯展露出的嘲讽表情，他不喜欢她现在说话的声音，他不喜欢她从烟盒里抽出一支烟然后夹在唇间的动作——这跟他想象中十年后从欧洲回来的凶悍沧桑的爱波太相似了。“我的意思是，我从没想过你曾经那么孤独寂寞。”

“很好，”她说，“上天保佑你，谢普。我一直希望人们不会这样去想我。这就是战后在纽约生活的好处——即便一个人很孤独寂寞，旁人也根本看不出来。”

现在她提到了自己的纽约生活，谢普控制不住想把心里那个问题拿出来，这个问题自从认识她那天起就一直病态地困扰着他：遇见弗兰克的时候，她还是不是处女？如果不是的话，他对弗兰克的嫉妒就可以少一些；而如果她还是，也就是说弗兰克是她的第一个恋人，以及现在的丈夫，那么他对弗兰克的嫉妒就会强烈得让他无法承受。以前他没有找到机会提问，现在是他距离答案最近的一次。然而就在这一刻，他在脑子里绝望地搜索着，也找不到可以组成这个问题的字眼。他永远不会知道答案了。

“在纽约的那几年，嗯，确实是相当愉快。我总是把它看成是一段非常幸福，多姿多彩的时光，我想确实是这样的。只不过……”这时候她的语气不再那么平淡了。“只不过我还是觉得……我不知道该怎么说。”

“你还是觉得真正的人生在弃你而去？”

“有一点这种感觉吧。我还是认为，这个世界有很多优秀金贵的人，他们远远地超越了我，就像我小学六年级时的学姐们一样；她们天生就对所有的事情了如指掌，她们不费吹灰之力就能掌控自己的人生。她们无需想方设法去补救某样工作，因为她们第一次就能把所有事情干得漂漂亮亮。她们都是超凡脱俗，英雄一般的人物，她们美丽，机智，冷静，友善。我一直幻想，等我有一天找到她们的时候，我会突然发现我也是她们中的一员，我也属于这个群体，而且我生来就应该是她们当中的一员。之前我所经历过的一切都是错误的。而她们也会一眼把我认出来。我就是白天鹅里的丑小鸭。”

谢普平静地看着她的侧脸，希望自己沉默的爱意能产生力量，能够感动她，让她转过脸来。“我想我知道那是一种怎样的感觉。”他说。

“是吗？我怀疑，”她没有看着他，嘴角又显出嘲讽的表情，“至少我希望你不理解，这对你没什么好处。这种事我希望别发生在任何人身上。这是最愚蠢最有害的自我麻醉，除了麻烦，它不会带给你别的。”

他长出了一口气，然后仰靠在椅背上。她并不想交谈，至少不想跟他交谈。她需要的只是把情绪发泄出来，只是把自己的感伤和麻木都演绎出来，这样她就可以感觉舒服一些，而他只不过是她挑选出来的观众。她并不想跟他谈论任何事，也不需要他出谋划策；他只需扮演好那个粗大、愚笨、可靠的老谢普，直到她从自己的声音中得到了满足，直到他的车子可以开出来，然后他送她回家，在这一路上她可能再发出几句睿智的感叹，到了家门口她甚至有可能在他的脸颊轻轻吻一下，像个亲切的姐妹一样，然后她会转身下车，“啪”地关上车门，回到家里跟弗兰克同床共枕。他暗骂自己：我这到底是在期待什么？我他妈的什么时候才会长大？

“谢普，”她冰凉纤细的双手伸了过来，抓起他放在桌上的一只手，秀美的脸渐渐靠了过来，露出一种淘气的微笑。“谢普，我们去吧。”

谢普以为自己会马上晕倒，“我们去干什么？”

“跳吉特巴，快，走吧。”

史蒂夫·科维克的演奏快达到高潮了。现在差不多到了酒吧打烊的时间，绝大部分客人都已经回家，老板正在柜台后面数钱。史蒂夫就像好莱坞爵士电影里的主角一样，知道这应该是演出最辉煌的时间。

谢普从来没有真正学会跳舞，更别说这种摇摆爵士舞了。但地球上再也没有任何力量能让他停下来。他转身，笨拙地蹦跳，在光彩夺目的舞台中间拖沓着脚步，允许噪声、烟雾和灯光在身边环绕着一圈又一圈，因为现在他已经拿得住她了。在他有生之年从未看过这么美的舞姿，他握住她的手，让她轻巧地荡开，快速地扭了一下臀部，跳跃着行了个屈膝礼，就又荡了回来。噢，看看她吧。他心里在歌唱。看看她，看看她。他知道音乐停止的时候，她就会跌进他的怀抱里放声大笑，结果她果然这么做了。他知道，当他温柔地领着她走向吧台，两人再喝一杯饮料时，她会让他的手臂贴近她的身躯。她果然也这么做了。当他们挑逗性地低语时谢普不再在意自己说些什么——这又有什么关系呢，语言又能起到什么作用呢。现在他的心里已经装满了兴奋狂乱的想法。他的脑海里浮现出一家汽车旅馆，他看到她坐在外面的车里等他，然后他来到前台在强光下填表入住。他听到了接待员跟他说："谢谢您，先生。一共是六十美元，十二号房间……"他想象到一个硬冷的完全私密的小房间，里面有枫木桌椅，有一张宽大的双人床，想到这些他有点担忧：我真能把像爱波这样的女人带到汽车旅馆去吗？但为什么不呢？而且汽车旅馆并不是唯一的选择，周围有好几英里的荒凉地带，今晚那么暖和而他车里有一张行军用的防水布，他们可以把车开到一个僻静的高处然后以星空为被。

不用去汽车旅馆，也不用到山上去，因为在停车场事情就发生了。在距离灯红酒绿的酒吧阶梯不到十码远的黑暗中，他停下脚步把她搂进怀里，在他的强吻下她张开了双唇，然后他把她按在一辆车子上时她钩住了他的脖子。两人分开一阵，然后又贴在一起；他领着她磕磕绊绊地越过空荡荡的停车场，走向他的车。现在这辆车孤零零停放在窸窣作响的黑色树影下，闪动着微弱的星光。他找到了右侧车门，把她扶上车，然后他以不躁不急的脚步绕过引擎盖，来到司机座。当车门在他身后关上，她的手臂和嘴唇又纠缠上来了。这是她的触感，她的味道，他的手指在穷尽办法解开她身上的衣裳，然后她高耸的乳房就被他握在掌中。"哦，爱波我的上帝啊，我——哦，爱波……"

昆虫发出巨大的鸣声，十二号高速公路车辆飞驰尖啸，酒吧传来的声音则微弱些，女人尖锐的笑声逐渐飘散在喇叭、钢琴和鼓声之中，可这一切声响，他们全都听不见了。他们只听见自己的强烈呼吸声。

"亲爱的，等等。让我带你找个地方——我们得先出去——"

“不，求求你，”她低声呢喃，“就在这里，就现在。我们到后座上。”

于是一切都在后座发生了。就在这里，在这个狭小的黑暗空间，在汽油、孩子套鞋和汽车后座罩布的混合气味里，他们缠绵、挣扎，一缕沁人的清风带来史蒂夫·科维克今晚最后一轮鼓乐独奏；在这里，谢普·坎贝尔终于满足了爱的欲望。

“哦，爱波。”结束的时候，他轻柔地放开她，把自己的外套脱下来叠好枕在她头下面，让她柔弱的身体独自躺在后座上，而他则缩着蹲在下面，握着她的双手说，“哦，爱波，这不是偶然发生的事情。听我说，我一直以来都——我，我爱你。”

“不，你不要那么说。”

“但这是真的。我一直都爱着你。我这么说并不是——听我说。”

“谢普，请你不要这样。我们静静地待会儿，然后你就开车送我回家。”

这时候他略带震惊地想起了一个念头，一个他整晚都坚决抛诸脑后的念头：她还怀着孩子。有那么一瞬间他也想到过这点，可在爱欲浓烈时，这根本起不到威慑作用，现在它却带着道德重量压向了他。“好吧，爱波。我并没有忘记该做的事情。”他松开了握着爱波的一只手，使劲揉了揉自己的眼睛和嘴唇，然后长叹了一声。“我猜你肯定觉得我是个白痴，对吗？”

“谢普，你不要这么想。”

微弱的光亮只能隐约显现她脸部的轮廓，但不足以让他看清她的表情，或者分辨出她到底有没有表情。

“不是那么回事。坦白说，问题在于，我其实并不知道你是谁。”

一阵沉默。“不要跟我打谜语。”他低声说。

“我没有。我真的不知道你是谁。”

他看不到她的脸，但他至少可以触碰它。于是他像盲人一样伸出手去，让自己的指尖从她的鬓角滑落到脸颊上。

“而且即使我知道，”她说，“恐怕也不会有什么帮助，因为你懂吗？我也不知道自己是谁。”

第四章

三或四天之后，弗兰克从第六大道公车的轰鸣声中走出来，洋洋得意地走向莫琳·格鲁布所住的街道。他今晚并不是特别想见到她，正因为这样，他才认为这是摊牌的好时机。他不能再存有一丝的欲望，才能明明白白地跟她做个了断。每次他做的事情正好符合他心情时，他都会觉得既惊异又满足。以前他总是身不由己，最近随心所欲地做自己想要做的事情，却成为生活的常态。比如说，他几乎以一天一份的速度完成了整个“话说”系列，包括“话说销售分析”、“话说成本结算”、“话说薪金管理”——现在和之前弄好的“话说生产和库存控制”一起完完整整地叠在一个醒目的文件夹里，并且送到了波洛克的桌上。

“嗯，弗兰克，这些东西做得不错，”昨天波洛克翻动着文件夹说，“我很满意。另外我今天还要告诉你一个好消息。”弗兰克面不改色地听完这个好消息——不出所料，波洛克的大计要启动了。下个星期一公司会召集一次“非正式评估会议”，弗兰克会跟新同事一起“拟定工作目标”，之后他就再也不需要把自己看做班迪的下属了。同时，他们也到了“该坐下来谈谈工资待遇的时候”。这一次弗兰克的衬衫底下不再渗出紧张的汗水，荒谬的厄尔·惠勒的幽灵也不再在会谈中四处游荡。他不再带着挑剔的审美眼光去评价波洛克办公室里的装置，也不会分心去设想爱波会有什么看法。这完全是公事。到最后跟波洛克握手道别的时候，他知道自己每年可以多拿三千美元。这是一个让人满意的数字，不管爱波要去看产科还是精神科，这笔钱都绰绰有余了。

“很好，”爱波听到这个数字时说，“这是你期望能拿到的工资吧？”

“嗯，大概是这样。无论如何，事情最后能定下来总是一件好事。”

“嗯，我也这样觉得。”

现在，弗兰克把工作上的事情处理妥当后，他可以把全部注意力转移到私事上了。这些事情急需梳理清楚。在过去的两个晚上，或三个晚上，他的婚姻关系再次触礁：爱波又搬到客厅睡了。如果放到从前，他肯定会狂躁不安，不过感谢上帝，他不再是从前的他了。这一次不是因为争吵才分开睡，而且她也没有表现出特别的怨恨和不满。

“最近我一直睡不好，”第一个晚上她宣称，“我觉得一个人睡会更舒服一些。”

“好吧。”一开始他以为只是一个晚上的事，结果到了第二天，他发现她依然从柜子里翻出床单被子，然后把沙发铺成一张床。这时候弗兰克有些气恼了。

“这到底是怎么回事？”他靠在厨房的门把上，手里端着酒杯，看着她拍打、铺开床单，尽量温和地问道，“你对我有什么不满吗？怎么了？”

“没有。我对你当然没有什么不满。”

“你是打算无限期地分床睡，还是怎么样？”

“我也不知道，如果我让你难过的话，很抱歉。”

他没有选择马上回应。他懒懒地把食指伸进酒里搅动着冰块，然后拿出来舔一下，从厨房门口移开身体时，他极度疲惫地耸耸肩说，“不，我没什么难过的。我很遗憾你总是睡不好觉。”

而这正是另一个重要的区别：他不觉得难过。他确实有点恼火，但是他并不觉得难过。他干吗要不高兴呢？毕竟这是她的问题。这真是一个对身心有益的新发现，让他平和了许多，弗兰克现在有能力把俩人看成不同的个体——这是你的问题，那是我的问题。他已经看清楚，过去几个月的压力让他俩都经历了一场危机，而现在正是让危机消散的时候了；两人拉开点距离，不那么关注对方，是最自然的出路，而且可能是个好的征兆。他同情她，知道对她而言这种调整尤其艰难，她会情绪不稳，会失眠，都是完全可以理解的。无论如何，他目前最成熟的做法就是尽快帮助她走出去。下个星期或尽快吧，他会设法找到一位声誉良好的心理分析师。他甚至已经预想到跟心理医生会面的情况：这医生看上去严肃而聪明，语调和缓，而且很有可能是个维也纳人，他会说：“惠勒先生，我认为您对您太太面临的困难理解得相当准确。我们现在不能确定要给她安排多大强度的治疗计划，但是我可以肯定地告诉您，只要有您的理解和合作，我们有足够的理由相信她很快就……”

与此同时，摆在他面前的首要任务，就是跟莫琳做个了断。他更愿意到城里找一间酒吧或咖啡厅跟她摊牌，而今天早上他就是这么计划的，可是当他把莫琳拉到中央存档室的一个角落里约她今晚见面时，她说：“不，来我的公寓吧。”她在一大堆作为屏障的文件夹中间低语道：“诺玛今天很早就会走，我可以给你做顿晚餐。”

“不用了，真的。”他说，“我想还是算了。主要是……”他想说：“主要是我有事情需要跟你谈谈，”但她的眼神让他退缩。如果她马上就在这个办公室里哭起来或是怎样，那该怎么办？于是他连忙改口：“我不想你太麻烦。”这也是真话；但最终他还是同意去她的公寓。

会面的环境可能不那么重要，重要的是谈话本身，而最关键的是这次谈话必须干脆利落地把这段关系终结掉。他无数次地在心里告诫自己，不需要为任何事道歉。回想起这些年来他不断地否定自己，不断地为这些那些事道歉，浪费了许许多多的精力，他就觉得沮丧。从现在开始，不管他的生活会走到什么境地，他都不会再向别人道歉了。

“不好意思，”从马路牙子传来了一个女人的声音，“请问您是弗兰克·惠勒先生吗？”她越过人行道走向他，手里拎着一个小巧的行李箱。从她带有侵略性的微笑中，他马上知道她是谁了。弗兰克刚踏上莫琳家门前的粉色石阶就被这个女的叫住了。

“我是诺玛·陶森德，莫琳的室友。我能不能冒昧跟您聊几句？”

“当然可以，”他站着不动。“您想跟我说什么呢？”

“请跟我来，”她向旁撇撇头，就像正准备要谴责一个闷闷不乐的小孩。“我们不能在这里说话。”她领他走到隔两家的一间附庸风雅的咖啡馆。弗兰克只好跟着她。想到自己这样是不是太顺从的时候，他带着挑剔的目光盯着她摆动着的紧实臀部，心想这也不失为一种弥补。她长得结实，走路外八字脚，穿着一身流行的管状连衣裙，活像“刀鞘”，这让她显得更宽更厚实。她身上的香水很可能就是在罗德与泰勒百货商店的销售点打着“黑暗和刺激”广告语的那一款。

“我不会占用您太长时间的。”她把他带到角落里一张大理石面的小桌子，安置好行李箱，给自己点了一杯甜苦艾酒，然后双手开始啪哒啪哒做出一连串解包、扣包、理包的动作，从结构复杂的手提包里好不容易取出一包香烟。“我顶多喝完这杯开胃酒就走。我要离开纽约去南方的海岬度假两个星期。莫琳本来说好要跟我一起走的，但是她又改变了主意。她现在打算整个假期都待在这里，这一点我想您应该知道吧。她是昨晚才告诉我的，这让我不知道该怎么去面对我们本来要去看望的朋友。您真的不打算喝点东西吗？”

“不，谢谢。”他必须承认，这个女人并非没有吸引力。如果她能够把头发披散下来，而不是整个梳到脑后，如果她可以减去脸颊的赘肉……但过了一会儿，他认为她需要改善的地方更多。比如说，她必须学会说话时不要常常挑动眉毛，还有不该说“顶多喝完这杯开胃酒就走”和“我要离开纽约去南方的海岬”这一类假惺惺的话。

“我现在恰好很生莫琳的气。这次出尔反尔只是她做的一堆傻事中最近发生的一件。不过这不是我要说的重点。我主要想说的是——”她迫切地看着他，“最重要的是，我非常担心她。我认识她的时间比你长多了，我想我对她的了解远比你多。她是一个非常年轻，非常可爱，但又非常缺乏安全感的小女孩。这几年她经历的糟心事已经够多了。现在她需要的是指引和友谊，至少就现在来看——希望你不要介意我这么直白——至少就现在来看，她最不需要的，是跟一个已婚男人纠缠不清。希望你别介意，我不是——请不要打断我，我不是想说教，我更想我们俩可以像有教养的成年人那样谈谈。不过恐怕我马上要问你一个难堪的问题：莫琳好像有这么一个印象，就是觉得您已经爱上了她，请问这是真的吗？”

这问题只有一个答案，简单明了得让弗兰克觉得吐出这些字眼有一种快感——“我想这不关你事。”

她靠在椅背上，一边露出狡黠的微笑一边审慎地打量他。小卷小卷的烟雾从她的鼻孔中喷出来，她用拇指和小指涂着指甲油的指甲剔走唇上的一小截香烟包装纸。弗兰克联想到波洛克在午餐桌上跟他说过的话：“让我试试我看人有多准。”他真恨不得扑到对面去把这个女人掐死。

“我想我喜欢你，弗兰克，”她终于开口说道。“我能这么称呼你吗？我甚至喜欢你被激怒的模样，这显示出你没有掩饰自己。”她身体向前倾，摆出搔首弄姿的模样抿了一口酒，把一只胳膊肘撑在桌面上，然后说道：“弗兰克，你想想看，我们都应该试着去理解对方。我想你应该是优秀、认真的男人，有一个贤惠的妻子和几个可爱的孩子，一家人安安稳稳地住在康涅狄格的某个地方。现在发生的事情是，你把自己陷入了一个很符合人性，也很容易理解的情况当中。我总结得对吗？”

“我不觉得，”他说，“离真实的情况还远着呢，现在换我来说吧，行吗？”

“好。”

“好。我想你可能是个让人讨厌的好管闲事的女人，说不定还有可能发展成为女同性恋者，而且绝对是”——说到这里他掏出一美元钞票放在桌上——“绝对是一个人见人憎的贱女人。祝你旅途愉快。”

他踏着大步快速离开，差点把端着一托盘小咖啡杯的娘里娘气的侍应生撞倒，只需四步他就走出了这个地方。当他走上通往莫琳门口的粉红色石阶时，他已经忍不住要放声大笑了——看看她脸上那表情！但是，当他靠在门廊上一排光亮的黄铜邮箱上，想尽情宣泄出来时，他发现自己只能像喘息似的发出咻咻的轻笑声，全身不由自主地颤抖着，横膈膜也好痛。他觉得快要窒息了。

等他几乎恢复平静，他才走回前门，把布满灰尘的门帘掀开，正好看见诺玛站在路边挥动着行李箱想要拦下一辆出租车。她的后背因为愤怒而显得气势汹汹，那个崭新而昂贵的行李箱看起来也可怜兮兮的。她可能花了好几周的时间来选购那些现在正躺在箱子里的行头，全新的泳装、休闲衣裤、防晒霜、一台新照相机——所有那些为即将到来的少女时代般美好时光而千挑万选出来的装备。当她爬上出租车并在前方消失时，他心底忽然涌现出对她的一股柔情，不和谐地交杂在仍不时从胸腔里冒出的奇怪的呜咽声里。

他感到抱歉。但这时候他应该收摄心神，好好地应付莫琳了。他深吸了几口气，按响了门铃，大门发出声响自动打开后，他又控制自己不要爬楼梯爬得太快，以免来到她面前时上气不接下气。这次面谈取决于他是否足够冷静。

门没有锁紧，他敲了一两下就听到她从卧室里喊道："弗兰克，是你吗？赶快进来吧。我很快就出来。"

公寓被收拾得一尘不染，像是要举行一场派对，小厨房里还隐约飘出炖肉的香味。弗兰克在地毯上踱步时，才发现留声机正在播放他走在楼梯上就能听到的维也纳华尔兹舞曲。这种小提琴合奏一般是鸡尾酒会的背景音乐。

"咖啡桌上有饮料和点心，"莫琳说，"你自己吃点吧。"

他照她的话喝了点酒，然后让身体深深陷进沙发里，试着放松下来。

"你把门关好了吗？"她在房间里面问道，"锁好了吗？"

"我想应该锁上了。这一切到底是——"

"你确定只有你一个人在客厅吗？"

"我当然确定。干吗这样神秘——"

她猛地推开卧室门，踮着脚站在门口微笑，一丝不挂。她开始随着华尔兹的节拍在房间里翩翩起舞，扭手摆腰像个业余的芭蕾舞演员，每到乐曲演奏到高亢部分的时候，她就红着脸一面舞近弗兰克，一面竭力克制住不让自己笑出来。他手里的饮料洒了出来，还没来得及把杯子放在茶几上，她整个人就重重地压了过来，跌坐进他的怀抱里，撞到了他的肚子上，让他无法呼吸。她喷的是跟诺玛一样的香水，她搂着他的头亲吻的时候，在近得惊人的距离里，他发现她眼睛上化了比平时还要浓的妆。她的睫毛粗粗地竖了起来，像脸颊上长出了蜘蛛的腿。当他终于从她的吻中解放出来，他试图让自己坐直一些，以便把她从肚皮上推开。不过要挣脱很不容易，她的双臂结结实实地绕在他的脖子上，这一番纠缠把弗兰克的外套和衬衫拽得紧紧的，而且勒得他的胸背生疼。最后他终于腾出一只手，解开喘不过气的衣领，并试着笑了一笑。

“你好，”她含糊不清地呢喃着，并再次吻住他，把舌头伸进他嘴里。

这一次他像个溺水的男人一样绝望地挣扎着；当他终于挣脱了出来，她后退并幽怨地看着他，她那裸露的乳房像两张受惊的脸孔。他大声地喘着气，有一阵子说不出话来。在沉默中他避开她的目光，低头看着自己的手正紧紧地抓着她重重压在他腿上的大腿。他赶紧松开手，张开手指像敲打会议桌的边缘那样敲打着她的腿。

“莫琳，”他说，“我想我们应该好好谈谈。”

回想起来，接下来发生的一切就像是个梦。即便身在事情发生的过程中，弗兰克也觉得不太真实。他只有一小部分的意识在参与这场谈话，大部分的他只是一个多余的旁观者，羞愧、无助，但相信自己很快就会醒过来。他看见她的脸慢慢阴云密布，然后从他的腿上跳开，狂奔到房间里去找衣服。等到她出来的时候，身上已经严严实实地裹了一件睡衣，像在倾盆大雨里披了一件雨衣。她在地毯上踱来踱去说："这么说，我们之间没有什么好谈的了，对吧？你今天过来其实也没有任何意义，对吗？"这一切好像在发生之前，就已经成为了深刻的记忆。包括他会跟在她后面，垂头丧气地搓着手，并一再地道歉。

"莫琳，听着。请你理智看待这件事。如果我曾经给你这样的幻觉，认为我——我们——我的婚姻并不幸福，或者是类似的感觉，那么我现在向你道歉，对不起，真的对不起。"

"那么我怎么办呢？我应该怎样去想才对？你有没有想过这让我陷入怎样的处境？"

"对不起，我……"

而这就是故事的最后一个段落：莫琳躬身在厨房的浓烟中处理那些已经烧焦的嫩牛肉。

"其实这并没有那么糟，莫琳，我觉得我们还可以把这些牛肉吃掉，如果你愿意的话。"

"不行，这完全毁了。一切都毁了。你还是赶快走吧。"

"莫琳，我们没有理由非要弄得像现在这样……"

"我说了请你赶快走。"

无论他在中央大车站的酒吧里喝多少酒，他都无法驱散脑海里的这些画面。在他回家的这一路上，他感觉到饥肠辘辘，精疲力竭，而且醉得昏昏沉沉。在火车上他圆睁着眼，似乎在乞求什么，嘴唇嚅嚅而动，好像还在跟莫琳讲道理。

第二天早上他全副心思都在害怕会见到莫琳，以至于他踏出电梯的那瞬间，才想起她不会出现了。莫琳正在度假。她会跟诺玛去海岬吗？不会，她更有可能利用这两个星期去找一份新工作。不管是哪种情况，他基本可以肯定以后不会再见到她了。想到这里他先是松了一口气，接着他马上就觉得忧心失望，这种转变着实有些变态。如果再也见不到她，他哪儿有机会向她解释，哪儿有机会用平稳的、不含歉意的声音，去陈述他那些平稳的、不含歉意的话呢？

整个星期六莫琳的事情都困扰着他。当他在灼人的太阳下修整石子路，当他编造各种借口离开家，以便可以开车无目的地游荡时，他对自己喃喃自语道："我是不是应该给她打电话？还是应该给她写封信？"直到星期天下午他出去拿报纸结果把车开出了几英里，这些字眼才蹦到了他的嘴边："忘记它吧。"

这是美丽的一天。在温暖的阳光照射下，他的汽车蜿蜒驶在山峰上，经过刚刚开始变黄的榆树林，他突然一边大笑，一边用拳头捶打着方向盘上老旧到裂开的塑料。忘记它吧！老想着这事有什么意义呢？这只是他生命章节里已经结束的段落——短暂、微不足道，甚至可笑的细枝末节。诺玛气急败坏地提着行李箱冲到路边；莫琳一丝不挂地从他膝上跳起来；他在焦肉的黑烟中追着她解释，苦恼地拧着手，这些场面现在看来那么愚蠢可笑，就像卡通片结束的时候，音乐尖声地响起来，画面在一个大圈子里渐渐缩小，迅速再缩小，直到被吞没成一个小圆点，然后一行大大的字欢快地横跨银幕："朋友们，结束啦！"

弗兰克在路边停下车来，放纵地笑着，一直到笑声止竭，积压在心底的苦恼都发泄了出来，才掉头回家。忘记它吧！回到革命路时，他决定只想好的事情，包括今天美好的天气、放到波洛克桌上已经完成的工作、每年额外的三千美元工资，甚至是明天上午召开的评估会议。这个夏天并不那么糟糕。现在，离家越来越近，他已经迫不及待要舒舒服服地享受一次淋浴，换上干爽的衣服，喝一口雪利酒（想起来他就情不自禁地抿一抿嘴唇），然后剩下的整个下午都泡在《纽约时报》里。等夜晚来临之后，如果一切不出差错，那么他觉得是时候跟爱波理智、平静地谈谈恼人的沙发问题。那些困扰她的事情就会解决掉——如果他愿意早点坐下来跟她谈谈，问题应该早就解决了。

"听着，"他打算这样开始，"这是一个疯狂的夏天，我知道我们俩都承受着压力。我知道你现在感觉到孤独和困惑，我知道事情看来有些灰暗，但是请你相信我……"

弗兰克透过绿色和黄色的树丛看到了自己的房子，发觉它在树木的掩映下显得格外整齐洁白。这个房子并不那么糟糕，正如约翰·吉文斯曾经评价过的：看上去像是一个人们会在这里生活的地方。在这个地方，生活总是会展示出它复杂多变的一面，它有的时候会带给人难以置信的幸福和满足，有的时候也会带来灾难和混乱，偶尔也会有让人羞愧的小插曲（“朋友们，结束啦！”）。这里的夏天可能会有些疯狂，各个方面都让人感到孤单与困惑，事情也会显得凄惨荒凉，但是尽管如此，到了最后这一切都会好起来的。

他回到家里的时候，爱波正一边听着收音机，一边在厨房里忙碌着。

他把手里那厚厚一叠星期天的报纸放在桌上，感叹道：“今天天气真不错。”

“嗯，的确是个好天。”

他来到浴室，享受了一次长长的、无比舒畅的热水浴，并且花了不少时间梳理自己的头发。他在卧室里翻出了三件衬衣，考虑再三才挑选了一件墨绿和黑色格子图案的昂贵的法兰绒衬衫，来配搭他那条干净的紧身卡其裤。他尝试了好几种穿着方法，最后决定把袖口卷两卷，衣领立在脖子后面，扣子一路敞开到胸口处。他弯身凑近爱波的梳妆台镜子，还拿了她的手镜从侧面观察衣领的形态，以及自己双唇紧闭的侧脸线条是否硬朗有型。

他回到厨房，一边翻看报纸一边随着广播里的爵士乐用手指随意地敲击桌面，看了爱波一眼，又一眼，他才发现她哪里和平日不一样：她翻出以前的孕妇装穿在身上了。

“你穿这身衣服很可爱。”他说。

“谢谢。”

“我们还有雪利酒吗？”

“我想可能没有了。我们已经把它喝完了。”

“该死，我猜连啤酒也没有了，是不是啊？”他考虑要不要喝点威士忌，不过现在喝这个太早了。

“我做了一点冰茶，如果你想喝的话，就在冰柜里面。”

“好的，”他给自己倒了一杯，尽管他并不是很想喝。“对了，孩子们今天都去哪里了？”

“在坎贝尔家里。”

“哦，那太可惜了，我本来还打算给他们读点漫画的。”

说完他低下头去翻了一会儿报纸，她则继续在水池旁边忙碌着。过了一会儿，实在没别的事可做了，他站起来走到她的身后，抱住她的胳膊，就在那个瞬间，她的整个身体都僵硬了。

“听着，”他说，“这是一个疯狂的夏天，我知道你——我知道我们一直都承受着压力。我知道你现在——”

“你现在想知道我为什么不跟你睡，对吗？”她从他的手里挣脱出来，“对不起，弗兰克，我现在不想跟你谈这件事。”

他犹豫了一下，觉得还是应该保持有利于沟通的友好情绪。他带着尊重吻了她的头发。“那好吧，你现在愿意跟我说什么呢？”

她已经洗完盘子，并且把水池里的脏水都放出去了，现在她搓洗着洗碗布。等到她把布拧干、挂回到架子，并从水池边退开，转身面对着他时，她才开始说话。这是她今天第一次看着他，然而她看起来像是受到了惊吓。“我们可不可以什么都不谈呢，可以吗？”她请求道，“我的意思是，我们能不能就这样过一天是一天，尽量过好，然后不要老想去讨论所有的东西？”

他向她微笑着，就像一个充满耐心的心理医生。“我并不要求去‘讨论所有的东西’，我不是这个意思，我提出的是……”

“那好吧，”她后退一步，“这是因为我不爱你了，这个解释怎么样？”

幸好心理医生的职业笑容还挂在脸上，弗兰克才不至于把她的话当真。“这不算是个答案，”他和善地说，“我想知道你真实的感受，我想你现在是不是在逃避，逃避到最后去见心理医生的那一刻？你想回避你在这段时间之内需要承担的责任，直到你开始接受治疗。你觉得这么说合理吗？”

“不，”她背过身去。“噢，我不知道，也许是吧。你说什么就什么，你怎么舒服就怎么去想吧。”

“呃，”他说，“这不是我舒不舒服的问题。我想说的是，生活总得继续，不管你接不接受治疗。妈的，**我**知道你现在很难过，这是一个艰难的夏天。关键是我们两个都承受了很多压力，那么我们就应该尽可能帮助对方。天知道这段时间我也做了很多乱七八糟的事，实际上我想过，我自己也有必要去看心理医生。其实——”他转过脸望向窗外，摆出那个硬朗的侧脸线条。“其实，我想跟你坐在一起聊聊，还有一个重要原因。我想告诉你一件事情。一件……怎么说呢，一件几个星期之前发生在我身上的，神经质的不太理性的事。”

他的头脑还没开始运作，他的声音就滔滔不绝地把莫琳·格鲁布的事情和盘托出。他不假思索就很有技巧地把莫琳称为“纽约的一个女孩，一个不太认识的人”，而不是他公司里的打字员；他强调自己没有投入任何感情，而她对他的渴求却是非常强烈和无法克制的。他的声音平和而有说服力，中间偶有犹豫和停顿，都只是为了增添说话的节奏感。这段陈述既有忏悔的力量，也有叙述一段情感故事的浪漫风情。

“会出这样的事情，我觉得，怎么说呢，主要是因为在堕胎的问题上，我的男性尊严受到了威胁。我想要证明一些东西；我不知道。不管怎么样吧，上个星期我已经跟她一刀两断了。这个愚蠢的事情已经永久地结束了。否则我不会跟你坦白交代的。”

接下来的半分钟，屋子里唯一的声音就是收音机播放的音乐。

“你为什么会这么做？”她问。

他摇了摇头，眼睛还是望向窗外。“亲爱的，我也不知道为什么。我已经试着跟你解释，我现在还试着跟自己解释。所以我才说，这是一件神经质的不太理性的事。我——”

“不，”她说，“我指的不是你为什么找了那个女人，而是你为什么要把这件事情告诉我。这样做有什么意义？你是想让我觉得嫉妒，还是有什么别的目的？是想让我重新爱上你，重新跟你睡到一起，还是怎么样？你认为我该说些什么？”

他看着她，觉得脸都涨红了，无论他怎么努力，都无法把难堪笨拙的苦笑转换成心理医生的职业微笑。“你为什么不说说你的感受？”

她沉默了一阵子，看来是在思考，然后很漠然地耸了耸肩说：“我已经说过了，我什么感觉都没有。”

“那就是说，你根本不在乎我在干什么，跟哪个女人上床，是这样吗？”

“对，我想就是这样。我不在乎。”

“但是我**要**你在乎！”

“我知道。如果我还爱你的话，我应该会难过的。但是你知道我已经不爱你了。我现在不爱你，从前也不曾爱过，只不过我到这个星期才明白这一点。这正是我不想跟你谈话的原因。你现在明白了吧？”她拿起一块抹布走进客厅，俨然一个疲倦但合格，每天都有家务活要做的家庭主妇。

“仔细听好啦！”广播里响起了热切的声音。“秋季清仓大甩卖！罗伯特·霍尔服饰所有的男装短裤和运动休闲装都会大幅降价。”

弗兰克呆呆地站在那里，低头看着桌上那杯没喝过的冰茶，他感觉自己的头脑一片纷乱，唯一清晰的念头是，他忽然想起了这是个怎样的星期天，所以也明白了为什么孩子都被打发到坎贝尔家。而且他知道，他们没剩下多少时间可以单独谈话了。

“噢，你听着，”他坚决地踏着大步，尾随她走进客厅。“你赶紧把那块该死的抹布放下，然后**好好听**我说话。首先第一条，你他妈的很清楚，你是爱我的。”

第五章

“不用亲自开车真是太舒服了。”吉文斯太太一边说，一边紧紧握住副驾驶的车门把手。每次去医院探望约翰都是由她丈夫开车，而每次她都不会忘记发出这样的感慨：能轻松地乘坐汽车是件多么惬意的事。她会指出，当一个人每天都开车，而且一开就是一整天的时候，这个人最盼望的就是把方向盘交给别人，自己舒舒服服地坐在乘客的座位上。但是多年养成的习惯还是让她不得安宁。她不停地盯着路面，就像方向盘是握在自己手里；每次停车或拐弯时，她的右脚就会下意识踩踏座下的软垫。有时候她发现自己这么做时，只好把目光强行转移到路上的乡村景色，尽量放松背部肌肉，并且让自己的身体放松地躺进坐垫里。为了进一步展示她的自我克制能力，她甚至大着胆子把紧握着车门把手的手拿下来，安放在膝上。

“天哪，今天可真是个好天气，”她说，“你看树上那些漂亮的叶子刚开始转黄。你说还能有什么时节比初秋更美好呢？漂亮的色彩，干爽的空气；这种时节让我想起——亲爱的，小心啊！”

她的右脚用力踩向地上的软垫，整个身体弓成一个慌乱的抵御姿势，准备迎接撞击。她看见一辆红色卡车从正前方的一条岔路拐了出来。

“我看见它了，亲爱的。”霍华德不慌不忙地踩刹车，给卡车留出了足够的空间来拐到前面去。他再次踩油门时，安慰妻子道：“你就只管放松下来，好吗？让我来操心马路上的事吧。”

“嗯，我知道了。我会的，对不起。我知道自己做了蠢事。”她深吸了几口气，然后把手交叠着平放在大腿上。她的双手紧紧靠在一起像受惊的小鸟。“每次要带约翰外出，我都紧张得像心脏里钻进了一只只蝴蝶，尤其这次跟上次外出已经隔了这么长时间。”

“病人的姓名是？”坐在前台接待处的女孩瘦得叫人不忍直视。

“约翰·吉文斯。”吉文斯太太礼貌地点头微笑，然后看着女孩拿着一支笔头被嚼过的铅笔，目光顺着铅笔滑下一长串用复写纸写出来的名字，最后停在“吉文斯，约翰”上面。

“你们是什么关系？”

“我们是他的父母。”

“请您在这里签名，然后拿着这张单子到第二病区A病房。上楼以后向右拐就是了。五点之前把病人带回来。”

吉文斯夫妇来到病房的外部等候厅，按了电铃，便等待管理员出来接待。在等待期间他们只好闪闪缩缩地跟着其他探视者一起参观病人的艺术作品展览。其中一幅是病人拿蜡笔描摹得很像的唐老鸭画像，另一幅是以紫色和棕色调为主的耶稣受难景象，天空中的太阳，或是月亮，是猩红色的，颜色和耶稣肋骨里以一定频率流出的鲜血一样。

过了一分钟，一阵橡皮鞋跟摩擦地面的闷响从门后传来，夹杂着钥匙叮叮当当的碰撞声。门打开了，一个粗壮敦实、戴着眼镜的白衣年轻男人在里面说："我能看看你们的单子吗？"他让探视者一对对地进入内部等候厅。这是一个宽敞、昏暗的房间，里面摆放了铺着亮丽塑料面的桌子和椅子，供不在特权名单上的病人的探视者使用。大部分座位都被占用了，只不过没几个人在说话。距离门最近的地方坐着一对年轻的黑人夫妇，手拉着手，如果不仔细看，很难判断那个男人是个精神病患者。除非你注意到他的另一只手死命地抓着镀铬桌腿，抓得指节都变成土黄色了，就像在惊涛骇浪中死死地抓着船舷。远一点，一位老妇女正在给儿子梳头发。年轻人看上去在二十五岁到四十岁之间，他一边咬着一根剥好皮的香蕉，一边顺从地随着母亲的抚摸摇晃脑袋。

管理员把那一大串钥匙挂在裤子后兜的夹子上，沿着走廊往里面走，然后用洪亮的声音念出他拿到的单子上的病人名字。病房里传来各个广播频道交杂在一起的嘈杂声，但从走廊口看进去，只能瞥见一排打过蜡的油麻地毡，以及几张病床的铁支柱边缘。

不一会儿管理员就回来了。他穿着白大褂，有条不紊地在前面走着，后面跟着一小列乱糟糟的队伍。队伍的尾巴站着瘦瘦高高、外八字脚的约翰·吉文斯。他一手扣毛衣，一手拿着斜纹工人帽。

“嘿,”他跟父母打招呼,“看样子他们是打算让犯人出来放放风喽?这可是件了不得的大事啊。我们走吧。”他小心地把帽子戴在头顶的正中央,这么一来,更活脱脱像个领政府救济金的人了。

在车里三个人都没有说话。直到车子驶过一排排砖结构的病房、行政大楼、垒球场,绕过门口修剪得整齐美观、中间插着国旗和州旗的圆形草坪,远远离开了医院,走在通往高速公路的柏油路上时,吉文斯太太才试探性地喊了一声:“约翰?”

她在后座上端详着约翰的脖子,揣摩着他的情绪。每次约翰坐在前排,她都选择坐在后座,这样她会觉得舒服一些。

“嗯?”

“我们给你带来了好消息。你还记得惠勒夫妇吧,你对他们还挺有好感的?他们又邀请我们过去坐坐,当然,这要看你愿不愿意。这是第一个好消息。不过真正的好消息是,他们决定不走了。他们不打算去欧洲了。你不觉得这样再好不过了吗?”说完她露出不安的微笑,看着约翰缓缓地转过头来,隔着车座后背面向她问:

“发生什么事情了?”

“呃,我并不知道详情——不过你这是什么意思啊,亲爱的。我认为不一定非得‘发生’什么事情,他们才会改变主意。有可能只是他们谈了一下,然后做出了新的决定,改变了原来的想法。”

“你是说你甚至没去打听?有人决定要做一件那么大的事情,

然后忽然抛弃了这个计划，而你连问都不去问中间到底发生了什么事？为什么？”

“这么说吧，约翰，我认为这不是我该打听的事。我们不该去过问别人的计划，除非他们主动提供信息。”她声调中的紧张感越来越掩盖不住，这很可能会激怒他，于是她努力用额头和嘴巴的皮肤挤出一个开朗的笑容。“我们能不能单纯为他们选择留下来而感到高兴，不去问‘为什么’呢？噢，你快看外面那个漂亮的老红筒仓啊，我以前从没注意过，你呢？这肯定是方圆几英里之内最高的筒仓了。”

“那的确是个很漂亮的老筒仓，妈妈。”约翰说，“而且，惠勒夫妇留下不走是个好消息，还有你是一个可爱的人。你说呢，爸爸？难道妈妈不是一个可爱的人吗？”

“好啦，约翰，”霍华德说，“冷静下来。”

吉文斯太太默不作声。她用手指把一盒小火柴搓揉撕扯成潮湿的小碎片。她闭上了眼睛，养精蓄锐准备应对这个她已经隐隐预见到的又一个不愉快的下午。

她的担忧在惠勒家的厨房门外雪上加霜。他们都在家里，因为两辆车子都在，但这栋房子很奇怪，看上去冷冰冰的，好像不欢迎任何客人到访。她轻轻地敲了敲门上的玻璃板，房子给她的唯一回应，就是让玻璃映照出天空、树和她向前探出的脸，以及身后的霍华德和约翰。她又敲了一次。这次她把一只手当作遮光板贴在玻璃板上，朝里张望。厨房没有人，桌子上放着一只装着冰茶之类的杯子。然后弗兰克从客厅冲了出来，一副垂头丧气的样子，看起来就像马上要大嚷大叫，或者号啕大哭，或者要做出什么暴行来发泄情绪。她一看就知道，他并没有听见敲门声，也不知道她在那里。他不是出来应门的，而是绝望地想要逃离客厅，或者逃离这栋房子。她来不及退回去了，弗兰克已经看见她，看见她弯着身子，窥探着客厅，直接跟他四目相对。他吃了一惊，停了下来，然后尽最大的能力摆出友善的笑容来应付吉文斯太太的笑。

“哦，你们来啦，”他一边说一边开门，“你们好。赶快进屋吧。”

他们温文有序地走进客厅。在那里，他们看见爱波，而爱波的脸色同样可怕。她苍白憔悴，不安地在腰间搓捏着手指。“见到你们很高兴，”她虚弱地说，“请坐吧。不好意思我们家今天有点乱。”

“我们是不是来得太早啊？”吉文斯太太问。

“太早？不，没有。我们刚才在——大家还是先喝点东西吧。冰茶怎样？或者别的什么？”

“不，什么都不用了，谢谢。我们只坐一会儿，我们是顺道过来打个招呼的。”

聚会的气氛很别扭，吉文斯一家三口并排坐在一起，弗兰克和爱波则背靠着书架站着。他俩心神不定的，每次要交谈时，就凑近彼此，说完，又马上分开。到了现在，吉文斯太太已经猜出来他们为什么这么不自然：他们肯定是吵架了。

“听着，”约翰说。其他人停止了交谈。“到底是怎么回事？

我听说了，你们已经改变主意。为什么？”

“呃，”弗兰克尴尬地笑了几声。“呃，应该说，我们被逼改变了想法。”

“到底怎么了？”

弗兰克侧身站到妻子身后。“这样，理由很清楚了吧。”吉文斯太太把目光投在爱波身上，第一次注意到，她穿的是——孕妇装！

“哦，爱波，”吉文斯太太兴奋得喊起来，“天哪，这真是太棒了！”她思量着在这种场合应该怎么做：她应该站起来，然后，亲亲她，还是怎样？不过爱波看来并不喜欢被人亲吻。“这太令人兴奋，”她接着说，“不知道该怎么让你们知道我有多开心，”然后，“我想你们马上就会需要一所更大的房子，对吧？”她一句接着一句地说，只是希望约翰可以待在一边缄口不语。但是约翰并没有遂她所愿。

“妈，你等等，”他说着站了起来。“等等，我不明白。”他紧紧盯着弗兰克的脸，就好像检察官在紧盯着嫌疑犯一样。“我不明白。这哪里清楚了？好吧，我现在知道她怀孕了，但是那又怎么样？难道在欧洲人们就不生孩子吗？”

“约翰，你先，先……”吉文斯太太说，“我想我们不应该……”

“妈，你能不掺和吗？我在问这个人一个问题。如果他不想回答，我认为他会自己告诉我的。”

“当然，”弗兰克低头看着鞋子微笑。“我想不论在什么地方，人们都应该知道如果无力养育孩子的话，那么最好就不要让他出生。既然已经怀上孩子，如果我们希望养活他，唯一的选择就是留下来。这其实是钱的问题，你明白了吗？”

“好吧，”约翰点了点头，像是对这个回答感到满意，他的目光在弗兰克和爱波之间游移。“好吧，这是个好理由。”惠勒夫妇看起来像是松了一口气，但吉文斯太太却比刚才还紧张，因为常年的经验告诉她，接下来就要发生很可怕的事情。

“钱总是可以解释所有的问题，”约翰把双手插进口袋里，一边在房间里踱步一边说。“但不是真正的原因。真正的原因是什么？难道是你老婆劝你放弃了计划还是别的原因？”爱波正走向烟灰缸想要把烟灰掸去，发现约翰锐利的眼神投了过来，还向她露出一个炫目的笑脸。她抬起头来看了约翰一眼，很快又把头低了下去。

“啊，是不是啊？”他步步紧逼。“是不是小女人还没准备好不再过家家了？不不不，不是这样的，我看得出来。她是个坚强的女人。她看上去很坚强，很有女性特质，能干得要命。好吧，这样看来原因就在你身上了。”他转过身来面对着弗兰克。“到底发生什么事了？”

“约翰，求你了，”吉文斯太太说，“你这样说话太……”然而现在什么都阻止不了约翰。

“发生了什么事？你临阵退缩了还是怎么了？最后你确定自己更喜欢这里？更喜欢你所谓的无望的空虚？或者——哇，我知道我说对了，快看他的脸啊！你怎么啦，弗兰克，被我说中了吧？”

“约翰，你这样实在太粗鲁了。霍华德，你快……”

“好了，孩子，”霍华德站了起来。“我想我们最好还是……”

“天哪！”约翰放声狂笑。“天哪！你知道吗？如果你告诉我，你是故意把她肚子搞大，我一点都不会觉得奇怪，这样你就可以一辈子躲在她的孕妇装后面。”

“你给我听着！”弗兰克喊道。吉文斯太太惊诧地发现，弗兰克紧握着双拳，从头到脚都在颤抖，“我**忍够**你了。你他妈以为你是什么人啊？你来到我的家，肆无忌惮地说着你那些疯话，我想是时候该告诉你，赶紧闭上——”

“他是个**病人**，弗兰克。”吉文斯太太结结巴巴地说，然后又惊惶失措地咬着唇。

“噢，病个屁！我很抱歉，吉文斯太太，不过我他妈才不管他是病人还是正常人，是死还是活，我只希望他赶紧闭上狗嘴，把他那些疯话全他妈留在那个狗屁疯人院里吧。那里才是真正属于他的地方。”

在接下来难堪的沉默中，五个人团团站在客厅中间：吉文斯太太还在咬着嘴唇，霍华德专注地把一件薄雨衣折叠到胳膊上；爱波红着脸盯着地面；弗兰克依然颤抖、大声喘着气，眼睛里布满了挫败和羞辱。约翰冷静地微笑着，反而是五个人里面唯一看上去心平气和的人。

“你可是给自己找了个了不起的男人啊，爱波，”他向爱波眨眨眼，然后把工人帽安放在头上。“一个对家庭尽责，对国家尽忠的好男儿。我为你感到难过。不过，可能你们都是一样的货色。看你现在的样子，我也开始为他感到难过了。细想一下，你肯定没给他什么好日子过，如果他只能在制造小孩的时候，才敢确认自己有一对睾丸。”

“好了，约翰，”霍华德咕哝，“我们赶快出去上车吧，就现在。”

“爱波，”吉文斯太太低声说，“我真的很抱歉，我——”

“是的。”约翰跟他父亲一起走向门口。“对不起，对不起，对不起。我说这么多对不起可以了吗，老妈？我说的次数够多了吧？该死，我的确感到很抱歉，因为我是全世界最可悲的混蛋了。当然，说到底，我从来没有经历过什么值得我高兴的事情，对不对？”

吉文斯太太知道事情已经无可挽回，唯一庆幸的是，约翰肯乖乖跟着霍华德走。她只需要尾随他们，走完这段路，走出这间房子，然后一切就会结束了。

不过约翰并没有打算偃旗息鼓。“嘿，倒是有一件事情让我感到高兴，”他走到门边，停下脚步，转过身，再次大笑起来。当他伸出一根长长、黄黄的食指，指着爱波微微隆起的腹部时，吉文斯太太以为自己马上会昏死过去。约翰笑着说：“你知道我为什么事情高兴吗？我高兴自己不是那个孩子。”

第六章

吉文斯一家离开之后，弗兰克做的第一件事，就是给自己倒了三指高的波旁威士忌，然后仰起头来一饮而尽。

“好啦，”他转过头来对妻子说，“好啦，你什么都不用说。”威士忌的火团在他胃里翻滚，把他呛得连连咳嗽。“我知道你要告诉我，你觉得我刚刚的表现非常恶心，对吧？哦，还有，”他紧紧地尾随她穿过厨房然后走进客厅，盯着她圆溜溜的后脑勺，他的目光夹杂着羞耻、愤怒以及凄凉的哀求。“还有就是：那个人说的一切都是真的。这就是你打算跟我说的话，对吗？”

“显然我不需要自己再说一遍，你已经帮我说了出来。”

“但是爱波，如果你真的那么想，你就是大错特错了！”

她转过身来看着他。“我可不觉得。为什么这样想就错了？”

“因为那个人是疯子。”他把酒杯放在窗台上，这样就腾出两只手比画着来表达他说的话是多么真实，多么重要。他在胸前张开十指，然后紧握成拳头，他的手激动地颤抖了起来，“那个人是疯子，”他重复了一遍，“疯子。你难道不知道疯子是什么意思吗？”

“是的，我不知道。你知道吗？”

“是的。那就是失去了跟旁人联系的能力，失去了爱的能力。”

她笑了出来。她笑得前仰后合，露出了两排完美的牙齿。她笑得眼睛眯合了起来，一波波的笑声回荡在房间里。“失……失去……失去了能力……”

她已经歇斯底里了。看着她狂笑不止，扶着一件件家具在房间里绕着圈，倚着墙壁然后又走了回来，弗兰克一时之间手足无措。在电影里，如果一个女人这样歇斯底里，男人就会给她几个耳光直到她停下来。但电影里的男人通常都很冷静，知道这几个耳光为什么要打下去，而弗兰克就没那么清醒了。他已经完全失去了主张，只能呆呆地站在那里看着她，愚蠢地张嘴，闭嘴。

她终于重重地跌坐进一张椅子里，不过笑声依然没有停歇。弗兰克猜想，笑声会渐渐转变成哭泣的——这是电影里经常发生的情节。他等啊等，然而她没有。笑声渐息，她不同寻常地平静了下来，就像刚听完了一个特别过瘾的笑话，而不是从歇斯底里中恢复过来。

“噢，”她说，“弗兰克，你可真是巧舌如簧。如果说几句话就能颠倒黑白，那么你就是做这件事情的最佳人选。你想说的是，我是个疯子，因为我居然不爱你了，对吗？”

“不，你错了。你并没有发疯，你依然爱着我，这才是我要表达的意思。”

她站了起来，退开了几步，眼睛闪着光。“可是我不再爱你了，事实上我连看都不愿意看到你。如果你再靠近我一点，如果你走过来触碰我，或是做别的什么，我想我会大声喊叫的。”

然后他真的过去摸了她。“宝贝儿，听我——”一句话没说完，她果然高声尖叫。

她的尖叫显然是假的，因为她一边叫一边冷冷地看着他的双眼。但这叫声尖锐刺耳，而且响亮得足以震动整个房子。弗兰克强忍着，直到声音结束才说：“你真该死。你这个肮脏下贱的……你给我**过来**，你这个该死的女人。”

她轻巧地从他身边躲开，然后拖来一把椅子挡在她和他之间。他把椅子揪起来，扔到墙上，一条椅腿咔嚓断为两截。

“你现在想干什么？”她继续激怒他。“是打算过来打我吗？来表达你有多么爱我？”

“不，”这时候他突然感觉到自己强大起来。“不，我不会的，你不用担心。我才懒得那么做。你根本不值得我**费力气**去打你。你不值得我用任何手段去**对付**你。你不过就是一个**空虚**……”他这才意识到，他的声音那么肆无忌惮，那么畅快自由，是因为孩子们不在家。没有人在，也没有人要来；这个充满回声的房子只属于他们俩。“你就是他妈一个**空虚浅薄**，一个**徒有其表**的女人……”这么多个月以来，他们第一次有机会这样公开地、毫无顾忌地争吵。而他正充分地利用这次机会，绕着她兜圈子，冲她喊叫、颤抖、喘息。“如果你那么恨我的话，你他妈住在我的**房子**里干什么？**啊**？你能回答我这个问题吗？你他妈为什么要给我生**孩子**？啊？”他像约翰一样指着她的肚子说，“为什么你**不把**

这个孩子打掉？你有机会这么做的。听着，我要告诉你一件事。”当他平缓地把下一个句子说出来的时候，他心里的重压也开始释放出来；他的语调出奇地缓慢而清晰，仿佛他从来没有试过这么明明白白地把真相揭露出来：“我祈求上天你已经把孩子打掉了。”

这无疑是最好的一句结束语。他快步从她身前走开，经过天旋地转的廊道，走进卧室，狠狠一脚把门关上，重重坐倒在床上，然后把右拳打入左手掌心。天哪！

多么狠的一句话！不过这难道不是事实吗？他难道不曾希望她把孩子打掉吗？“是的，”他大声地自言自语。“是的，我曾经那么想，我曾经那么想。”他张嘴急促地喘着气，心脏像鼓一样跳动；过了一会儿他吞一口唾沫，闭上干枯的嘴唇，所以房间里只能听见空气进出鼻孔的声音。逐渐地，他的心跳放缓了，他的眼睛开始辨识周围的东西：沾染着落日余晖的窗玻璃和窗帘；爱波梳妆台上那些散发着香气的瓶瓶罐罐；挂在敞开的衣柜里的白色睡衣，整整齐齐地排放在柜子底下的三寸高跟鞋、芭蕾舞鞋，还有脏兮兮的蓝色软拖鞋。

一切都静悄悄的。他开始后悔把自己关在房间里，一则因为他还想喝点酒。然后他听见厨房门关上了，纱门也砰的一声关上了，一种熟悉的恐惧感油然而生：“她又要离开我了。”

他连忙站起身，悄然无声地跑回厨房，希望能逮住她说些什么——什么都行——在她发动引擎绝尘而去之前。但她不在车里，也不在车子附近。她哪儿都不在。她消失了。他绕着房子跑了一圈，东张西望地寻找她的身影，松弛的脸颊随着脚步上下跳动。他再次漫无目的地绕着房子跑起来，这时他看见她的身子掩映在树林中。爱波步履蹒跚地往上爬，在树木和岩石之间越发显得细小柔弱。他全力冲过草地，纵身一跃跳过一堵低矮石墙，探身进入树丛中跌跌撞撞奔向她。弗兰克心想，这一次她是不是真的发疯了？她爬到这上面来到底是要干什么？当他终于追上她，抓住她的胳膊，并让她转过身来时，他会不会看到一抹空洞的、精神错乱的微笑？

“不要再靠近了。”她命令道。

“爱波，听我说，我……”

“不要再**靠近**了。难道我跑到**树林**里来都不能躲开你吗？”

他只好停了来，站在距离她十码远的下方气喘吁吁地看着她。现在至少他知道，爱波神志正常，脸孔澄静。然而这不是一个适合吵架的地方。这里暴露在邻居们的耳目之中。

“爱波，听着，我刚才说的话是假的。我很诚实地跟你说，我并不希望你把孩子打掉。”

“你还在说话吗？有没有办法可以不让你说话啊？”她倚靠在一棵树干上，俯视着他的脸。

“请你下来吧。你到那上面去想干什么啊？”

“你想让我再大声喊叫吗，弗兰克？如果你再说一个字，我就会叫起来。我说真的。”

如果她在山边大喊大叫，革命路上的每一户人家都会听见，整个革命山庄的人都会听见，包括坎贝尔夫妇。他已经没有别的选择，只得一个人先回到家里：穿过树林来到草坪，进家门。

一回到厨房他就马上来到窗户边，全神贯注地观察着爱波的一举一动。他站着——或者说匍匐在窗前，后来腿累了，他才拖来一张椅子坐下。他确保自己的位置远远地隐藏在阴影底下，这样她才不会察觉。

她在山上好像什么事也没做，只是继续靠在树上。不久以后，夜幕临近，弗兰克已经辨别不清她的身影。这时，一点黄色火光忽然跳了出来，原来她点燃了一根香烟。弗兰克盯着红色的小烟头缓缓下降，等到这点亮光出了树林，周围已经一片漆黑。

弗兰克继续注视着那里，没注意到爱波苍白的形体忽地出现在靠近得多的地方，吓了他一跳。她正穿过草坪走向房子。他赶紧离开厨房，前脚刚踏出去，她后脚就跟进来了。弗兰克躲在客厅里，听见她拿起电话并且拨通了一个号码。

她的声音很平静，跟平时没什么两样。“你好，是米莉吗？你好，对对，他们刚刚才走。不过你听我说，我想能不能请你帮我一个忙。我今天感觉有点不舒服，可能是感冒了，而弗兰克今天也挺累的。能不能麻烦你今晚帮我照看一下孩子，让他们留在你那边过夜？……哦，那真是太谢谢你了，米莉……不，不用麻烦了，他们昨晚刚刚洗过澡……嗯，我知道他们会很乐意留下的。每次在你们家玩的时候都过得非常愉快。……那太好了，就这样吧。明天早上我再给你打电话。”

然后她走进客厅，打开了灯，突如其来的强光让两人眯起眼睛，并频繁地眨眼。在各种复杂的情绪中，弗兰克现在感觉最强烈的就是无比的难堪。她看起来同样感到难堪。最后她穿过房间躺到了沙发上，把脸埋藏起来。

过去遇到这种情况，弗兰克会走出家门，发动引擎，驶到几英里远的酒吧，一家一家喝过去，在这些灯红酒绿的酒吧里，弗兰克会把钱撒在湿乎乎的吧台上，闷闷不乐地听女招待和建筑工人们冗长而夹缠不清的交谈，到自动点唱机翻找出几首喧闹的歌曲，然后再开着车消磨整个晚上，直到自己能睡着为止。

但今晚他无法这样做。因为他们从来没遭遇过像今天那么糟糕的情况。他身体已经疲软得无法离开大门，更别说开车到处跑了。他的膝盖像灌了糨糊，脑袋嗡嗡直响，他有点感激周围还有这栋房子来庇护他。现在他唯一有能力做的事情，就是再次走进卧室，把自己关起来。不过这一次，尽管情绪沮丧透顶，他没有忘记在走进房间之前带上一整瓶威士忌。

这一晚他蜷缩在床上，做了很多情景非常真实的噩梦，醒来时裹着衣服的全身冒着冷汗。他记得有的时候，他可能醒着，或者梦见自己醒着，他听到爱波在屋子里走动的声音；还有一次，天快亮的时候，他发誓自己睁开眼睛看见她坐在床沿，紧挨着他。这难道又是一场梦？

“宝贝儿，是你吗？”他微弱的声音从肿胀干裂的嘴唇发出来，“噢，我的宝贝儿，请你不要离开。”他伸出手紧紧地握住她的手，“噢，请你留下来。”

“嘘，嘘，没事啦，”她说，一边捏着他的手指。“没事啦，弗兰克，快睡吧。”她的声音如此温厚，她的双手如此清凉，让他心底一片安宁。他再也不在乎这到底是不是梦境，这一刻的安详已足以让他沉入无梦的深深睡眠中。

然后黄色亮光刺痛了他——弗兰克独自一人在床上，真正地醒过来了。他还没判断出自己的状态实在不适合上班，就想起今天是个不得不上班的日子。因为今天将召开那个评估会议。于是他颤颤悠悠地起床，走进浴室，强迫自己打起精神淋浴剃胡子。

就在他穿衣服的时候，一个不合逻辑不合情理的希望让他心跳加速。或许那不是一个梦呢？或许她真的来过，并且坐在床上跟他那样说过话？当他走进厨房时，他的一厢情愿变成了事实。他看到的情景把他惊呆了。

餐桌上整洁地摆好了两套餐具，厨房里充满了阳光，还有咖啡及煎培根的香气。爱波穿着干爽利落的孕妇装，站在灶台前，听到弗兰克进来，她抬起头羞涩一笑。

“早安。”她说。

弗兰克恨不得跪倒在她身边，抱住她的腿，但他到底克制住了。有些东西告诉他——或许就是她笑容里奇异的羞涩——他最好别轻举妄动。他应该参与这个演出，奇怪却又隆重地装作昨天什么事情都没发生过。“早安，”他说，避开了她的目光。

他坐了下来，铺开餐巾，心想这一切太不可思议了。没有一个吵完架后的早晨能这么轻松的。不过，当他战战兢兢地喝着橙汁的时候，他也想起了，没有一次吵架像昨天那么激烈、那么严重。这是因为，他们昨天已经把所有可吵的东西都吵完了吗？所以现在无论是侮辱还是宽恕，他们已经没有更多话可说了？而生活，毕竟还要继续的。

“今天早晨的天气真好，不是吗？”他说。

“是的。你是想吃炒鸡蛋，还是煎鸡蛋？”

“哦，都可以——呃，如果不会太麻烦的话，就炒鸡蛋吧。”

“好的，那我也一起吃炒鸡蛋。”

不久之后他们就亲密地对坐在明亮的桌子两头，相互递送着黄油和面包，轻声说着礼貌用语。一开始他害羞得吃不进去，就像十七岁那年第一次带女孩出去吃晚餐，当时他觉得在女孩面前把食物叉起来放进嘴里，然后开始咀嚼是一件非常粗鲁的事情。还好跟当时一样，一件事情出来拯救了他：他惊讶地发现自己原来这么饥饿。

在咀嚼的间隙他说：“这样感觉还挺好的，坐在这里吃早餐，没有孩子们在旁边吵闹。”

“嗯。”她没有吃那盘鸡蛋，而且他看到她伸手去拿咖啡杯的时候，手指在微微颤抖。如果没有注意到这个细节，弗兰克还以为她真的非常镇静。“我想你今天可能会想好好吃点早餐，”她说，“今天是个挺重要的日子，对吧？你要去跟波洛克开会。”

“没错，”她竟然记得这件事！不过他还是用多年来每次跟她谈到诺克斯公司时故作轻蔑的撇嘴一笑，来掩盖内心的喜悦，“大概是件大事吧。”

“嗯，我猜想是件**相当**重要的事，至少对于他们来说。你认为自己会做些什么工作？我是说，在他们派你出差之前。你很少提起这方面的事情。”

她居然对他的工作表现出兴趣？她在开玩笑吗？“我没跟你提起过？”弗兰克说，“可能吧。连我自己也不了解情况。我猜想，就像波洛克说的，‘拟定工作目标’我们大概就是围坐在他身边，听他长篇大论，然后大家都装出很懂电脑的样子。我想这个计划之所以会启动，最重要的原因，是因为诺克斯要大量买进一种很大型的电脑，比‘诺克斯500’还大。我告诉过你这些吗？”

“应该没有吧。”不可思议的是，她看起来真的愿意聆听。

“是这样的，你知道通用自动计算机那一类庞然大物吗？就是人们用来预报天气或者是估计选举走势之类的机器。这大家伙一件就要二百万美元。如果诺克斯生产这个东西，就要围绕它组织一个全新的推广计划。我想这就是波洛克在策划的事情吧。”

他奇怪地感到肺活量变大了，或者空气里的氧气更充沛。他抬得又高又紧绷的肩膀，现在渐渐靠在椅背上放松了下来。其他男人跟妻子谈论他们的工作时，也会有这种奇特的感受吗？

“……基本上，它只不过是一台大极了、快极了的计算器，”他尽可能满足她对一台电脑如何运作的好奇心。“它不像其他机械一样有很多金属部件，而是采用了很多很多个真空管……”说到这里他干脆在餐巾纸上画了个图表，向她解释数字脉冲是如何在电路当中流动。

“哦，**我**明白了，”她说，“至少我觉得我明白了。嗯。这东西确实还有点……有点意思，你说呢？”

“呃，我也不知道。这东西……嗯，从某种角度看，确实有点意思吧。不过我了解的东西很有限，我能够认识到的不过是最基本的概念。”

“你总是这么说。我敢打赌，你懂的事情要比你意识到的多得多。无论如何，你解释得非常好。”

“哦，是吗？”他垂下眼睛，把铅笔放回他挺括的华达呢外套，微笑的脸上觉得热辣辣的。“谢谢。”他把第二杯咖啡一口喝完，然后站起来说，“我想我得赶紧出发了。”

她也跟着站了起来，顺手抚平裙子上的褶印。

“听着爱波，这一切真是太好了。”他的喉头哽住了，觉得马上就要哭出来。但他设法控制住了自己。“我是说这是一顿很棒的早餐，”他眨了眨眼睛。“真的。我不记得以前吃过比这个还棒的早餐了。”

“谢谢你的夸赞，”她说，“我也很高兴，我也吃得很愉快。”

他能这样就走出去吗？什么话都不说？当他们一起走向门口，他看着她想道，是不是该说“对于昨天的事情，我觉得很抱歉”，还是“我真的很爱你”一类的话？还是什么都不说，以免再度挑起不愉快的情绪？他犹豫着把脸转过来面对着她，觉得嘴巴扭曲成一个奇怪的形状。

“那么你真的不——”他终于还是说了。“你真的不恨我吗？”

她的眼神看上去深沉而严肃，好像很高兴他问了她这个问题，仿佛这是世界上少数几个她有资格回答的问题之一。她轻轻地摇了摇头：“不，我当然不恨你，”她为他打开了门，说，“祝你能度过愉快的一天。”

"我会的，希望你也是。"接下来该干什么就不怎么费思量了——像电影里的男主角一样，他慢慢弯身去亲吻她的唇，并尽量不触碰她的身体。

她的脸越来越近时，弗兰克看到了一瞬间的惊讶和犹豫。不过她的脸很快就柔和下来，半闭着眼，她很清晰地传达一个信息，不管多么短暂，这是一个两情相悦的、柔情的吻。直到这一吻之后，弗兰克才握着她的手臂——无论发生什么事，她终究是一个非常美丽的女孩。

"那好吧，"他的声音沙哑地说。"我先走了，再见。"

第七章

爱波·约翰逊·惠勒看着丈夫即将要离去的脸庞，感受着他的手轻轻地捏着她的手臂，听着他临别时说的最后一句话，然后微笑着跟他道别："嗯，再见。"

她跟着他一直走到厨房外面的台阶上，双手环抱抵御着早晨的寒凉，看着他发动引擎，轰轰呜呜地把汽车开进阳光里。他泛着红潮的侧脸探出来看着车尾。这是一张严肃的男人的脸，因为懂得熟练地把车倒下斜坡，而流露出一点自得的神色。她走到车库前阳光普照的空地，看着这辆旧福特在视野里越变越小；当汽车倒到车道的尽头，正准备拐上马路时，一缕阳光照在挡风玻璃上遮住了他的脸。她挥挥手，想到他可能会看过来。等到汽车在马路上摆直，他的脸又重新出现时，他果然侧过脸来看着她。他正弓着身子，冲她笑呢。在华达呢大衣、白色衬衣和黑色领带的衬托下，他显得又整洁又快乐。他朝妻子轻轻地挥着手回应，然后离开了。

直到回到厨房她脸上的微笑还没有消散。她笑着整理餐桌，笑着把早餐用的盘子泡在水池里冒着热气的肥皂水里，在瞥见那张画着电脑示意图的餐巾纸时，她依然笑着。她依然笑着，就像笑容被胶水粘在脸上，一直到脸孔扭曲成一个僵直的表情，一直到阵阵的痉挛袭击她疼痛的喉咙；还没来得及擦拭，眼泪就夺眶而出滑下她的脸颊。

她扭开收音机让音乐抚慰自己。等到洗好了碗碟，她又平静了下来。她的牙龈因为昨晚抽太多烟而感到酸疼，双手总是忍不住抖动，而且她比平时更注意到自己的心跳。除此以外，她觉得一切还好。当电台宣布时间已经是上午八点四十五分时，她不觉一惊，感觉就像中午甚至下午已经要来临了一样。她用冷水洗洗脸，深深吸了几口气以降低心跳的速度，然后点燃一根香烟平静地走到电话机旁。

“喂，是米莉吧？……你好，昨天晚上孩子们还好吧？……我的声音怎么了？……哦，没有没有，我还是觉得挺不舒服。所以我才给你打电话。……你不介意再照顾他们一天吧？不过今天应该不在你那边过夜了，如果可以的话，弗兰克晚上会过去一趟把他们接回来。我们先不把事情说得那么肯定吧，以防万一。……嗯，那就真是太好了，米莉，我真得好好感谢你。……不不不，我没什么要紧的，就是——你知道的，还不就是那些事情。……那好吧，多谢你了。帮我亲亲孩子们，告诉他们爸爸或妈妈很快会把他们接回来的，要么就是今天晚上，要么是明天白天。……哦——不不，要是他们在外面玩就算了，不用把他们叫进来。”快要燃尽的香烟跌落到烟灰缸里，她松开烟头，用双手紧握着话筒。“你就帮我——就帮我亲亲他们吧，各亲一下，告诉他们我很爱他们，还有告诉他们——你知道的。……好吧，就这样，米莉，谢谢你。”

她还没来得及把听筒放回到架子上，就已经克制不住哭了起来。为了控制自己的情绪，她再次点燃一支香烟。不过这一次香烟的味道让她恶心，她走进卫生间待了很久，把没吃多少的早餐吐干净后还在不停地干呕。过后，她又洗了一遍脸，刷了牙，然后在心里告诉自己：是时候做该做的事了。

“你已经彻底想清楚了吗，爱波?”克莱尔姨妈总是喜欢这样问，一边举起那根肥厚的、患有风湿病的食指。“别草率地做任何事，除非你已经彻底想清楚了。一旦做了决定，那就要做到最好。”

第一件该做的事就是收拾房子，尤其是那张凌乱的桌子。昨晚她就是坐在那里一个小时又一个小时试图理清思绪，把桌子搞得一片混乱。桌上的烟灰缸堆满了烟灰，打开了盖子的墨水瓶周围散落着烟灰，咖啡杯里还有一圈深褐色的印迹。现在她只需坐在桌子前面，扭开台灯，就能马上回味那些苦涩而孤寂的凌晨时刻。

废纸篓里堆满了被揉成一团的信纸，那都是她写不下去的信。她从里面捡出一个纸团，展开平铺在桌面上。第一眼她几乎读不懂里面的文字，只是很惊讶那些字体那么拥挤，那么黑，那么愤怒，就像一群被拍死的蚊子。然后中间的一段文字进入她的意识里：

你所谓的“爱”，其实是自欺欺人的幻觉。你懦弱地蜷缩在这个幻觉之中。其实你跟我一样清楚，我们之间什么都没有，除了相互的蔑视和不信任，以及最丑恶的，从对方的弱点当中寻找满足。这就是为什么。这就是为什么你说我没有能力去爱的时候我会大笑不止。这就是为什么我再也不能忍受你碰我一下，这就是为什么我再也不相信你想的东西，更甭论你说的东西……

她不想继续往下看，因为她知道这些文字因为恨意而变得软弱，就像废纸篓里其他被遗弃的信件一样不值一读。她认为，这些信纸应该被付之一炬。

尽管她现在希望把信件毁去，但是昨天晚上她花了很大的工夫来写信，一直写到了凌晨五点。她都不敢相信那只是四个小时之前的事情。五点左右她强迫自己从书桌前站了起来，拖着因为疲累而浑身酸疼的身体走进浴室，泡了一个长长的热水澡。她一动不动地躺在静止的水里，就像一个正在接受治疗的病人。直到所有的念头都从脑海里驱赶出来，直到心绪完全平静，她才走进卧室里，穿上衣服。这时候她看见了他，平躺在床上。

在清晨微蓝的光线中，弗兰克穿着皱巴巴的周日运动装蜷缩着身体躺在那儿，爱波看到后吃了一惊，就像看到一个陌生人躺在了自己的床上。当她在威士忌浓烈的气味中靠近弗兰克红彤彤的睡脸时，她开始明白是什么让她吃惊。比她发现自己不爱他更惊人的是，她发现自己根本不恨他，而且也不可能去恨他。怎么可能有人会恨他呢？他……他毕竟是**弗兰克**啊。

这时候他发出了低低的呻吟声，嘴唇一面嚅动，一面摸索着她的手。“哦，宝贝儿，哦，我的宝贝儿。请不要离开我。”

“嘘，嘘，没事啦，没事啦。弗兰克，快睡吧。”

就在这一瞬间，她彻底想清楚了。

这个早上她说不恨他的时候，她没有撒谎。她准备了丰盛的早餐，并对他的工作表现出热烈的兴趣，也不是在欺骗他。他们在门口吻别更不是伪装。这个吻一点错都没有，这是一个友好的、平等的亲吻，这个吻就像来自一个在派对上结识的男孩，他会护送她回家，并在一路上哄她笑，以及不停地谈论着自己。

爱波犯的唯一错误，唯一不诚实的地方，是让这段关系发展下去。她没有把弗兰克纯粹看成那样的男孩。哦，跟这样的男孩混一两个月是挺有趣的事情，但这个游戏她居然玩了这么些年！这不过是因为，在很久以前那些多愁善感的孤独日子里，她认为去相信这个男孩说的话，并用一些舒心的、他喜欢听的谎言来回报他，她会活得更轻松一些。直到最后他们互相述说着彼此最愿意听到的话，直到他说“我爱你”，她说：“弗兰克，我说真的，你是我见过的最有意思的人。”

这么一路沉溺下去是多么危险的事！一旦开始了，你就很难停下来。很快你就会开始说“对不起，当然你是对的”，还有“你的想法肯定是最好的”，再不就是“你是这个世界上最美妙，最有价值的东西”。接下来你就会知道，诚实和真理已经永远离你而去，它们在远处闪烁着微光，就像那些优秀金贵的人的世界那么毫无希望地遥不可及。然后你发现，你对待生活的方式正如桂冠剧社对待《化石森林》，或者像史蒂夫·科维克对待他的鼓一样，热忱却草率，装模作样，而且全都是错误；你发现自己说“是”的时候明明想说的是“不”；当你说“我们应该一起面对这件事情”时，心里想的是完全相反的意思。然后你忍受着汽油的味道还骗自己是鲜花，任由一个臃肿的红脸男人把自己压在身下，让这个你一点都不喜欢的谢普·坎贝尔在你身上像猪那样呼嗬喘息，最后两人在彻底的黑暗中面对面，你才赫然明白：你不知道自己是谁。

到了这个地步还能怨谁呢？

爱波把书桌收拾干净，并且为弗兰克铺上干净的被单之后，就提着废纸篓走去后院。这是一个典型的秋日，气候虽温暖宜人，但一阵阵刺骨的微风拂动着草地上的落叶，让她回想起童年每一个勇敢的开端，回想起开学前几天大人为她准备的苹果、铅笔和新羊毛衫。

她提着废纸篓穿过草坪，走到焚化炉，然后把所有的信纸都倒在里面并且用火柴点燃。她坐在被阳光晒得很温暖的石墙边上，等着它们燃烧殆尽，看着无形的烟慢慢从炉里爬出来，越爬越快，掀起的小小热浪使得前方的景物模糊变形。鸟儿啾啾鸣叫，树叶沙沙响动，中间还微微夹杂着远处孩子们的嬉闹声；她竖起耳朵仔细倾听，仍然无法分辨哪些声音是詹妮弗和迈克尔的，哪些是坎贝尔家的孩子的——甚至无法肯定这些声音是不是来自坎贝尔家。

从一定的距离听来，孩子的声音都是一样的。

“听我说啊，听我说！你知道她还带了什么东西给我吗，玛姬？听我说嘛！我正在告诉你一件事情呢！”

“什么呀？”

玛姬·罗森博格、她的弟弟乔治、玛丽·简·克劳福德和埃德娜·斯雷特都在那里。他们在隔离带的矮树丛边蹦蹦跳跳。上面的草基本上都秃了，有一些小山洞和平滑的岩石，孩子们把收集起来的冰激凌纸杯盖子都藏在里面。

“我说你知不知道她还带了什么给我？我是说我妈妈。她还带了一件漂亮的蓝色开司米羊毛衫，让我穿着去上学，还有跟它颜色相配的袜子，还有一个漂亮的香水喷雾瓶。你挤一挤这个瓶子，喷头就可以喷出真正的香水。后来我们跟明顿先生一起开车去了怀特普莱恩斯，他是我妈妈的朋友。我们一起去看电影，然后吃了冰激凌，我一直玩到十一点十分才去睡觉。”

“她为什么只待了两天？”玛姬·罗森博格问，“你原来说她打算留一个星期的。乔治，你快给我停手！”

“我没那么说。我说的是她可能会留一个星期。下次她再来的时候可能会吧，也有可能是我过去找她，然后跟她住一个星期，如果我可以去——”

“乔治！下次你再掏鼻孔，然后吃鼻屎……我就告诉妈妈，我说到做到！”

“——你知道吗，如果我可以去看妈妈的话，我整整一个星期就不用去上学，哈哈。怎么样，玛姬，想不想去我家看看我的毛衣和别的东西？”

“我不能去，我得赶回家去听‘唐·文斯洛’。”

“你可以在我家收听‘唐·文斯洛’啊。快点走吧。”

“我真的不能去，我得赶快回家。快点，乔治，我们走。”

“嘿，埃德娜，嘿，玛丽·简，知道我妈妈买了什么东西给我吗？她给我买了一件漂亮的——嘿，埃德娜，听我说，听我说啊……”这时她听到楼上窗户被打开的声音，她知道自己转过头来就会看到克莱尔姨妈的暗影从铜皮纱窗后面窥探出来。

“爱—波？”

“她给我买了一件好漂亮的蓝色毛衣，是开司米羊毛衫呢，还有一双漂亮的……”

“爱—波？”

“什么事？我就在这里。”

“你在那里怎么不答话。我现在要你马上进来，梳洗干净换好衣服。你爸爸刚打电话说，他今天开车过来了，十五分钟之后就到。”

她撒开腿就往家里跑过去，快得几乎脚不沾地。这样的事情可是从来没有发生过：两天跟妈妈在一起，然后现在，然后紧接着第二天爸爸又要来了……

她三步并作两步爬上楼梯，飞快地冲进自己的房间，然后急急忙忙开始脱衣服，匆忙间把衬衣上的一颗纽扣扯掉了。“他什么时候打的电话啊？说了什么呢？他打算在这里待多久啊？”

“我也不知道，亲爱的。他说他正要前往波士顿。你干吗这么急，都快把衣服扯成碎片了。我们还有的是时间呢。”

她穿上了最好看的裙子站在房子前面的门廊上，不住地朝街头张望，等待着父亲那辆形状长长、轮子高高的美丽轿车。很快车子出现在她的视线当中，在两个街区之外，她费了好大劲才克制住自己没有顺着草地冲下去。她耐心地等着汽车停在房子前面，这样她就可以看到他走下汽车。

哦，他是那么高挑，那么匀称，那么笔挺！看阳光怎么把他的头发和他的笑脸照耀得金光闪闪——“爸爸！”——她奔了过去，扑进他怀里。

“我的宝贝女儿今天好吗？”他身上有亚麻布、威士忌和烟草的味道。他脖子后面的短发硬得扎手，他的下颌像一块温暖的浮石。不过最美妙的是他深沉而充满磁性的声音，就像是从一个深邃的土制容器里发出来的一样：“你知道你差不多又长高了三英寸吗？我不确定现在我还能不能**应付**你这个大姑娘了。反正我是知道自己已经抱不动你了。我们赶快进去跟克莱尔姨妈打个招呼吧。你最近怎么样啊？你那些男朋友们都好吗？”

在客厅里，跟克莱尔姨妈聊天的父亲是那么完美。他的裤脚恰到好处地垂到脚踝上，露出秀气的脚踝和服贴的黑色绉纹羊毛袜。那双穿着深棕色皮鞋的脚优雅地踏在地毯上，一只稍稍靠前，另外一只则微微偏后。她认为自己应该仔细地、久久地看着这双脚，把这个形态储存到记忆里，让自己永远记得一个男人的脚应该是什么样子的。不过她的目光忍不住向上看，看他高贵的膝盖，他坐在椅子上的姿态，他合身马甲上精致的表链，他手腕上整整齐齐的白衬衣袖口和他的手。他一只手拿着高脚杯，另一只手轻巧缓慢地打着手势。她看着他聪慧的脸孔，看着……他身上有太多可看的地方，她的眼睛一时之间忙不过来。

他正讲到一个笑话的结尾："……于是艾莲诺尔拼命站起来说：'年轻人，你已经喝醉啦！'那人看了她一眼，然后说：'嗯，罗斯福夫人，您说得没错，我确实是醉了。不过区别在于：明天早上我就会好起来。'"

克莱尔姨妈笑得全身的肉上下晃动，而爱波也装作听到了一个好笑得不得了的笑话，尽管她错过了开头，而且她也不肯定自己是不是理解里面的意思。不过，一见爸爸起身准备离开，她的笑声就终止了。

"您是说您连晚餐——连晚餐也不留下吃吗，爸爸？"

"亲爱的，我真的很想留下来，但是有人在波士顿等着爸爸。如果我不马上赶过去，他们就会非常、非常生气。来，过来跟爸爸亲一个吧。"

"但你跟我在一起还不到一**小时**呢，"她讨厌自己这样，但她仍然无法自制地像个幼儿那样耍赖。"而且您——您连份礼物都没有带来呢，什么都没有。而且您——"

"爱波，"克莱尔姨妈说，"你为什么这样呢，本来你爸爸来看你大家都很开心，你这不是在破坏气氛吗？"

不过至少父亲不再站着，不再准备转身离开。他灵活地在她身旁蹲了下来然后伸臂搂着她。"亲爱的，没给你带礼物确实是我的不对，我觉得很不好意思。不过，听着要不这样，你跟我一起到车上去，找找里面有什么你喜欢的东西。要不要试试？”

天色渐暗，他们离开克莱尔姨妈，一起沿着路走到车边。车子里面静悄悄的，不过有一种一触即发的力量和速度。父亲把仪表盘上的灯打开，她一下子觉得这车厢就是他们的家，一所由牛皮搭建的精简房子。生活需要的一切似乎都可以在这里面找到：舒服的座椅、旅行的工具、一个能让父亲点燃香烟的打火机，一块小小搁板让她摊开餐巾，置放他们路上要吃的牛奶和三明治。而且前后的座椅都宽敞得足够让人躺下来睡觉。

“贮物箱呢？”父亲说，“没有，那里面只有一些旧地图和杂物。要不我们试试行李箱吧。”说完他转过身体伸手到后座上，解开了一只很大的格拉德斯通牌行李箱的扣子。“现在我们一起看看。袜子。衬衫。这些都没什么用。哎呀，这还真成了个问题。你知道吗，一个男人如果没有准备好可爱的镯子啊金属片什么的，是不该出门的，说不准他什么时候会碰上迷人的姑娘呢。哦，等等，看这里，这里有点东西。算不上什么了不起的礼物，但至少是一样东西。”他从箱子里翻出一个棕色长瓶子，上面有一幅马的图画，商标上写着“白马”两字。爱波依稀看见瓶颈上用丝带系着一件小东西。父亲一边用手把东西遮起来，一边用小刀把丝带切断，然后他捏着丝带，把东西小心地放在她手掌上——一匹漂亮的袖珍白马。

“宝贝儿，我就把它送给你吧。”他说，“你可以永远永远拥有它。”

焚化炉里的火终于熄灭了。她找来一根小木棍捅了捅烧黑的纸堆，确保每一张都烧掉了；除了灰烬什么都没留下。

当她提着废纸篓走过草坪时，孩子们的声音如影随形；她只得加快脚步走进屋里，关上门，才能把声音隔绝在房子外面。她关掉了收音机，整个房子立即变得异常寂静。

她将废纸篓放回原处，再次坐到桌子跟前，铺开一张崭新的白纸。这封信不费吹灰之力就写好了。她只需要直奔主题说出唯一重要的事情，用寥寥的数个字——寥寥的数个字，简单明了得不会引起误读或歪解。

亲爱的弗兰克：

不管发生了什么，请你不要责怪自己。

她险些习惯性地附上一句“我爱你”，最后她及时制止住自己，只是朴实地签下了“爱波”。她把这封信装进了信封，上面写上了“弗兰克”，然后把它放在书桌的正中央。

来到厨房，她把家里最大的一个锅从架子上拿了下来，放了水，然后移到煤气炉上煮。从地窖的储存箱里，她找出了其他所有必要的器具：消毒容器时要用到的钳子，以及从药店里买回的蓝色盒子，里面的橡皮吸液器有两个组成部分——橡皮球和一根塑料喷嘴。她把这些东西统统扔进了锅里，这时候里面的水开始冒热气。

与此同时，她有条不紊地做着其他准备工作，在卫生间里放一叠新毛巾；把医院电话号码记下来，放在电话机旁；而锅子也老老实实地沸腾着。蒸汽把锅盖向上顶起来，里面的橡皮球在水里翻滚，不停碰撞着锅子的内壁。

现在是上午九点半。十分钟之后她会熄灭炉火，然后锅里的水需要一段时间才凉下来。在这个间隙，她什么都做不了，只能在一旁等待。

“你已经彻底想清楚了吗，爱波？别草率地做任何事，除非你已经彻底想清楚了。一旦做了决定……”

她再也不需要更多的建议和指导。她现在平和、冷静，她清楚地意识到一件很久以来她就知道的事实，一个无论是她父母还是克莱尔姨妈或弗兰克都没有教过她的真理：如果一个人想要做一件真正忠于自己内心的事情，那么往往只能一个人独自去做。

第八章

那天下午两点，米莉·坎贝尔完成了手头的家务活，就坐在电视机前的垫子上歇息。一个人照看六个孩子实在太繁重了，就算只是这么一两天。她鼻子里还充斥着灰土和地板蜡的味道，耳朵里听着孩子从屋外传来的阵阵嬉闹声，这都让她的脑子昏昏沉沉——事情发生之后米莉常常说，至少在听到警笛声前一分钟，她就有了“不好的事情一定会发生的不祥预感”。

这是紧急事件的警报声：发生了火灾、凶杀案，还是刑事案件？汽车上的警笛声响亮而动人心魄，米莉可以想象司机刚发动引擎，就不得不在一个弯上放慢速度，拐了过去后又全速向前行进。她及时走到窗前，目光越过树丛和草坪，正好看见一辆救护车从革命路驶上十二号公路，车身反射着耀眼的阳光，警笛一声比一声高，直到救护车在十二号公路上消失后，难以忍受的尖啸声还久久徘徊在空气里。一切恢复了平静，只剩下米莉担忧地咬着下唇。

“我明明知道很多人住在这条路附近，”她事后回忆说，“事情可以发生在这其中任何一个人身上，可是直觉偏偏告诉我，这个人就是爱波。我想马上给她打电话，可是走到电话机旁又停了下来，心想如果不是她的话，我岂不是显得很愚蠢，而且那个时间她很有可能在睡觉。”

于是她不安地守在电话旁，直到电话忽然响了起来。是吉文斯太太，她的声音从话筒传过来，刺痛了米莉的耳朵。

“你知不知道惠勒家发生什么事了？我刚刚从他们家经过，看见一辆救护车从他们家的车道开出来。我担心极了，一直给他们家打电话，但没人接听……”

“听到她这么说的时候，我差点吓死，”米莉过后解释说，“电话挂断了之后我难过地坐在那里，然后我做了每次发生可怕的事情都会做的事。我打电话给谢普。”

站在联合精密仪器公司的其中一扇窗户前，谢普·坎贝尔一面向外眺望，一边慢慢地揉着脖子后面，陷入了幻想的泥沼里。自木屋酒吧那销魂的一夜后，这一个星期以来他魂不守舍，既不能把心思投入到工作中，对米莉更是心不在焉，甚至都顾不上自己了。第一天他像任何患了相思病的男孩一样，找了一个电话亭给她打电话：“爱波，我什么时候可以再见到你？”然后她用了很长的一段话来解释清楚，他们不可能再那样会面，这一点他应该心里明白，不该抱着幻想问这些愚蠢的话。爱波的决绝刺伤了他，当天夜里直到第二天早晨他都耿耿于怀。“上帝，她一定把我当成一个头脑简单、行为粗野的小丑了。”所以他花了几个小时在心里默默地排练着一篇冷静、成熟和通情达理的说辞，准备下次再给她打电话。可是他一走进电话亭就乱了方寸。他把练习了很多次的词句说得乱七八糟，声音颤抖得像个语无伦次的傻子，然后他又开始说“我爱你”这样的话。最后爱波只好善良却决绝地说：“听我说，谢普，我真的不想挂断你的电话，不过你再这样的话，我只能先挂断了，对不起。”

之后他只见过她一次，就在昨天，当她把孩子带过来托付给米莉时。他战战兢兢地躲在卧室里，遮蔽在昏暗的窗帘底下，他掀开一条缝隙窥视着她走出汽车——一个满脸倦容的孕妇。他无法镇静地看她，因为他的心扑腾直跳。

“坎贝尔先生，您的电话。”外面工作的女秘书叫道。他走到桌前拿起话筒时，心里想，这会是爱波吗？虽然这种设想非常不合情理。不是爱波。

“宝贝儿，是你啊——什么？听我说，你冷静一下。是**谁**被送进了医院啊？什么时候的事？我的上帝啊！”

这时候一个重要的变化发生了，这一整个星期以来，他第一次感觉能自我控制，并且重新拥有了处事的能量。他的屁股轻轻滑落进毛毡椅子里，双脚交叉像蹲着一样，一只手握着话筒贴着脸颊，另一只手举着自动铅笔，就像一个精神高度集中、冷静的伞兵正蓄势待发。

“你先**冷静**下来，好吗？”他告诉她，“你给医院打过电话了吗？亲爱的，这是我们**首先**要做的事，接下来才可以通知弗兰克。……好，我知道你很沮丧。那我来打听情况，然后再打电话给弗兰克。现在你听我说，你一定要放轻松，听见了吗？”他在草稿上画了好几条平行线。“好的，”他说，“看在上帝的分上，别让孩子发现有什么不对劲，无论是我们的孩子**还是**他们的孩子。嗯，好的……好。就这样。我一会儿再打给你。”

接着电话直拨到医院，穿过错综复杂的电话转接，剔除那些不能提供任何帮助的声音，他以明快果断的语调咨询到他所需要的信息。

“正在进行什么急救？……我想知道到底出了**什么**意外。……哦，您说她刚刚流产了。哦，明白了，您能告诉我她现在情况怎么样吗？……哦，明白了。那么您知道手术需要多长时间？……医生的名字是？”他的铅笔飞速记下了医生的姓名。“好的。最后还有一件事：你们有没有通知她丈夫呢？好的，非常感谢您的帮助。”

然后他继续躬身在桌前，拨通了纽约诺克斯公司的电话。

“我要找弗兰克·惠勒先生。……他在哪里？……哦，那麻烦您把他从会议室里叫出来，我有非常紧急的事情要通知他。”直到现在停下来等候弗兰克接电话的几分钟内，焦虑感才在他的五脏六腑蔓延。

然后弗兰克终于接了电话。“我的上帝啊！”弗兰克听完这个消息后说。他的声音又震惊又虚弱。

“弗兰克，先别急，听我说。你一定要放松！就我目前所知道的情况来看，她应该没什么事。嗯，他们是这样告诉我的。现在听我说，坐下一班火车来斯坦福，我会在那里等你，然后我们五分钟之后就可以赶到医院。……是的，我现在就离开办公室。

好的，弗兰克。”

在停车场里，谢普一边飞快奔向他的汽车一边套上外衣。新鲜空气在他的耳边呼啸，他感觉精神又重新亢奋起来。他犹如战场的军士，虽然无法掌控大局，但仍能快捷有效地执行自己认为正确的事情。

在车站等候弗兰克的时候，谢普又给米莉打了电话（她已经冷静下来了），然后再联系医院（没有新的进展）。下午的阳光洒满月台，谢普一边来回踱着步，一边把口袋里的硬币拨弄着叮当作响。他低声念叨道：“快点吧，快点。”这种不同寻常的安详时刻也像战争——风风火火地赶过去，然后是静默的等待。火车突然出现了，剧烈震动着月台，弗兰克六神无主地踏进站台，差点摔倒在地。看到谢普后他飞扑过去，眼神狂乱，领带都飘了起来。

“弗兰克，快，跟我来，”几乎在火车还没停稳的时候，他们就并肩跑到停车场。“我的车子就在那边。”

“她还……她有没有……他们现在仍然……”

“没有新的进展。”

从火车站到医院不远，但是车很多，他们只好随着车流慢慢前进。在这一路上他们没有交谈，谢普不太肯定自己开口说话能起到什么作用。弗兰克的眼神，他蜷缩在旁边的座位上浑身颤抖的样子，让谢普感到恐惧。谢普知道自己很快就要没有机会采取主动了；当汽车攀上这最后一个山坡走进丑陋的褐色大楼，他也把自己送进了这个完全绝望的区域。

两人快步穿过亲属探视通道，停在一个咨询台边磕磕巴巴地问明路向，然后前后脚冲到急救室，像田径赛里势均力敌的两个对手。庆幸的是，谢普的思绪已经不能集中起来。当年在战场上，这种状态，或早或迟，总会出现在他身上，身体内部会有一个模糊的声音在保护着他："不要相信眼前看到的一切，这些并没有真的发生，不要相信。"

"哪位太太？惠勒太太？"一位脸上有雀斑，身材丰满的护士问。她站在走廊的尽头，消毒口罩上的眼睛一眨一眨地看着他们，"你们是说急救中的那位？现在我不太清楚情况。我恐怕我不——"她不安地朝那扇亮着红灯的门看了一眼。弗兰克想冲进去，护士连忙挡在前面，似乎准备必要时用武力制止他，谢普及时抓住他的手臂，把他拉了回来。

"我们不可以进去吗？他是她的丈夫。"

"不行，现在肯定不能进去。"她睁大了眼睛来强调自己的职责。不过最后她犹疑了一下，同意走进急救室亲自咨询医生。一分钟之后，一个身材瘦小、表情羞惭的男人穿着一件皱巴巴的外科手术袍出来了。

"哪位是惠勒先生？"医生问。然后他拉起弗兰克的胳膊，把他领到一边密谈。

谢普通情达理地保持适当的距离，并容许内心的声音向自己保证：爱波不可能会死掉的。因为没有人会这样死去，在这样慵懒的下午，在这样昏昏欲睡的走廊。如果她正要死去，那个管理员怎么还能安详地拖着地，怎么还会哼着歌，并且容忍几步开外的那间病房把收音机开得那么大声？如果爱波·惠勒即将死去，医院的墙壁上怎么会贴上喜气洋洋的油印布告通知员工参加舞会（“充满乐趣！美味点心！”），怎么会有这些摆放得那么舒适的柳条椅子，以及整齐地罗列在桌子上的杂志？医院以为我们能干什么？当有人正在死去，我们能坐下跷起二郎腿看《生命》杂志吗？当然不会。这是一个婴儿被接生出来的地方，一个普通的流产能很快被治愈的地方；这是一个短暂地让你等待，让你忧虑的地方，很快磨难就会结束，你就能痛痛快快地走出去喝点东西然后回家。

为了验证他的想法，他坐在一个柳条椅子上，随手拿起一本放在桌子上的《美国摄影》，放纵着自己的欲望去翻找女人的裸体照。不过他很快又站了起来，向走廊的一个方向走几步，又折回头走几步。尿意把膀胱积压得一阵疼痛，他现在很想上厕所，不过他不知道找到厕所再回来会花去多长时间。

这时候医生已经回到急救室，留下弗兰克独自一人站在门口。他用手掌根揉着太阳穴，说：“天啊，谢普。他说的话我有一半**听不懂**。他说救护车抵达时胎儿已经出来了。他说他们要做手术把那个什么东西弄出来，对，是胎盘。他们做了，但是现在她大出血。医生说救护车抵达之前她就已经大量失血，现在他们正在帮她止血。他还跟我解释了我没听懂的东西，关于毛细血管什么的，而且他说她现在不省人事。上帝啊！”

“我们能不能先坐下来，弗兰克？”

“他也这么跟我说了。可是我他妈的坐下来又有什么用？”

于是两人只好继续站着，听着管理员低声哼唱，听着拖把击向墙面的节奏，听着护士走过甬道时橡胶鞋跟敲打地面的闷响和衣服的沙沙声。“抽根烟吧，伙计？好小子，这里，我有火柴。”谢普递过一根香烟，不过他说话的语调有点过分客气和友善。弗兰克一直失魂落魄，只有接过香烟时才回过神来。谢普听到自己声音中的愉悦而备受鼓舞。“要不这样吧，弗兰克，我去弄两杯咖啡？”

“不用了。”

“你不想喝吗，那好吧。我很快就回来。”他心急火燎地穿过走廊，拐进一个角落再穿过另一个走廊，才找到了男厕。膀胱的压力逐渐释放出的一刻，他颤抖着，还几乎呻吟出来。然后他回到走廊里，打听到医院的食堂在几百码外建筑物的另一头，名叫“热心小店”。他快步绕过玩具、蛋糕和杂志，点了两杯咖啡，然后，小心翼翼地端着两只烫手纸杯，开始走回急救室去。不过他迷路了。所有的走廊看上去一模一样。他走到一条走廊的尽头时才发现自己走错了方向。他不得不花许多时间找回原路，他永远记得，这就是他在做的事情，提着两杯咖啡，摇摇摆摆地走过一条条走廊，脸上挂着愚蠢的垂询的笑容——这就是他正在做的事情，在爱波·惠勒死的时候。

当他终于转进急救室所在的走廊，他知道自己最惧怕的事情已经发生了。亮着红灯的房间在长长的走廊尽头，那一片走廊空荡荡的，弗兰克已经不在那里。距离房间还有五十码的时候，他看见门打开了，一群护士走了出来，急匆匆地朝各个方向散开。

她们身后慢慢走出一名，不，是三名或四名医生，其中两个搀扶着弗兰克，就像酒吧里尽责的服务生在伺候酒醉的客人。

谢普惊慌失措地扫视一圈，想找个地方放咖啡杯，最后他蹲了下来，把纸杯放在地上倚靠着墙，然后飞奔过去。接着他就深陷在医生的包围中，他无法把他们一个个区分开，对谢普来说，他们就是一群穿白褂子的人，有着相同的粉红色脸蛋，却七嘴八舌说着不同的话：

"……一个沉重的打击，当然……"

"……出血实在是太严重了，我们很难……"

"……来，我们试着坐下来……"

"……很多毛细血管……"

"……事实上她坚持了相当长的一段时间……"

"……不，别激动，我们还是先坐下，然后……"

"……这样的事情确实是会发生，我们也很无奈……"

医生试着让弗兰克坐在柳条椅子上，椅子被他们拍得吱吱作响。不过，无论他们怎样劝说，他依然倔强地坚持站着，面无表情，一声不响，呼吸急促。他的头随着每一次急促的呼吸轻微地动一动，眼睛却直直地看着空茫处。

在谢普的记忆中，接下来发生的事情已经模糊不清。这期间肯定过去了很多个小时，因为他们回到家时天色已晚。他们肯定走了很多里路，因为他记得自己一直在开车。不过他已经想不起走过哪些地方了。有一次他们停在某个小镇让引擎休息一下，谢普走到一家酒类零售店给弗兰克买了一品脱威士忌。"来点吧，伙计，”然后看着他像婴儿一样吮吸着里面的液体。在另一个小镇——或者在同一个地方？——谢普走进路边电话亭给米莉打电话。她惊叫道：“哦，天啊，不！”他告诉她看在上帝分上不要惊动孩子。在米莉冷静下来之前，他不敢挂断电话，还得分心去留意弗兰克是不是还木然坐在车里。“现在你听我说，孩子们睡着之前我不能把他带回家，所以你现在要做的，就是尽快把他们哄上床睡觉。而且看在上帝分上，你要表现得自然一点。然后我会把他带回家过夜。妈的，我们今天肯定不能让他一个人回到自己家里……”

其余的时间他们都在路上，漫无目的地行驶着。谢普只记得，这段旅途就是一个红绿灯接一个红绿灯，数不清的树木、电线杆、房子、购物中心和绵延不断的山丘在苍白的天空下伸展到无穷无尽；以及弗兰克或是默默不语，或是低声呻吟，或是喃喃地重复着这番话：

“……她今天早上是那么的温柔体贴，对我那么好。这他妈难道不是最可恨的事情吗？她今天早上是那么的温柔体贴……”

有一次，谢普不记得具体是什么时候了，是在这段旅途刚开始的时候或快要结束的时候，他听到弗兰克说：“她是故意这么做的，谢普，她是自杀的。”

谢普只好故技重施，把这些刺激性的话扔到头脑的暗处，以后再去细想。“弗兰克，放松一点，不要再说那些屁话。这样的事情是会发生的，这是一场事故，仅此而已。”

“不是，这并不是事故。这样的事情不会偶然发生的。她本来上个月就打算做这件事情，当时还是安全的。当时她这么做的话就会没事，但我却说服她放弃这个打算。是我说服她的。然后昨天我们吵了一架。结果现在她——上帝啊。上帝啊。她今天早上是那么温柔体贴。”

谢普盯着路面，庆幸有那么多事占据着自己内心最敏感、最易受冲击的部分。因为他怎么知道，弗兰克的话包含了多少真相？而他又怎么知道，爱波的死跟他有多少关系？

那一天更晚的时候，米莉独自坐在黑暗的客厅里咬着手帕，觉得自己就是个胆小鬼。有些方面她还是表现得相当好的：她成功地在孩子面前装作若无其事，比平时早一小时就把孩子乖乖地哄上了床，谢普好久之后才回来；她在厨房里做了三明治，让他们饥饿的时候有东西填肚子（“生活还要继续”，每次身边有人去世，她妈妈总是一边这样说，一边做着三明治）；她还抽空打电话给吉文斯太太，听她在电话里不断地重复着“噢，噢，噢”；她做好了心理准备来面对可怜的弗兰克。她准备陪他坐一整晚，念念《圣经》什么的；她准备在他需要时搂着他，甚至让他靠在胸前痛哭；她准备不惜做任何事情来缓解他的痛苦。

但是她没有准备好去面对弗兰克可怕的空洞的眼神。当谢普扶着他走上厨房台阶时，米莉叫了一声“噢弗兰克”就开始失声痛哭，她用手帕掩着嘴跑进客厅，自此以后就一点作用都没有了。

她什么都做不了，只能坐在客厅里，倾听两人在厨房隐约发出的声响：拖动椅子的声音，玻璃瓶碰撞发出的叮当声，以及谢普的说话声："来，伙计。现在就把它喝完。"她希望自己有勇气走回他们身边。有一次，谢普带着一身威士忌酒气踮着脚走进客厅，想听听她的意见。

"亲爱的，我很抱歉，"她在他胸前低语。"我知道我一点忙都帮不上，可是我真的**做不到**。我无法去面对他那副样子。"

"没关系的，宝贝儿，没事。你想开一点，我会照顾他的。他只是太震惊了。天啊，遇到这种事，"他好像有点醉了，"天啊，多么恐怖的事情。你知道他在车上跟我说什么吗？他说她是故意这么做的。你能相信吗？"

"她**故意**做什么？"

"堕胎。她想把孩子拿掉。"

"噢！"她低呼，肩膀也颤动了起来，"天哪，这真是太可怕了。你觉得她会这么做吗？为什么呢？"

"我他妈怎么知道呢？我应该知道这一切吗？我只是转述他说的话，看在上帝分上，你别问了！"他用双手擦擦头皮，"该死。对不起，宝贝儿。"

"没事的。你还是先回厨房吧。过一会儿我再出来陪他，那时候你可以稍微休息。我们轮流陪他。"

"好的。"

不过两个小时过去了，米莉还是没有勇气去履行承诺。她唯一能做到的就是坐在那里，为即将要踏进厨房而感到恐惧。厨房很久没有动静了。他们在**做着什么**呢？难道就这么默默相对？

最后，在勇气和好奇心的双重驱使下，她站起身来，穿过房间，走进过道，轻轻来到灯火通明的厨房的门口。她深吸一口气，眯起眼睛准备应对厨房晃眼的灯光，才犹犹疑疑地走了进去。

谢普头枕着手臂趴在厨房的桌子上，距离那盘动都没动过的三明治不到两寸；他已经睡熟了，还发出轻微的鼾声。弗兰克早已不在那里。

悲剧并不适合发生在革命山庄。这里的建筑规划好像经过蓄意安排，即使到了晚上，也不会留下重重的暗影或荒凉的剪影。这里只有欢乐，只有明亮，只有一栋栋乳白色的房子像孩子的模型玩具，掩映在层层叠叠的绿色和金色叶子中，透过敞开的窗户流泻出同样温暖的光。这里还安插着亮晃晃的照明灯，骄傲地照射着一些草坪，一些整洁的大门，以及一些雪糕色的汽车。

一个男人伤心欲绝地在这样的街道上奔跑显然是格格不入的。除了皮鞋摩擦沥青路面和自己的呼吸声，四周宁静得他甚至能听见掩映在叶子中的房间传来的电视节目——先是模模糊糊听见喜剧演员一声惊呼，跟着一阵阵笑声和掌声，最后乐队欢然演奏起来。就算他最终决定离开大路，穿过某家后院来到陡峭的树林，并走下这个斜坡，沿着一条疯子的捷径抵达革命路，也无法躲开那些灯光的追踪。房子的灯光快乐地照射在他身上，让我们清楚地看见树枝怎样拂过他的脸庞，凹凸不平的小沟怎样把他绊倒，他又怎样站了起来，发现手里抓住了一个小孩玩泥沙的小锡桶。

当他终于踉踉跄跄地走到山脚的沥青路上，他的思绪已经乱成一团，于是他纵容自己沉湎到一个残酷的幻觉中：今天发生的一切只是一场噩梦。等他拐过了这个弯，就会看见自己的房子亮着灯；他会跑进房子里然后发现她正在熨衣服，或者蜷曲在沙发上看杂志。她会说："弗兰克，你**怎么**了？你的**裤子**上怎么到处都是泥啊？你说什么？我**当然**什么事都没有……"

但是不久以后他就看到了自己的房子——真正地看见——月光下乳白色的小屋，黑色的窗，这是整条街唯一没有亮光的房子。

爱波非常小心地不让血迹弄脏房子。弗兰克只看见从卫生间到电话机之间有几滴血痕。卫生间里的血也大都擦洗掉了。两条吸满了血的毛巾沉甸甸地躺在浴缸的排水管边。"我觉得这样处理最方便，"他仿佛听见她说，"你只要用报纸把毛巾包起来，丢进垃圾桶里，然后好好把浴缸冲洗一遍就行了。对不对？"在柜子底下他发现了漂在一锅冷水里的橡胶吸液器。她很有可能故意把工具藏起来，不让医护人员看见。"我只是觉得，这些东西最好隐藏起来；我不想回答一大堆愚蠢的问题。"

当他开始收拾残局时，脑子里不断响起她的声音。他把报纸大力地塞进垃圾桶时，她说："这就行了。"他跪在地板上擦拭血迹时，她说："试试用一块湿海绵吧，加上一点清洁剂，亲爱的。东西就放在水池下面的柜子里。这些应该对付得了污迹。对对，就在那里面，你看到了吧？这就行了。血没有滴在地毯上吧？

噢，很好。”

她怎么可能已经死去了呢？如果她的声音，她的意志，依然活生生地回荡在屋子里？直到他清理完毕，已经没事可做地在屋子里走来走去，打开一盏盏灯，又一盏盏灯地熄灭掉时，她仍然无处不在，真实得就像衣柜里裙子的香气。他就这样依偎着她的裙子，过了很长时间才回到客厅。这时他发现了她留下的字条。不过他还没来得及看就赶紧把灯关掉，因为他看见坎贝尔的车已经驶上了家门口的车道。他跑回卧室，把自己关在衣柜里，躲藏在衣服中间。在里面他听见车停了下来，然后厨房的门被打开，一些杂乱的脚步声由远而近。

“弗兰克？”谢普嘶哑地喊着，“弗兰克？你在屋子里吗？”

他听见谢普走遍每一个房间，一边磕磕绊绊地摸索墙上的电灯开关，一边低声咒骂；最后他听见他离开了，听见汽车开动并逐渐走远。他终于可以从柜子里走出来，拿着纸条，坐在黑暗的落地窗前。

不过这一番打扰之后，爱波不再跟他说话了。他一个小时接一个小时地试图找回，喃喃地说着话，渴望得到回应，一遍遍地回到衣柜里，然后打开梳妆台下的抽屉，然后去到厨房，因为他以为她的灵魂可能还在碗柜里碟子里咖啡杯里。但他什么也没有找到。她已经走了。

第九章

米莉·坎贝尔谈到这件事的时候——她在之后的几个月已经把故事重复了很多很多遍——都会说：这件事情发展下去，至少结局是好的，是我们所能期待最好的结局了。然后她照例会耸耸肩加上一句，“考虑到这是我们这辈子经历过的最悲惨的事情。对吗，亲爱的？”

而谢普会表示认同。每次米莉声情并茂地向朋友讲述这个故事时，他扮演的角色就是一个安静的旁观者。他会默默坐在一边，眼神阴郁地看着地毯，偶尔摇摇头或咬咬牙，直到米莉让他在一些小地方帮她作证时他才顺从地配合一下。他很乐意让米莉承担讲述这个故事的大部分任务——准确地说，刚开始的时候，也就是在那年的秋天和冬天，他是挺乐意的。到了第二年春天，他就开始希望米莉能找到别的话题。

在五月的一个周五傍晚，当米莉又跟新朋友从头到尾讲述这件惨事时，谢普感到忍无可忍。他们的新朋友，布雷斯夫妇，是惠勒夫妇在革命路上那栋房子的新主人。这是谢普感到厌恶的部分原因。他认为，把故事告诉住在那栋房子里的人，然后容许他们回到那栋房子继续议论这件事，对弗兰克和爱波是一种背叛和亵渎。另外，他也不喜欢布雷斯夫妇这对无趣的听众，他们一直礼貌地点头或摇头，像玩桥牌那样专注凝重——他们竟然在为完全不认识的人感到愧疚。而谢普最不高兴的是，米莉的叙述太过绘声绘色，她毫无疑问在享受着讲故事的愉悦。她正说到事情发生后第二天有多么难过时，谢普的目光越过高脚杯注视着妻子，心里说：天啊，她**享受**这个过程，她从这个惨事中找到了乐趣。

“……第二天早上，我和谢普已经不知所措了。弗兰克人在哪里呢，我们一点线索都没有。我们不断给医院打电话，看看他们有没有弗兰克的消息。然后，我们还要在孩子面前装作若无其事。这别提有多难受了。他们肯定看出什么苗头。你知道孩子的，无论你装得多像，他们总能感觉出来。我伺候他们吃早餐时詹妮弗看着我说：‘米莉，我妈妈今天打算过来接我们吗？’她是微笑着说这句话的，你知道吗？就像她明白这个问题很愚蠢，但她已经答应了弟弟，所以只好问出来。我差点昏死过去。我说：‘亲爱的，我也不知道你妈妈有什么打算。’这个回答真是糟糕透顶。但我不知道还能说什么。

“下午两点左右我们给医院打了电话，他们说弗兰克刚刚离开，之前他在医院已经签署了所有的文件，就是那些人死之后必须要做的繁琐手续。没多久他就开车上来我们家。他一进门我就说：‘弗兰克，我们能为你做点什么吗？只要你有需要，我们一定会办到的。’

“他说不用了，他自己就能处理好。他说他给皮茨菲尔德的哥哥打了电话，那是一个比他要年长很多的哥哥。其实他有两个年龄比他大很多的哥哥，不过他从来没提起过，就像他一直都是单身一人，从来没什么家庭——他说他的哥哥和嫂子第二天就会过来，帮忙照看孩子，还有操办爱波的葬礼。我只好对他说：‘那好吧，不过你今晚就留在这里吧，你不能一个人把孩子带回家。’他答应了，他说他会留下，不过在那之前他想开车带他们出去走一圈，告诉他们爱波逝世的消息。接着他就这么做了。他走到院子里，孩子看见他就跑了过来，然后他说‘你们好’，就把他们带进车里开走了。我想这是我一辈子见过最悲伤的情景。而且我永远不会忘记，那天晚上他把孩子们送回来之后詹妮弗跟我说的话。当时两个孩子已经过了平时上床的时间，看起来都很困了。我正给詹妮弗铺床时，她说：‘米莉，告诉你一件事。我的妈妈上天堂了，还有我们去饭店吃了晚餐。’”

“上帝啊！”南希·布雷斯感叹着，“但事情最后怎样？”她戴着眼镜，是个脸型狭长的年轻女人，结婚之前在纽约一家顶级品牌的专卖店做采购工作。她喜欢完完整整、修饰整齐的故事，而且要有意义，米莉的故事显然有太多琐碎的地方尚未交待结局。“他的亲戚在这里住下了吗？接下来呢？”

“没有，”米莉解释。“葬礼一结束他们就带着孩子回到皮茨菲尔德，弗兰克也跟着去待了几天，帮助孩子们适应新环境。后来他一个人搬到城里，每个周末去探望孩子，一直到现在。我想他们打算长期这样下去吧。他的哥哥和嫂子都是很和善的人，而且非常会照顾孩子。我想这也是情理之中，毕竟他们年纪大很多，更懂得人情世故，也做了那么多年的父母。

“之后我们就没见过弗兰克，一直到三月，或者是差不多那会儿，他才回来卖掉房子。也就是你们见到他的时候了。他在我们这里停留了几天，我们说了很多话。就在那一次见面，他告诉我们他找到了爱波留下的字条。他还说如果没看到这字条，他当晚可能就自杀了。”

华伦·布雷斯轻轻咳嗽了一声，然后把痰咽了下去。他是一个说话慢吞吞、抓着个烟斗的男人，有着稀薄的头发和不相配的稚嫩嘴唇。他受雇于一家管理咨询公司，并形容这份工作非常适合他善于分析的头脑。“你知道吗，这样的事情，”他顿了一顿，察视着从烟斗升腾起来的烟雾。“会让人不得不停下来思考。”

“或许你说得对。但我想知道的是，他看起来怎样呢？”南希·布雷斯追问，“我的意思是，他看起来已经……已经缓过来了吗？”

米莉长长地叹了一口气。她一边拽了拽裙子，一边以迅速而别扭的姿态把一双脚蜷到沙发的坐垫上。“怎么说呢，他消瘦得很厉害。除此之外，他看上去还好。他接受了心理治疗，还说这对他的帮助很大。他也没说得很详细。他提起了他的工作——他好像找到了一份新工作，我的意思是，他还是诺克斯公司的职员，不过在一个新的分支里。好像是这样的，我也没太听明白。亲爱的，他的新公司叫什么名字？”

“巴特·波洛克公司。”

“哦，这个名字我听说过，”华伦·布雷斯说。“他们的公司在第五十九街和麦迪逊大道的交界处。事实上这是一家很有意思的新公司。简单来说他们做的就是电子行业里的公关工作。他们的第一个客户是诺克斯，我相信现在他们已经开发出其他客户了。接下来几年他们应该有很好的发展。”

“嗯，”米莉接过了话头，“总之他好像非常忙碌。而且看起来——我想‘开朗’并不是个合适的字眼，不过我要说的差不多是这么个意思。我觉得他——这么说吧，有勇气。非常有勇气。”

“我给你们倒点饮料，”谢普模糊交代了一句，就逃到了厨房里。他在水池里大力地敲打出冰块来盖住米莉的声音。为什么她要把这个事情说成一场该死的肥皂剧？如果她不能把事实真相说出来，告诉那些真正想听的人，那么她何必一再地提起这件事？有勇气！——真是蠢话中的蠢话。没意义……

谢普决定把他的客人抛诸脑后，或者说他粗莽地做了一个论断：客人们如果想要喝该死的饮料可以自己去厨房倒一杯。他拿了一杯烈酒走进黑暗的后院，让门在身后“砰”地轻声关闭上。

有勇气！这是什么废话啊？一个人怎么会有勇气，如果他并不活着？这就是弗兰克的状况，这就是他在三月某个下午出现时给人的感觉：一个走着，说着，笑着的，却没有生命的男人。

第一眼看到他从车子里走出来，谢普感觉他跟从前没有太大区别，只是身上的外套有点大，第一颗扣子和中间一颗也都扣上了，这样看上去就不那么松垮。可是听到他一开口说话——“你好，米莉；见到你很高兴，谢普”——以及握着他干瘪无力的手，他就知道弗兰克的生命能量已经枯竭了。

看他那副顺从乖巧的怂样！他柔顺地坐着，整理膝盖上裤子的褶皱，或者掸掸大腿上的烟灰；端着杯子的时候他甚至用小指托着杯底，以免杯子翻倒。他的笑声也变得绵绵软软、矫揉造作。你很难去想象他还有能力去真正地笑，真正地哭，真正地流汗或吃饭或醉酒或亢奋——甚至真正地站起来，用自己的一双脚。上帝宽恕，他现在看来就像一个你可以随时走到跟前把他撞倒，而他只会躺在那里还跟你道歉说不该挡着你路的软蛋。所以他终于说出发现遗书这一幕时——“坦白说，如果没有看见这张字条，我想我已经自杀了。”——你只会拼命控制自己不说出这样的话：哦，废话！这个撒谎的混蛋，弗兰克。你才没有这个胆量呢。

更糟糕的是，他变得非常无趣。他肯定至少花了一个小时来谈论他那份无聊至极的工作，然后又花了更长的时间来说另一个他喜欢的话题：“我的心理医生这样说”，“我的心理医生那样建议”——他已经变成那种整天把心理医生挂在嘴边的人。“我想我们找到了根源，这是我一直不敢面对的，关于我跟父亲之间的关系……”上帝，这就是现在的弗兰克，如果你想知道事情最后发展成怎样了，这就是真相。

他灌了一大口威士忌，瞥见杯底晃荡着星星和月亮模糊的倒影。然后他打算走回屋里，不过还没进门他就改变了主意，不得不转身走去草坪的另一头，开始绕着小圈子。因为他在哭泣。

或许是春天的气息触动了他，那些花，那些泥土。去年这个时候他们还是桂冠剧团的成员，现在演出过去已经快整整一年了……想起桂冠剧团就等同于想起了爱波，想起她翩翩走过舞台，想起她的笑容，她的声音（**“你不希望得到我的爱吗?”**），而想起这些谢普·坎贝尔什么也做不了，只能一圈圈绕着草坪来纵容自己哭泣，像个大婴儿似的把拳头放到嘴巴里，让眼泪顺着指节喷洒下来。

他发现纵情大哭能让自己那么轻松愉快，于是并没有试着马上止住眼泪。直到他发现他的抽泣已经有些造作，他痛苦的抖动已经有些多余，他才为自己感到羞耻。他弯身把酒杯小心地放到草地上，掏出手帕来擤鼻涕。

他知道，哭泣就是为了在哭泣还没有变成陈腔滥调前发泄出来；悲伤就是为了在悲伤还是真诚的时候释放出去。在这些时候，痛苦还是痛苦本身，没有夹杂任何东西，还有意义存在。因为每件事情都容易变味：夸大悲伤的能量，或者虚饰自己的哭泣，或者带着忧郁、多愁善感的笑容到处讲惠勒夫妇的故事，还说弗兰克很有勇气，然后你他妈的还剩下什么呢?

谢普回到屋里把酒杯端到客人面前的时候，米莉还在说话，还在虚饰着每一个字句。她的故事已经到了结尾，她热切地把双肘撑在微微张开、满布皱纹的膝盖上，说：

“不，但我确实认为这件事让我们更加亲近。我是说我和谢普。你说是吗，亲爱的?”

布雷斯夫妇都转头注视着他，无声地重复着米莉的问题。是?不是?

唯一的答案当然是：“是的，就是这样，这件事情确实让我们更亲近。”

最可笑的是，谢普突然发现这个答案就是他的心里话。在灯光下端详这个矮小、邋遢、愚蠢的女人，他知道自己说的是真话。因为他妈的她还活着，不是吗？如果现在他走到她身边轻抚她的后颈，她就会闭上眼睛微笑，不是吗？没错，她会的。等到布雷斯夫妇回家——老天有眼他们很快就会收拾走人——等到布雷斯夫妇走了之后，她就会手忙脚乱地在厨房里忙进忙出，清洗碗碟，一边以不停顿的语速说：“噢，我很喜欢他们，你呢？”然后她会上床睡觉。到了第二天早上她会穿着沾了橘子汁、咳嗽糖浆、床铺和陈腐的除臭剂味道的破烂睡袍走下楼，然后生活继续。

对于吉文斯太太而言，在爱波死后，她的生活也经过了几个阶段：震惊——痛苦——慢慢地振作和恢复。

由于怀着巨大的愧疚感，一开始吉文斯太太并不愿意跟任何人谈论这件事，包括丈夫霍华德。她知道霍华德及其他人只会强调这是场事故，没有人需要负责。而她根本不需要安抚。那一天她看见救护车从弗兰克家开出来的时候，她本来是去向爱波道歉的。为此她已经把要说的话演练了很多遍：“爱波，关于昨天的事。你们都很慷慨很乐于助人，不过我们不会再让昨天的事情重演。现在我和霍华德都同意，约翰的问题不是我们可以应对的……”当那个下午米莉告诉她这个噩耗时，她就陷入了自责中。这种愧疚那么深那么纯粹，甚至带来了一点快感。之后她病了一个星期。

她本来是一片好意，想要帮助约翰康复，但一个母亲对儿子的爱，却间接引发了另一个母亲的死。

“我知道你会说，这中间其实没有任何关系，”她向约翰的主治医生解释。“但坦率地说，我不是来征求你的意见的。我想说的是，我们不会再考虑带他出去见人了。不再考虑。”

“嗯，”医生说，“我明白。这当然完全取决于你们，取决于你和吉——哦，吉文斯先生。”

“我知道他有病，”她继续说，说到这里她必须控制住想哭的冲动。“我知道他有病而且很值得同情，但他的破坏力叫人害怕。医生，不可思议的破坏力。”

“嗯，是的……”

从那天开始，他们每周的探访就局限在约翰病房的等候室内。他看起来一点都不在意。他会时不时问起惠勒夫妇，而当然他们什么也没告诉他。到了圣诞节，他们的探视已经减少到每两三周一次，然后逐渐变成一个月才去一次。

小事可能会带来巨大的改变。在一月某个下着雨夹雪的一天，她在购物中心逛街的时候，被宠物店橱窗里一只混血的棕毛小猎犬吸引住了。虽然觉得挺傻的——她这辈子从未做过这么傻、这么冲动的事儿——她还是走进店里当即把它买了回家。

这小东西还真讨人喜爱！养一头狗确实很麻烦，给她带来了很多繁琐的工作，要训练它大小便，制止它啃咬家具，还要清理它身上的寄生虫；但这些付出都是值得的。

“翻身！”她穿着拖鞋袜，交叉着腿坐在地毯上，发号施令。

“翻过来，孩子！”然后她会搓揉它长着小细毛的两肋和肚皮，它则顺从地四脚朝天舞动着爪子，裂开黑色的嘴唇好像在嬉笑。

“噢，你真是条好乖的小狗！哦，你是我鼻子湿湿的小可爱——对吗？对吗？对，你就是！你就是！”是这条小狗，而不是任何人任何事帮她熬过了这个冬天。

等到春天来临，她的工作又忙碌起来。她感觉到生活再次焕发生机。不过她还要面对这个惨剧遗留下的一个问题：卖掉惠勒家的房子。她害怕最终成交时，她会在律师事务所里看到弗兰克。签署文件前一天，她紧张得无法入睡。但没想到，跟这位悲剧男主角打交道并不像她惧怕的那样难堪。他表现得彬彬有礼，而且丝毫没有自怜自艾的样子——“见到你很高兴，吉文斯太太。”——他们只谈公事，而且签完文件他就马上离开了。之后吉文斯太太觉得这件事终于告一段落，可以尘封在记忆深处。

接下来两个月的忙碌让她既疲劳又亢奋：越来越多可爱的旧房子被投入市场发售，越来越多像样的新房子被建了起来，而且越来越多体面的人从城里搬来郊区——一些想要真正舒适的居住环境，并且应该拥有好房子的人，他们不会斤斤计较讨价还价。最后这成为她房地产职业生涯里最好的春天。看着房子找到了合适的主人，她像工匠完成了工作那样自豪。尽管白天过得很辛劳、很漫长，这反而让晚上回到家时在尽管缩短的时间内，更加舒适放松。

在跟霍华德聊天和逗弄小狗以外，吉文斯太太还给自己找来一些装饰房子的简单活儿。

“这样子就会舒服多了。”这是五月里一个晴朗的晚上，她趴在摊开的报纸上给一把旧椅子刷清漆。霍华德已经看了半天的《世界电讯》，感到厌倦，正交叉着手看着窗外；小狗心满意足地躺在不远处的毯子上，蜷缩着身子睡觉。“忙完一天之后可以这样放松一下自己，真是太好了，”她说，“要再来一杯咖啡吗？还是要多吃一点蛋糕？”

“不用了，谢谢。晚点我可能喝一杯牛奶。”

她小心地在溅上了油漆的报纸上转动着椅子，然后坐在了地板上以便把漆刷伸到椅子下面。她挥动着漆刷时说：“霍华德，我简直无法跟你形容我有多么热爱革命路上的那套白房子。你还记得冬天的时候，那里看上去多么死气沉沉吗？周围都是冰冷和灰暗——说得严重点，就是阴风阵阵，让人毛骨悚然。现在我开车经过，看到整片地方又变得生机勃勃，明亮干净，窗户里重新有了灯光，别提让我多兴奋了。还有那对开朗的年轻人——布雷斯夫妇。她很甜美，说话也很有趣；他比较沉稳，话比较少，看来在城里一定有份了不起的工作。他跟我说：‘吉文斯太太，我们真不知道该怎样感谢您。这所房子正是我们一直想要的。’你不觉得这话听着很舒服吗？而且你知道吗，我一直在想，这么多年来我一直很爱这栋小房子，现在我才找到了最适合它的主人。我的意思是说，性格和善又亲切的人。”

她丈夫挪了一挪他那双有矫正功能的鞋子，“嗯，你是说除了惠勒夫妇之外吧？”

“我说的是**真正**亲切和善的人，也就是说，跟**我们**同类的人。

哦，我必须承认我曾经很喜欢惠勒夫妇，但我觉得他们还是有一点——太难以捉摸了。他们有点神经兮兮的，这我不太喜欢。我很少向你提起，其实他们在许多方面都不是那么容易应付的人，跟他们打交道挺累的。那间小屋之所以难卖，是因为他们让屋子大大地贬值了。窗棂扭曲变形，地窖潮湿，墙上还有很多蜡笔印，几乎所有的房门把手和全部装修都留下很多污迹。他们真是粗心大意，造成了很大的破坏。还有那条修到一半的石子路，就这样突兀地横在前院的草坪上，没修完的那头都变成了泥坑。你能想象有人会把自己的房子毁成这样吗？布雷斯先生得花一笔不小的数目来铲除干净重新修整。他们的问题还不止这些。我的意思是还有一些更严重的东西。”

说到这里她停顿了一下，把刷子上多余的油漆捺在油漆罐的边缘。她皱着眉，寻思着合适的字眼来表达她想说的东西。

“反正我觉得他们是一对有点古怪的年轻夫妇。没有责任感。他们会用警惕的眼光看着你，他们跟你说话的方式，怎么说呢，感觉心智不太健全。还有一件事：你知道我在地窖里看到了什么吗？我看到了好大一盒子蝎子草，全都枯死在那里。那可是我去年春天花了一天时间才收集起来的。我很小心地选了长势最好的嫩芽，轻轻地包裹到适合的土壤里——这就是我想说的：如果有人花了那么多心思给你送来一盆好植物，一盆能蔓延生长的、有生命的东西，难道你不认为至少你应该……”

不过从这里开始，霍华德·吉文斯什么也听不见了。愉悦的、雷鸣般的寂静席卷了他。他关掉了他的助听器。